ハヤカワ・ミステリ文庫

〈HM446-1〉

三人目のわたし

ティナ・セスキス

青木千鶴訳

早川書房

7915

日本語版翻訳権独占
早　川　書　房

ONE STEP TOO FAR
by
Tina Seskis

Translated by
Chizuru Aoki
First published 2017 in Japan by
HAYAKAWA PUBLISHING, INC.
This book is published in Japan by
arrangement with
KIRK PAROLLES LTD
c/o A P WATT AT UNITED AGENTS
through THE ENGLISH AGENCY (JAPAN) LTD.

母に捧ぐ

三人目のわたし

登場人物

エミリー・コールマン………弁護士。本名キャサリン・エミリー・コールマン（キャサリン〔キャット〕・ブラウン）
ベン・コールマン……………エミリーの夫。会計士
キャロライン・
レベッカ・ブラウン………エミリーの双子の妹
フランシス…………………エミリーとキャロラインの母
アンドリュー………………エミリーとキャロラインの父
サイモン・ゴードン…………キャットの上司。広告会社創設者
タイガー・キャリントン……キャットの上司
ドミニク……………………キャロラインの恋人。大工
エンジェル…………………エミリーのルームメイト。カジノのクルピエ
ルース………………………エンジェルの母。歌手

第一部

1

二〇一〇年七月

人波のように押し寄せる熱気を破って、わたしはプラットホームを突き進んだ。本当にこれでいいのかどうかもわからぬまま、車内に乗りこみ、座席に腰をおろした。ごったがえす通勤客のなかで身をこわばらせていると、車両に詰めこまれた乗客と共に、わたしもまた、古い人生から新しい人生へと運び去られていくのを感じた。窓外にはうだるような熱気が渦巻いているというのに、車内はひんやりと涼しかった。実際には乗客で混みあっているはずが、なぜだか、がらんとした虚《うつ》ろな感覚をおぼえる。そのおかげで、少しだけ気持ちを落ちつかせることができた。わたしの身に起きた出来事を知る者は、ここにはいない。ようやくわたしは、無名の人間になれた。大きな旅行鞄《かばん》をさげた、なんの変哲もない若い女性になれた。なんだか、宙をたゆたっているような気がする。まるで、現実にはここに存在しないかのような……いいえ、わたしはたしかにここにいる。それはまちがいない。太腿《ふともも》の裏側から、硬いシートの感触が伝わってくる。家々の裏手の外壁が、窓外を流れ去っていく。ついに、わたしはやってのけたのだ。

いざ実行に移してみると、呆気《あっけ》ないほど簡単だった。これまでの人生を捨て去り、新たな人生へと踏みだすために必要なのは、手始めに入り用となるぶんのお金と、あとに残していく者のことは考えないという決意だけ。だからこそ今朝は、何ひとつ顧みるまいとした。前だけを見て、家を出ようとした。けれども最後の最後になって、気づけば、あのひとの眠る部屋に引き寄せられていた。ベッドサイドに立って、あのひとの寝顔を見つめていた。今日をかぎりに人生が一変しようとしていることにも気づかず、まるで生まれたての赤ん坊のように眠る、あのひとの姿を。ただし、チャーリーのいる部屋だけは、なかをのぞきたいという衝動をぐっと抑えこんだ。どんなにかすかな気配にでも、チャーリーが目を覚ましてしまうだろうと、足どめを食らってしまうだろうと、わかりきっていたから。だから、音を立てぬようそっと玄関の錠《じょう》をまわして、あのひととチャーリーのもとを去った。

車内の座席で隣りあわせた女性は、いかにもキャリアウーマン然としたダークスーツに身を包んでおり、かつてのわたしを思い起こさせた。その女性はさきほどからずっと、テイクアウトのコーヒーカップとの格闘を続けている。カップにぴったり張りついてしまっているプラスチック製の蓋《ふた》を、どうにかしてはずそうとしているらしい。ところが、しばらくそれにてこずったあと、急にパカンと蓋がはずれたかと思うと、その衝撃で、熱々のコーヒーがわたしのほうにまで飛び散ってきた。女性は謝罪の言葉をまくしたてたけれど、わたしは無言のまま、お気になさらずと首を振るだけで、じっと膝を見おろしつづけた。灰色の革ジャケットに広がっていく黒い染みを、いますぐ拭きとるべきなのだろう。このままでは、ジャケットが台無しになってしまう。何もしないでいたら、まわりは不審に思うにちがいない。けれども、熱々のコーヒーを浴びせられるという出来事に、わたしはなぜだか、ひどく動揺させられていた。コーヒーの熱とまじりあうように、熱い涙が込みあげてきた。わたしにできるのは、泣いていることを誰にも気づかれないようにと祈りながら、うつむいていることだけだった。

やっぱり新聞を買っておけばよかったと後悔したけれど、あのときは、それが不適切な行為に思えてならなかった。いまから出奔《しゅっぽん》しようという人間が、ごく普通の人々の列に加わって、新聞を買うというその行為が。けれどもいま、わたしは切に新聞を欲していた。紙面に意識を傾け、密に詰めこまれた文字の列を一心不乱に目で追うことで、頭のなかから邪念を追い払いたかった。読むものが何もないことが恨《うら》めしかった。窓の外を見すえて、周囲の視線が自分に向けられていないようにと祈る以外、することが何もないなんて。遠ざかるマンチェスターの街並みをみじめな思いで眺めるうちに、ふと気づいた。この景色を、かつて愛したこの街を目にすることは、もう二度とないのかもしれない。陽に焼けた草原や、名も知らぬ小さな村が後方へ流れ去っていく。列車はこんなにも猛スピードで進んでいるというのに、その道のりはいつ果てるとも知れないように思えてくる。いまにも座席から立ちあがりたいという衝動を、わたしは必死に抑えこんだ。身体《からだ》がどこかへ逃げだしたがっている。でも、いったいどこへ？　わたしはもうすでに逃げだしているというのに。

ふと、とつぜんの寒けに襲われた。はじめはありがたかったエアコンの冷気が、骨の芯《しん》まで凍らせていく。わたしはジャケットの前を搔《か》きあわせた。ぶるぶると身を震わせながら顔をうつむけ、涙のにじむ目を閉じた。声を立てずに泣くのは得意だけれど、これもやはり灰色のジャケットのせいで、思いとどまるよりほかはなかった。声を立てずとも、涙の雫《しずく》がぽとりと落ちれば、その染みが革の表面にじわじわと広がっていくだろうと、わかりきっていたから。それにしても、どうしてこんなお洒落《しゃれ》をしたのかしら。どうしてそんなばかげたことをしたのかしら。これは日帰り旅行なんかじゃない。逃亡の旅だというのに。身に余るほどの人生を捨て去ろうとしているというのに。頭のなかに鳴り響く鼓動と、線路を走る列車のリズムが、一緒くたにまじりあいはじめた。わたしはぎゅっと目を閉じて待った。そして、霧散していく亡霊のようにパニックが消え去ったあとも、そのまま目を瞑《つむ》りつづけた。

チェシャー州のクルー駅で列車をおりると、中央通路の手前で売店に立ち寄り、新聞と、雑誌と、ペーパーバックの本を一冊買った。もう二度と、人目を引くようなまねをするわけにはいかない。ひとまずトイレに避難して、鏡に映る青白い顔と、染みの広がるジャケットをしばし見つめてから、結っていた長い髪をほどいて、染みが隠れるようにした。鏡に向かって、どうにか笑みを浮かべてもみた。引き攣《つ》った作り笑いではあるにせよ、かろうじて笑顔をこしらえることはできた。これで最悪の事態が過ぎてくれたのならいい。せめて、今日のところだけでも。それにしても、暑くてならない。熱に浮かされてでもいるようだ。顔に水を浴びせると、ジャケットに新たな染みが散った。もはや取り繕《つくろ》いようもない。仕方なくジャケットを脱ぎ、旅行鞄に押しこんだあと、鏡に映る自分の像をぼんやりと見つめた。まるで見知らぬ人間みたい。どうやら、髪をおろしているせいらしい。このほうが若く見えるし、縦にねじりつつ丸めていた跡がゆるく残って、ボヘミアンふうの印象すら与えている。温風機で手を乾かしはじめたとき、温められた金属の熱を感じた。結婚指輪をまだはめていたのだ。海を見晴らすテラスでベンにはめてもらったあの日から、一度もはずしたことのない指輪。それをはずしはしてみたものの、ふとためらいが頭をもたげた。これをどうしたらいいの？　この指輪はエミリーのものなのだから、もうわたしのものではない。今日から、わたしはキャサリンになるのだから。わたしは指輪にじっと見いった。プラチナ製の精巧な台座に埋めこまれた小さなダイヤモンドが三つ、きらきらと輝きを放っている。にわかに悲しみが込みあげてきた。あのひとはもう、わたしを愛していない。わたしは指輪をその場に――二番線のホーム脇にある公衆トイレの、洗面台に備えつけられた石鹸《せっけん》の横に――置き去りにした。そしてそのまま、ユーストン駅行きの列車に乗った。

2

三十数年まえのごくありふれたある日のこと、チェスター市のとある病院では、分娩台《ぶんべんだい》に両脚を固定されたフランシス・ブラウンをかこんで、数名の医師たちが何やら相談を続けていた。フランシスはショック状態にあった。分娩自体はまるで動物の出産さながら、短時間のうちに速やかに済まされていた。フランシスがわずかに知るかぎりの〝初産《ういざん》〟っぽさは、まるでなかった。ただし、フランシスには、何を予期すべきなのかもよくわかってはいなかった。当時は、多くの予備知識を得ることが不可能だったからだ。それでもただひとつ、フランシスが何より予期していなかったのは、赤ん坊の頭がのぞき、ぬめぬめの真っ赤な生き物が分娩台に転がりおちてきたあとで、まだもうひとり残っていると医師から告げられることだった。

なんらかの問題が生じているようだということだけはわかった。分娩後、室内のようすが一変し、病院中の医師が次々と駆けこんできては、分娩台の周囲に寄り集まり、思案顔で何ごとかを話しあいはじめたから。はじめは、たったいま産みおとした娘に何か異常があったのかもと考えた。でも、だとしたら、どうして赤ん坊の手当てをするでもなく、わたしの身体ばかりを調べまわしているのかしら。ようやく主治医がこちらに顔を向けたとき、フランシスはひどく戸惑った。その顔に笑みがたたえられていたからだ。そのうえ、主治医はこんなことを言いだした。「仕事はまだ終わっていませんよ、ミセス・ブラウン。すぐにも取りあげてやらなきゃならない胎児が、もうひとりいるようです」

「なんですって？」フランシスは思わず訊《き》きかえした。

すると、主治医はこう続けた。「おめでとうございます、ミセス・ブラウン。あなたは双子のお母さんになるんですよ。ですからすぐにも、ふたりめの赤ん坊を産まないと」

「何を言ってるの！」とフランシスはわめいた。「赤ん坊なら、たったいま産んだじゃないの！」

ショック状態にあったフランシスにとって、この瞬間に考えられるのは、赤ん坊なんてふたりもいらないということだけだった。子供はひとりいれば充分だった。ベビーベッドも、ベビーカーも、ベビー服も、ひとりぶんしか用意していない。ひとりぶんの人生しか、引きうける覚悟はできていなかった。

フランシスは生来、綿密に計画を立てて行動する性分だった。つまりは、不測の事態を好まない。こんなに重大な出来事なら、なおのことだ。まして、いまはへとへとにくたびれ果てており、ふたたびの出産を試みることなど、とうてい耐えられそうになかった。ひとりめの出産にさほど時間はかからなかったとしても、その痛みは凄《すさ》まじく、二度と経験したくないと思えるほどだった。予定日を三週近くもまえにしての早産でもあった。フランシスはぎゅっと目を閉じた。アンドリューはいつになったら到着するんだろう。最初に連絡を入れたとき、夫は職場にいなかった。打ちあわせか何かで外出しているらしい。陣痛の間隔が一分半にまで狭《せば》まった時点で、フランシスはこう悟った。自分に残された選択肢は、救急車を呼ぶことしかもうないのだと。

おかげでひとりめの赤ん坊は、孤独という傷を裂き、流れでる鮮血と共に生まれてきた。そこへ持ってきて今度は医者が、もうひとり産めなんてことを言いだしたというのに、アンドリューの姿はいまだに見えない。そもそも、たったひとりの子供ですら、アンドリューが心底望んでいるとも思えない。こんな事態を、あのひとはいったいどう受けとめるだろう。口から泣き声が漏れだした。鼻水まじりの大きな嗚咽《おえつ》が、小さな病院内に響きわたった。

「ミセス・ブラウン！　落ちついて！」助産師の声が聞こえた。フランシスはその女に嫌悪をおぼえた。卑《いや》しげな顔立ちも、キンキンと響く耳障りな声も癇《かん》に障る。そのうえ、どことなく嬉々《きき》としてさえ見える。苦々しさが胸に込みあげてきた。この女は、どんな状況にあろうと、そこから喜びを得ることができるのだろう。それが神聖なる出産の場面であろうとも、邪悪な肺さながらに、他人の不幸から酸素を吸いとることができるんだわ。

「どうして赤ちゃんを見せてくれないの？　まだわが子に会わせてもらってもいないわ」とフランシスは訴えた。

「いま検査を受けているところです。まずはふたりめの子に集中してくださいな」

「そんなもの、どうだっていい！　赤ちゃんなら、もう産んだじゃないの！　わたしの赤ちゃんを連れてきて！」フランシスがわめきだすと、助産師は麻酔ガスのマスクを手に取り、フランシスの口に押しつけた。しばらくぜいぜいと喘《あえ》いだあと、フランシスはようやく叫ぶのをやめた。それと同時に、闘志が失せた。フランシスのなかで何かが死んだ。小さな産院の分娩台の上で。

アンドリューは、次女の誕生の瞬間にも僅差《きんさ》で立ち会うことができなかった。ようやく到着した夫の顔には、動揺と戸惑いの色が浮かんでいた。とりわけ、待ち望んでいた息子ではなく娘を授かったと、しかもふたりも授かったと知らされた瞬間には、それがさらに色濃くなった。ひとりめの赤ん坊は桃色の肌をしていて、器量もよく、非の打ちどころのない愛らしさだった。一方で、ふたりめの赤ん坊の肌は青白く、汚れたシーツの上に横たわる姿がひどくグロテスクに見えた。へその緒が首に絡《から》まって、なかなか子宮から出ることができなかったうえ、肺への酸素の吸入が妨げられていたからだ。アンドリューが分娩室に駆けつけたとき、室内には緊迫した空気が張りつめていた。医師が赤ん坊の首から手早くへその緒をはずし、それを切断するやいなや、血液がみるみる全身をめぐっていくのが、アンドリューにも見てとれた。そのあと、医師は部屋の片隅まで歩いていって、蘇生器に赤ん坊を寝かせた。看護師のひとりが吸引機を手に取り、赤ん坊の気道に詰まっていた糞便のようなものを吸いとりだすと、その直後、苦しげで荒々しい怒号のような産声《うぶごえ》があたりに響きわたった。姉よりきっかり一時間遅れてこの世に生まれたその赤ん坊は、声からしても姿からしても、まるで別の惑星からやってきたかのようだった。

「大丈夫か、フランシス。本当に、本当にすまない」汗と涙とにまみれて青ざめた顔の妻に近づき、目一杯に息んでいたせいで紅潮した手をとって、アンドリューはささやくように話しかけた。

夫の顔と、ダーティハリーそっくりのスーツと、ゆるんだネクタイをじろじろと眺めながら、フランシスは言った。「どうしてそんなに浮かない顔をしているの。出産に立ち会えなかったから？　それとも、わたしが産んだのが双子の娘だったから？」

アンドリューは妻の目をまともに見ることもできないままに、こう答えた。「何もかもを申しわけなく思っているからだ。だが、いまはこうしてきみのそばにいる。そのうえ、おれたち夫婦には、いちどきにふたりも家族が増えた。きっと、すてきな家庭を築けるさ。そうだろう？」

「ミスター・ブラウン、しばらく外でお待ちいただけますか。奥さまの身体をきれいに拭いたり、裂傷の手当てをしたりしなきゃなりませんので。すべて済んだら、またお呼びします」助産師がそう言ってアンドリューを追い払うと、フランシスはふたたび分娩台にぽつんと取り残された。自責の念と、恐怖と、娘ふたりと共に。

　フランシスはそれまでずっと、いい母親になろうと心に決めていた。母親として何をすべきかを、完璧に心得ているものと思っていた。容易ではないかもしれないけれど、自分ならなんとかやり遂《と》げられるはずだと。自分には新婚ほやほやのハンサムな夫も、支えてくれる家族もいるし、母性本能も備わっているのだからと。ところが、いざとなると、出産時のトラウマのせいもあり、生まれてきた子がふたりに増えた戸惑いのせいもあって、フランシスはすっかり途方に暮れてしまっていた。子供がたったひとりではなく、いきなりふたりもできてしまった。しかも、その子たちはひっきりなしに、ミルクをくれだの、抱っこしろだの、オムツを変えろだのと要求してくる。そのうえ夫は、妻のお腹のなかで（あろうことか、ふたりもの）胎児が大きく育っていくあいだに、妻への関心を失ってしまったようだった。

　ふたりめの娘をなんと名づけるべきかも問題だった。女の子が生まれた場合の名前なら、一週間まえに決めてあった。呼び名はエミリーで、フルネームはキャサリン・エミリー・ブラウン。この順番でふたつの名を重ねたほうが響きがいいというのが、フランシスの考えだった。まさか、もうひとりぶんの名前が必要になろうとは、思ってもみなかった。実際家のアンドリューは、双子のひとりをキャサリン、もうひとりをエミリーと名づければいいじゃないかと言ったけれど、フランシスには納得がいかなかった。キャサリン・エミリーという名は、ふたつ重ねてこそ響きが美しいのだと言って譲らなかった。おかげで、またも一から、予期せず生まれた次女のための名前を考えださなければならなくなった。そうして最後に落ちついたのが、キャロライン・レベッカという名前だった。フランシスにとっては、どちらも取りたてて好きな名前ではなかったけれど、頭を絞ってくれた夫を無下《むげ》にはできないし、自分で別の名前を考えることすら億劫《おっくう》だった。ただし、そうしたあるまじき感情を、フランシスはしっかりと胸に秘し、誰にもあかしはしなかった。それは、以後に芽生える多くの不届きな感情の、第一号だった。もしもあの分娩がもう少し長引いていたとしても、へその緒がもう少しきつく胎児の首に巻きついていたとしても、憐《あわ》れなキャロライン・レベッカが人生を始める以前に息絶えていたとしても、自分はさほど意に介さなかったろうという事実を裏づける、証拠だった。そうした感情（こんなことを、いったい誰に話せるだろう？）を振り払おうとする努力は、長い歳月を要した。そして、しだいにフランシスの心を――かつては柔らかかったはずの、母性に満ちあふれていたはずの芯の部分を――硬化させていったのだった。

出産後七日間は病室ですごした。その間にどうにかこうにか、夫が出産に立ち会ってくれなかったという事実から、自分が双子の母親になったという信じがたい事実から、立ちなおったかのような体《てい》を保てるようにはなった。現実を受けいれ、精一杯のことをしていくしかないのだと、腹を括《くく》るようにもなった。娘をふたりも授かったことを、幸運として甘受《かんじゅ》するしかないのだと。いずれ、そのことに感謝する日が来るかもしれないじゃないのと。けれども、それは容易ではなかった。エミリーとキャロラインはそもそものはじめから、あまりにちがいすぎた。生まれたての姿を目にしたなら、ふたりが双子だと気づく者は、おそらくひとりもいなかっただろう。エミリーは桃色の肌をして、ふっくらと肉づきがよかったのに対し、キャロラインのほうは病的に青白い肌のうえに、がりがりに痩《や》せこけていた。出生時の体重は姉より九百グラムも少なかった。それから、エミリーとちがって、キャロラインは母乳をいっさい受けつけなかった。その結果、エミリーの体重は順調に増加していくのに対し、キャロラインの体重は日増しに減少していった。

フランシスは生来、ストイックな性格でもあった。あきらめることなく、キャロラインに母乳を与えようと試みた。ついには乳首から血がにじみだしてしまうまで。神経が参りかけてしまうまで。娘ふたりを平等に扱おうとも努めた。ふたりはつねに一緒にいるわけだから、そうせざるをえなくもあった。だが、入院四日めともなると、ついに看護師が痺《しび》れを切らし、赤ん坊を餓《う》え死にさせるわけにはいかないと言って、哺乳瓶《ほにゅうびん》を差しだしてきた。キャロラインはそれまでの頑《かたく》なな態度を一転させて、小さな口でさも旨《うま》そうに、与えられたごちそうを貪《むさぼ》り飲んだ。そんなわが子を眺めながら、フランシスは猛烈な敗北感を味わっていた。こうしてまたひとつ、親子の絆《きずな》が断ち切られたのだった。

キャロラインは哺乳瓶の虜《とりこ》となった。その後の数カ月で、キャロラインの体重はエミリーの体重にぐんぐんと追いついていった。小枝のようだった手足にも肉がつき、みるみる太くなっていった。関節ごとに肉の窪《くぼ》みができ、ふっくらとした頬には赤みが差した。フランシスは、そこに愛らしさを見いだそうと懸命に努めた。だが、キャロラインはまるで、人並みの速度で成長するのがもどかしいとでもいうかのようだった。この幼さにしてすでに、双子の姉への対抗心を抑えきれずにいるかのように、ハイハイをするのも、歩きはじめるのも、母親の顔に離乳食を吐きかけるのも、エミリーより早かった。フランシスはそんな娘を、内心、持て余していた。

娘たちは年齢を重ねるにつれて、外見だけは瓜《うり》ふたつに似通っていった。三歳になるころにはぷっくりとしたところがとれた。髪は量が増え、癖がとれた。フランシスはみずから鋏《はさみ》を握り、ふたりの髪をそっくり同じ形のおかっぱに切り揃《そろ》えてやっていた。七〇年代の風習に倣《なら》って、服もお揃いのものを着せると、ふたりを見分けることは困難になった。

ただし、ふたりの気性には大きなちがいがあった。エミリーのほうは、生まれつき朗《ほが》らかで穏やかな性格であるらしく、あるがままの世界を受けいれ、手に入るものだけであらゆる状況に対処することができた。一方のキャロラインは、神経質で癇が強かった。不測の事態に我慢がならず、何もかもを思いどおりにしたがり、不意に大きな物音がすれば癇《かん》癪《しゃく》を起こした。けれども、何より我慢がならないのは、母親が見るからに姉のほうを偏愛していることだった。当時のキャロラインはまだ、すべてに投げやりにはなっておらず、父親に救いを求めようとしたのだが、アンドリューはまるで、何もかもが自分には生々《なまなま》しすぎるとでもいうかのように、一歩引いた態度ばかりをとっていて、父親としての役割を満足に果たしてはくれなかった。その結果、キャロラインは家族に対して、疎外感をいだくようになった。ここにいるべき存在ではないのではないかと感じるようになった。母であるフランシスは、娘への愛情に偏《かたよ》りがあることを、いっさい表に出すまいと努めていた。ふたりに同じ食べ物を与え、同じ服を着せ、同じようにおやすみのキスをした。しかしながら、そうした努力が母親にとって途轍《とてつ》もない負担となっていることを、娘たちはそれぞれに感じとっていた。それが娘たちにとっても、心にのしかかる重荷となった。

そして、凍《い》てつく雨がそぼ降るある日のこと、チェスター市の住宅地に暮らしていた一家に、ある事件が起きた。当時五歳であった双子の姉妹は、そのとき暇を持て余していた。母親は食料の買いだしに出かけており、父親のアンドリューが双子のお守《も》りを任されていた。はじめのうちアンドリューは、ハンドバッグのような形をしたロバーツ・ラジオを物置から運びだしてきて、サッカーの雑音まじりの試合中継に半ば耳を傾けながらも、娘らの行動に目を光らせていたのだが、ずいぶんまえにキッチンへ姿を消したあとは、いっこうに戻ってくる気配がない。たぶん、誰かに電話をかけているんだなとふたりは思った。ママが家にいないとき、パパはいつも誰かに電話をかけていたから。さきほどから取り組んでいた地図パズルには、ふたりとも飽き飽きしはじめていた。父親からヒントをもらわずに、子供だけで自力で解くには、このパズルは難しすぎる。そこでふたりは、茶色いベルベットのソファの両端にそれぞれ寝そべって、なんとなくお互いの脚を蹴りあいはじめた。それほど痛みはなかったけれど、お揃いの赤いタータンチェックのワンピースが太腿までまくれあがり、紋織りのハイソックスがくるぶしまでずりおちるほどではあった。

「ひどぉーーい！　パパァ！　エミリーがあたしを蹴ったぁ！　パパァーーー！」キャロラインがわめき声をあげた。

それを受けて、父親がキッチンから顔を突きだした。壁掛け電話の受話器を手にしたままだったため、螺旋《らせん》コードがぴんと伸びきっているのが見えた。

「あたし、ひどいことなんてしてない。ふたりで遊んでるだけだもん」エミリーは正直に訴えた。

「蹴るのをやめなさい、エミリー」アンドリューは静かに命じてから、キッチンに顔を引っこめた。

キャロラインが絡まりあっていた脚をさっと引きぬき、ソファの反対側にいるエミリーのもとへ詰めよってきたかと思うと、ぎゅっと二の腕をつねりあげながら、低くひそめた声で言った。「嘘つき。蹴ったじゃない」

「パパ！」エミリーは痛みに悲鳴をあげた。父親がふたたび戸口から顔を突きだしたが、その表情は見るからに苛立《いらだ》っていた。

「ふたりとも、いいかげんにしなさい。パパはいま電話中なんだ」それだけ言うと、父親はばたんと扉を閉じた。

父親に助けを求めても無駄だとわかると、エミリーは泣くのをやめて、簡素なベージュ色の絨緞《じゅうたん》の上におり立ち、部屋の端まで歩いていった。テラスへと通じる扉のそばに置かれたドールハウス。エミリーのお気にいりの玩具《おもちゃ》だけれど、自分ひとりで独占できるものではなかった。多くのものと同様に、このドールハウスも姉妹で共有しなければならないのだが、妹のキャロラインはありとあらゆるミニチュア家具をへんてこな場所に配置してしまうし、あろうことか、犬に食べさせようとしたことまであったのだ。するとそのとき、あとを追ってきたキャロラインが、猫撫《な》で声でささやいた。「ねえ、クマのぬいぐるみで遊ぼうよ」妹の真意を測りかねながらも、エミリーはこくりとうなずいた。ふたりは玩具の食器を使って、クマのぬいぐるみのためにお茶の用意を整えはじめた。それから数分のあいだは、仲よくおままごとに興じていたのだが、しばらくすると、それにも飽きたキャロラインが、父親のようすを窺《うかが》いに忍び足でキッチンへ向かってしまった。ひとり残されたエミリーは、その直後に、ある物音を聞きつけた。あれは、山荘ふうの造りをした家の左翼を成すガレージの前に、車がとまった音にちがいない。

「ママ！」エミリーはソファから跳びおりた。玄関の扉が開く音をたしかめてから、廊下をめざして駆けだした。

そのときキャロラインは、キッチンから居間へ引きかえそうとしているところだった。キッチンでは思わぬ収穫があった。麦芽ビスケットをつまみ食いしようと、コンロ脇の食器棚にしまわれたブリキ缶に手を伸ばしていると、それに気づいた父親がすぐさま電話を切って、なんと、缶のなかのビスケットを一枚、みずからキャロラインに手渡してくれたのだ。父親の行動に驚きはしたが、もうじきお茶の時間であるのもたしかだった。キャロラインはまず、牛の形をしたビスケットの頭の部分だけをかじりとった。胴体もパーツごとに少しずつ食べるようにして、じっくり味わおうかとも思ったけれど、やっぱり急いで、残り全部を口に押しこんだ。口のまわりについたビスケットの屑《くず》をぬぐいながら廊下に出たとき、こちらに向かって居間を走りぬけてくるエミリーの姿が見えた。とっさに思ったのは、脇によけようということ、道を開けてやろうということだった。

「おかえりなさい、ママ！」エミリーが声をあげた。娘ふたりを胸に抱きとめようと、買い物袋を床におろしはじめる母親の姿が見えた。ところが、エミリーの顔に浮かぶ歓喜の表情と、それを受けとめんとする母親の姿を目にするなり、キャロラインはその光景を眼前から消し去りたくなった。明るい陽の射しこむ玄関の間の中央で、オレンジ色の分厚いラグの上に買い物袋をおろし終えたフランシスが、顔をあげた直後に目にしたのは、キャロラインが居間の扉を勢いよく、まるで計ったかのように絶妙なタイミングで叩き閉める姿だった。そして次の瞬間には、こちらに向かって扉のガラスを突き破ってくるエミリーの姿が見え、爆弾が破裂するかのような音が響きわたった。

アンドリューが楕円形《だえんけい》のダイニングテーブルのまわりでキャロラインを追いまわしているあいだに、フランシスはエミリーの顔や腕や脚から、ガラスの破片をひとつずつ抜きとっていった。奇跡的に、傷のおおかたはごく浅いものだったけれど、キャロラインは母親から、子供部屋にこもっていなさいと命じられた。アンドリューは妻をなだめようとした。こんなことになるなんて、キャロラインは想像もしていなかったんだろう。キャロラインはまだ幼い。わざとこんなことをするわけがない。そろそろ部屋から出してやったらどうだ。けれども、フランシスは頑として首を縦に振らなかった。いままで生きてきたなかで、これほどの怒りをおぼえたことはなかったのだ。

アンドリューはのちに、こう推測する。ジェフリー・ジョンソンと同じ運命をたどることをエミリーが免《まぬが》れた理由は、ガラスに衝突したときの速度がさほど速くなかったという、その一点に尽きるのだろう。四軒先に住むジェフリー少年の頬にはいまも、五センチもの長さの赤黒い傷痕《きずあと》が残っている。同じくガラスの扉を突き破ったときに負った傷が。エミリーも膝に一カ所、ひときわ深い傷を負っていた。その傷は時を経るにつれて薄れはしたものの、完全に消え去ることはなかった。エミリーはその傷を見るたびに、双子の妹のことを考えずにはいられなくなった。大人になってからは、それまでの人生でキャロラインにされてきたすべてのことが思い起こされた。つまり、エミリーの負った傷は、見た目ほどの軽症ではないということだ。あの一件のあと、ブラウン家の居間の扉は、木製のものに取り替えられた。居間のなかはそのぶん暗くなったけれど、フランシスにとっては、そのほうがずっと心安らかでいられた。

3

ロンドン北部のユーストン駅で列車をおりるなり、またも熱気が襲いかかってきた。同じく列車から吐きだされた乗客が、足早にホームを突き進みはじめる。脇目も振らずに、定まった目的地をめざしていく。わたしは柱のそばで立ちどまり、脇に抱えていたハンドバッグを旅行鞄のなかに押しこんだ。人波に揉まれているあいだに、貴重品を失ってはたまらない。これから陽が高くなることを思うと、厚着をしすぎているのはわかっていたけれど、着替えをしている暇はない。やるべきことはいくつもある。まずは新しい携帯電話を手に入れ、住む場所を——新たな人生を始める場所を——見つけなければ。決意はすでに固まっている。ベンやチャーリーのことは、強いて考えないようにした。考えるわけにはいかなかった。いまごろはもう目を覚まし、わたしがいないことに気づいているはず。けれど、ベンにはチャーリーが、チャーリーにはベンがいる。お互いを支えあい、乗り越えていけるはずだ。長い目で見れば、わたしがいないほうが彼らのためになる。きっとそう。わたしの決断はけっしてまちがっていない。

ロンドンでの住処《すみか》を見つける方法は、すでに調べだしてあった。マンチェスターですごした最後の数週間――千々《ちぢ》に乱れる心を抱えてすごした数週間――のあいだに。まだわたしがエミリーであったときに。インターネットの閲覧履歴は毎回、消去するように気をつけていた。わたしが何を計画しているのか、ベンに気《け》どられることのないように。新たな仕事を見つけるまでは、家賃に大金をかけるわけにいかない。いまの蓄えで、どれだけ持ちこたえられるかはわからないから。となれば、まずはシェアハウスをあたるのが妥当だろう。キッチンやバスルームを除くすべての部屋が寝室にリフォームされ、八人から九人（たぶん、大半はオーストラリア人）が共同生活を送っているたぐいの家。そういうところなら、身分証明書の呈示を求められる可能性も、保証人を立てる必要もあまりない。居所を突きとめられる恐れも、低くなる。わたしはいったん人波を逸《そ》れて、売店に立ち寄った。地元紙を買い求めてから、ふたたび通勤客の流れに乗って通路を進み、汚染された大気のもとへ、スモッグで濁った陽射しのもとへ、敢然と足を踏みだした。

でも、ここからどこへ向かえばいいのか。わたしは途方に暮れるあまり、パニックに陥った。時間を巻きもどして、愛《いと》しいあの子のもとへ駆けもどりたいという衝動と、何もかもがたいへんなまちがいだったのではとの思いが、不意に襲いかかってきた。けれども、あたりを呆然《ぼうぜん》と見まわすうちに、周囲の状況をどうにかつかむことができるようになった。前方に、幅の広い醜悪な道路が延びている。車道にひしめく車が、排ガスの海で溺《おぼ》れかけている。右腕と、旅行鞄をさげている肩の部分から、汗がにじみだしてきた。熱で温められた自分の体臭を吸いこむなり、わたしは本当にここにいるのだと、本当にやってのけたのだという実感が湧きあがってきた。わたしは交差点を渡り、幅の広い直線道路を進みはじめた。ガンジーとおぼしき銅像を遠目に眺めながら、広場を突っ切った。どこへ向かっているのかも、この道の果てにどこへ流れつこうとしているのかもわからぬままに、歩きつづけた。しばらくすると、通りの反対側に携帯電話の販売店が見えた。まるで何かを成し遂げでもしたかのような、安堵《あんど》感が込みあげてきた。店内はかなり広々としていて、最新の機種だの、機能だの、サービスだのを喧伝《けんでん》するスクリーン映像やポスターがあふれているにもかかわらず、どこか物寂しい印象を与えた。そうしたまばゆいばかりの色彩こそが、かえって侘《わび》しさをもたらしている気がした。客の姿はひとつもなく、店員がふたりいるのみで、そのうちのひとりが、入り口を抜けるわたしの姿を目にとめた。それでも、数分のあいだはあえて視線を向けまいとしていたけれど、こちらのようすを窺っていることはありありと伝わってきた。その店では多種多様な機種が販売されていて、わたしにはそれぞれのちがいも、どれを選べばいいのかもわからなかった。どれもこれもがやけに似通って見えた。するとそのとき、黒い制服を着た青年がそろそろと近づきながら、ご機嫌いかがですかと問いかけてきた。

「ええ、おかげさまで」とわたしは答えた。

「今日はどんなものをお探しで？　何かお手伝いできることはありますか」歌うように抑揚する響きのいい声で、青年は言った。横目でちらっと見やったかぎりでは、端整な顔立ちをしており、きれいに整えられた黒い顎鬚《あごひげ》を生やしている。向こうもこちらを直視することはせず、いずれも陳列棚に並ぶ商品を見つめたまま、わたしたちは会話を続けた。商品はいずれもただのダミーなのだが、棚の半分はからっぽで、先に何も付いていないケーブルだけが残されていた。

「電話を一台、新規契約したいのだけど……」そう答えるわたしの声は、自分でも驚くほどおどおどとしていた。

「ありがとうございます。ご家族かどなたかへのプレゼントで？」

「いいえ、そうじゃなくて……」とわたしは答えた。そうよ、もう家族はいないもの。

「単に……これまで使っていたものを紛失してしまっただけ」

「それはたいへんだ。最後の通話相手は覚えておいでですか？」青年はなおも食いさがった。

「覚えてないわ。とにかくいまは、安く買えるものを手っ取り早く現金で手に入れたいだけ」そう告げた口調は、意図したよりも棘々《とげとげ》しいものになってしまった。以前のわたしは、店員に横柄な態度をとるような人間ではなかったのに。わたしは慌《あわ》てて、傷だらけのダミーの一台をつかみとった。

「これでいいわ。この機種の通話料はおいくらかしら」

青年はそれでも辛抱強く、それはどのコースに申しこむかによるのだと、笑顔で答えた。きっと心のなかでは、なんて世間知らずな女だろうと、嘲笑《あざわら》っているにちがいない。とはた。とはいえ、わたしが携帯電話の契約を自分でするのがはじめてだというのも事実だった。一台めは大学の卒業祝いに両親が贈ってくれたものだったし、その後は機種交換を繰りかえしてきただけで、職場で支給されたものも、すでに契約が済んでいたから。すると青年はそこから、どうでもいいような質問をくどくどと投げかけはじめた。通話やメールのやりとりは、どれくらいすることになるか。インターネットも利用するか。これらの質問に答えていけば、どのコースが最適であるかが判明するというのだけれど、いまのわたしにはそんなものどうだってよかったし、何ひとつ理解もできなかった。いますぐこの場から逃げだしたいだけだった。一刻も早く、募集広告を出していたシェアハウスに電話を入れたかった。空き部屋が埋まってしまうまえに。パニックに陥るまえに。今夜の寝床を確保するために。

「なんでもいいから、いちばん安いのを、さっさと売ってくれないかしら」とっさに口から飛びだした言葉は、青年を見るからに傷つけた。

「ごめんなさい……」そう詫《わ》びるやいなや、忌々《いまいま》しいことに、目から涙があふれだした。青年はわたしの肩にそっと手を添え、あの歌うような声で、大丈夫ですよとささやきかけてきた。自分が恥ずかしくてならなかった。わたしはどうしてこんな不愉快な人間になってしまったのだろう。青年はわたしにティッシュペーパーを差しだしたあと、これならわたしにぴったりだと言いながら、機種とコースをてきぱきと選びだし、遠慮するわたしを無視して、値引きまでしてくれた。ようやく店をあとにしたとき、わたしは新しい携帯電話を手にしていた。充電を済ませ、すぐにも通話可能な電話を。あの親切な青年のおかげで、身の上の不幸を嘆いてばかりではいけないのだと、あらためて気力を奮い立たせることができた。いつかふたたびここを訪れて、今日のお礼を言おうと、わたしはそのとき心に決めた。

通りに出るなり、またも眩暈《めまい》に襲われた。腰をおろすことのできる、どこか静かな場所を見つけなければ。気持ちを落ちつかせてから、何本か電話をかけなければ。ここはあまりに騒々しすぎる。ホルボーンという駅の前から、行き先もたしかめずバスに乗った。ピカデリー大通りをしばらく進んだあと、大きな公園のはずれにある、グリーン・パーク駅の前でバスをおりた。駅名がわかったのは、たまたま道路標識が目に入ったというだけのことだったけれど、そこが街の中心部に位置するはずだということだけは確信できた。街の中心部にいるのであれば、どの方角にも移動できる。新居がどこに決まったとしても。

公園に足を踏みいれてみて、驚いた。デッキチェアや観光客を避け、大きな遊歩道を離れただけで、これほどの静けさに出会えるとは。草がぼうぼうに生い茂った小高い丘を見つけて、その頂《いただき》までのぼり、木陰に鞄を置いた。バレエシューズを脱ぎ捨て、枯れかけた草の上に寝転がった。周囲には人っ子ひとりいない。公園の外からかすかに響いてくる車の走行音がなかったら、いま自分がこの国の首都にいるのだということを忘れてしまいそうだ。顔に降りそそぐ木漏《こ も》れ日が温かい。目を閉じると、動揺がやわらぎ、自分が正常な状態に戻りつつあるような気がした。かすかな充足感すらおぼえていた。ところが次の瞬間、記憶に焼きつけられたある光景が、出しぬけに瞼《まぶた》の裏に浮かびあがった。これまで百万回と繰りかえしてきたとおりに、わたしは心のなかでぐっと身をすくませ、弾《はじ》かれたように目を開けた。いま思えば不思議なことに、列車のなかでは、家族のもとを去った悲しみがあまりに生々しかったせいか、あの記憶が蘇《よみがえ》ることはなかった。その一方、つい寸前までは、幸福感とでも言うべき、満ち足りた気分にひたりかけていた。肉体的な疲労感から。人目を気にする必要のない解放感から。匿名《とくめい》でいられることの喜びから。この大都市のどまんなかで、新たな人生を始めることへの期待感から。ばかなキャサリン。幸福なんて、あなたにはけっして許されないものなのに。

ロンドン市内に散らばる九か十の物件に電話をかけてはみたけれど、いずれも、すでに入居者が決まったあと（〝ああ、あの広告をごらんになったのね？　でも、ちょっと遅すぎたわね。サイトに掲載されたら、すぐに連絡してくださらないと〟）であるか、電話に応じる者がないか、相手の話す片言の英語が聞きとれず、こちらの英語も相手に通じないかで、空振りに終わった。ホテルの部屋なら簡単にとれるだろうが、できればそれは避けたかった。この計画をやりぬくためにも、今日から、いまこのときから、新生活のスタートを切りたかった。ホテルの客室で一夜をすごしたら、自分のしたことについて、自分の失ったものについて、くよくよと考えこんでしまうのは目に見えている。まずまちがいなく物思いに耽《ふけ》り、心の奥深くに埋もれた記憶の鉱脈を掘り起こしてしまうだろう。そうならないという自信は、まるでない。

リストに挙げておいた物件は、あとひとつしかなかった。フィンズベリー・パークに建つシェアハウスの一室。家賃は週決めで九十ポンド。フィンズベリー・パークとやらがどこにあるのかもわからなかったし、家賃は希望より高かった。それでも、是《ぜ》が非にでも今日中に、新居を確保したかった。呼出し音が鳴りつづけ、あきらめて電話を切ろうとした矢先、回線のつながる音がした。

「はい、フィンズベリー・パーク・パレスです」笑いまじりの声が言った。わたしが第一声に迷っていると、声の主は重ねて「もしもし？」と呼びかけてきた。その響きから、エセックス州（とおぼしき）訛《なまり》が聞きとれた。

「もしもし、あの、空《あ》き部屋を探している者なんですが……情報紙の《ルート》に掲載されていた広告を拝見して……」

「広告を？ ごめんなさいね、ベイビー。うちはもう、全室埋まっちゃってるの」仕方なく電話を切ろうとしたそのとき、別の誰かが横から口を挟む声が聞こえた。「ねえ、ちょっと待って。今日ちょうど出ていくひとがいて、部屋がひとつ空くみたい。まだ広告は出してないんだけど。そちらはきっと、前回の広告を見て連絡してきたのよね？ あのときの空き部屋は、とっくに埋まっちゃったけど」

「今日空いた部屋のお家賃は？」

「先に言っとくけど、クロゼット程度の広さしかないような部屋よ。しかも、今日までそこに住んでたフィデルは、掃除の〝そ〟の字も知らないようなやつだったし。それでもかまわなければ、週に八十ポンドでどう？ 広告を出す手間とお金も省けるし。いま話した感じからすると、普段、応募の電話をかけてくるいかれポンチどもより、おたくはまともな人間みたいだし」

「ええ、それでかまいません。いまからそちらへ向かいますので」詳しい住所を教えてもらってから、わたしは電話を切った。

今日は朝から、いっさい食事をとっていなかった。あまりの空腹感で、胃袋が握りこぶしのように感じられた。なんでもいいから食べ物を探そうと、公園の出口までたどりつきはしたものの、ここからどちらへ向かえばいいものか。方向感覚がまったくつかめない。わたしは少し悩んでから、右へ向かうことにした。ただ単に、ほとんどの歩行者がそちらへ向かっているようだというだけの理由で。しばらく歩くと、露店が見つかったので、ポテトチップスとコーラを買った。食べ物はそれしか売っていなかったから。売り子の男性は、おろおろとしたわたしの挙動を胡散《うさん》くさそうに眺めていたが、少なくとも家出人ではなく、単なる旅行者だとみなしているようだった。わたしは道端に立ったまま、ポテトチップスを食べ、コーラを飲んだ。旅行鞄は、足のあいだにしっかりと挟みこんでおいた。これを失うわけには、絶対にいかない。食事が済むと、ふたたび歩行者の流れに乗って通りを進み、地下鉄の駅へと通じるタイル敷きの階段をおりた。幸運としか言いようがなかった。まさにわたしの必要とするものが、そこにあった。新居のある駅へと向かう路線が、そこを通っていたのだ。

その一帯は荒れ果てた様相を呈していて、めざす家は〝ボロ家〟としか表現のしようがなく、なかに入りたいという気持ちは微塵《みじん》も起こらなかった。こんなところでいったい何をしているのかと、自分に問いかけずにはいられなかった(もしや、ついに正気を失えたの？　だとしたら、どうしてこんなに長い月日がかかったのかしら)。あの家のなかに何が待ちうけているのかは知る由《よし》もないけれど、不吉な外観がすべてを物語っている気もした。生け垣は伸び放題に生《お》い茂っている。庭には、ビールやワインの空き瓶を詰めこんだ木箱が、山と積みあげられている。その傍らでは、中身のあふれかえった車輪付きの大型ゴミ容器が三つ、悪臭を放っている。アルミサッシの窓に吊るされた大柄のカーテンは、斜めにかしいでいる。外壁の煉瓦《れんが》はあちこちが欠けているうえ、塗料も汚れにまみれている。そして、ポーチはプラスチック製。チョールトン地区に建つ美しいわが家のことが、頭に浮かんだ。緑色の玄関扉に、ゼラニウムの花に彩《いろど》られた窓辺のプランター。ラベンダーの香り。そして、流行をとりいれつつも長閑《のどか》な空気感をとどめた、周囲の土地柄。ベンとわたしがそこにマイホームを構えたのは、子育てをするのに最適な環境だと考えたからだった。周辺には、肩肘《かたひじ》張らずにくつろげるカフェや市場もあれば、ライブハウスもあった。芝生の庭を備えたチューダー様式のパブもあれば、もちろん、マージー川沿いに広がる緑豊かなチョールトン・エスト自然保護区もあった。ここならいつか、犬を飼うこともできるな、とベンは言った。わたしはにっこりと微笑みかえした。この提案もまた、わたしを喜ばせるために言ってくれていることがわかっていたから。

わたしは現在に意識を戻し、目の前の新居を見つめた。今夜の寝床がほしいなら、選《え》り好みはしていられない。家はもう目の前にある。日暮れは刻一刻と迫っている。わたしはひとつ深呼吸をしてから、旅行鞄の重みに耐えて背すじを伸ばし、玄関へと向かった。

「何か用？」ノックに応じて扉を開けたのは、不機嫌そうに顔をしかめた黒人女性だった。

「こんにちは。あの、今日から部屋をお借りする者なんですが……」

「なんのこと？　空き部屋なんてありゃしないけど」

「そんな……さきほどお話しした方は……」言いかけて、はたと気づいた。あのエセックス訛の女性に、名前を聞き忘れてしまった。「今日の午後、こちらにお住まいの女性から電話で伺《うかが》ったんです。入居者のひとりが今日中に出ていかれるから、その部屋が空くはずだって……」

「あんた、家をまちがえたんじゃない？　お気の毒さま」それだけ言って、女は扉を閉めようとした。

「待ってください。たしか……そう、カストロっていう方が、今日ここを出ていかれるとか。どなたか、その件をご存じの方とお話をさせてもらえませんか」

女は苛立ちをあらわにして言った。「カストロなんて名前の住人、ここにはいないわ。さっきも言ったけど、家をまちがえたんでしょ」わたしの鼻先で、ばたんと扉が閉じられた。

私道を引きかえしはじめるやいなや、屈辱の涙が頬を伝いはじめた。鞄の重みに、足がよろけた。舗道に出ると、生け垣のそばに荷物をおろした。ここなら、家のなかからは見えないはずだ。このまま気を失ってしまいそうだった。あまりの暑さと、空腹と、寄る辺《べ》なさと、新たな悲嘆が襲いかかってくる。鞄の上にすわりこみ、膝に顔をうずめて、眩暈がおさまるのを待った。家に帰りたかった。夫に会いたかった。そのとき、玄関扉の開く音が聞こえた。私道を駆けてくる足音と、キャサリンと呼びかける女の声が、そのあとに続いた。わたしは身動きもできずにいた。反応が鈍っていた。誰かが目の前に立つ気配を感じて、わたしはようやく上を見あげた。そこにあらわれた、天使のような顔を。「フィデルの部屋を借りにきたひとよね？　あらやだ、ベイビー、泣かないで。あのひと、虫の居所が悪いと、やけに意地が悪くなるの。あんなのいちいち気にしてちゃだめよ。さあ、なかに入りましょ。何かお酒を出してあげる。アルコールが必要だって顔をしてるもの」

こうしてわたしはエンジェルと出会った。わたしの天使と。わたしの救い主と。

4

エミリーがベンと出会ったのは、ことさもあろうに、はじめてスカイダイビングに挑んだときのことだった。最初は、その存在をさほど気にかけていなかった。ベンはひどく無口だったから、小さな飛行場へと向かう道中、同じ車に乗りあわせているあいだも、ほとんど会話を交わさなかった。その車には、ほかにも同乗者がいた。耳にピアスをつけ、少年のようなあどけなさを残す背高のっぽのジェレミーは、極度に緊張したようすを見せていて、飛行機から安全に飛びおりるためのルールを厳守することすらできないのではないかと、こちらが心配になるほどだった。車内ですごした一時間ほどのあいだ、エミリーはずっと、どうしてこんなことになってしまったのだろうと考えつづけていた。友人のデイヴから、チャリティ募金の余興に協力してほしいと懇願され、一度は承諾したものの、いざ当日になってみると、飛行機から飛びおりるなんて行為は正気の沙汰《さた》ではないとしか思えなくなっていた。それに加えて、デイヴが運転する傷だらけのおんぼろ車の後部座席に、長身のジェレミーと押しこめられているのはどういうわけなのか。もう少し楽に脚を伸ばすことのできる助手席には、ジェレミーこそがすわるべきなのでは？　そこまで考えて、はたと気づいた。ひょっとして、いま助手席を占めているベンは、わたしを意識しているのでは？　だからこそ、助手席にすわると言い張ったのでは？　いいえ、ばかね。何を考えているの。これまで異性に関心を持たれたことなんて、一度もなかったはずじゃない。そのあと、ベンのうなじの生え際《は》のあたりに、赤く腫《は》れあがった吹き出物を見つけたときには、ベンのことが気の毒になった。必死にそれを隠そうとして、しきりにジャケットの襟《えり》をずりあげていたからだ。いっそのこと襟を立ててしまえばいいのだろうが、いくらなんでもあからさますぎると考えたのかもしれない。向こうがこちらの視線に敏感になっているらしいことは、エミリーにもわかっていた。だからこそ、目をやらないようにしなくっちゃとは思うのだけれど、どういうわけか、その吹き出物を見つめているあいだは、自分がもうじきしなければならないことへの恐怖から気を逸らすことができた。それに、見てはいけないと思えば思うほど、ますますその一点に視線が引き寄せられてしまう。いいえ、あとから考えると、引き寄せられていたのは、ベンという存在にだったのかもしれない。暖房の調節がきかないのか、車内には、窓ガラスが曇るほどの熱気が立ちこめていたというのに、エミリーはそのとき、妙な震えをおぼえていた。どうにも落ちつかない気分だった。

飛行場は田舎道を進んだ先にあった。緑と黄色の草原と、高い生け垣に周囲をかこまれており、車がゲートを抜けると同時に見えたいくつもの小型機は、まるで草を食《は》む牛の群れを思わせた。長方形を成す敷地の三辺には、トタン屋根の建物が並んでいて、そのうちひとつはパラシュートをしまっておくために、別のひとつは夜のあいだ飛行機を格納しておくために、そしてもうひとつは利用客のための娯楽施設として用いられていた。なんでも、上空の雲が晴れてスカイダイビングができるようになるまで、何時間も待機しなければならない場合があるらしい。とはいえ、このときのエミリーは緊張のあまり、娯楽に興じる気になどなれなかった。そこでひとり輪を離れ、煮出しすぎた紅茶と本を手に、部屋の隅へ引っこんだ。本を一冊持ってくることを忘れなくて、本当によかった。ときとして読書は、気をまぎらわすことのできる唯一の手段となる。ところが少しすると、友人のデイヴがやってきて、すぐ隣に腰をおろし、こちらの緊張をほぐそうとしてなのだろうが、悪趣味なジョーク（〝円のまわりにいるのは男か女か？——答えは女。二パイあーる〞だの、〝目のないメダカをなんと呼ぶ？——答えはダカ〞だの）を立て続けに披露しはじめた。エミリーは乾いた笑い声をあげてみせつつも、こんな事態に巻きこんだ張本人であるデイヴを、いまにも詰《なじ》りだしてしまいそうだった。やがて、その気配を察知したのか、デイヴはすごすごとその場を離れていった。罠に捕らえられたような感覚と、心細さとをおぼえながら、エミリーはひとり静かに時間をやりすごすことになった。ビリヤードだの単語並べ《スクラブル》ゲームだのに興じているほかのみんなは、思い思いに待ち時間を楽しんでいるようすだった。もしも自分の車で来ていたなら、適当な言いわけをでっちあげて、さっさと逃げ帰ってしまっていたかもしれない。でも、自分はいま、チェシャー州の片田舎に、人里離れた草原のどまんなかにいる。歩いて帰ることなんて、まず不可能だ。それに、多額の募金を集めてしまったあとでもある。なんとしてでも、これをやり遂げなくちゃいけない。みんなの期待を裏切るわけにはいかない。手にした本をぎゅっと握りしめることで、そこに意識を集中しようと、何も考えるまいとしたけれど、思考はめまぐるしく回転を続けていた。これは練習なんかじゃない。スポーツセンターの演壇の上から飛びおりるのではない。空中へ飛びだすことになるのだ。さきほど小型機の群れを目にしたことで、それがあまりにも現実味を帯びて感じられた。

「なあ、エミリー、ビリヤードをやらないか？」問いかけに顔をあげると、張りきり顔のデイヴがじっとこちらを見おろしていた。伸びすぎた黒い不精髭《ひげ》は、もぎとった蜘蛛《くも》の脚を貼りつけてでもいるようだ。髪はぎとぎとに脂《あぶら》ぎり、着たきり雀《すずめ》の革ジャンの下からは、ヘビーメタル・バンドのロゴがプリントされた黒いTシャツがのぞいている。

「遠慮しておくわ。わたしならひとりで大丈夫だから、気にしないで、デイヴ」そう言って断っても、デイヴが納得していないようすだったため、エミリーはさらにこう続けた。「本当に、心配しないで。いま読んでいる小説が、ちょうど山場にさしかかっているの」

「そう言うなって。一日中そんなところにすわりこんでるわけにもいかないだろ。きっとめちゃくちゃ盛りあがるぜ。きみとおれ、ジェレミーとベンで組をつくって、対決するんだ」

エミリーは少しためらってから、ビリヤード台のほうを見やった。表面が擦《す》り切れ、斜めに傾いた台に屈みこむベンの姿が見えた。難しい角度に位置する赤玉を、ちょうどポケットへ沈めたところだった。けれども、ベンはさほど喜びをあらわにすることもなく、さっさと台の反対側へまわりこんで、次のショットにとりかかろうとしていた。

「ビリヤードは下手くそもいいところだもの。わたしと組んだら、負けちゃうわ」

「そんなことないって。ほら、行こうぜ」デイヴに手をつかまれ、ビリヤード台へと引っぱられていくとき、次のショットを狙っていたベンがちらりとこちらを盗み見てから、ただちに視線を戻すのがわかった。やっぱり、わたしに気があるのかもしれない。またも一瞬そんなことを考えてから、エミリーはすぐさま、気のせいよと首を振った。いずれにせよ、本当のところなどどっちでもかまわなかった。愛だの恋だのに深入りするのは、性《しょう》に合わない。その種の才能は生まれるまえに、すべて妹に譲り渡してしまったから。

背が高すぎるせいで、膝を折り曲げないとショットを打つこともできないジェレミーにベンが圧勝するのを待って、四人はダブルスの試合を開始した。自分の番がまわってくると、エミリーは腰を折ってキューを構え、台の端にある玉を対角線上のポケットに沈めようとしたが、キューの先端が手玉の端に当たってしまった。白い手玉は進路を逸れてのろのろと転がったあと、お目当ての黄色い玉の脇をすりぬけていった。

「ごめんなさい、デイヴ」申しわけなさそうにするエミリーに、デイヴはにやりと笑ってくれた。次のプレイヤーであるベンに、エミリーはキューを差しだした。ほんの一瞬、一本のキューをふたりで手にしたその一瞬が、妙に親密に感じられて、エミリーは慌てて手を放した。ベンは口ごもりがちに「ありがとう」とつぶやいて、さっと目を逸らした。するとその直後、それまですべてのショットを成功させていたはずのベンが、至極容易に思えるショットで、手もとを狂わせた。狙いの赤玉はポケットに弾かれ、ころころと台に戻ってきた。

「くそっ」ベンは小さく毒づき、かすかに顔を赤らめながら、キューを手渡そうとデイヴに近づいた。

「ショットはひとり二回ずつだぜ」デイヴに言われてルールを思いだしたベンは、再度、赤玉を狙ったが、もっと簡単なはずのこのショットまではずしてしまう始末だった。ベンからキューを受けとったデイヴは、得意満面で得点を重ねた。のっぽのジェレミーはもとより戦力にならなかったうえ、ベンまでもが戦意を喪失してしまったいま、エミリーがなすべきは、黒い玉をポケットに沈めることだけだった。そのときエミリーの心は、妙な静けさのなかにあった。その原因がなんなのかは、自分でもよくわからなかった。スカイダイビングを直前に控えた恐怖心のせいなのか。自分がそばにいるとベンが見るからに緊張することへの、きまり悪さのせいなのか。とにかく、そんな静けさのなか、エミリーはキューを突きだした。すると、ただでさえ難しいショットであったうえ、玉を突く角度を誤ったにもかかわらず、台が傾いていることが幸いしてか、目当ての黒い玉は吸いこまれるようにポケットのなかへ消えていった。

「あらら、ごめんなさい」

「やった！」とディヴが叫び、エミリーを抱きしめようと腕を広げたが、寸前で思いとどまったらしく、その腕を上にあげなおして、ハイタッチを求めてきた。ジェレミーも、お見事と声をかけてきた。ベンははにかんだように微笑んでから、ぶらぶらと売店のほうへ向かっていった。

時間がだらだらと過ぎ去って、日暮れがじきに近づいても、上空には雲がかかったままだった。気温も、雨が降りだしそうなほどに落ちこんでいた。エミリーは紅茶のおかわりと本を手に、ふたたび部屋の隅へと引っこんでいた。ベンとジェレミーはずいぶんまえから、チェス盤を睨《にら》みつづけている。残るディヴは、ジェマイマという名の小柄な女の子（なんでも、スカイダイビングを三百回以上も経験しているらしい）を相手に、卓球で惨敗を喫していた。もう何度めかもわからなくなったころ、またも腕時計に目をやってみると、時刻は午後四時をまわっていた。エミリーは手にした本を脇に置いた。そのときはじめて、一縷《いちる》の希望が見えた。こんな時間になってしまっては、もうスカイダイビングなんてできないのでは？　もうじき空も暗くなる。デイヴはいまどこにいるのかしら。デイヴのところへ行って、帰り支度をするべきじゃないのと切りだしてみよう。これ以上ここにとどまっていても、無駄じゃないかと言ってみよう。ところが、この日はじめて心が軽くなるのを感じながら、椅子から立ちあがったちょうどそのとき、建物の入り口にチーフ・インストラクターが姿をあらわした。あふれんばかりの活力をみなぎらせるその顔は、第一次世界大戦中、ソンムの戦いに臨んで、前戦へ部下を送りださんとする司令官を思わせた。「雲が晴れたぞ！　急げ！　装具を身につけろ！」チーフ・インストラクターの叫ぶ声がした。興奮状態に陥った子供さながら、全員が一斉に走りだすなか、エミリーだけが遅れをとった。脚がぐにゃぐにゃに萎《な》えたみたいだった。胴体からはずれてしまったかのようだった。ベンはすでにそこにいた。まるで人が変わったような、自信に満ち満ちた姿で。ついさきほどまで見せていた恥じらいも、挙動のぎこちなさもすっかり消え去って、黒いジャンプスーツをまとった姿は、凛々《りり》しいとすら形容できそうだった。ベンは、ハーネスの装着に手間どるエミリーに手を貸したうえで、くるりと後ろを向けさせて、パラシュートを背負わせた。

「腰を曲げて」ベンはそう指示してから、エミリーの脚の付け根のストラップを締めあげた。背中を起こす際に描いた、九十度ぶんの弧のいずこかで、エミリーは恋に落ちた。

その後、三カ月ものあいだ、ベンと再会することはなかった。あの日、エミリーは太腿に触れるベンの指の感触を胸にいだいたまま、小型機から身を躍らせた。その瞬間からエミリーまでもが、照れや恥じらいをおぼえるようになってしまった。厳密には、ベンはエミリーの理想のタイプではなかった。これといって明確な理想像があるわけでもなかったけれど、チェスをたしなみ、スカイダイビングを趣味とする会計士でないことだけはまちがいない。それに、ベンのことを妹のキャロラインはどう思うだろうと考えると、身震いがした。けれども、帰りの車内では、ベンの吹き出物さえもが愛しく思えてきた。首を伸ばして、そこに口づけたいとまで思った。うなじに触れる熱い唇の感触が、ベンの心には伝わっているにちがいないと、確信までしていた。ところが、車がチェスター市にあるエミリーの自宅近くで停車しても、ベンは肩越しに「お疲れさま」と告げるだけで、後部座席を振りかえりもしなかった。エミリーは仕方なく車をおりはしたものの、舗道に立ったままぐずぐずしていると、デイヴが急《せ》きたてるようにエンジンを吹かしたため、しぶしぶながらドアを閉めた。黒い排ガスを吐き散らしながら車が遠ざかっていくあいだ、エミリーはその場に立ちつくしていた。人通りの絶えた道路の果てから車の影が消えたあとも、黒煙が霧散していくさまを、永遠にも思える数秒のあいだ眺めてから、しょんぼりと首を振りつつ家路についた。

ベンとはそのうち、職場でひょっこり顔を合わせることになるはず。エミリーはそう踏んでいたのだが、そんな機会はなかなか訪れてくれなかった。ふと思いたって調べてみたところ、エミリーの勤め先のオフィスビルで働く人間は、三千人もいることが判明した。いっそのこと、週末にもう一度スカイダイビングに挑戦してみようかとも考えたけれど、その案はすぐさま心の声（だめよ、あんなの、もう二度と無理）に打ち消された。月曜の朝を迎えるたびに、今週こそ再会できるはずよと、エミリーは自分に言い聞かせた。ベンに会えないことが、いっそう恋心を募らせた。いっそう想いが強まった。それはエミリーらしからぬことだった。誰かにこれほど恋い焦がれたことなど、いままで一度たりともなかったから。しだいに、再会を待つもどかしさすらも、エミリーには新鮮な喜びとなっていった。朝には期待に胸をふくらませながら目を覚まし、昼休みには地下の食堂へおりて、カールのかかった黒髪をきょろきょろと捜しまわった。出勤時と退勤時には、一階ロビーの隅々《くま》にまで、隈なく視線を走らせた。毎日、再会の場面を無数に思い描いては、毎日、失意を味わった。

そんななか、ある週の金曜の朝、エミリーはうっかり寝坊をしてしまった。窓の外ではどしゃ降りの雨が降っていて、あたりはまだ仄《ほの》暗く、深い水たまりに街灯のオレンジ色の光が照り輝いていた。目覚まし時計が鳴らなかったのか、はたまた、鳴ったことに気づかなかったのか。とにかく、二日酔いで頭が割れそうに痛かったが、仕事を休むわけにはいかなかった。午後に重要な会議が控えていたから。今日は金曜だったから。あと一日持ちこたえれば、週末を迎えられるのだから。濃い紅茶を淹《い》れて飲み、バナナを一本、胃袋におさめてから、鎮痛剤を服用した。十五分ものあいだ、熱いシャワーの下に立ちつづけた。バスルームを出るころには、かろうじて動ける程度には気分がましになっていたけれど、出勤時刻を大幅に過ぎてしまっていた。そこで、いちばん手っ取り早く身につけられる外出着――ベルト付きの赤い無地のワンピースと、ブーツ――に手早く着替え、濡れた髪をざっと後ろに梳《と》かしつけるだけにとどめて、化粧をする手間は省いた。メイクは職場に着いてから済ませればいい。散歩のときにいつも羽織っているオレンジ色のダウンジャケットを赤いワンピースの上に着ると、ひどくちぐはぐなコーディネートになった。丈も色もバランスがめちゃくちゃだけれど、そんなことにかまってはいられない。外はどしゃ降りの雨なのだから。

一時間後、駐車場に車を入れたときも、気分は依然として惨憺《さんたん》たるものだった。まだ仕事をする気にはなれそうもない。まして、ベンと顔を合わせるなんてもってのほかだ。なのに、よりによってそのベンがいま、ビルのエントランスを抜け、こちらに向かってきているではないか。ベンはテイクアウトのコーヒーを手に、若い女性と連れだって歩いていた。再会の場面はかぞえきれないほど思い描いてきたけれど、こんな状況は想像だにしていなかった。エミリーはパニックに陥った。顔を真っ赤に染め、すれちがいざまにおはようとだけ声をかけて、足早にエントランスへ向かった。ベンは記憶にあるよりも、ずっとすてきになっていた。髪が少し伸び、スーツは体形にぴったり合っていて、靴はぴかぴかに磨きあげられている。焦げ茶色のウールのネクタイからは、新米会計士とは思えぬほどの洗練された印象を受ける。けれどもベンは、エミリーとの再会をことさら喜んでいるふうには見えなかった。礼儀正しく挨拶《あいさつ》を返してはくれたけれど、別段、取り乱したようすは窺えなかった。隣を歩いていた女が、ベンの恋人であるはずはない。そうよ、絶対にありえない。ベンにはまるで似つかわしくない。絶対の絶対にありえない。エミリーはずっと、自分にこう言い聞かせつづけてきた。ひとたび再会さえ果たしてしまえば、あとはとんとん拍子にことが進むはずだと。足をとめて、お喋《しゃべ》りをして、お茶でもどうかという話になって、そこから交際がスタートするはずだと。ところが、現実はちがった。今日のわたしは、これ以上はないほどのぶざまないでたちをしていた。ベンは別の女性を連れていた。こんな誤算がある?

この三カ月間は、運命の瞬間を辛抱強く待ちつづけてきた。でも、もうだめ。これ以上待つなんてできない。エミリーは小走りに自分のデスクへ向かった。忌々しいダウンジャケットを背もたれに放りだし、椅子に腰を据えて、これからどういう行動に出るべきかを検討しはじめた。思いきって、十七階まで会いにいってみようか。フロア中を歩きまわって、ベンのデスクを見つけだし、ふたりきりで話したいと言ってみようか。いいえ、それじゃあ、みんなの視線を浴びながら、使われていない会議室を探し歩くことになる。考えただけでぞっとする。ならば、職務上の用件があって、十七階を訪れたふりをするのはどうだろう。たまたま通りかかったふりをして、あら、こんにちはと声をかけるのは？　いいえ、あまりに不自然すぎる。だいいち、ベンのデスクの位置を把握していなければ、偶然を装うことだって難しい。だったら、番号を調べて電話してみようか。うん、そのほうがずっといい。人目を気にする心配もない。それとも、メールを送ってみようか。それがいちばん手っ取り早い。でも、場合によっては、いちばん遠まわりにもなりうる。だって、もしも返事が来なかったら？　もしもメールが届かなかったら？　わたしは今日中に、いますぐに、ベンの気持ちをたしかめたいんだもの。

悩みに悩んだ挙句、社員名簿でベンのアドレスを調べて、メールを送ることにした。

〝こんにちは、ベン。今日は久々に顔を見られて、嬉《うれ》しかったわ。ところで今夜、一緒にお酒でもどうかしら。だいじな話があるの。できれば、このアドレスに返事をください。念のため、携帯電話の番号も添えておきます。エミリー〟

送信ボタンをクリックし、背もたれに寄りかかると、ようやく人心地がついた。ついにやってのけた。ついにそのときがやってきたんだわ。自分は然《しか》るべき行動をとったのだという確信には、微塵の揺るぎもなかった。だって、ベンがわたしに好意をいだいていることに、まちがいはないはずだもの。そこでひとまず、今日の予定を確認した。やはり、例の会議が昼食後に予定されているほかは何もない。会議が終わるころには、きっと返事が届いているだろう。

ところが、午後五時を迎えるころ、エミリーは失意のどん底にあった。自分のデスクに戻りさえすればメールが待ちうけているものと完全に思いこんでいたため、そうでないことがわかるやいなや、疑念の波が洪水のように押し寄せてきた。わたしはいったい何を考えていたの？　どうしてあんな早まったまねができたの？　さっき送ったメールの文面を見なおしてみた。〝だいじな話があるの〟――この部分に問題はなし。それくらいのことなら、ありうるわ。どうしても話したいことがあるってだけ。でも、話ってどんな？　それはもちろん、スカイダイビングのことよ。〝一緒にお酒でもどうかしら〟――問題はこれ。この誘い文句が言外に匂わしていることはあきらかだ。なんてこと。ベンはきっとわたしのことを、頭がいかれているのだと、ストーカーなのだと思うにちがいない。どっちにしろ、ベンにはもう恋人がいる。今朝、一緒にいるところを見たじゃないの。たとえ恋人がいなかったとしても、今朝のわたしときたら、とんでもない醜態をさらしてしまった。ベンがわたしに惹《ひ》かれるなんて、ありえっこない。

「エミリー！」呼びかける声にはっとした。隣席のマリアがこちらに身を乗りだし、エミリーの顔の真ん前で両手を振っていた。なおもショックから立ちなおれぬまま、エミリーは呆然とその手を見つめた。「ねえ、聞こえてる？　ホッチキスを貸してくれない？　わたしのは誰かが持っていっちゃったみたい。あら、ちょっと、どうかしたの？」

「なんでもない。頭痛がするだけよ」

「ひどい顔色をしているわよ。もう家へ帰ったら？」

「この報告書を仕上げなきゃならなかったの。もう済んだから、お先に失礼するわ。はい、これ、どうぞ」エミリーはマリアにホッチキスを渡すと、すぐさま顔をそむけた。目からあふれだした涙が、キーボードにぽたりと落ちた。最後にもう一度だけ、メールボックスを開いてみた。新着メールは一通もなし。ログアウトの手順をきちんと踏む気にもなれず、エミリーはそのまま電源を落とした。マリアに「お先に」と短く声をかけながら席を立ち、足早にエレベーターへ向かった。


自宅に戻ったあともそわそわとして、じっとしていることができなかった。携帯電話の着信履歴をたびたびチェックした。電話は肌身離さずポケットに入れてあるけれど。設定を変更してだって、ありえるはず。電話は肌身離さずポケットに入れてあるけれど。設定を変更しておいたから、電話がかかってくれば着信音が鳴り響き、バイブが震えだすはずではあるけれど。もしかしたら、自分が退社したあとに返事が届いたかもしれない、とも考えた。いいえ、職場のパソコンに届くメールを、自宅でもチェックすることができたらいいのに。

きっといまにも電話がかかってくるはず。ちゃんと番号を添えておいたんだもの。なのに、どうしてまだ電話をくれないの？　とつぜん吐き気が襲ってきた。極度の空腹に陥ったときや、二日酔いの後期に感じるような吐き気。けれども、いまはサンドイッチすらつくる気になれない。冷蔵庫を開けると、乾燥してひびの入ったチェダーチーズが見つかった。食器棚から、干からびかけたスティックブレッドを取りだした。空腹感をやわらげるためだけに、それを胃袋におさめた。テレビをつけ、チャンネルを次々に変えていった。《ザ・シンプソンズ》の再放送が映しだされたところで、手をとめた。以前にも観たことのある回だったけれど、まるで話のすじを追うことのできない自分がいた。母親から電話がかかってきた。着信音が鳴りだした瞬間の昂揚感と、ベンからではなかったことに対する落胆。その落差が大きすぎて、電話に出ることすら耐えがたくなってきた。浴槽に湯を張り、そこにしばらく浸かっていると、あまりの恥ずかしさと相まって、全身がかっと熱くなった。午後十時を過ぎてベッドに横たわったとき、ようやくこの煩悶《はんもん》からいくらか解放されることができた。今夜はもう、ベンから電話がかかってくることはない。くよくよ考えるのは、もうやめたほうがいい。へとへとにくたびれ果てたエミリーは、ほどなく、いま読んでいる小説の世界へ――十七世紀の暗黒街へ――入りこんでいった。

低い振動音と呼出し音が眠りを破った。ベッド脇のテーブルに手を伸ばし、携帯電話をつかみとった。十一時二十八分という時刻表示を確認しながら、通話ボタンを押した。

「もしもし？」

「エミリー？　ベンです。ええと……スカイダイビングのときに会ったベンだけど……こんな時間にすまない。今日は一日中取引先をまわっていて、そのあとバーに寄ったんだ。で、帰宅途中になんとなく社内メールをチェックしてみたら、きみからのメールが届いていたものだから」

「そうだったの……」

「それで、だいじな話っていうのは？」有無を言わさぬ強い口調で、ベンが訊いてきた。声のようすからして、少し酔っているようだった。

「あの……そのことなら、もういいの」

「今夜中に一杯やる気は、まだあるかい」

「もう十一時半よ。こんな時間に営業しているお店なんて、どこにもないわ」

「ぼくがそっちへ行ってもいい。自宅はいまもチェスター？」

「ええ。あなたはいまどこにいるの？」

「トラフォード。自宅の詳しい住所を教えてくれるかい」

「そんなところからじゃ、何時間もかかってしまうわ」

「タクシーをつかまえるよ。そうすれば、一時間で着けると思う」

エミリーは不意に黙りこんだ。

「きみが乗り気でないなら、やめておくけど……」

エミリーはなおもためらっていた。ベンの示してくれた反応は、自分が望みうる以上のものだった。なのにいま、エミリーは迷いのなかにあった。いくらなんでも、時間が遅すぎる。ベンのことは、まだ何も知らないに等しい。これほどの急激な進展を、わたしは本当に望んでいるの？

悩んだすえに、エミリーは告げた。「ううん、来て」

「わかった。すぐに行くよ」そう応じる声の、ぬくもりに満ちた響きを耳にするなり、エミリーの心から迷いが消えた。

一時間と七分後に、玄関のブザーが鳴った。すでに服装は、ゆったりとしたニットとジーンズに着替え、髪はアップにまとめてあった。エミリーは裸足《はだし》のまま、少し警戒した面持ちで扉を開けた。ベンはまだ今朝と同じダークスーツを着ていたが、焦げ茶のネクタイはゆるめてあった。ベンは顔に笑みをたたえたまま、扉を支えるエミリーの脇をすりぬけて、部屋のなかに入ってきた。狭苦しい玄関口で、できるだけエミリーから距離をとるようにして。ベンの身体からは、ビールと湿気のにおいが漂ってきた。外はまだ雨が降っているらしい。エミリーはベンをキッチンに通した。味気ない蛍光灯の光のもとでは、血色の失せたふたりの顔がやけに青白く見えた。

「ごめんなさい。せっかく来てもらったのに、うちにはアルコールを置いてなくて」そう告げる声は、不自然にうわずっていた。「コーヒーでもいかが？　それ以外だと、〝安眠のお伴〟の粉末麦芽ジュースならあるけど」そう言って笑おうとしたけれど、あまりにお粗末なジョークであることは自分でもわかっていた。

ベンはひとこと、それじゃコーヒーをと答えただけで、エミリーがコーヒーを用意しているあいだも、ずっと黙りこくっていた。エミリーのほうも、何も言うことを思いつかなかった。お湯が沸くと、撥《は》ねかかる飛沫《しぶき》に小さく毒づきながらも手をとめることなく、インスタントコーヒーの粉を入れたカップに熱湯をそそぎいれた。冷蔵庫からミルクを取りだし、ベンのカップに砂糖を加えてから、居間へと移動した。コーヒーテーブル（普段置きっぱなしにしている新聞、本、小間物のたぐいは、寸前に慌てて片づけてあった）にカップを置き、ソファに腰をおろした。ベンは、室内にひとつだけ置かれている椅子を選んだ。ふたりのあいだに開いた距離が切なかった。エミリーはソファから立ちあがって、音楽をかけた。ロックバンドのザ・スミスの曲。流れだした旋律が、やけに物悲しく耳に響く。ボーカルのモリッシーの声が、いつになく陰鬱に感じられる。ふたりの距離がいっそう広がったような気がした。何もかもが、現実の出来事だとは思えなくなってきた。恋人になってくれないかと暗に仄めかすようなメールを、本当にわたしは送ったの？　真夜中に電話をかけてくるほど、本当に向こうもわたしにのぼせあがっているの？　ベンは本当にいま、わたしのアパートメントにいるの？　いまふたりは、これからどうすればいいのかも、ここからどうやって先へ進めばいいのかも、わからずにいた。会話にすら窮していた。ベンは元来、内気で口下手だったから。エミリーは人生の新たなステージを前にして、足がすくんでしまっていたから。何をどうすればいいのか、次の一歩をどう踏みだせばいいのか、これっぽっちもわからずにいたから。

エミリーが見守るなか、ダイバーの身体はまるで石のように飛行機から落ちていった。ところが、およそ五メートル近く落下した地点で、とつぜんがくんと動きが停止したかと思うと、そのまま機体から逆さ吊りになった。足首にロープが絡《から》まってしまっている。ダイバーはそれをほどこうと、身をよじったり、くねらせたり、必死に長い脚を動かしはじめた。エミリーはあまりの恐怖に目を見開いたまま、その光景を見つめていた。全身を駆けめぐっていたはずのアドレナリンを、戦慄《せんりつ》が凌駕《りょうが》した。全身が凍りつくのを感じた。するとそのとき、ブツリとひとつ、鋭い音がした。ダイバーの足首がロープから解き放たれ、空中でくるりと百八十度、身体が回転した。鮮やかな赤と黄色のパラシュートがようやく姿をあらわし、ジェレミーの顔が下方へ遠ざかりはじめた。そこには、いくぶんやわらいだ表情が浮かんでいた。意外なほどに落ちついた表情だった。ふとインストラクターを振りかえり、その目を見つめかえした瞬間、エミリーは悟った。地上訓練がなんのためのものであったのかを。飛行機の開口部から半分だけ身を乗りだす際には、かならず正しい角度ですわるようにと、耳にたこができるほど聞かされたのがなぜだったのかを。「行けるか？」インストラクターのグレッグがエミリーの腕をしっかりとつかんだまま、エンジン音に負けじと声を張りあげた。エミリーはぶんぶんと横に首を振った。耳を聾《ろう》する轟音《ごうおん》。機内に充満した金属臭。ドアがあって然るべき場所に、ぽっかりと開いた穴。なすすべもなく宙で揺れる右脚。遙《はる》か下方の草原に建つ、まるで玩具のようにちっぽけに見える格納庫。宙吊りになって手足をばたつかせるジェレミーの姿。そうしたすべてに眩暈をおぼえた。いまにも気を失ってしまいそうだった。わたしが先に飛びおりておけばよかった。あんなものを見せられたあとで、飛びだす勇気なんて出せっこない。グレッグが優しく微笑みかけながら、肩を握りしめてきた。そして、エミリーを虚空へと押しだした。

「何を考えてるんだい」ベンが尋ねるのが聞こえた。

その声に、いま自分がどこにいるのかを思いだした。わたしはいま自宅にいる。大慌てで片づけたあとの居間にいる。スカイダイビングを趣味とする、とんでもない変わり者の会計士とふたりきりで。まさかあのスカイダイビングが、すべての発端になるなんて。

「飛行機から身を投げだすなんて行為を一度体験していながら、ふたたび挑もうとするなんて、どうしてそんなことができるのかしらって考えていたの。それがどれほどの恐怖であるかは、いやというほどわかっているはずなのに」

「きみはたまたま運が悪かったのさ。ジェレミーは百九十センチもの長身のうえに、運動神経はゼロときてる。最良の手本になんかなるはずもない。どう見てもスカイダイビング向きの体型じゃないんだから」

「ジェレミーの件はもちろんだけど、わたしがもっと恐ろしかったのは、インストラクターに無理やり飛行機から押しだされたことのほうよ。あんなことをするなんて、信じられない。いくらなんでもひどすぎるわ……」自宅の居間という安全な場所にいても、そのときのことを思いだすだけで、久しく忘れていた恐怖心がぶりかえした。心臓の鼓動が速まり、胸がぎゅっと苦しくなった。

「インストラクターは、そうせざるをえなかったんだ。さもなきゃ、着地点がずれてしまう。きみの安全のためにしたことさ」

「安全だなんて、ちっとも思えなかったわ。それはいまも同じだけど」

「それって……どういうことかな」不安げな表情で、ベンが訊いてきた。こんな遅い時間に訪ねてきたのは、やはりまずかったかと考えているらしい。

「いいえ、そうじゃないの」エミリーはやけに長く思える数秒のあいだためらってから、ごくりと息を呑みこんだ。ふたたび一瞬の間を置いたあと、自分でも驚くほどまっすぐにベンの目を見すえて、こう告げた。

「わたしが言いたいのは、もう後戻りはできそうにないってこと。すっかりあなたの虜になってしまったから」

ベンの顔に笑みが広がった。「きみの話がそういうことだったらいいのにって、ずっと思ってたんだ」ベンはそう言うと、エミリーが自分でリメイクした籐《とう》の椅子――中古品店で買ってきて、銀色の塗料をスプレーした椅子――から立ちあがった。エミリーもソファから立ちあがり、ガラス製のコーヒーテーブルをゆっくりとまわりこんで、ベンに近づいた。ふたりは一メートルの距離を挟んで向かいあったまま、互いの目を見つめあった。なおも不安をおぼえながら。肉体の疼《うず》きをおぼえながら。やがて――どちらが先に行動を起こしたのかは、あとからどれだけ議論しても結論が出なかったのだが――ふたりはひしと抱きあった。そして、ずいぶんと長いあいだ、じっとそのままでいた。

5

わたしはフィンズベリー・パーク・パレスのキッチンで、椅子に腰をおろしていた。室内には、カントリー調の扉がついたオーク材の食器棚が据えられ、調理台には、大理石を模したメラミンの化粧板が張られている。目の前のテーブルにはウォッカトニックのグラスが置かれていたが、そんな飲み物を口にしたことは、これまでただの一度もなかった。バレエシューズの靴底から伝わる床の感触はざらざらとしていたけれど、キッチンは、外観から想像していたよりも清潔に保たれていた。ただし、ゴミ箱から漂ってくる甘ったるいにおいには、吐き気をおぼえずにはいられなかった。前庭であふれかえっていたゴミ容器といい、この家からはどれほどのゴミが排出されているのだろうと、呆気にとられるしかなかった。テーブルの向かいには、例の天使、エンジェルがすわっていた。こんな情景のなかにあって、その顔はあまりに愛らしく、まばゆいほどの生気に満ちている。スキニージーンズの上にフリンジ付きのベストという、垢《あか》抜けたいでたちを前にしていると、自分はなんて野暮ったいんだろうと、劣等感をおぼえさせられた。一気に老《ふ》けこんでしまったような気分にもさせられた。流し台の横では、癖のないまっすぐな髪を長く伸ばし、浅黒い肌をした痩せっぽちの青年がひとり、奇妙な形の野菜を切っていた。エンジェルはたしか、ファビオと呼びかけていた気がするのだけれど、青年は終始、調理台に顔をうつむけたまま、会話に加わろうともしなかった。いちばん最初に顔を合わせた、つっけんどんな女の姿は見あたらなかった。エンジェルによると、ほかのみんなはまだ仕事から戻っていないらしい。

「どう、少しは落ちついた？」自分のグラスからぐっと中身をあおりながら、エンジェルが訊いてきた。

「ええ、おかげさまで。本当に色々とありがとう」

「たいしたことないって」エンジェルは言って、天使の笑みを浮かべた。「それはともかくとして、どこからこっちへ？」

「出身はチェスターの近郊だけど、つい先日まではマンチェスターに住んでいたわ。でも最近、恋人と別れたあと、生活環境を変えたくなってしまって。これまでマンチェスターのそばを離れたことがなかったから、人生で一度くらい、ロンドンで暮らしてみるべきだと思ったの。歳をとりすぎるまえに」わたしは言って、引き攣った笑い声をあげてみせた。

こうした受け答えは、すべてあらかじめ用意してあった。選びに選びぬいた一部の事実も織りまぜて、まことしやかに聞こえるよう仕上げたつもりだった。ところが、たったいま、尋ねられもしないことを自分からひと息にまくしたててみると、なんとも嘘くさいうえに、言いわけがましく耳に響いた。

「歳をとりすぎるまえに？　ロンドンで暮らすのに、年齢制限でもあるっていうの！」エンジェルは言って、笑い声をあげた。「むさくるしいシェアハウスで、いかれた連中にかこまれて暮らすのにならね、年齢制限を設けたほうがいいかもしれないけど。あなたって、こんなところに住むには品がよすぎる感じだもの」

「いいえ、あの、そんなことないわ。生計の目処《めど》が立つまでは、家賃にあまりお金をかけられないし、新たな出会いを経験するのも、いい気分転換になるんじゃないかと思って」

「あいにくだけど、そういう効果は期待できそうにないわよ、ベイビー。ここの住人は、道で会ったら、通りを渡ってまで避けて通りたくなるような連中ばかりだもの」きまり悪そうにしているわたしの視線を追ったあと、調理台に屈みこむファビオのほうへ顎をしゃくってみせながら、エンジェルは続けた。「ああ、あの子のことなら、気にしなくて大丈夫。英語が喋れないから」そして、鞄のなかを引っ掻きまわしながら、こう訊いてきた。

「煙草《たばこ》はどう？」

「いいえ、煙草は吸わないの」

「ここで吸ってもかまわない？」

わたしは当然ながら、かまわないとうなずいてみせた。本当のところは、暑さと、ゴミのにおいと、空腹と、ウォッカのせいで、吐き気が強まるばかりだったけれど。考えてみれば、十四時間まえにチョールトンを発ってから、まともな食事をとっていない。肌に張りつくジーンズの感触が不快でもあったし、足の痛みもおぼえていたし、いますぐ横になりたかったけれど、不躾《ぶしつけ》な態度をとりたくもなかった。わたしは仕方なく、もうひと口、ウォッカを口に含んだ。

「あなたの名前、すごくすてきね」とにかく会話を途切れさせてはいけないという一心で、唐突な褒め言葉を口にした。過去の自分を捨ててキャサリンとなったいまでさえ、礼儀正しくあろうとするなんて。

エンジェルは笑って言った。「わたしはただ、本名のアンジェラ《Angela》から最後のaを省くことにしただけ。それだけのことだけど、かなりのイメージチェンジでしょ」

それを聞くなり、ある考えがひらめいた。ばかげているとは思いつつ、エンジェルがその身に帯びる何かが、そう頼んでも大丈夫だという気にさせた。「ねえ、エンジェル。わたしのことも、最初の三文字だけをとって、キャットと呼んでもらえないかしら。完全にあなたのアイデアを盗むことになっちゃうけど……キャサリンって名前、ずっとまえから嫌いだったの」

「お好きにどうぞ、ベイビー」と、エンジェルは微笑んだ。そうしてわたしは、その日二度めとなる改名を行なった。

6

朝早くに目を覚まし、隣に妻が寝ていないことに気づくと、ベンはいつもこう推測した。エミリーはまた、眠れない夜をすごしたのか。そうして一階におりてみると、たいてい居間のソファで読書をしているエミリーの姿があった。このぶんでいくとエミリーは、手持ちの古典作品をすべて読みかえしてしまうことになるだろう。日がな一日、読書ばかりしているのだから。エミリーが読書にのめりこむのは、自分自身から逃れるため、慣れ親しんだ懐かしい世界へ逃げこむための手立てなのだろうか。アメリカ南部や、トーマス・ハーディの描くエセックス地方や、ヨークシャーの荒野《ムーア》にいれば、いまここで営まれている自分自身の人生について考えずに済むからなのだろうか。苦しみを遮断する方法は、ひとそれぞれだ。さしあたり、エミリーのことはそっとしておくのがいちばんだという気がした。自分の世界に閉じこもりつつも、ときおりチャーリーの世話にだけは手を貸しながら、こちらの世界へ戻る用意が整ってくれるのを、じっと待つのがいい。

だから今朝も、ベンはベッドで寝返りを打ったあと、もう一度どうにか眠ろうとした。もう七月の下旬だというのにいまだ取りかえの済んでいない冬物の羽毛布団にこもる熱気のなか、どこか不穏で湿りけを帯びた眠りにふたたび落ちようとした。寝具の交換は、かつてはエミリーの仕事だった。エミリーはいつも、絶妙なタイミングで冬物と夏物の入れかえをしてくれていた。急な冷えこみに備えて、柔らかなカシミアの毛布を一枚、ベッドの足もとに用意してくれてもいた。そうした些細《ささい》な変化もまた、夫婦の苦悩に追い討ちをかけている気がした。すべてが変わり果ててしまったのだと、それが元通りになる日はもう二度と訪れないのだと、思えてならなかった。清潔なシャツがないこと。朝食のシリアルや、バターや、パンや、漂白剤が切れていること。ポストに郵便物が溜まっていること。窓辺のプランターに雑草が生い茂っていること。どれもこれも、以前はエミリーがやってくれていた。ベンがものぐさだからというわけでも、エミリーが犠牲を強いられていたというわけでもない。単に、そうした家事には、エミリーのほうが長《た》けていたのだ。一方のベンは、すばらしく料理の腕が立った。整理整頓《せいとん》もうまかった。そんな具合に、うまいこと家事を分担することができていたのだ。だが、いまのエミリーは何ひとつ家事をしなくなってしまった。そのことで妻を責めるつもりは、もちろんなかった。

鳴り響く目覚し時計の音で、ようやくベンはまどろみのなかから抜けだした。汗ばんだ脚で羽毛布団を蹴りとばしたあとも、大《だい》の字に寝転がったまま、下におりたら妻になんと声をかけようかと思案した。汗でべとつく身体が不快だったため、まずはシャワーを浴びることにした。そのあと、チャーリーを連れて下へおり、エミリーにおはようと告げるとしよう。これからエミリーに会うと思うと、いまだに胸の高鳴りをおぼえた。出会いからどれほどの歳月が経とうとも。あんな出来事のあったあとでも。下におりたら、紅茶を淹れてあげよう。エミリーの好物である、マーマレードを塗ってバターをたっぷり載せたトーストを、少しでも口にするよう促《うなが》してみよう。そのあと、行ってくるよと声をかけてから、自転車を漕いで、四マイル先の職場へ向かおう。どんなにつらくとも、人生は続くのだから。エミリーはそれに同意しないかもしれないと、ときおり不安にはなるけれど。

気温も高くなっているにもかかわらず、シャワーを浴びた。すでに夏であるにもかかわらず、すでに痛みを感じるほどの水圧でシャワーを浴びた。湯の温度も極限まで熱くした。火傷《やけど》しそうなほどに熱い奔流を顔に浴びせていると、ほんの一瞬ではあるが、すべてを忘れ去ることができた。まるで、脳の機能が麻痺《まひ》してしまったかのように。ベンがいくら長々とシャワーを出しっぱなしにしていようと、それについてエミリーがぶつくさ言うことは、もはやいっさいなくなっていた。最近のエミリーは、ベンの行動など目に入りもしないようだった。夫への関心すら失ってしまったかのようだった。ふたりのあいだにかつて存在していたものを、遠い未来に取りもどす日は、果たして訪れてくれるのだろうか。

妻がいなくなったことを知ったのは、居間へと通じるオーク材の白木の扉を開けて、そこにエミリーがいないと気づいたときのことだった。キッチンや一階の洗面所をたしかめる必要はなかった。家のなかに誰もいないことを示す静けさが、悲鳴のように響きわたっていたから。自分が何をすべきなのかもわからなかった。警察に助けを求めるべきなのか。泣き叫ぶべきなのか。窓から身を投げるべきなのか。二階の寝室に戻って、衣装簞笥《だんす》を開けてみた。いつもとほとんど変わりないように見える。もしかしたら、エミリーは散歩に出ているだけなのかもしれない。こんなにいい天気だし。それなら、朝食の用意をしておこう。自分好みの、本格的なカプチーノを淹れよう。職場に電話をかけて遅刻の連絡を入れることなら、いつでもできる。そのころまでには、エミリーも散歩から戻ってくるにちがいない。

カプチーノを飲み終えるころになっても、エミリーは帰ってこなかった。ベンはふたたび寝室に戻り、クリーム色の柔らかな絨緞に膝をついて、ベッドの下をのぞきこんだ。チャーリーがくすんくすんと鼻を鳴らしながらあとを追ってきていたが、いまはかまっていられなかった。よかった。大型のスーツケースはちゃんとここにある。それを引っぱりだして、蓋を開けてみた。すると、そこにしまってあったはずの鞄が――モロッコのマラケシュへふたりで旅行したときに買った革製の旅行鞄が――消えていた。いいや、きっと、ベッド下のどこかに紛れこんでいるだけだ。今度は床に腹這いになって、ベッドの下までもぐりこみ、そこにあるものを手当たりしだいに引っぱりだしはじめた。空気を入れてふくらますタイプのマットレス。キャスター付きの小型スーツケース。子供用のテント。ハイキング用のバックパック。雑多な品々をおさめた袋。ずいぶんまえから行方不明になっていた靴下の片方。埃《ほこり》が宙に舞いあがり、低く射しこむひとすじの陽射しのなかを漂いはじめた。引っぱりだせるものが何もなくなると、ベンは床の上に這いつくばったまま、絶望のうめき声をひとつ吐きだした。それからようやく身体を起こして、床にすわりこみ、憐れなチャーリーを抱きしめて、前後に身体を揺らしはじめた。

窓ひとつなく狭苦しい取調室の机を挟んで、ボブ・ギャリソン巡査はミスター・ベン・コールマンを同情の目で見つめていた。本人にとって、それがいかに痛ましい出来事であるかは重々承知していた。それでも、この男には、いまから残酷な事実を伝えねばならない。奥さんを見つけだすために警察ができることは、ほとんどないという事実。奥さんがなんらかの事件に巻きこまれたのであれば、銀行預金をそっくりおろしていったり、鞄いっぱいに衣類を詰めこんで持ちだしたり、パスポートまで持ちだしたりすることはありえないのだという事実。この気の毒な男にも、妻に捨てられたのだという現実に向きあってもらわねばなるまい。ところがどうしたものか、こうした案件ならこれまで何千何百と扱ってきたにもかかわらず、上等なスーツをまとい、絶望に打ちひしがれたこの男に対しては、向かいあってすわっていることすらいたたまれなく感じている自分がいた。奥さんを失踪人記録に加える以外、こちらにできることはほとんどないのだという事実を伝えることが、心苦しくてならなかった。

エミリーがみずからの意志で姿を消したのだということ、夫を捨てる道を選んだのだということは、ベンにもわかっていた。それでも、捜索をあきらめるつもりはなかった。エミリーもそれを望んでいるにちがいない。もしも行方を突きとめることができたなら、再会を喜んでくれるにちがいない。エミリーはおそらく、夫を試そうとしているのだ。妻がいまどこにいるのか、どんな偽名を使っているのか、推測を働かせようとはしてみたが、それは、海で泳いでいるときになくした指輪を捜そうとするようなものだった。最初の数週間は、エミリーがカードを利用した痕跡がないかと、オンライン口座の利用履歴をことあるごとにチェックしつづけたが、すべて徒労に終わった。エミリーの友人にひとり残らずあたってみたが、何かを知る者はひとりもいなかった。嘘をついているわけではないことも、あきらかだった。失踪人関連の慈善団体にも片っ端から連絡をとってみたが、身元不明の遺体写真を閲覧させてもらうほかに、力になってもらうことはできなかった。通行人の無遠慮な視線に耐えながら、街路樹や、郵便局や、大きな駅の周辺に、張り紙を貼りもした。それから、フェイスブックにアカウントを立ちあげもした。もちろん、友人たちはみな、ベンの投稿をシェアしてくれた。妻に捨てられた夫の理性もへったくれもない心の叫びを、拡散しようと努めてくれた。だが、数ヵ月が過ぎるころには、コメントを残してくれる者すらほとんどいなくなった。ネットを介してベンが試みている無益な捜索に手を貸そうとしたせいで、おのれの無力さが浮き彫りになってしまったとでもいうかのように。やがて、エミリーの誕生日である十一月十五日がめぐってきた。息子の好物である牛肉入りのギネスパイをたずさえて、両親が自宅を訪ねてきた。そして食事の最中に、もしかしたらエミリーを解放してあげるときが来たのかもしれないと、母親がぽつりとつぶやいた。その瞬間、めったにないことが起きた。ベンが猛烈に怒りを爆発させたのだ。ベンは大声でわめきたてた。毎朝、エミリーにからっぽのベッドで目覚めさせるなんてことを、そんな寂しい思いを繰りかえさせるなんてことを、どうしたらぼくができるっていうんだ。それ以降、両親が余計な口出しをすることはなくなった。ただひたすらに、できるかぎり、息子のサポートに努めてくれた。ベンはただひとり、孤独に、妻の捜索を続けた。

7

夕食時になると、エンジェルがピザを注文してくれた。いまだに吐き気をおぼえていたのだけれど、無理やり胃袋に詰めこんだら、かえって吐き気がおさまった。わたしのようすがひどくおかしいことにエンジェルは気づいていたはずなのに、あけすけな印象とは裏腹に、何も尋ねてこようとしなかった。わたしのほうも、恋人と別れたいきさつを自分から詳しく語ることはしなかった。真相の一部を思いきって打ちあけたいという誘惑に駆られないともかぎらないから。

エンジェルはわたしの事情を詮索する代わりに、自分の身の上を語りだした。ときに辛《しん》辣《らつ》な、ときにおどけた語り口を織りまぜながら。以前のわたしなら、かくも劇的な人生を送ってきた人間がいることに衝撃をおぼえたことだろう。でも、いまのわたしはちがった。わたしもまた、そういう人間のひとりとなったから。ミセス・エミリー・コールマンがマンチェスター市チョールトン地区の自宅から逃げだしたその日に、ベンとチャーリーのもとを去ったその日に、こうして新たな住処で夕食をかこんでいることが、キャット・ブラウンと呼ばれていることが、信じられなかった。ロンドン北部のフィンズベリー・パークなる町で、知りあったばかりの友人とウォッカを飲み、ピザを食べていることが、信じられなかった。もはや、エミリー・コールマンを——つまりはわたしを——捜しだすすべは誰にもない。少なくともその点においてだけは、運がよかったと言わざるをえない。わたしの正式な名前はキャサリン・エミリー・ブラウンだけれど、まわりからはつねにエミリーと呼ばれてきた。五年まえに結婚してからは、エミリー・コールマンと名乗ってきた。夫の姓を名乗りつつ、パスポートの登録内容は変更しなかったのも、正解だった。フェミニズムを信奉するベンの意見に同調しただけのことだったけれど、そのおかげで、職に就くことも、銀行口座を開くことも、別人として生きることもできるのだから。しかも、ブラウンというのはごくありふれた姓だから、キャサリン・ブラウンという名前の女性は、ほかにも何百と存在するにちがいない。つまり、わたしの行方が知れる恐れは、かぎりなくゼロに近いはずだった。

エンジェルとわたしがお喋りをしているあいだに、何人もの住人が（たぶん仕事から）帰宅して、入れかわり立ちかわりキッチンに顔を出しては、それぞれに異なる度合いでわたしに関心を示していった。最初に姿を見せたのは、ドレッドヘアで、受け口の目立つ、ベヴという名の女性だった。サウス・ヨークシャー州バーンズリーの出身で、ロックバンドの裏方をしているという（ことがのちに判明する）ベヴは、わたしがまえまえからそこで暮らしてでもいたかのように、やけに朗らかに手を振ってみせた。そして、「今日はくそ暑いわね」と話しかけながら冷蔵庫に近づき、長いことなかを引っ掻きまわしていたかと思うと、次の瞬間には、寸前までの陽気さをかなぐり捨てて、子供が行方知れずになった牝ライオンを思わせる苦悶《くもん》の叫びを轟《とどろ》かせた。

「あたしのチョコレートがない！　いったいどこのどいつが、あたしのチョコレートを食っちまったの！　エンジェル、あんたまた、あたしのくそチョコレートに手を出しやがったね！」

「落ちついて、ベヴ。今回は誓って、わたしじゃない。それより、あいつに訊いてみたら？」エンジェルがそう応じたとき、ダークブルーのジーンズとアバクロのトレーナーにだらしなく身を包んだ、雲を衝《つ》くような大男が、ぎこちなく背を丸めながらキッチンに入ってきた。男の身体はどこもかしこも桁《けた》はずれに巨大で、履いているスニーカーはカヌーのパドルのようだった。ただし、背丈のわりに脚は短く、少年のようにあどけない顔をしているため、なんだか発達過剰な幼児みたいで、ぎゅっと抱きしめてあげたいという衝動を起こさせた。

「いんや、犯人はおれでもないぜ、ベヴ。けど、ひとつ言わせてもらうなら、あんたは心を入れかえたほうがいい」ブラッドという名であるらしいその男は、オーストラリア訛の強い英語でそう告げてから、優しげな笑みを投げかけた。ところが、ベヴのほうは、それしきの冗談でなごめるような気分ではなかったらしい。怒鳴り散らすのをやめたはいいが、椅子に腰をおろすなり、前後に身体を揺らしながら、泣きごとを並べたてはじめた。「こんなくそ忌々しい家は、もうたくさん……あたしのチョコレートをどこへやったのよ……あたしのくそったれチョコレート……」ベヴの口癖であるらしいその卑語が、まるで愛のささやきのように、睦言《むつごと》のように、耳に響いた。消えたチョコレートを嘆くベヴのことが、だんだんかわいそうになってきた。あまりに痛ましげなそのようすに、なんと声をかけたものかもわからなかった。死別の瞬間に立ち会っている気分だった。

ところがその直後、エンジェルがとつぜん椅子から立ちあがったかと思うと、アイポッドの置いてあるところまで歩いていき、大音量で音楽を流しはじめた。誰の曲かはわからないけれど、その歌詞はというと、タイトルでもあるらしい同じフレーズが、とにかく何度も繰りかえされていた。そう、〝何を考えてやがるんだ？〟《ウェアズ・ユア・ヘッド・アット》と。わたしにはなんだか当てこすりのように感じられたのだけれど、ベヴはいっこうに意に介していないらしく、怒りもおさまりつつあるようだった。するとそこへ、ブラッドのガールフレンドとおぼしき女が飛びこんできた。女は人並みはずれて小柄な身体に、柄物入りの藤色のミニワンピースをまとっていた。完璧なプロポーションの小さな肉体に、至極平凡な顔が載った姿は、パーツの組みあわせを誤った人形を思わせた。女はブラッドの隣で足をとめると、疑るようなまなざしをわたしに向けた。「おかえり、エリカ。こちらはキャットよ。今日、フィデルと入れかわりに入居することになったの」親しみのこもるくだけた口調でエンジェルが告げたあとも、エリカはあからさまな敵意の目で、わたしを睨《ね》めつけていた。

「そんなこと、誰が許可したの？　まだ入居者募集の広告も出してないってのに」そう問いただす喧嘩腰《けんかごし》の声は、表情にも劣らぬほどの醜悪さに満ちていた。オーストラリア人特有の鼻にかかった発音が、ぴんと張りつめたわたしの神経を逆撫でした。

「広告は出してなかったけど、キャットが是非にと言ってくれたんだから、それでいいじゃない。こちらとしても、余計な手間が省けたわけだし」反論の余地はなしとばかりに、エンジェルはきっぱり言いきった。愛すべきエンジェル。思いやりにあふれていて、言語を絶するほどの美人なうえ、才知にまで長けているなんて。それにしても、エンジェルのようなひとが、こんなところで何をしているのか（じつはお忍び中のスーパースターなのではないかと、ひそかに勘ぐったりもしていたのだけれど、それも、エンジェルが四杯めのウォッカを飲み干したあと、自身の生いたちを語りだすまで、怠惰《たいだ》な母親や、ころころ入れかわる母親のボーイフレンドたちについて語りだすまでのことだった）。

「なら、シャネルはこのこと、承知してるんでしょうね？」そう言いかえすエリカの声が聞こえた。シャネルというのは、いったい誰のことを言っているのだろう。そのとき、はたと思いだした。ウォッカを三杯も飲み干すまえに、玄関で会ったつっけんどんな女性。そういえば、あのあと一度も姿を見ていない。

「ええ、ベイビー、もちろん承知してるわ。心配はご無用よ」

エリカは見るからに憤慨した顔つきになって、ブラッドを肘で押しやりながら、ぷりぷりとキッチンを出ていった。もう昼寝の時間だから家に帰るわよと、お菓子屋さんの前でぐずるわが子を急きたてる母親のように。エンジェルはふんと鼻を鳴らした。わたしはくすくすと忍び笑いを漏らした。どうしてこんなふうに笑えたのかはわからない。ウォッカのせいなのか。新生活の始まりに昂揚《こうよう》しているせいなのか。それとも、あまりに型破りな同居人たちにかこまれているせいなのか。とにかく、ここ数カ月ではじめて、心が浮き立ちかけていた。けっしてあってはならないことだった。自責の念に胸を焼かれた。後ろを振りかえってはだめよと自分に言い聞かせた。わたしのとった行動は、長い目で見れば、家族みんなにとって最善の選択となるはずなのだから。もはや、ほかの選択肢は残されていないのだから。

さっきまで調理台に向かっていた肌の浅黒い青年が、ふたたびキッチンに戻ってきた。今度はガスコンロの前に立って、例の野菜をぐつぐつ煮こみはじめると、あれよというまに、ゴミのにおいの充満する室内の悪臭をいっそう悪化させることに成功してみせた。しばらくすると、青年がもうひとり、外出先から戻ってきた。青年#2はサイクリングヘルメットを小脇に抱えており、スパンデックス製の黄色いサイクリングウェアに身を包んでいるせいで、顔中汗だくになっていた。そして、浅黒い青年#1に近づきキスをすると、ふたりで何ごとかを――たぶんポルトガル語か何かで――ささやきあいはじめた。その間いっさい、わたしには目を向けようともしなかった。エンジェルはわたしに優しく微笑みかけて、ふたりのグラスにウォッカのおかわりを注いだ。

エンジェルのことは、ずっと以前から知っていたような気がしてならなかった。思うに、わたしたちはまさに絶妙なタイミングで、お互いの人生に関わりあうことになったのだろう。わたしたちには、悲しみという共通点があった。わたしのほうは秘めたる事情を打ちあけることができなかったけれど、エンジェルはそれを気にするどころか、理解まで示してくれていた。

エンジェルはウエスト・エンド地区のカジノで、クルピエとして働いていた。それがとんでもなく華やかな仕事なのか、それともいかがわしい仕事なのかはわからない。その種の仕事をしている人間には、ひとりも会ったことがなかったから。それはともかくとして、あの日、キッチンで途切れ途切れに語ってくれたところによると、エンジェルはこの雑然としたシェアハウスで暮らしはじめて、三カ月になるという。しばらくのあいだ身をひそめる場所が必要だったそうだけれど、その理由についてまでは教えてくれなかった。いったい何をしでかしたというのだろう。エンジェルがここで暮らすに至ったのは、友人のジェローム介してのことだったらしい。ジェロームというのは、残る一室を〝占拠〟していると表現したくなるほどの大男なのだが、ここの住人でありながら、インフィールド地区にあるガールフレンドの家におおかた入りびたっているのだとか。それから、さきほどエリカが話題に出したシャネルという女性は、ジェロームのいとこにあたり、ここの大家でもあるという。シャネルは両親からこの家を買いとったあと、エンジェルが言うところの〝起業家の端くれ〟であることを証明してみせるために、キッチンとバスルームを除くすべての部屋を寝室に改修した。よって、このシェアハウスにおいてシャネルの言葉は絶対であり、シャネルをうまく言いくるめられるのはエンジェルだけであるらしい。シャネルはときとして横暴なふるまいをすることもあるけれど、けっして悪いひとではないのだと、エンジェルは言った。じっくりつきあえば、きっと仲よくなれるはずだと。わたしにはその自信がなかった。今日はもうシャネルに会わずに済めばいいのにと、内心願わずにはいられなかった。そのときとつぜん、ウォッカのせいで頭がぼうっとしているところに、疲労感まで襲いかかってきた。わたしは思いきって、いますぐベッドに入りたいとエンジェルに告げた。時刻は午後九時三十分で、空は暗くなりはじめていたけれど、室内にこもった空気はなおも蒸し蒸しとしているうえ、むっとする悪臭に満ちていた。

「ねえ、ベイビー。あんまり期待しないでって電話で忠告したこと、ちゃんと覚えてるわよね？」上階へと向かう途中で、エンジェルがあらためて念を押した。階段の踏み板を覆う敷物はよじれ、わたしの頭はぐるぐると渦《うず》を巻いていた。そうして案内された部屋は、身の毛のよだつほどおぞましい代物だった。マットレスは一面、汚れにまみれていた。壁にはウッドチップ入りの安っぽい壁紙が張られていて、その上に塗りたくられたピンクの艶消し塗料が、日暮れまえの薄ぼんやりとした光のなかで鈍く照り輝いていた。クロゼットのたぐいはなく、ベージュと茶色のメラミン化粧板を張った衣装簞笥がひとつ、ぽつんと取り残されている。室内には、テイクアウト料理の容器を長いこと放置していたようなにおいと正体不明の悪臭がまじりあい、絨毯には、埃に加えて、何やら得体の知れないものが積もりに積もって、分厚い層を成している。心に灯りかけていた希望の光が消え去り、圧倒的な絶望感が押し寄せてきた。わたしのしたことは、すべてまちがいだったのでは？わたしはまたしても、誤った場所にたどりついてしまったのでは？　そのとき気づいた。寝具のたぐいは何ひとつ持参していない。あのマットレスに、じかに触れるなんて耐えられない。そんなことは絶対にできない。かといって、床の上もまた、負けず劣らず不潔に見える。わたしの歩んできた人生は、こんな場所に行きつく運命にあったというの？　どうしてこんなにも思わぬ方向へ進んでしまったの？

するとそのとき、呆然と立ちつくすわたしに顔を向けて、エンジェルが言った。「ねえ、ベイビー、お節介がすぎると思わないでね。わたしはこのあと仕事に出て、朝まで部屋には帰ってこないの。だから、今夜のところはわたしのベッドで寝たらどう？　少なくとも、清潔ではあるわ。今日、シーツを取りかえたばかりだから」そう言うと、エンジェルはわたしを廊下へと促し、階段のあがり口の手前にある隣室へ連れていった。室内にはものが散乱しているものの、たしかに清潔にはしてあって、ベッドには雛菊《ひなぎく》の刺繍《ししゅう》をほどこした薄掛けの羽毛布団がかけられていた。わたしはエンジェルを抱きしめて、何度も何度もお礼を言った。エンジェルが仕事に出るのをやっとの思いで待ってから、汗の染みこんだジーンズと上着を脱ぎ捨て、ベッドに倒れこんだ。念のため、現金の詰まったハンドバッグをベッドと壁のあいだに押しこんでから、念願の眠りについた。

翌朝早くに目を覚ましたときには、自分がどこにいるのかわからなかった。記憶のリールを昨夜まで巻きもどしてみてようやく、ウォッカと、珍妙な料理のにおいと、あふれかえったゴミのことを思いだした。それから、みずからの新居となるあのおぞましい部屋のことも。ありがたいことに、いま自分がいるのはその部屋でなく、エンジェルの部屋だということも。そう、わたしの新居となる部屋は、とても人間の住めたものではない。わたしはどうにかこうにかベッドから起きあがると、昨日着ていた服を手早く身につけ、あらためて隣室のありさまをたしかめにいった。朝陽のもとで眺めるその部屋は、それが可能であるならば、ゆうべ目にしたよりもさらに輪をかけた惨状を呈していた。いけないとは思いつつも、チョールトンに建つ美しいわが家のことを、昨日まで暮らしていた家のことを、つかのま思い浮かべずにはいられなかった。とにかく、この部屋をどうにかしなくては。さもないと、本当に気がふれてしまう。まずは紅茶を淹れようと、階段に向かった。これだけ早い時間なら、まだ誰もキッチンにいないだろう。だとしたら、誰かのティーバッグと牛乳を少しばかり頂戴することができるかもしれない。それほどからからに喉が渇いていた。キッチンには、赤い電気ケトルがあるにはあるけれど、見るもおぞましい状態だった。内側には湯垢が、外側には煤《すす》や汚れがびっしりこびりついている。それこそ、爪で自分の名前が刻めそうなほどの分厚さだ。棚に置かれたマグカップもまた、いずれも汚れが染みついているうえ、大半は縁が欠けていた。流しの上の戸棚をあさってみると、箱入りのティーバッグが見つかった。いちばんましな状態のカップに熱湯をそそいでいるとき、シャネルが――このシェアハウスの大家である女性が――キッチンに入ってきた。シャネルの着ている黄色いタオル地のミニバスローブは、生地がぼろぼろに擦り切れていた。裾からは、マラソン選手を思わせる細くて長い脚が、これ見よがしにのぞいていた。

「ああ、あんたね」わたしを見るなり、シャネルは言った。

なんとも気まずかった。昨日、鼻先で扉を閉められてから、シャネルとは一度も顔を合わせていない。空き巣にでもなったような気分だった。

「おはようございます……あの、ここに住むことを許してくださって、ありがとうございます」弱々しい声で、わたしは言った。

「お礼なら、エンジェルに言って」シャネルはふんと鼻を鳴らした。「あんたの窮地を救ったのは、あの子だもの。性懲《しょうこ》りもなく、〝善きサマリア人〟を演じちゃってさ。いまごろ自己満足にひたってるにちがいないわ」

その言葉にどう返したものか測りかねたわたしは、無言のままお義理程度に微笑んでみせた。無断で頂戴したティーバッグをマグカップの側面に押しつけ、軽く水気を切ってから、あふれかえったゴミの山のてっぺんに載せた。

「あの部屋はちょっとばかり散らかってるでしょ」いくぶん険しさのやわらいだ声で、シャネルは続けた。「フィデルが出ていったまんまの状態だから。次の入居者が越してくるまえに、どうにかするつもりだったんだけど」

「自分でやるから大丈夫です」声に力を込めて、わたしは言った。「そういう作業をするのは、まったく苦にならないし。どのみち寝具だのなんだのを揃えなきゃいけないから、ついでに、いろいろ買いこんできます。もちろん、費用は自分持ちで。この近くにイケアか何か、そういうものを売っているお店はないかしら」

シャネルは思わぬ展開に気をよくしたらしく、打って変わった友好的な態度で、イケアのあるアッパー・エドモントンへの行き方を詳しく説明したうえ、自室の冷蔵庫から持っておりてきた牛乳まで分け与えてくれた。どうやらそれが、わたしを快く受けいれた証《あかし》であるらしかった。

わたしが店に着いたとき、イケアは開店直後だった。火曜日の朝ということもあって、店内はじつに閑散としていた。だだっ広い空間のなか、自分という人間の卑小さと、孤独とを味わいながら、わたしはエスカレーターに乗って、巨大な青い建物の内部へ進んだ。大きな黄色いショッピングバッグをひとつつかみとり、ショッピングの国の冒険へと旅立った。黄色い煉瓦の道を歩くドロシーさながらに、順路を示す矢印をたどり、スペースを最大限に効率活用したキッチンの展示コーナーを通りすぎ、創意工夫に富んだ収納法を呈示するコーナーを抜け、いかにも居心地のよさそうな居間を演出したコーナーを迂回《うかい》した。これまでのところはうまくやれていた。ごく普通の人間を装うことが、ごく普通の買い物客のひとりになりきることができていた。黄色い煉瓦の道を、次のカーブで曲がるまでは。なんの前触れもなく、いきなり、子供部屋のコーナーに入りこむまでは。車をかたどったベッドや、ドラゴンをモチーフにした玩具箱や、パステルカラーの衣装箪笥が、四方八方からわたしに嘲笑を浴びせはじめた。ぬいぐるみをいっぱいに詰めこんだ収納ボックスの壁が、ぐるりと周囲を取りかこんでいた。よちよち歩きの女の子が、猿のぬいぐるみを抱えて、あたりをうろちょろしている。ぬいぐるみをもとの場所に戻しなさいと命じる母親に、女の子が無邪気な笑みを向ける。愛しいわが子の面影が、不意に脳裡《のうり》に蘇った。激しい痛みが胸を刺し貫いた。あんなことがありながら、自分がまだのうのうと生きていることを、原色の夢のなかに閉じこめられているのではないことを、思いださせられた。わたしは順路を先へ急いだ。顔をうつむけ、駆け足になって。通路の終点までたどりついてから、ようやく顔をあげた。エレベーター横の壁に額を押しあて、激しく息を喘がせた。もう何もかも放りだしてしまいたかった。どこかに消え去ってしまいたかった。融けてなくなってしまいたかった。

こんな思いは、もうたくさん。

いまわたしにできるのは、自分自身から逃げだすことだけ。そのためには、もっと自分を律しなければ。過去の自分の痕跡や記憶をしっかり封じこめなければ。幼い子供を見かけても、動じないようにしなければ。わたしは壁から身体を起こし、背すじをぴんと伸ばして、深呼吸を繰りかえした。幸い、今回の醜態は誰にも目撃されていなかったようだ。それでも、今後はもっと慎重にならなければ。尋常ならざるふるまいを、いつまでも続けるわけにはいかない。目と鼻の先に、カフェレストランが見えた。途端に、脈打つ心臓にも負けないほどの空腹をおぼえた。そこで、トレイいっぱいに朝食――ベーコンエッグに、バナナとリンゴ、ヨーグルト、ペストリー、熱い紅茶に、紙パック入りのオレンジジュース――を山と載せ、駐車場を見わたすテーブルのひとつにひとりすわって、すべてを貪るように、残らず平らげた。食べることに集中していたおかげで、どうにか気持ちを立てなおし、記憶を胸の奥底へ押しやることができた。ショッピングエリアへ戻ったときには、さきほどよりも客が増え、店内がにぎやかになっていた。小さな子供の姿もちらほら見えたけれど、いまのわたしには心の準備ができていた。まずは案内板を確認し、矢印は無視して、まっすぐ寝室関連のコーナーへ向かった。人目をはばかることなく、ソファのあいだをずんずんすりぬけ、姿見の裏の近道を抜けた。目的地に着いて最初に選んだのは、白いシングルベッド。低価格であるわりに作りがしっかりしていて、デザインもお洒落だった。その商品番号をショッピングリストに書きこんだあとは、マットレスも忘れずに選んだ。次の目的である衣装箪笥のコーナーは、特に苦もなく見つかった。順路のすぐ先が売り場になっていたので、白い麻のカバーがついた、簡素なハンガーラックをひとつ選んだ。イケアにはこれまで何度も来たことがあって、購入の手順は心得ていたから、日用品のコーナーを足早に通りぬけながら、生活をするうえで必要不可欠な品々を黄色い袋に詰めこんでいった。すると、袋の中身が増えるほどに、気持ちが楽になっていくのがわかった。買い物ゲームを主体としたクイズ番組《スーパーマーケット・スイープ》を見ればわかるように、買い物には、催眠術のような、人々の衝動を煽《あお》るような効果があるのだろう。必要なものをすべて選び終えると、大型商品の保管されている倉庫へ向かった。リストに書きとめた商品番号をもとにして、客がみずから商品を見つけだし、レジまで運ぶシステムになっているのだ。そこでわたしが、目当てのベッドをカートに載せようと四苦八苦していると、澄んだ目をしたアジア系の青年が、親切にも手を貸してくれた。レジに、順番待ちの列はほとんどできていなかった。まだ時間が早すぎるのだろう。わたしの買ったベッドとマットレス、ハンガーラック、寝具、クッション、ラグ、ランプの笠、カーテン、ハンガー――いずれも白もしくはクリーム色で統一した品々――は、締めて三百ポンド以下におさまった。買い物に要した時間は、朝食をとっていたあいだも含めて、一時間三十分とちょっと。その結果に、ばかみたいな自己満足をおぼえた。購入した商品は、こまごまとしたものも含めてすべて、その日の午後に配達してもらうよう手筈《てはず》を整えたあと、わたしはフィンズベリー・パーク行きのバスに乗った。

古ぼけた小さな金物店に途中で立ち寄り、いちばん大きな缶に入った純白のペンキと、ローラーと、刷毛《はけ》を何本か購入してから帰宅した。家（そうよ、わたしには家がある！）のなかにいるのは、浅黒い青年#1だけのようだった。青年はまたもやコンロの前に立って、吐き気を誘うようなにおいのする何かを煮込んでいた。わたしが流しに近づき、グラスにそそいだ水をごくごくとあおりはじめても、今日もやはり、まるで耳が聞こえないかのように、こちらを振り向きもしなかった。時刻はすでに午後一時三十分。ぐずぐずしている暇はない。階段を駆けあがり、Tシャツと、一枚だけ持ちだしてきたショートパンツに着替えた。まえの住人が残していったベッドと箪笥を部屋の中央まで引きずりだしてから、壁のペンキ塗りに取りかかった。

今日もまた気温が高く、室内の空気はよどんでいたけれど、わたしのなかには異様なまでの精力がみなぎっていた。ひょっとすると、ある種の〝巣作り本能〟に取り憑《つ》かれていたのかもしれない。そういえば、あのときも……過去の思い出を掘り起こしかけて、わたしは無理やり思考を停止した。目先の作業に集中し、何も考えるまいとした。部屋が小さかったため、ひと缶で部屋中の壁にペンキを塗りたくることができた。事前に汚れをぬぐうという手間は省いた。手垢の上にも、埃の上にも、手当たりしだいにペンキを塗り重ねていった。ピンクの塗料の上に白ペンキをひと塗りすると、壁紙に含まれたウッドチップが、壁から無数に突きだす肌色の小さな乳首みたいに見えた。そのあとも休むことなく、部屋のなかを何周もしながら、すべてが真っ白いペンキの下に消え去るまで、ペンキを塗り重ねていった。あまりに気温が高いおかげで、ペンキは塗った端からみるみる乾いていくようだった。壁が終わると、窓枠にもペンキを塗った。壁とまったく同じ色で。ほかの色は買っておかなかったから。でも、色合いなんてどうでもよかった。いちばんの目的は、まえの住人が残していったものを一掃することだもの。

玄関の呼び鈴が鳴った。昔懐かしい、一本調子なチャイムの音。イケアから家具が届いたんだわ！　階段を駆けおり、玄関扉をぐいと引き開けた。配達員はすべての荷物を、玄関ホールに積みあげていった。その量のあまりの多さに、わたしはふと心配になった。こんな大荷物をこんなところに置きっぱなしにしていたら、ほかの住人たちが迷惑がらないかしら。とにかく、作業を急がなくては。わたしは階段を駆けもどり、一心不乱にペンキ塗りを続けた。それに自分の人生が懸かっているとでもいうかのように――いいえ、もしかしたら、そのとおりなのかもしれなかった。あたり一面が真っ白に生まれ変わると、ぞっとするほど汚らしいマットレスを階段の前まで引きずっていき、そこから下へ押しやった。悪臭と染みにまみれたマットレスが、傾斜の急な長い階段をずるずるとすべりおち、しだいに速度を増していった。するとその直後、玄関の扉がばたんと開き、そこからなかに入ってきた山のような大男を、マットレスが直撃した。

「やだ、ごめんなさい！」

「おい、何してやがるんだ？」男はとっさに声を荒らげかけてから、ショートパンツ姿で階段の上に立ちつくしているペンキまみれのわたしに気づくと、すぐさま表情をやわらげた。

「あの、はじめまして。わたしはエミ……キャットといいます。昨日入居したばかりで、ちょっと部屋の片づけを……」

「ああ、そうだろうと思ったよ」そう返してきたところをみると、この男がシャネルのいとこのジェロームにちがいない。「そんなら、いっちょ手伝ってやるか」そう言うと、ジェロームはまるでシリアルの箱のように軽々とマットレスを拾いあげ、ゴミ容器の隣に放りだした。

「まだほかにも、階段の下へ投げ捨てたいもんはあるのかい」そう尋ねられたわたしは、少し考えてから、ありがたく厚意にすがろうと決め、ベッドと簞笥をお願いできるかしらと答えた。ジェロームはそれを聞くなり、裏庭に建つ小屋まで歩いていき、大きなハンマーを手にして戻ってきた。それを目にした瞬間、むくむくと不安が首をもたげた。自分が露出度の高い服装をしているからでも、家のなかに見知らぬ大男とふたりきりだからでも、おまけにその大男がハンマーを手にこちらへ向かってきているからでもない。部屋の掃除や模様替えをどこまで進めていいか、きちんと許可を得ていなかったことに、はじめて気づいたからだった。部屋にあったベッドと箪笥を勝手に処分してしまったら、シャネルはなんと言うだろう。こうなったら仕方ない。もしも文句を言われたら、賠償金を支払うと申しいれることにしよう。それなら、シャネルも納得してくれるかもしれない。わたしが二階の自室まで案内すると、ジェロームは次々とハンマーを振りおろして、安物の箪笥を叩き壊し、ベッドの木枠をばらばらに分解したあと、すべての残骸を前庭の生け垣の際に投げ捨てた。それに要した時間は、わずか十分足らずだった。

「そっちの新しいやつにも、助けが必要かい」そう問いかけられたとき、なんだか厚意につけこんでいる気がしはじめた。

「いいえ、あとは自分でなんとか」そう答えはしたものの、実際にはもうへとへとだったため、そのつもりはなくとも、声に心がこもっていなかったのだろう。ジェロームはこちらの本音を鋭く察知したらしく、家具組立ての達人でもあることを、ただちに証明してみせた。三十分と経たないうちに、ベッドにはネジで脚が取りつけられていた。ビニールの覆いを取りはずしたマットレスが、まるで空気ベッドのように軽々と持ちあげられ、ベッド枠の上にひょいと載せられていた。その間わたしにできたのは、布カバーをかぶせるだけで扉もないハンガーラックをやっとこさ組み立てることくらいだった。わたしがお礼を言うと、ジェロームは軽く肩をすくめてみせただけで、自分の部屋へと去っていった。その後ろ姿を見届けたあと、シーツや、羽毛布団や、布団カバーを包みから取りだすと、狭い室内は梱包材で足の踏み場もなくなった。ペンキの乾ききっていない壁に触れないよう気をつけながら、わたしは寝床を整えた。ぐらぐらとして安定の悪いハンガーラックに、抜かりなく買っておいたハンガーを掛け、旅行鞄の中身をすべて取りだして、一枚ずつ服を吊るした。ジェロームが置いていってくれたドライバーを手にして椅子の上に立ち、ジェロームの三倍くらいの時間をかけて、色褪《あ》せたあんず色の黴《かび》くさいカーテンと埃まみれのカーテンレールをはずしたあと、新しいレールを取りつけ、床まで届く長さの薄手の白いカーテンを吊るした。ペンキはまだ乾ききっていなかったけれど、カーテンはかろうじて壁に触れていなかったから、特に問題はなさそうだった。こうなったら、やるべきことはすべて今日中に済ませてしまおう。まずは、共用とおぼしき掃除機を見つけてきて、絨毯に埋もれている塵《ちり》あくたを可能なかぎり吸いとった。ランプの笠も、古いものから白い無地のものに交換した。不用となった品々も、室内にあふれかえっていた梱包材も、ひとつ残らず前庭のゴミ置き場まで運びだした。疲れ果てた身体に鞭《むち》打って、自分の部屋へ引きかえし、毛足の長いクリーム色のラグを床に広げた。ラグの大きさは、まさにぱっちりだった。ベッド脇の床の大半を覆い隠すことができたので、その下の絨毯にできていた染みのことは、忘れてしまうことにした。これで模様替えは完了した。わずか三十六時間のあいだに、わたしは新たな住居と、新たな友人と、新たな名前に加えて、ぴかぴかの寝室まで手に入れることができたのだ。〃ただし、夫と息子は失ったけれど〃――そうささやく声が、どこからか聞こえてきた。その声に耳をふさいで、わたしはシャワーを浴びに向かった。

8

双子の父であるアンドリューは、とつぜん眠りから覚めると同時に、ベッドの上で身体を起こした。隣に寝ている裸体の女はぴくりともせず、かすかに鼾《いびき》をかいている。アンドリューはそのことをたしかめてから、狭苦しいバスルームへ直行し、女の残した体液をシャワーで洗い流しはじめた。女がまだそこにいることが気に食わなかった。いつもは、ことが済んだらすぐに部屋を出るようにしていた。ところが、ゆうべはひどく疲れていたため、情事のすえにようやく果てて、ごろりと横へ転がるやいなや、どんよりとした深い眠りにそのまま落ちてしまったのだ。ひょっとすると、風邪《かぜ》ぎみでもあったかもしれない。

時刻はまだ六時。朝食には早すぎたし、二日めの会議が始まるのは九時だったが、女が目を覚ましたとき、その場に居合わせたくなかった。そこまで親密な仲でもないし、そのうえばつが悪すぎる。おそらく、あの女はまだしばらく目を覚まさないだろう。ゆうべ存分に可愛《かわい》がってやったのだから。そのとき、あることに気づいて、アンドリューは愕然《がくぜん》とした。女の名前がどうしても思いだせなかったのだ。しばらく考えこんだあと、思いだすのはあきらめて、散歩に出かけることにした。自分が戻るころには、立ち去ってくれているかもしれない。そうなれば、名前など問題ではなくなる。

ベッドのほうへ目をやらないよう努めながら、手早く服を着た。できるだけ音を立てずに扉を開けた。女が小さな声を漏らし、寝返りを打ちはしたが、どうにか起こすことなく部屋を出ることができた。味気ない扉の並ぶ、殺風景な長い廊下を静かに進みはじめた。扉の外では、ゆうべ頼んだふたりぶんのルームサービスの残飯が、早くも腐臭を放ちはじめていた。エレベーターに乗りこみ、ドアが閉まると、ようやく肩から力が抜けた。ミラー加工をほどこした金色のドアに、自分の姿が映しだされている。自分がハンサムであることも、近ごろそれに翳《かげ》りが生じはじめていることも、自覚していた。太鼓腹のせいかもしれない。生え際が後退しつつあるせいかもしれない。あるいは単に、胸に秘めたみじめさが、容色を衰えさせているのかもしれない。

フロントの前を通りすぎる際も、カウンターの向こうにすわる夜勤のフロント係には顔も向けず、まっすぐ前だけを見すえつづけた。無作法であることは承知していたが、羞恥心《しゅうちしん》がありありと浮かぶ自分の目を、誰にも見られたくなかったのだ。

通りに出てはみたものの、いったいどちらへ向かったものか。じつのところ、このホテルのある場所は、まるで散歩に適していない。アンドリューは仕方なく、さしたる理由もないままに左を選んで、すでにせわしなく車の行き交う目抜き通りをたどりはじめた。四、五百メートルほどの距離を進み、脇道を探すのをあきらめかけたとき、左に延びる、少し幅の狭い通りを見つけた。その通りをさらに数百メートル進んでみると、徐々に道幅が狭まって、ついには瀟洒《しょうしゃ》な住宅地にたどりついた。自分が妻子と暮らすチェスターの自宅の周辺と、少し雰囲気が似ているようだ。何軒かの家の窓には、すでに明かりが灯《とも》りはじめている。あの立派な扉の向こうでは、どんな暮らしが営まれているのだろう。どの家の私道にも、高級車がとめられている。独創性の欠片《かけら》もなく、家々の境目に沿って一直線に植えられたマリーゴールドの花が、早朝の弱々しい光のなかでけばけばしい色を誇示しはじめている。世の人々の人生も、おれと同じくらいに混迷しきっているのだろうか。

すべての歯車が狂いはじめたのは、フランシスに妊娠を知らされたときのことだ。結婚してまもなくのことだったから、父親になる覚悟などできているはずもなかった。だからそれは、よくある〝反動〟というやつだった。新任の秘書に惹きつけられたのも。みるみる腹のふくらんでいく妻を避け、職場に入りびたるようになったのも。例の秘書と意味深な視線を交わしあうようになったのも。書類に備考を書き加えようと、デスクの向こうから彼女が屈みこんでくるたび、狭まる距離に興奮をおぼえるようになったのも。自分から触れることはできないと、けっして赦《ゆる》されない行為だとは知りつつ、互いを求めるようになってしまったのも。はじめは、ランチを一緒にとるようになった。勤務時間が過ぎてもオフィスに居残り、ふたりきりで雑談をするようになった。そうこうするうちに、ふたりのあいだに妙な緊張感が漂うようになった。それでもアンドリューは必死に欲望を抑えこんでいたのだが、ある日、ふたりでランチをとっているときに、とつぜん彼女がわっと泣き崩れた。なんでも、父親が重い病《やまい》にかかっているのだという。アンドリューは家まで送っていこうと申しでた。ひどく取り乱しているから、今日はもう仕事にならないだろうと考えたためだった。この時点では、下心など誓ってこれっぽっちもいだいていなかった。家に着くと、お茶だけでも飲んでいってくれと彼女に誘われた。ヤカンの湯が沸くのを待つあいだに、彼女がふたたび泣きだした。当然ながら、アンドリューは彼女をなぐさめた。ついに唇を重ねたときには、尋常《じんじょう》ならざる興奮をおぼえた。スリルと後ろめたさから来るアドレナリンが、全身を駆けめぐった。肉体に生じたその感覚が、病みつきになった。自身の新婚生活がかすんでしまうほどだった。

ふたりの関係が一変したその運命の日の午後、予定よりずいぶん遅れて職場に戻ると、妻のフランシスから一件、病院から二件のメッセージが残されていた。胃がずんと沈みこんだ。同僚たちからの非難の視線を感じとりつつ、顔をうつむけたまま職場を出て、妻のもとへ急いだ。しかしながら、出産の瞬間を逃した無念さや、いきなり双子の娘の父親となった衝撃も、むしろ、秘書のヴィクトリアに対する想いを強める結果にしかならなかった。数週間もしないうちに、アンドリューは禁断の情事を再開した。罪悪感をいだいていたにもかかわらず。もう二度としないと、自分に誓っていたにもかかわらず。その理由は、どうしようもなくヴィクトリアに惹かれてしまうというだけでなく、くたびれた野暮ったい妻や、泣きわめいてばかりの赤ん坊から逃れたいということもあった。やがて、〝残業〟する頻度《ひんど》がしだいに増していく一方で、家ですごす時間はどんどん減っていった。ついにはフランシスも、何時ごろ帰ってくるのかだの、どこにいたのかだのと、訊いてくることすらしなくなった。おそらく、夫が家にいないことに慣れてしまったのだろう。つまりは、夫がどこで何をしていようと、さほど意に介してはいないということにちがいない。アンドリューは勝手にそう結論づけた。そうすると、気持ちがぐんと楽になった。

だが、この日の早朝、テルフォードの閑静な住宅地をひとり暗澹《あんたん》とそぞろ歩くうちに、アンドリューはとうとう、みずからの背信行為を直視するに至った。そうだ、おれは家庭を〝放棄〟したのだ。しかも、結婚して一年にも満たぬうちに。双子の娘まで授かっておきながら、妻以外の女と深い仲になるなど、とんでもないことだ。自分には、現実にフランシスを捨てることなどできやしない。できやしないし、そうしてもいない。ただ、そうする代わりに、心のなかで妻を〝放棄〟したのだ。その結果、自分の本来いるべき場所には、まるで抜け殻のような、つねにうわの空の夫が残された。幼い双子の娘には、無関心な父親が残された。その娘たちはというと、成長するにつれ、正反対の気質を帯びるようになっていた。ひとりは、母親そっくりの温厚で優しい性格に。もうひとりは、気まぐれでヒステリックな性格に。

子供たちが五歳に、六歳に、いや七歳になったら離婚する――そう言いながら、何年にもわたって約束を破りつづけるアンドリューがヴィクトリアに愛想を尽かされ、不倫関係にきっぱり終止符を打たれてしまうと、今度は、販売業にまつわる無益な催事にかこつけては、出張先で出会った行きずりの相手と一夜の関係を持つようになった。出張の機会になかなか恵まれないときは、中年の売春婦を買って、マンチェスターの安宿にしけこみもした。そんな自分に嫌気がさしながら、どうしてもやめることができなかった。

アンドリューは腕時計に目をやった。時刻は午前七時十五分。そろそろホテルに戻ったほうがいい。会議が始まるまえにフランシスに電話をかけ、クリニックに入院しているキャロラインの具合をたしかめておかなければ。専門的な治療のおかげで、キャロラインの体重はようやく増加しはじめており、じきに三十八キロを超えんとしているらしい。母親に愛されず、父親に〝放棄〟された十五歳の娘のことが、憐れでならなかった。あまりに明確なおのれの咎《とが》が、澄みきった春の陽射しのように胸に突き刺さるのを感じながら、アンドリューは東に向けて歩きだした。ホテルをめざして、車の渋滞する目抜き通りを突き進んだ。

整理整頓の行き届いた陽当たりのいい子供部屋で、エミリーはひとり、中等教育修了一般資格試験へ向けた数学の勉強に取り組んでいた。キャロラインがいないというだけで、家のなかがいつもとちがい、妙によそよそしく感じられた。個性や色を失ったかのようでもあった。双子の妹の存在は、家中の空気に絶えず電流のような刺激を与えていたから。

けれども、その不在を寂しく思う一方で、キャロラインがようやく救いの手を得られたことに、安堵している自分もいた。母が示した反応にも満足していた。フランシスはまるでスイッチでも入れられたかのように、突如《とつじょ》、母として本来あるべき姿に立ちもどっていた。キャロラインに対して、にわかに心からの母性を示すようになった。これまで一心にそそがれていた母の関心や愛情が、ついにエミリー以外の人間にも向けられたのだ。そのことは、母とキャロラインの関係を改善する助けにもなるだろう。エミリーはこれまでずっと、妹との仲を良好に保とうと、最善を尽くしてきた。どんな横暴なふるまいにも目をつぶってきた。母のえこ贔屓《ひいき》ぶりを思えば、キャロラインが姉を妬《ねた》ましく思うのも無理はなかったから。それにしても、キャロラインがいないいまのほうが、その存在をひしひしと痛感させられるとは、なんとも不思議なものだ。

エミリーは気立てのいい娘だった。父親に似て、少しむら気なところはあったが、意志の弱さは微塵も受け継いでいなかった。むしろ、母親譲りの意志の強さと克己心（なんと絶妙な取りあわせだろう）とを併《あわ》せ持っていた。愛らしい顔立ちと人好きのする性格で、学業もそつなくこなした。出しゃばらないのに人望があり、物静かでありながら、ひとを楽しませる才能もあった。そうしたすべてが、双子の妹の神経に障った。エミリーのそうした資質をひときわどぎつく、鮮烈にしたのがキャロラインだった。エミリーよりも美人で、頭もよく、機知に富んでもいたけれど、愛らしさだけはこれっぽっちも持ちあわせていなかった。そして皮肉にも、ひとから好意を示されることに戸惑いをおぼえるエミリーのほうは誰からも愛されるのに対し、喉から手が出るほど愛情を欲しているキャロラインのほうは、誰からも愛してもらえないのだった。

キャロラインが拒食症になったのは、そうした疎外感が原因であるにちがいないと、エミリーは推察していた。愛情に対する餓《う》えのなか、食べ物をも拒むことで、心のバランスをとろうとしたのだろうと。拒食症という病気についてはほとんど何も知らなかった。キャロラインは昔から知恵が働いた。だとしても、周囲の者が誰ひとり、キャロラインの異変に気づきもしなかったとは。家族と食卓をかこむことをキャロラインが拒むたびに、家の者はみな、またいつもの気まぐれだろうと決めてかかった。全身黒ずくめの服装をするようになったときも、ゴス系ファッションにでもはまっているのだろうと思いこんだ。青白い皮膚の下から透けて見えんばかりに頬骨が突きだしはじめたときも、そういうハイライトを入れるメイクに凝りはじめたのだろうと決めこんだ。エミリーはそんな自分が恥ずかしかった。なんといっても、キャロラインは双子の妹なのだ。なのに、そうした異変を気にもとめずにいた自分が情けなかった。気を取りなおして、数学の教科書をめくった。連立方程式。いつもなら、この手の問題には夢中で取り組むことができた。その確実性が、信頼性が、心地よかった。答えにたどりつくまでの過程がどれほど複雑であろうとも、最後にはかならずただひとつの正解が待ちうけているところが好きだった。それこそはまさに、エミリーが人生に取り組む姿勢そのものだった。エミリーはつねに、正しい答えを探し求めた。そしてほぼつねに、最後には答えにたどりつくことができた。いまこのときでさえ、エミリーは楽観的に考えていた。助けを求める声がようやく聞き届けられたのだから、キャロラインは快方へ向かうにちがいない。これからは家族みんなで力を合わせ、何ごとも乗り越えていけるはずだ。自分ももっと努力しようと心に決めて、エミリーは問題文に視線を落とした。

〈ある男のひとが、魚フライを三つとポテトフライを二つ買って、二ポンド八十ペンスを支払った。

ある女のひとは、魚フライを一つとポテトフライを四つ買って、二ポンド六十ペンスを支払った。

魚のフライとポテトフライの値段は、それぞれいくらか〉

ふと椅子から腰を浮かせて、窓の向こうの通りに目をこらした。もうじき父が帰宅するはずだ。背後の扉を振りかえったあと、室内をぐるりと見まわした。きれいに整えられたベッド。壁際には、アステカ族ふうの織物で母がカバーをこしらえてくれた特大サイズのクッションがいくつか、無造作に並べられている。友だちが来たときには、ソファ代わりにそこでくつろぐことができる。それから、つい先ごろ貼ったばかりの、お気にいりのポスター。円錐形《えんすいけい》のブラジャーをつけたマドンナと、角張った面長の顔の両側に長い髪を垂らしたマイケル・ボルトン。それに比べて、キャロラインが隣室の壁中にべたべたと貼りつけているポスターときたら。たとえば、ストーン・テンプル・パイロッツだの、アリス・イン・チェインズだのといった、一度も耳にしたこともないような名前のグランジロック・バンド。それから、セックス・ピストルズだのといった、大声でがなりたてる声に威圧感をおぼえさせられるようなパンクロック・バンド。この数週間で、ありがたく思えることのひとつは、キャロラインの部屋から壁越しに響いてくる音楽を聴かずに済むことだった。キャロラインはいつも、大音量で音楽をかけていた。双子の姉が宿題をしているときには、とりわけ大きな音で。エミリーはふたたび机に向かい、方程式を解きはじめた。ポテトフライの値段が一つ五十ペンスであることを突きとめた（ここまで来れば、魚フライの値段はわけもなく算出できる）ちょうどそのとき、私道に進入してくる車の音が聞こえた。エミリーは寝室を出ながら、明るい声で階下に呼びかけた。

「おかえりなさい、パパ！　会議はどうだった？」

階段の上で足をとめ、間仕切りのない居間を見おろした。真新しい革張りのコーナーソファと、シープスキンの敷物が見えた。ぴかぴかのブリーフケースを手にさげたまま、悲しげな目をして、ぼんやりと立ちつくす父の姿も。まずは踊り場まで、それから一階まで、エミリーはそろそろと階段をおりた。それから父に抱きつくと、アンドリューは娘の肩に顔をうずめた。エミリーのほうが母親で、自分のほうが子供であるかのように。
「ああ、エミリー……おまえたち娘にとって、おれはなんと頼りない父親だったろうな。そのせいで、キャロラインはいまあんなところに……」アンドリューはうっと声を詰まらせた。これだけの長い歳月を経て、ようやく改悛《かいしゅん》の時が訪れたのだ。

ベッドの端に腰かける母を、キャロラインは敵意に満ちた暗い目で見すえていた。それとは対照的に、病室のなかには明るい色彩があふれていた。真っ黄色に塗りあげられた壁。センスの欠片もない色褪せた絵画。緑色のチェック柄の野暮ったいカーテン。病室の隅に据えられた木目調の小卓の上では、蕾《つぼみ》のラッパ水仙を生けた一輪挿しの花瓶がぽつんとひとつ、無防備な姿をさらしている。そのすぐ隣には、窓辺に椅子がひとつ置いてある。そうよ、だったらママはベッドではなく、あの椅子に腰かけるべきじゃないの？　母親を前にして込みあげる怒りの凄《すさ》まじさには、自分でも驚いていた。この数カ月間で、体重のみならず分別の大部分までもが失われてしまったかのようだった。それでも、ここに入院してからは、綿密なカロリー摂取計画が組まれていたおかげで、最も不穏な感情――母親に対する憤《いきどお》りや、父親に対する侮蔑《ぶべつ》や、姉に対する憎しみといった感情――から、意識を逸らすことができていた。朝食に食べるオレンジを四分の一個にするか二分の一個にするか決めるほうが、母親と姉のどちらが先に死ぬよう願うかを選ぶより、ずっとたやすかったのだ。なのにいま病室では、当の母親がベッドの端に腰かけたまま、こんなことになってどんなにすまなく思っているかだの、すべては自分の責任であるだの、どんなにキャロラインを愛しているかだのと、涙ながらに語っていた。けれども、キャロラインには、何もかも嘘っぱちであることがわかっていた。

骨と皮ばかりになった肉体も、その内側も、くたびれ果てていた。あたしのことなんて放っておいてくれたらいいのに、とキャロラインは思った。食餌《しょくじ》療法とカロリー計算から成るこの孤島――自分は安全だと、猛《たけ》り狂う感情を抑制できていると、はじめて感じさせてくれたこの場所――で、ひとりきりにしておいてくれたらいいのにと。見るもおぞましいこの悪趣味な病室のなかでは、母親と顔を合わせたくなかった。これまで何年にもわたって、キャロラインは数多《あまた》の手立てを講じてきた。母親の関心をエミリーではなく自分に向けさせようと、母親に自分を受けいれてもらおうと、愛してもらおうと、躍起になってきた。するといまになって、キャロラインがついに何もかもをあきらめたいまになって、とつぜん、その母親がべそべそと泣きじゃくりながら、ありもしない母性なんぞを振りかざし、救世主を演じはじめたのだ。

「本当にごめんなさい、キャロライン。わたしはなんにもわかっていなかった」

「そうね、あたしのことなんて、ママは何ひとつわかっちゃいない」

「これからはもっと努力するわ。あなたに認めてもらえるくらいに。ここを退院したあとも、家族みんなであなたを支えるわ」

「それよりも、もっとあたしを痩せ細らせたほうがいいんじゃない？　そうすれば、エミリーのことだけ心配していられるんだから。そのほうが願ったり叶《かな》ったりなんじゃないの？」

その瞬間、フランシスの脳裡に、ある記憶が蘇った。キャロラインが——思わぬ異物が——この世に生まれおちた日の、恐ろしい記憶。新たな命が産道を抜けだしたとき、すでに息絶えてくれていたらいいのにと願ったこと。その事実は、あまりにも長いあいだ、記憶の奥底に埋もれていた。そのため、キャロラインの問いかけは、フランシスの脳を直撃した。核爆弾が炸裂するかのように、熱く、強烈な光で、記憶の原野を吹き飛ばした。地中深くに埋もれていたおぞましい歴史を、表面にまで引っぱりだした。母の顔に浮かんだ表情を見るなり、キャロラインは、答えがイエスであることをはっきりと悟った。

フランシスは、自分が信じられなかった。自分が恥ずかしいとも感じた。それと同時に、胸に秘めつづけた秘密をついに誰かに打ちあけられたことによる、言いようのない安堵をも感じていた。その相手がよりによってキャロラインであったということは、重要ではなかった。フランシスの心にそれまでわだかまっていた負の感情——喉につかえていた毒の塊——が、げえげえと吐きだされていくかのようだった。それによってできた隙間に、愛情が流れこんでくるかのようだった。ふたりは互いの目を見つめあった。フランシスの瞳には、ついに心からの愛情が宿っていた。キャロラインの瞳は、その愛を一心に求める渇望の光を帯びていた。次の瞬間、フランシスは娘の骨張った腕のなかへと倒れこみ、この十五年間ではじめて、その身体を優しく抱きしめた。どちらを救うにも、あまりに長すぎる歳月が過ぎ去っていた。

9

　翌朝、新居で目を覚ますと、ペンキのにおいが鼻を突いた。ゆうべは、視界をびっしりと覆いつくす乳液状のキャンバスの夢を見た。ジャクソン・ポロックの絵画さながら、そこに無数の絵具がごちゃごちゃと飛び散っていて、いっこうに乾く気配もなければ、どこかへ押しやることもできない。目を開けるまで、そんな夢が延々と続いた。シングルサイズのベッドには慣れていなかったけれど、寝心地に問題はなかった。ただ、背中に夫のぬくもりを感じないことに、違和感をおぼえた。ああ、そうよ。ベンはいま、遠く離れた場所にいるんだもの。そう思うと、ベンとふたりで使っていたベッドが、世界中で最も孤独な場所に感じられてきた。ベンのことも、ふたりのあいだに授かった息子のことも、いまは考えるまい。何かで気をまぎらわせようと、新居のなかを見まわした。真新しいシーツや掛け布団は、まだぱりっと糊《のり》がきいていて、なかなか悪くない感触だ。薄手の白いカーテン越しに、陽の光が射しこんでいる。新たに入手した携帯電話を開いてみると、時刻はまだ六時だった。真っ白いカーテンは見映《みば》えこそいいけれど、部屋を暗くする役には立たないみたい。今日は何をしようかと、寝ぼけた頭で考えた。家を出たあと二日めまでは、なすべきことがはっきりしていた。住む場所を見つけ、環境を整えること。ところが、三日めから先は、予定のひとつもない侘しい荒野が、どこまでも虚しく広がっていた。早く仕事を見つけなければならないことはわかっている。それから、銀行口座も開かなければ。なのに、どういうわけだか、いまは何もかもが億劫だった。身体が疲労を訴えていた。環境の激変とストレスから、新たに負った心の傷から、回復する時間が必要だと訴えていた。おそらく、心の生存本能が働いているのだろう。寝床から起きだすにはまだ早すぎたけれど、目はすっかり覚めきっていた。ベッドの下を手探りして、月曜日にクルー駅で買った新聞を取りだした。でこぼことした白い壁に枕をもたせかけ、新聞を開いた。最初に目にとまったのは、キンノジコというホオジロ科の鳥がなんらかの病気に集団感染しているという記事。喉が腫れあがり、餌《えさ》を食べられなくなってしまうせいで、昨年はおよそ五十万羽が餓死したらしい。その光景を頭に思い描くまいとした。考えまいとした。それでも、目に涙が込みあげてきたため、慌てて次の記事に視線を移した。ある男が、わずか十二歳の姪《めい》をレイプした挙句に殺害したという記事。その少女は、サッカーの試合中継をテレビ観戦させてもらおうと、近所に住む叔母の家を訪ねたのだが、折悪しく、そのとき叔母は外出中であったのだという。その叔母が留守でさえなかったら、その子はいまも生きていたにちがいない。わたしはまたも急いでページをめくった。フランスのブルターニュ地方でキャンプをしていた際に妻の愛人を殺害した廉《かど》で、マーチャントバンクの行員が有罪判決を受けたという記事。とある商店の女性店員が強盗に棍棒《こんぼう》で殴られた事件の一部始終が、監視カメラにとらえられていたという記事。おそらく、その映像はすでにユーチューブに投稿されていることだろう。

わたしは紙面から目をそむけた。こうしたニュースを読んだところで、なおさら気が滅入るだけだ。もう一度寝なおそうかとも思ったけれど、すでに意識は冴《さ》えわたり、めまぐるしく回転を始めていた。金色に輝く愛しい息子の顔や姿が、何度打ち消そうとも勝手に脳裡に浮かびあがってくる。わたしは猛烈な不安に駆られた。この二日間にわたしが成し遂げたどんなことも、このがらんとした白い部屋のなかで、このまま無為に浪費されていくだけなのではないか。チョールトンの家からは一冊も本を持ちだしてこなかったし、クルー駅で買ったのは、くだらない三文小説だった。あのバスルームにふたたび足を踏みいれることにも、耐えられない。ひどく寝汗をかいていたけれど、あんなところでシャワーを浴びるくらいなら、このままでいるほうがずっとましだった。そうだ、シャワーを浴びるとき用に、今日はビーチサンダルを買ってこよう。それから、フックに吊るして使うことのできる洗面ポーチも。そうすれば、あの汚らしい床や棚に、洗面道具を置かずに済む。シャワーを浴びるのが苦痛ではなくなる。これで、今日するべきこともできた。それでもまだ眠れそうになかったので、今度は社説欄を開いてみたけれど、いまはどんな内容にも集中できそうになかった。あきらめて新聞を片づけようとしたとき、最終ページのクロスワードパズルの横にある、数独パズルが目にとまった。これまで、数独を解いてみたことは一度もない。時間の浪費でしかないと思っていたから。でもいまは、それこそが自分の求めるもの——時間を浪費すること——手持ちぶさたな、つかのまの時間をやりすごすこと——だった。問題のレベルは中級となっていた。ところが、いくら頭をひねっても、ひとつとしてマス目を埋めることができない。なんらかの決まった解き方があるのだと、妹（だめよ、キャロラインのことは忘れなきゃ）が言っていたのを思いだした。じっとマス目を見つめつつ、1から9の数字を思いつくままに頭のなかで並べかえていくうち、ようやくコツがつかめて、数字をひとつ書きいれることができた。数学なら得意だけれど、このパズルの解法は、数学とはまるで関係がないらしい。強迫観念に取り憑かれでもしたかのように、わたしは問題を解き進めた。かなり時間はかかったものの、次々に数字を書きこんだ。ところが、最後のマス目を埋める段になって、6がふたつあるのに3がひとつもないことに気がついた。途中のどこかでミスをしたのだろう。だけど、どれだけ考えても、それを特定することはできなかった。わたしの人生も同じだという気がした。何もかも順調に進んでいると思っていたら、気づいたときには、6がふたつもあるのに3がなくて、修正のしようもなくなっている。またも涙が込みあげてきた。あふれだした涙は、まるで不吉な兆《きざ》しのように、すうっと頬を伝っていった。その瞬間、自分がいまいる場所の、ありのままの姿が見えた。ロンドンの荒《すさ》みきった一角に建つ、荒みきった家のなかの、荒みきったちっぽけな一室。いまの自分の、ありのままの姿も見えた。その場にとどまって現実と向きあうことより、ベンやチャーリーのもとから逃げだすことを選んだ、身勝手で卑《ひ》怯《きょう》な臆病者。いまはとりわけ、チャーリーのことが恋しかった。チャーリーの身体に染みついたビスケットのにおい。ぎゅっと抱きしめたときの感触。そういうとき、いつもチャーリーはじたばたともがいて、わたしの腕のなかから抜けだそうとした。わたしたちは互いにそのひとときを楽しんでいた。わたしはそうすることで、何かが伝わると信じていたから。わたしが何かを伝えようとしていることを、愛情を伝えようとしていることを、チャーリーは感じとっていたから。

扉を軽くノックする音に、わたしはびくっと肩を震わせた。慌てて涙をぬぐったとき、開いた扉の隙間からエンジェルが顔を突きだした。

「おはよう、ベイビー。ここにいたのね。心配でようすを見にきただけなんだけど……」エンジェルは言いながら、部屋のなかを見まわした。「驚いた！　あなたってば、部屋のリフォーム合戦をするあの番組の常連か何かなの？　この部屋、見ちがえちゃったわ。次はわたしの部屋もお願いしようかな」

「じつは昨日、ちょっとばかり頑張ってみたの」できるかぎり明るい声色をつくって、わたしは言った。「シャネルも、好きにしてかまわないって言ってくれたから。まえよりずっとよくなったでしょう？」そこまで言ったところで、エンジェルがずいぶんと派手な服装をしていることに気がついた。「これから出かけるの？」

「ううん、ついさっき戻ってきたところよ、ベイビー。仕事柄、昼夜が完全に逆転しちゃってるのよね。けど、このままじゃ餓え死にしちゃいそう。よかったら、一緒に朝食をどう？　すぐそこの角を曲がったところにカフェがあるんだけど、料理もそれほど悪くないわ」

「ええ、喜んで」とわたしは応じた。一瞬で気分がよくなっていた。

「それじゃ、ちょっと着替えてくるわ。二秒だけ待ってて」エンジェルは言って、扉の隙間から顔を引っこめた。

わたしもベッドから飛び起きて、新しいハンガーラックに吊るした手持ちの衣装をざっと見わたした。ジーンズが二本。面接用の外出着が一着。カットソー素材のワンピースが二着。麻のロングパンツが数本。共布のベルトがついた、グレーの高級革ジャケット（染みのせいで、もう使い物にならない）。トップスが数点。デニムのスカートが一枚。ケーブル編みのセーターが一枚。いまとなっては、どれもこれもが場ちがいに思えてくる。わたしは仕方なく、ドレープネックのミッドブルーのカットソーに、ジーンズを合わせてみた。まるで面白みのない、平凡な服装。キャットの名にふさわしいとは思えなかったけれど、かといって、キャットという名の女性に何が似つかわしいのかも、まだわかってはいなかった。エンジェルは十分後に戻ってきた。黒のミニスカートと真っ赤なサテン地のブラウス（カジノの制服なのだろうか）から、ふんわりとしたインド綿の白いワンピースに着替え、アッシュブロンドの髪を後ろでひとつに結んでいた。少し長さが足りないせいでほつれた毛が、フェイスラインに沿ってゆるやかに波打っている。見るからに何気ないその装いは、カジュアルでもあり、スタイリッシュでもあるうえに、どことなく無垢《むく》な印象も与えた。ハート形の小さな顔は、純朴そうな目鼻立ちをしていて、とてもカジノで働いているようには見えなかった。ただし、クルピエなる職業がどういった仕事をするものなのか、わたしには見当もつかない。カジノに関する知識といったら、《オーシャンズ11》から仕入れた情報くらいしかないわけだし、そんなものは物の数ではないはずだから。

「それじゃ、行きましょ、ベイビー」エンジェルに促され、わたしは感謝の念をいだきつつ、静かにそのあとを追った。敷物の擦り切れた、傾斜の急な階段をおり、スニーカーやらコートやらが散乱する玄関ポーチを抜け、ゴミの山に埋もれた前庭を突っ切って、早朝の青白い光に照らしだされた通りへと踏みだした。

10

アンジェラはバーカウンターの前に並ぶ自分の背丈ほどもあるスツールの列を通りすぎ、大人たちの脚を掻き分けるようにして、ステージのほうへ向かっていった。その間にも、あちこちから大きな手が伸びてきては、子犬にでもするように、アンジェラの髪を揉みくちゃにした。近ごろでは常連客もみな、この店でブロンドの幼い少女を見かけたところで驚かなくなっており、アンジェラのほうも、そうした大人たちの存在におおかた慣れっこになっていた。ただし、むせかえるほどの煙草の煙や、ナイトクラブに特有のいかがわしい雰囲気だけは、とうてい好きになれそうになかった。ここが子供のいるべき場所でないということは、なんとなく察しがついていた。妙な目つきでこちらを見てくる男のひともいた。通りすがりにお尻をつねられることもあった。それが意味するところはまだ理解できないけれど、とにかく不快だということだけはわかっていた。ただ、いまでは、店内でうまく時間をやりすごすすべを身につけるようになっていた。ロレインという名のお気にいりの女性バーテンダーが当番のときには、カウンターのスツールにすわって、洗い終わったビールグラスを拭くのを手伝う。そうすると、ロレインも大助かりだと言ってくれる。それから、舞台裏にある狭苦しい楽屋にこもって、ママの化粧道具で遊ぶこともある。その場合は、母のルースにばれないよう、口紅や頬紅をいじくった痕跡を丹念に消しておかなければいけない。上手におねだりすれば、ときどき、テッドおじさんがドミノで遊んでくれることもある。とはいえ、ここにいて楽しいと感じることはもうなくなった。この店には飽き飽きしていたし、夜遅くまでつきあわされるので、学校でも居眠りばかりしてしまう。なのに、アンジェラが少し大きくなると、ルースは以前より頻繁《ひんぱん》に、娘を仕事場に同伴するようになった。ベビーシッターに払うお金がもったいないし、ひとりで留守番をさせるよりはましだと考えていたのだろう。

アンジェラがステージの前にたどりついたとき、ルースはすでに舞台袖へ引っこんでいた。ピアノ弾きも楽譜を掻き集めはじめている。それなら、楽屋へ向かうには、カウンターの裏をまわりこむより、ステージを突っ切ったほうが早い。舞台によじのぼろうと腕をあげると、客のひとりが「手伝ってやろうか、おちびちゃん」と声をかけながら、アンジェラの腰をつかんで宙に抱えあげてくれた。アンジェラは手と膝をついてステージに這いあがり、すっくと立ちあがると、赤い水玉模様のワンピースの皺《しわ》を伸ばして、丸見えになっていた下着を覆い隠した。それから、できるかぎりの全速力で、左斜めに向けてステージを突っ切った。

「ママ、いる？」楽屋を仕切るカーテンのあいだからなかをのぞきこみながら、アンジェラはおずおずと声をかけた。ママのことは大好きだけれど、いまは機嫌がいいのか悪いのか、どんな反応が返ってくることになるのか、予測できたためしはない。

「あら、わたしのエンジェル！」ルースは言いながら腰を屈めて、ぎゅっと娘を抱きしめた。「テッドおじさんに遊んでもらうあいだ、ちゃんといい子にしてた？」ルースは身体にぴったりと添う、ミッドナイトブルーのスパンコールのドレスを着ていた。髪を大きくふくらませて、目のまわりに黒々とアイラインを入れていた。この世界がどれだけ広くても、こんなにきれいなママはほかにいやしないと、アンジェラは思った。幼いアンジェラですらわかるほどの、聴く者の胸を打つすてきな歌声——生きる苦労と悲哀によって少しかすれた歌声——の持ち主だって、ほかにはいるわけない。

「うん、ちゃんといい子にしてたよ、ママ。すぐにおうちに帰れる？　あたし、もう疲れちゃった」

「そうね、可愛いエンジェル。このドレスを脱いで、テッドおじさんと一杯だけ引っかけたら、まっすぐ家に帰りましょ」

「あたしはいますぐおうちに帰りたい」

「いま言ったでしょ、可愛こちゃん。軽く一杯だけ引っかけたら、すぐに店を出るって。ステージでいっぱい歌ったから、ママは喉がからからなの」

「お願い、ママ。あたし、おうちに帰りたい。すぐにベッドで眠りたいの」

「だめだと言ったでしょ、アンジェラ。その代わり、レモネードを飲ませてあげる」

「やだぁ！　いますぐおうちに帰りたい！」とアンジェラはわめいた。疲労が極限に達したせいで、抑えがきかなくなっていた。

「母親に向かって、そんな口のきき方をするもんじゃないわ、おちびちゃん。家には、わたしがそうすると言ったときに帰るのよ」

アンジェラはぴたりと黙りこみ、室内にひとつだけ置かれた椅子によじのぼった。化粧台と対《つい》になっているそのすてきな椅子には、金色の脚と詰め物入りの肘掛けがついていて、色の剝《は》げかけたピンク色のベルベットの座面には、インゲン豆の形をした染みがひとつできていた。アンジェラはむっつりと脚を揺らしつつも、じっと押し黙っていた。ママがあいう声で喋りはじめたときは、口答えをしないほうがいいと承知していたから。ぶたれるのはごめんだったから。

ルースは舞台衣装のイブニングドレスを脱ぎ捨てると、上下揃いのランジェリー——深い青緑色のレースのブラジャーとパンティー——だけを身につけた恰好《かっこう》になった。ハイヒールは履いたまま、セクシーな姿態をあらわにして、鏡の前に立った。湿らせたフランネルの布きれで腋の下をぬぐってから、腋と、なおも真っ平らな腹と、脚の付け根のあたりに制汗スプレーを噴きつけた。それが済むと、黒無地のカプリパンツと、フレンチ袖のぴったりとした黒いカットソーに着替えた。髪とメイクはそのままに、室内照明の絶妙な当たり具合のもとで独特な歩き方をする姿は、黒髪のマリリン・モンローが銀幕から抜けだしてきたかのようだった。アンジェラの手をつかんだときの動作は、荒っぽいというより、しっかり握りしめるという感じだった。どうやら、そこまで機嫌を損ねてはいないらしい。ふたりは楽屋を出ると、廊下を進んで、煙の立ちこめるナイトクラブのフロアに入った。テッドおじさんはカウンターでふたりを待っていた。そして、アンジェラにはシュリンプ・カクテル味のポテトチップスとレモネードを、ルースにはお酒を一杯、ごちそうしてくれた。ところが、その一杯は結局、三杯、四杯と数を増していき、ついにアンジェラは居眠りを始めた。スツールにすわったまま〝く〟の字に身体を折り曲げ、ビールの染みこむカウンターに載せたかぼそい腕に顔をうずめて、まどろみのなかに落ちていった。

11

エンジェルとふたりでカフェに入り、奥のテーブルにつくやいなや、自分がまたしてもひどい空腹をおぼえていることに驚いた。まるで、マンチェスターにいたころに摂《と》りそこねたカロリーを、いまになって取りもどそうとしているかのようだ。店は愛想のいいギリシア人の老夫婦が営んでおり、コーヒーの味はそれなりだったけれど、料理のほうは舌鼓《したつづみ》を打ちたくなるほどのおいしさだった。わたしはベーコンエッグと、マッシュルームと、豆料理と、トマト炒《いた》めと、トーストを、がつがつと胃袋におさめていった。それでもなお胃袋は、もう少し食料を蓄えておく余地があると主張していた。たとえ、心がそれを信じなくとも。間近に眺めると、エンジェルの顔には疲れがにじんでいた。けれども、限られた人々だけが持つ根っからの優しさを、エンジェルもまた心根に備えていた。それが目の下の涙袋にあらわれていた。

「ところで、今日の予定は決まっているの、ベイビー？」エンジェルが訊いてきた。

「いいえ、特には。食料の買いだしに行かなきゃとは思うんだけど。元気が余っていたら、銀行にも行かなくちゃ。そうすれば、明日から職探しを始められるし」そこまで言ったところで、とつぜん、その目標がいかんとも成し遂げがたいものに思えてきた。

わたしはいったん口をつぐみ、努めて明るい口調で言った。「ひとつだけ、今日中にしなきゃいけないことがあるわ。それは、ビーチサンダルを買ってくること。あのバスルームの床ときたら……あなたはどうやって切りぬけているの？」

エンジェルは声をあげて笑った。「たいていは、職場でシャワーを浴びてくるようにしてる。だいいち、あの家に長く暮らすつもりはないの。少しのあいだ、身を隠せる場所が必要だっただけ。そういう事情さえなければ、あんな肥溜《こえだ》めみたいなところは真っ平だけど。必要に迫られたら、やむをえない」

「そう……」わたしはふっと目を伏せた。

「ちなみに、そっちにはどんな事情があるの、ベイビー？」エンジェルが訊いてきた。その声に宿るいたわりの響きが、涙腺《るいせん》を刺激した。

「あなたと似たような事情よ……ねえ、エンジェル。まだ出会ったばかりなのに、おかしなことを言うやつだと思わないでね。でも、あんな場所でもどうにかやっていけるかもって思えたのは、あなたの存在があったからよ」

「心配しないで、ベイビー。まだしばらく、あそこを出ていくつもりはないから」

エンジェルに対してこれほどの親近感をおぼえるなんて、おかしな話だと自分でも思ったけれど、当の本人はいっこうに意に介していないようすだった。それでなんとなく、エンジェルは他人の面倒を見るのに慣れているのではないか、進んでそうしているのではないか、誰かに必要とされたがっているのではないか、という気がした。エンジェルはいくつかの点において、これまでのどんなわたしよりも遥かにおとなびていた。こちらは向こうよりおそらく十は歳上であるはずだし、かつては妻であり、母でもあったというのに。

「もしよかったら、あなたが出ていったあとも、連絡をとりあえると嬉しいのだけど」

弱々しい声で、わたしは言った。

「もちろんよ、ベイビー。でも、これだけは言っとくわ。わたしはまだここにいるし、あの家のなかで、仲よくしたいと思える住人はほかにひとりもいないってこと」いたずらっぽく瞳をきらめかせながら、エンジェルはわたしに微笑みかけた。それから、アメリカ訛を大袈裟《おおげさ》にまねつつ、こう続けた。「心配はご無用よ、ミス・ブラウン。あなたとわたし、ふたりで楽しくすごそうじゃないの」

アイスクリームの登場に歓声をあげる子供みたいに、わたしは一気に元気づいた。エンジェルは自分のぶんの食事を終えても、いやな顔ひとつせず、テーブルにとどまってくれていた。わたしたちはコーヒーのおかわりを頼んで、そのあともお喋りを続けた。他愛のない四方《よも》山《やま》話を、あれこれと語りあった。皿の上で山をなしていたトーストの最後の一枚を、ようやくわたしが平らげるまで。

シェアハウスに戻るなり、エンジェルはベッドに直行した。ひと晩中働いて、くたびれ果てていたのだろう。一方のわたしは、ほかにすることもなかったので、誰もいないかどうかだけたしかめようと、キッチンをのぞいてみた。ほかの同居人がどんな仕事をしているのかも、どんな時間帯に働いているのかも、そもそも職に就いているのかどうかも、誰が何時ごろ帰宅するのかも、まだ把握できていなかったから。家のなかに居間がないため、キッチンはいつも混みあっているものと思っていたのだが、廊下で聞き耳を立てたかぎりでは、ひっそりと静まりかえっているようだった。ところが、戸口からなかをのぞいてみると、一日めの晩からずっと姿を見かけていなかった住人がいた。チョコレートを盗まれたと息巻いていた、バーンズリー出身の女性。そのベヴが、シンクの上でせわしなく手を動かしている。なかに入らず、そのまま立ち去ろうとしかけたとき、足音を聞きつけたらしく、ベヴが肩越しにこちらを振りかえり、明るい笑みを投げかけてきた。「おはよう！　犬ってのは、ほんと、くそったれよね！　ついさっき、道で糞を踏んづけちゃったの。あんなちっこいもんをなんだって飼いたがるんだか知らないけど、糞の始末くらいはちゃんとしてくれってのよ。ここいらの住民ときたら、くそみたく〝非常識〟なんだから！」そのとき気づいた。ベヴがいま、サボと呼ばれるサンダルとテーブルナイフを手にしていること。シンクのなかに溜まった食器の上で、木製の靴底にナイフをこすりつけていること。

わたしの表情に気づくと、ベヴはこう続けた。

「大丈夫、心配しないで。最近の食器用洗剤ってば、くそみたくすごいんだから。九十九・九パーセントの菌を取り除いてくれるんだって。新聞だかなんだかにそう書いてあったから、まちがいないわ」

わたしは返答に窮した。すると、不意に訪れた静寂のなかに、オーストラリア人のエリカが飛びこんできた。人並みはずれて小さな身体をひときわ強調する茄子紺《なすこん》色のスーツをまとい、人並み以下に凡庸な顔には濃いメイクがほどこされ、長い黒髪は大きなバレッタでひとつにまとめられている。軽く微笑みかけたわたしをひと睨みしたあと、流し台に近づいていった直後、ベヴのしていることにようやく気づいて、エリカは言った。

「ちょっと！　何してるのよ、ベヴ！」

「あら、エリカ。ちょっとだけ我慢して。あとでちゃんと掃除しておくから」

「信じらんない！」嫌悪感をむきだしにして、エリカはわめいた。エリカにはあまり好感をおぼえていなかったけれど、この点に関してだけは、同感せずにいられなかった。

ベヴは無邪気《むじゃき》に笑いながら、靴の掃除を続けた。エリカはハイヒールを履いた子猫のような足でくるりと踵《きびす》を返すと、足音荒くキッチンを出ていき、最後に扉を叩き閉めた。

「面接、頑張って！」ベヴは戸口に向かって陽気に声をかけてから、声をひそめてつぶやいた。「あの腐れブスときたら、いったい何様だってのよ」そうした表現に対して、普段のわたしなら不快感をおぼえるところなのだけれど、この点についても、共感せずにはいられなかった。声をあげて笑いたいくらいだった。

少し迷ってから、わたしは口を開いた。見たところ、ベヴは気さくな人柄のようだったから。「ねえ、ベヴ。どこか近くに、ビーチサンダルを売っていそうなお店はないかしら。ごく普通のゴム製のやつがほしいんだけど」

「なんでそんなもの？　ひょっとして、スケグネスのくそビーチにでもいるつもり？　なんならついでに、くそ浮き輪も仕入れてきたら？」ベヴは自分のジョークに笑いだした。でも、気には障らなかった。わたしはベヴに好感をおぼえていた。ひどく口が悪いところも。集団生活を送るうえでの一般常識など、まるで頓着《とんちゃく》しないところも。何もかもがわたしには新鮮だったから。

「ホロウェイのナグズヘッド・マーケットへ行ってみたら？　安売りの店がいっぱい並んでるし、靴屋もあるから、あそこならほしいものが見つかるんじゃないかな。ああ、もし行くなら、ついでにゴミ袋も買ってきてくれない？　でっかくて、丈夫なやつをお願い。なんでか、いっつも切らしちゃうのよね」これは、ベヴがこれまで口にしたなかではじめての、卑語を含まないセリフだった。わたしはおとなしく承諾の意を伝えてから、犬の糞のにおいが充満するキッチンを離れた。

ベヴが予想したとおり、ゴム製のビーチサンダルはホロウェイで見つかった。フックに吊るすタイプの洗面ポーチも探してみたけれど、どの店員に尋ねても、なんのことやら理解できないようすだった。その探索が空振りに終わると、次に何をすべきかわからなくなった。失踪人というのは、出奔先での時間をどのようにすごすものなのかしら。わたしはしばらく悩んだすえに、〝探検〟をしてみることにした。新居の周辺で、土地鑑を養っておいて悪いことはない。いい気分転換にもなるだろう。大通りを離れ、シェアハウスがあるとおぼしき方角に向かって、何キロにも感じられる距離を歩いた。パラボラアンテナやら、ぼろぼろに崩れかけた石材やら、車輪付きのゴミ容器やらであふれた、うらぶれた小路をいくつも通りぬけるうち、ふと、一軒の奇妙な家が目にとまった。驚いたことに、窓という窓に鉄格子がはめられているのだ。わたしなら、こんなところで暮らすなんてぞっとしてしまう。この家の住人もまた、私設の牢獄のなかで生きているのだろう。その後も足任せの散歩を続け、同様に寂《さび》れた小道の先で角を左に折れると、なんの前触れもなく、手入れの行き届いた豪奢《ごうしゃ》な邸宅の建ち並ぶ一角に出た。わたしはその中央に設けられたきれいな公園に入った。芝生の上に腰をおろし、陽の光を求めて顔を上向けた。今日はそこまで気温が高くなかったため、ほどよいぬくもりが心地よかった。ふと横を見やると、きれいに着飾った母親がひとり、ベンチにすわって、真っ赤なベビーカーのなかにいるらしい子供にスプーンでヨーグルトを食べさせていた。その顔には満面の笑みが浮かんでいる。

危ないところだったけれど、すぐに目を逸らしたおかげで、なんとか危機は回避できた。次に視線を向けた先では、スラックスに開襟シャツ姿の若い男がふたり、額《ひたい》に汗を垂らしながら、パラフィン紙に包まれた分厚いサンドイッチを頬張っては、缶入りのダイエット・コーラで飲みくだしていた。わたしはバッグを枕にして、芝生にごろりと寝転んだ。猛烈な疲労感に襲われて、二度と起きあがれないような気がした。このまま芝生を突きぬけ、地球の核へと、忘却の彼方へと、終わりのない眠りへと、引きずりこまれてしまいそうな気がした……。

不意にはっと目が覚めた。どれくらい眠っていたのかもまるでわからず、またもパニックに陥りかけた。こんなところで、しかも現金を携帯したままうたた寝するなんて、何を考えているの？　なんてばかなまねをしているの？　一刻も早く、銀行に口座を開こう。こんな大金をいつまでも持ち歩くわけにはいかない。とりわけ、この界隈では。芝生から立ちあがり、さっき来た道をおおよその見当で引きかえしはじめた。住民にすら見放されたかのような、似たり寄ったりの荒れ果てた通りを抜け、課税対象にもならないおんぼろ車や、傷《いた》みの進んだ玄関扉の前を次々と通りすぎていくあいだも、強盗か引ったくりに遭《あ》うのではないかとの不安がつきまとった。ところが、いくら歩いても銀行が見あたらない。極度の猜疑心《さいぎしん》に取り憑かれていたため、誰かに尋ねるのも気が進まない。とにかくそのまま足早に歩きつづけていると、ようやく、ホロウェイ・ロード沿いに銀行の支店を見つけた。さしあたり、普通口座を開けば事足りるだろう。それなら、煩雑《はんざつ》な手続きを踏む必要もないはずだ。わたしは紛《まぎ》れもなくキャサリン・エミリー・ブラウン本人であるのだし、パスポートにもそう記載されている。なぜだかとつぜん、母に対する感謝の念が込みあげてきた。生まれてこのかた、わたしは誰しもからエミリーと呼ばれてきた。なのに、出生証明書にフルネームを記載すると言って譲らなかったのが、母なのだ。予期せぬ双子を授かったばかりで、ほかに悩まなくてはならないことがたくさんあったろうに。でも、そのおかげでわたしはいま、実務的な手続きだけは難なくこなすことができている。

支店のなかは狭苦しいうえに、薄暗かった。大勢の利用客が出入りするのを眺めながら、永遠にも思える時間を待たされたすえに、ようやく、ポリエステル地の黒いスーツを着た女性行員が奥のほうからきびきびと近づいてきて、陰気くさい個室にわたしを通した。机を挟んで向かいあうわたしたちのあいだでは、半ばからになったリーフレットの陳列ケースが境界線をなしていた。女性行員は終始、慇懃《いんぎん》な態度を崩さなかったけれど、現住所を証明する書類のたぐいを持たず、合計二千ポンドにもなる五十ポンド札をハンドバッグに入れて持ち歩くわたしのことを、あきらかに訝《いぶか》しんでいた。そこでわたしは、訊かれもしないのに、つい先ごろ海外生活を終えて帰国したばかりなのだと、口からでまかせを並べたてた。そんな嘘八百を相手が鵜《う》呑みにしたとは思えないけれど、ともかく口座を開いてもらうことはできた。この支店で働く行員であれば、ありとあらゆる人間の応対をしてきたにちがいない。

ようやく肩の荷をおろしたわたしは、当てどのない買い物を続けた。片っ端からふらふらと店に入っては、ほかの客にはいっさい目をやらず、何が売られているのかもほとんど把握できないままに店を出た。そんななか、通り沿いに軒《のき》を連ねるリサイクルショップのひとつに入ったとき、埃をかぶった一枚の古い額入り写真にふと目を奪われた。ニューヨークの街角で、工事現場のクレーンに腰かけた男たちが無造作に宙へ脚を投げだしている姿が、何やら神々《こうごう》しく見えた。自分がそれを気にいったのかどうかは、よくわからなかった。それを見ていると、軽い眩暈をおぼえもした。でも、値段がたったの七ポンドであるうえに、ベッドまわりのがらんとした壁――ウッドチップのでこぼこが目立つ壁――のことが頭に浮かんだ。大きさやほかの家具との調和にも、申しぶんがなかった。結局、わたしはその写真を買うことにした。店を出たあとは、二軒先のスーパーマーケットに立ち寄った。店内は客で混みあっていて、浮かない顔をした人々が、すでに肥満体の子供のために、ポテトチップスの徳用パックや特大ボトル入りの炭酸飲料を買い求めていた。その子たちの面倒をちゃんと見てあげて！　そう叫びだしたい衝動に駆られた。わが子と一緒にいられるというのは、とても恵まれたことなんだから、と。いよいよわたしは、本格的に頭がおかしくなりかけているらしい。

昂《たかぶ》った神経が完全に静まるのを待ってから、シリアルと、果物と、袋入りのサラダと、チョコレート（家のなかに置いていても大丈夫なのかはわからないけれど、あえて買ってみることにした）と、惣菜《そうざい》を何種類か購入した。ゼロから料理をする気には、まだなれそうになかったから。陳列棚に紙皿を見つけたときには、ひどくそそられはしたけれど、共用の皿があるのにそんなものを使っていたら、同居人たちが違和感をおぼえるかもしれないと思いなおした。ベヴの芳《かんば》しくない習性については強いて考えないことにして、なんとかやっていくしかない。食器用洗剤の効能に関してベヴの言っていたことは、あながちまちがっていないのかもしれない。例の写真に加えて、予定より多く食料を買いこんでしまったため、荷物を運ぶのはひと苦労だった。手首に食いこむビニール袋の重みに、ふと、双子の妹のことを思いだした。わたしがいなくなったと知ったら、キャロラインはどう思うだろう。うろたえるだろうか。いいえ、いまとなっては、キャロラインがどう感じようと知ったことではないはずよ。半ば座席の埋まったバスに乗りこみ、前方にあいていた後ろ向きの席に――身体の不自由なひとが乗りこんできたら、場所を譲らなければならない席に――すわった。ほかの乗客はみな、悲しげな顔つきをしていた。暑さにへばりきり、いまにも融けだしてしまいそうに見えた。そうよ、事情を抱えて生きているのは、わたしだけじゃないんだわ。向かいの席にすわる女性は足首の関節が大きく腫《は》れあがっていて、もぞもぞと身体を動かすたびに、汗のにおいが漂ってきた。その女性が着ているTシャツ――ポップス歌手にして作曲家でもあるバリー・マニロウのTシャツ――が目にとまり、もう生産はされていないものだろうと考えてから、そんなことに気づけるようになった自分に驚いた。もしかしたら、これはなんらかの徴候なのかも。エンジェルとお喋りに花を咲かせたことや、部屋の模様替えに没頭したことがきっかけとなって、ついにわたしは徐々に目を覚まそうと、知覚を取りもどそうとしているのかもしれない。エミリー・コールマンではなくキャット・ブラウンとして生きるために、人格的な特徴を新たに組みなおそうとしているのかもしれない。キャットと名乗るわたしが、かつてのエミリーと異なることは自覚していた。キャットはエミリーよりも脆《もろ》く、傷つきやすい。むしろ、妹のキャロラインに近いのかもしれない。そう考えるなり、ぶるりと身震いが出た。まさか、そんなわけはない。わたしはいまここにいる。ミズ・キャサリン・ブラウンとして、ホロウェイ・ロードを走るバスに乗っている。銀行の取引明細書の住所欄にもあるとおり、ロンドンの正式な住民として暮らしている。わたしはいまここにいる。過去から解き放たれ、誰にも見つけだせない場所で生きているのだもの。

12

エミリーはまえもって、家族に関することをベンに警告していた。だからベンも、ある程度の心の準備をすることができた。「母は人好きのするひとだし、父も本当にすばらしいひとよ。ときどき、少し遠くに行ってしまうことはあるけど……わたしの言っている意味が、そのうちあなたにもわかると思うわ。問題は妹のキャロラインなの。機嫌の悪いときだと、ちょっと扱いにてこずるかもしれない。でも、中身をよく知るようになれば、あの子の良さがわかってもらえると思う。妹のほうも、きっとあなたを気にいるわ」

ベンはそのときまだ、エミリーに一卵性の双子の妹がいるという事実に慣れることができずにいた。ふと気づくと、妙なことを考えている自分もいた。たとえば、ふたりの見分けがつかなかったらどうしよう、とか。キャロラインが魅力的だったらどうしよう、とか。向こうもこちらに惹かれてしまったらどうしよう、とか。車が速度を落としたとき、ベンはいつにない不安を感じていた。自分は心からエミリーを愛している。生涯を共にしたいとさえ願っている。ただし、言葉にして伝えたことはまだ一度もない。それはあまりに時期尚早というものだから。だからこそ、エミリーの家族との対面は、ベンにとっては一大事だった。なんとしてでも自分を気にいってもらう必要があった。

一九七〇年代に建てられたというエミリーの実家は、急勾配の屋根がついたモダンな造りで、外装の木材には白漆喰《しっくい》が塗られていた。寝室は四つあって、きれいに手入れをされた前庭もあり、私道にはぴかぴかのBMWがとまっている。エミリーのように特別な女性が育った家にしては、やや〝平凡〟すぎるような。そう思いかけてすぐ、自分自身の実家のようす——無機質な砂利が敷きつめられた前庭——が頭に浮かんだ。その瞬間、いつかエミリーとこういう家に暮らそうと、心に決めた。会計士である自分と、弁護士であるエミリーの収入を合わせれば、叶わぬ夢ではないだろう。そんなことまで考えはじめている自分が不思議ではあった。マンチェスター市内の自宅からエミリーの暮らすチェスター市のアパートメントまでタクシー代を奮発した夜から、まだひと月しか経っていないのだから。とはいえ、出会いのきっかけとなったスカイダイビングはそれより三カ月もまえのことだし、ベンはそれ以来、エミリーのことばかり考えてすごしていた。職場でばったり出くわす機会がまるで訪れてくれないことが信じられなかった。来る日も来る日もエミリーの姿を捜して、周囲に目を配りつづけていたのだから。そんな折、ついに再会の時が訪れた。そのときベンは外まわりの仕事に出ようとしているところで、なんの心がまえもできていなかった。加えて、やけに詮索好きの同僚、ヤスミンを伴っていた。慌てふためくべンにできたのは、「やあ」とひとこと声を発することだけだった。立ちどまって、近況を尋ねることすらできなかった。スカイダイビングのトラウマから立ちなおれたかと訊くのはおろか、友人としての好意を示すことすら、今後の足がかりをつくることすらできなかった。あの当時を振りかえると、自然と笑みがこぼれた。取引先をまわっているあいだもずっとむしゃくしゃしっぱなしで、相手の話がまったく頭に入ってこず、まるで仕事にならなかったこと。せっかくのチャンスをふいにしてしまった自分が、無性に腹立たしかったこと。

そんな自分がいま、エミリーの車に同乗して、エミリーの両親に会いにいこうとしているとは。エミリーからのメールを受けとるまでは、自分が何をどう頑張ったところでどうせ見込みはゼロなのだと、所詮は高嶺《たかね》の花なのだと、あきらめかけていた。パブで自棄酒《やけざけ》をあおった帰り道、半ば泥酔した状態でエミリーのメールを開いたときには、ぴょんぴょんと上下に跳びはねながら、宙にパンチを繰りだした。マンチェスターの路上ではなく、オールド・トラッフォード・サッカースタジアムにでもいるかのように。そして、時刻をたしかめるより先に、エミリーに電話をかけていた。いや、たしかめていたとしても、結局はかけずにいられなかっただろう。

トランクの部分を歩道に突きだす恰好で、エミリーは父親のBMWの前に車をとめた。するとベンがまだ車をおりもしないうちから、プラスチック製の白い玄関扉が開き、エミリーの母親のフランシスがいらっしゃいと手を振った。髪はブロンドで、にこやかな笑みを浮かべている。その顔には、長年にわたり抱えてきたであろう懊悩《おうのう》の跡は少しも残されておらず、いまはその場所を、疲弊《ひへい》した〝受容〟の色が――平凡な家に対する、意志薄弱な夫（なんと、フランシスは夫の浮気癖を承知しているらしい）に対する、悪夢のような次女に対する、受容の色が――占拠していた。

「いらっしゃい。あなたがベンね」握手を交わしながら、フランシスは言った。「本当によく来てくれたわ。エミリーがボーイフレンドを紹介するなんてめったにないことだから、ものすごく楽しみにしていたのよ」

「ママったら……」恥ずかしそうにエミリーはつぶやいたが、たしかにそれは事実だった。エミリーが異性に興味を持つことなど、いまだかつて一度もなかった。その理由は主に、相手をめぐって妹と争うことに耐えられなかったから。キャロラインのなかで、母に対するわだかまりがようやく解けると、それと同時に、母の愛情をめぐって姉と競いあう必要性までもが、しだいに薄らいでいくかのようだった。すると、次なる戦場としてキャロラインが選んだのは、異性をめぐる争いだった。その結果、エミリーは恋愛沙汰を敬遠し、その手のことはキャロラインに一任するようになった。自分は同性の友人や本とすごしているほうが、ずっと気楽でもあったから。その後、さらに年齢を重ねると、真剣にアプローチしてくる異性もいなくなっていった。自分からふさわしいシグナルを発するすべも、エミリーは心得ていなかった。そうこうするうちに、自分には魅力がないのだと思いこむようになった。ごく稀《まれ》にボーイフレンドができたとしても、念のため、家族に引きあわせることだけは避けてきた。

でも、ベンだけは別だった。実家で家族とかこむ日曜のランチにベンを誘うのは、至極当然のことに思えた。はじめのうちは、怖くて言いだすことすらできなかった。いくらなんでも先走りすぎなのではないか、ベンが負担に感じるのではないかという気がした。ところが、エミリーの申し出に対し、ベンはイエスと即答した。是非とも参加したいと言ってくれた。ベンのそういうところが大好きだった。変にもったいぶったりしないところが。変に気どったりせず、率直に、心からの好意を示してくれるところが。そのくせ、ふたりはなおも臆病すぎて、お互いの気持ちも、将来の展望も、はっきり口にすることができずにいた。言葉にあらわしてしまったら、すべてがふいになるとでもいうかのように。そんなわけでこれまでのところは、どちらも直截な表現を避けてきた。互いのまなざしと肉体だけで、暗に真意を伝えあってきた。

「エミリー、聞いてるの？」フランシスの声がした。「紅茶とコーヒー、どっちにする？」

「ああ、ごめんなさい。コーヒーのほうが嬉しいわ」

「こちらにおかけなさいな、ベン。アンドリューもそろそろ戻ってくるはずよ。温室の手入れはじきに終わるはずですからね。主人も、あなたに会うのを心待ちにしていたのよ」

「キャロラインは？」話題を変えようと、エミリーは言った。

「ついさっき、ふらっと出ていっちゃったけど、大丈夫、すぐに戻ってくるわ」

「キャロラインが実家に戻ってきてから、どう？」ベンに目配せを送りながら、エミリーは訊いた。

「例によって、のんびり入浴することもままならないわ。あの恐ろしげな音楽を、大音量でがんがん流しつづけるんだもの。この家を出たことなんて一度もなかったみたいにね……でも、こうするのがいちばんだってことは、あの子もわかっていると思うの。しばらくのあいだだけでもね」それだけ言うと、フランシスはベンに顔を振り向けた。「キャロラインが心を病んでいるってことは、エミリーから聞かされているわよね？」

「ママ！」エミリーは思わず声をあげた。たしかに話してはおいたけれど、こんなにあからさまな言いまわしをするなんて、理解の範疇《はんちゅう》を超えていた。まるで母らしくないふるまいだった。ベンは気まずそうに目を伏せ、四角いキッチンタイルの隙間を埋める灰色のモルタルの線を見つめていた。あまりに清潔すぎる、とベンは思った。塵のひとつも落ちていないなんて、なんだか病院のようだと。

「ごめんなさいね、エミリー。わたしはただ、全員が事情を心得ていたほうがいいと思ったの。そのほうが、気兼ねなくランチを楽しむことができる。そう思っただけよ」

「キャロラインの状態はどうなの？」

「時と場合によるけれど、おおかた落ちついているわ。たぶんね」そう言うと、フランシスはベンを振りかえった。「あの子はロンドンでつつがなく暮らしているものと、わたしたちは思いこんでいたの。ファッション関連のやり甲斐のある仕事にも就いて、元気にやっているものとね。だけど、実際のところ誰かに何が起きているのかなんて、誰にもわかるものじゃないんだわ。そうじゃなくて？」

なんと答えるべきかわからずに、ベンはしかつめらしくうなずいた。

まさか、妹は完全に精神が錯乱してしまったのかしら、とエミリーは不安になった。こんな母は見たこともない。頭のなかで警報が鳴り響きはじめた。

「わたしはただ、ベンにも知っておいてもらったほうがいいと思っただけよ。みんなで心置きなくランチを楽しみたいものね」とフランシスが続けた。それでなるほど、合点がいった。母はベンに警告しているのだ。キャロラインがまたしても双子の姉の恋人を奪いとろうとするのではないかと、危ぶんでいるのだ。

そのとき、玄関のほうから、錠のまわる音がした。開いた扉の向こうから、けだるげに背を丸めたキャロラインの姿があらわれた。キャロラインは思わず目を瞠《みは》るような風貌をしていた。髪の長さはエミリーよりも短く、左右非対称のボブスタイルに整えられていて、そこに黄褐色のメッシュが入っている。そのヘアスタイルには独特な個性——直線的に切り揃えられたラインや、大胆なコントラスト——があって、ファッショナブルでありながら、どこか危険な雰囲気を醸《かも》しだしてもいる。いや、そんな印象をおぼえるのは、瞳がやけにぎらついているせいでもあるのだろう。いったいどこへ行っていたのだろう、とベンは疑問に思ったものの、もちろん口には出さなかった。

「久しぶり、エミリー」キャロラインは言いながら、姉の頰の手前にキスをした。「元気にしてた？　で、こっちが噂の彼氏ってわけ？」二十六歳にもなる妹から、いまだ十六歳のような口調で問いかけられて、エミリーはたじろいだ。

「はじめまして。どうぞよろしく」ベンはそう応じながら、内心、大いに胸を撫でおろしていた。キャロラインはエミリーとはまったくちがっていたから。まごうかたなき別人だったから。そこでベンはエミリーと目を合わせ、無言でこう伝えようとした。大丈夫、心配は無用だと。

キャロラインはまるで見せつけるかのように、着ていたブレザーを脱ぎはじめた。身体にぴったりと添うオレンジ色のTシャツは、痩せこけた平たい胸の部分に、けばけばしいアクアマリン色を用いた〝語らおう《レッツ・トーク》〟とのメッセージ・ロゴがプリントされていた。キャロラインは脱いだブレザーをキッチンの椅子の背に放りだし、そこにどさっと腰をおろした。

「聞いた話じゃ、ふたりとも、お互いにぞっこんだそうじゃない。なんて羨《うらや》ましい」

エミリーが返答を考えあぐねているうちに、庭仕事を終えたアンドリューが家に入ってきた。父の穿《は》いているハイウエストのジーンズはサイズが合っておらず、手は土にまみれ、髪はぼさぼさに乱れていた。頭頂部の頭皮が透けかけていることにそのときはじめて気づき、エミリーは胸の痛みをおぼえた。ずっとハンサムだった父のこんな姿は、あまりに不憫《ふびん》でならなかった。

「紹介するわね、パパ。こちらがベンよ」エミリーの言葉を受けて、ベンは反射的に片手を差しだした。アンドリューがその手を握りかえしてぶんぶん振ると、手についた土くれが光り輝く真っ白い床にぽろぽろと落ちていった。キャロラインを除く全員が、少しこわばった笑い声をあげた。

「で、今日は結婚の許可をもらいにきたってわけ？」キャロラインが嘲笑まじりに問いかけてきた。その瞬間、エミリーの頭に、これまで何百万回と繰りかえされてきた問いが浮かんだ。どうしてキャロラインは、周囲の人間を気まずくさせるようなことばかり、わざわざするの？

「いや、今回はちがうんだ」そう答えるベンの声を聞くなり、なんて完璧な切りかえしなのかしらと、エミリーは嘆息した。ベンにすっかり惚《ほ》れなおしていた。

ついに昼食をかこむ段になると、父親のアンドリューが勧めるよりも早く、ほかのみんなはまだ口もつけていないうちから、キャロラインが自分のグラスに勝手になみなみとワインを注ぎ足していることに気づいて、ベンは驚いた。家族のみんなは、どうしてそんなことを許しているのだろう。いや、キャロラインはもう子供ではない。何かが起きたとして、ふたたび病院にしばらく入院させる以外、彼らに何ができるだろう。キャロラインの存在は、ベンにとって衝撃の連続だった。チェスターですごしたあのはじめての晩、エミリーから一卵性の双子がいると聞かされたときにも、突風に頬を殴られたような衝撃をおぼえた。エミリーとそっくりな顔をして、エミリーとそっくりな声で話す人間がもうひとり存在するということが、それなのに自分はその相手を知らないということが、その相手にのぼせあがっていないということが、信じられなかった。どうにも奇妙に思えてならなかった。

あの晩、ベッドにふたり寄り添って横たわり、腕や脚を絡みあわせたまま、エミリーはひと息にすべてを語った。小さいころからずっと、妹との仲があまり良好ではないこと。キャロラインが十五歳のとき拒食症になり、入院治療を受けたこと。けれども、そこからは急速に回復し、どういうわけだか、母親との関係まで驚異的に改善されたこと。すべての試験に一発合格し、ロンドン芸術大学のカレッジのひとつであるセントラル・セント・マーチンズ校でファッションを学んだこと。卒業コレクションと呼ばれるファッションショーで、キャロラインのデザインした服——巨大な蜘蛛を思わせる、エキゾチックな衣装

——をまとったモデルたちがランウェイを颯爽と歩く姿を目にしたとき、家族みんながキャロラインのことをこのうえなく誇らしく感じたこと。そのときの模様が、新聞で報じられもしたこと。キャロラインがつねに、ハンサムで華やかなボーイフレンドを取っかえ引っかえしていたこと。青物市場で有名なスピタルフィールズに建つお洒落なアパートメントで、ひとり暮らしを始めたこと。キャロラインは元気にやっていると、誰もが信じきっていたこと。ダニエラという名の女友だちが、キャロラインの携帯電話に登録してあった母の番号を見つけだし、いますぐ駆けつけてほしいと懇願してくるまで、そう信じきっていたこと。そのときキャロラインが、壁のなかにテロリストがひそんでいるだの、コンセントの穴の奥にこぶし大の蜘蛛がいるだのといった妄想に取り憑かれていたこと。二カ月ぶりに再会した娘の変わりように、母がショックを受けたこと。数年まえにソーホーで発生した、釘入り爆弾テロ事件による惨劇を目撃したのが原因だと決めつけた（単に、それ以外の原因を考えるのは耐えられなかったから）こと。大学を卒業してまだまもないころのキャロラインが、当時のボーイフレンドと一緒にいるとき、そのテロ現場に居合わせたこと。その体験が、長いあいだキャロラインの心を蝕《むしば》みつづけていたこと。その後、長きにわたる過労や不摂生、不安定な人間関係、なんだかんだでメロドラマに酔いしれがちな性向とが相まって、ついには正気を失うに至ったこと。救急車を呼ぶ以外にできることが、母には思い浮かばなかったこと。

駆けつけた救急隊員は余計な同情を示すことなく、いとも冷静沈着に、いますぐ患者を入院させて精神鑑定を受けさせるべきだ（〝それが娘さんのためですよ、お母さん〟）と母に告げた。交替時間が迫っていたこともあって、隊員たちは必要以上に決断を急がせた。キャロラインはわずか八週間後に退院した。そのころには、これまでどおりの元気を取りもどしたかのように見えた。いくぶん沈みがちではあるものの、見るからに快方に向かっていた。それでも母は、娘がロンドンのアパートメントへ戻ることを許さなかった。打って変わった断固たる態度で、キャロラインを実家に連れもどした。しばらくのあいだだけだから、もとの強さを取りもどすまでのあいだだけだから、と言い聞かせた。

エミリーの口から語られた身の上話に、ベンは言葉を失っていた。自分がこれまでに経験した家族内の悲劇といったら、母親が父親の愛車のローバーを運転しているとき、庭の塀に尻から突っこんでしまったことくらいのものだったから。ああ、そういえば、いとこのひとりが結婚後一年足らずで、とつぜん逐電《ちくでん》してしまったこともあったっけ。でも、思いつくかぎりでそれがせいぜいだ。自分の家族には、そこまで劇的な事件は起きたためしがない。

「今日は庭で、どんな作業を？」日曜のランチに出された最後の料理を頬ばりながら、ベンはアンドリューに問いかけた。

「まあ、そうだな……ちょいと雑草を抜いたり、トマトの苗を移植したり、金蓮花《きんれんか》に水をやったり、春の大掃除にも軽く手をつけたり。そろそろ暖かくなってきたようだからね」ベンには、移植とはなんなのかも、金蓮花なるものがどんな植物なのかも、なんと答えるべきかもわからなかったので、とりあえず恭《うやうや》しくうなずいておいた。

「ポテトのおかわりはいかが？」フランシスが訊いてきた。

「ええ、お願いします。このポテトは最高の味だ。カリカリに焼けていて」とベンは応じた。

すると、キャロラインがやけにあだっぽい笑みを向けつつ、「グレイビーソースもおかわりしたら、ベン」と言いながら、食器と揃いの茶色い斑《まだら》模様がついた楕円形のソース入れをテーブルクロスの上にすべらせ、ランチョンマットの上へと押しやってきた。

「ありがとう」ベンがぼそぼそとつぶやき、取っ手の小さな穴に指を通そうとしたそのとき、キャロラインの指がベンの指をそっとかすめた。ベンはぎょっとするあまり、危うくソース入れを引っくりかえしてしまうところだった。

「ところで、仕事は何をしているんだね？」すでに今朝、妻の口から聞きおよんでいたことを、アンドリューが問いかけた。

「不肖《ふしょう》ながら、会計士をしています」とベンは答えた。

「へえ、ずいぶんと刺激的なお仕事じゃない。エミリーとの相性もばっちりって感じ」キャロラインが横から茶々を入れた。

妹を横目で睨めつけながら、エミリーは言った。「ママ、この牛肉、とってもおいしいわ。どこで買ってきたの？」

「ご近所のいつものお肉屋さんよ。スーパーマーケットで売っているものより、ずっと品《しな》がいいみたいなの」

「あたしもそれに賛成」またもとつぜん、キャロラインが口を挟んだ。「動物の死骸は、地元で手に入れたほうが新鮮に決まってるもの」

「キャロライン、やめなさい」アンドリューが穏やかな声でたしなめた。室内に沈黙が垂れこめた。皿に触れる自分のフォークの音が、ベンの耳には、やけに大きく不自然に響いた。やがて、エミリーが赤ワインをひと口すすってから、おもむろに静寂を破った。

「食事が済んだら、犬を散歩に連れだしてあげようと思っていたんだけど。天気もいいし、川べりまで足を伸ばすのもいいかもって」

「へえ、すてき。あたしも一緒に行っていい？」キャロラインが訊いてきた。

「もちろん」とベンは即答した。「みなさん揃って行きましょう」

「ごめんなさい。わたしは食事の後片づけをしておかないと。アンドリューも、庭仕事の続きがあるでしょうし」首を振り振り、フランシスが言った。そして、少しためらってから、最後にこう付け加えた。「あなたたち、若い三人で行ってらっしゃいな」

「そうね、あたしたち三人だけで行きましょ。それって最高」キャロラインが言った。

「ええと、だったら、また別の機会にしないか？」とベンは促した。「ぼくのほうにも今日中にしなきゃならない仕事があるから、散歩に出かけたところで、慌ただしく引きかえしてこなきゃならないし。そういうことにしてもかまわないかい、エミリー？」

「ええ、もちろんよ」とエミリーはうなずいた。

「あら、残念。日曜の午後のそぞろ歩きを、是非とも一緒に楽しみたかったのに」フォークに突き刺した添え物の野菜で、皿のへりをぐるぐると執拗になぞりつつ、キャロラインがつぶやいた。

ベンはそのようすをテーブル越しに眺めながら、またしても驚きを禁じえなかった。キャロラインはいかにも正常に見える。たしかにひねくれ者ではあるし、泥酔の一歩手前でもある。だが、精神を病んでいるようにはけっして見えない。それから、拒食症にかかっているようにも。ベンの視線に気づくと、キャロラインはワイングラスを掲げ、からかうような笑みを向けながら、「乾杯」と言った。そして、長々とワインをあおった。

13

シェアハウスの門を開けた瞬間、前庭にあふれかえっていたゴミがきれいに消え去っていることに気がついた。今日がゴミの収集日だったのにちがいない。車輪付きの大型ゴミ容器と、解体された家具だけがその場に残されているのを見るなり、わたしは自分に毒づいた。ゴミ袋を買うのをすっかり忘れていたのだ。ベヴから長々と文句を聞かされるのは気が進まないけれど、重たい食料品と嵩張《かさば》る額縁を抱えたまま、もう一度買い物に出るのはごめんだったので、このままなかに入ることにした。玄関の扉を抜けると、キッチンのほうから大きな笑い声が響いてきた。一度も聞いた覚えのない、機関銃をぶっ放したような笑い声。わたしは玄関ホールで立ちどまり、食料品の袋を床に置いてから、階段を駆けあがった。自分の部屋に入り、買ってきた写真をベッドの上に立てかけた。やっぱり、買ってよかった。天高く、クレーンの上に腰かけて昼食をとる男たちの姿は、いかにも呑気《のんき》そうに見える。公園のベンチにでもすわっているかのように、くつろいだ表情を浮かべている。その姿を眺めていると、わたしもそんな自分に戻れたらと思えてくる。生きることへの恐怖を、少しでもやわらげることができたならと。食料品をしまいにキッチンに入ると、家具組立ての達人であるジェロームに寄り添う、エキゾチックな顔立ちをしたヒスパニック系の女性が目に入った。さきほどの笑い声はきっと、この女性が発したものにちがいない。女性はとんでもない巨乳の持ち主だった。付け毛《エクステンション》で髪にボリュームを出し、大ぶりなゴールドのアクセサリーをじゃらじゃらと重ねづけしていた。わたしに気づくと、親しげに温かい笑みを浮かべ、どこのものとはわからないけれどもとにかく強烈な訛の残る英語で「こんにちはね、ダーリン」と声をかけてきた。いまもまた笑い声をあげているのは、部屋の片隅にすわるエンジェルが寸前に発した、なんらかの言葉を受けてのことであるらしい。このときのエンジェルはふわふわの白いガウンをまとっていて、頬が少し上気して見えた。髪がまだ濡れているから、シャワーを浴びたばかりなのだろう。それにしても、この家やあのバスルームを生活の場としていながら、こんなにもこざっぱりとして見えるのはなぜなのかしら。

「おっと、ドローレス、噂の彼女がやってきたぞ。空飛ぶマットレスでおれを殺そうとした張本人だ」ジェロームが言って、わたしにウィンクを投げてよこすなり、エンジェルがくすくすと笑いだした。ドローレスもふたたび、軍隊の一斉射撃のような笑い声を弾けさせた。ガスコンロの前には、またもや肌の浅黒い青年#1だか2だかが陣取っていて、今回は、強烈な刺激臭を発するシチューの番をしていた。いいえ、本当にシチューなのかしら。もしかしたら、例のサイクリングウェアでも煮こんでいるのかもしれない。それから、室内には音楽が流れていた。デヴィッド・ボウイの《レッツ・ダンス》。以前は大好きだった曲。振りかえってみると、ここ数ヵ月のあいだは、どこでどんな音楽がかかっていようとほとんど気づきもしなかったけれど。室内に入りはしたものの、大勢の人間がいるせいか、どうにも気後《きおく》れがしてならない。腕時計に目をやると、時刻は午後六時近くになっていた。今日はなんだか、飛ぶように時間が過ぎていくみたい。

冷蔵庫のなかには、広口瓶やら、ボトルやら、なんだか得体の知れない代物やらが、ぎっしりと詰めこまれていた。わたしの買ってきた食料をすべておさめるには、スペースが足りなさそうだ。こんな事態は予想もしていなかった。だけど、生物《なまもの》を外に出しっぱなしにしておくには、あまりに気温が高すぎる。どうにかスペースをつくれないものかと、なかのものをあれこれずらしていくうちに、どろどろに融けかけたズッキーニをラップで包んだものやら、分厚い青黴に覆われた豆の缶詰の食べ残しやら、一個だけ皿に取り残された、いつのものとも知れぬ調理済みソーセージやら、野菜室のなかで萎《しお》れきっている野菜のなかに一枚だけ紛れこみ、へりがくるんと丸まったスライスハムやらが、続々と姿をあらわした。どれもこれも、表面が分厚い脂で覆われていた。かつて純白であったはずの庫内の壁には、暗赤色の染みが広がっていた。何もかもに吐き気がしたけれど、他人のものを勝手に処分してしまうわけにもいかない。自分の部屋にあれだけ勝手な模様替えをしたあとともあっては、なおさらだ。そこでやむをえず、自分の食料を詰めこめるだけ詰めこんでから、冷蔵庫のドアをばたんと閉めた。

「今日の収穫は？」エンジェルに訊かれて、わたしはその日一日の出来事を語った。できるだけ面白おかしく話そうとはしたけれど、ほかにも聴衆がいると思うと妙な自意識が働いて、つい口ごもりがちになってしまう。

「というわけで、わたしの休日はこれにて打ち切り。明日からは職探しに取りかからなきゃ」注目の的《まと》になっていることに気恥ずかしさをおぼえながら、わたしは話を締めくくった。

「これまではどんな仕事していたの、キティ・キャット？」悩殺的な笑みをたたえつつ、ドローレスが訊いてきた。

この問題については、事前に考えぬいてあった。チョールトンの家を出るまえに、ひとりひそかにパソコンに向かい、履歴書まで書きあげておいたほどだ。ただし、まだプリントアウトはしていない。当然ながら、そのときは新しい住所も電話番号もわかっていなかったから。

「以前は、法律事務所で受付係をしていたの。でも、できれば気分を一新したいから、もう少し刺激にあふれた職場を見つけられればと思っているんだけど」

「受付係なら、ドローレスのお仲間だわ。そうでしょ、ベイビー？」エンジェルの言葉を受けて、わたしはドローレスに目を向けた。ドローレスは身体にぴったりと張りつく、セクシーな服をまとっていた。これまでの言動からして、太陽のように朗らかで社交的な性格だということはありありとしている。あのとき、どうして自分に受付係が向いているなんて考えたのだろう。仕事の内容を覚えるのが簡単だろうと思ったのはたしかだ。加えて、自分の頭を使う必要はあまりない。社会の注目を浴びることもない。つまりは、発見される心配がないと考えたのだった。

「はあい、そのとーりでぇす。受付係のお仕事、だーーい好き。世界中でいっちばんすてきな仕事よ。はっはっはっ！」ドローレスが言うのが聞こえた。

聞きとり困難なほどに強い訛と、拙《つたな》い文法からすると、受付係としての能力はいかほどのものなのだろうと疑問に思わざるをえない。それでも、ドローレスが親切で愉快な性格であることも、とびきり見映えがすることも事実だ。一方のわたしはといえば、とてもじゃないが受付係には見えない。その種の職業に必要とされる華がない。面接用に持ちだしてきた仕事着も、弁護士時代に着用していた地味なデザインのものだし、念入りに化粧をすることもない。アクセサリーのたぐいだって、ピアスひとつ持ちだしてきていない。クルー駅のトイレに置き去りにした、結婚指輪を除いては。

そのとき、ガスコンロの前に立っていた浅黒い青年がその場を離れ、水切り台の上から深皿ふたつを取りあげた。わたしは青年のために、ベヴが約束を守ってくれたことを、靴を洗ったあとの始末をきちんとしてくれたことを祈らずにいられなかった。青年は悪臭を放つ緑がかった茶色いシチューをおたまですくっては、それぞれの深皿に一杯ずつ注いでいった。引出しからフォークを二本、食器棚からグラスをふたつ取りだし、蛇口の水をなみなみそそぎいれると、ジーンズの尻ポケットにフォークを上向きに突っこんでから、レストランのウェイターさながらに深皿のひとつを右腕に載せ、長く伸びて垢のたまった爪が水に浸かるのもかまわずに、グラスの縁《ふち》が合わさる箇所を左手の親指とひとさし指でつまんで持ち、最後に、あいたほうの右手でもうひとつの深皿をつかみとった。それからそろそろとキッチンを横切り、右足を引っかけて扉を引き開けようとした途端、床にシチューがこぼれおちた。青年は履いていたスニーカーで、それを踏みつけてしまった。そうした一連の行動を、わたしはもどかしい思いで見守っていた。シチューのみを先に運んでから、水とフォークを取りに戻ってきたほうが、ずっと手っ取り早かったことだろう。たったいま目撃した出来事からは、なんらかの教訓が読みとれるはずだったけれど、厳密にどういうものなのかまではわからなかった。そのとき、絶え間なく流れつづけていた音楽がふつりと途切れた（最後にかかっていたのは、はじめて耳にする、メロディもへったくれもなく騒々しいだけの曲だった。たぶん、アイポッドをシャッフル再生するか、エレクトリック・ミュージックばかりを集めたプレイリストを再生していたのだろう）。そのあとしばしの間を置いて、今度はスティーヴィー・ワンダーの《サンシャイン》が流れだした。

やがて曲が二番に入り、〝きみはぼくの人生を照らす太陽だ〟という歌詞を耳にするなり、目に涙が込みあげてきた。エンジェルの視線を感じたため、わたしは慌てて顔を伏せ、自分の手を――つい先日まで結婚指輪がはめられていた指を――見おろした。

「職探しは、どーやって進めるですか？」そう尋ねるドローレスの声がした。わたしは湧きあがる感情を抑えこみ、まずは人材派遣会社に登録してみるつもりよと答えた。するとドローレスから返ってきたのは、自分の友だちが経営する人材派遣会社を訪ねてみてはどうかとの言葉だった。その会社は劇場街のシャフツベリー・アヴェニューにあって、マスメディア関連の企業がお得意さまなのだという。そこにいるラケルという名の友人に会って、自分の知りあいだと告げればいい、とドローレスは言った。わたしがありがとうとお礼を述べつつも、果たしてそれは本当に得策なのかしらと考えていると、不意にドローレスが椅子から立ちあがり、腰を屈めてエンジェルの両頰に一回ずつキスを贈ったあと、ジェロームのシャツをつかんで立ちあがらせながら、わたしに顔を振り向けた。「それじゃ、サヨナラね。あの、あのドローレスの紹介だって、じぇったいラケルに伝えてくださいね。はっはっはっ！」最後にそれだけ言うと、異様に高いハイヒールのせいで脚をふらつかせつつ、大きく張ったセクシーなヒップを左右に揺らしながら、ドローレスはキッチンを出ていった。ジェロームもまた、紐につながれた巨大な子犬よろしく、従順にそのあとを追っていった。ほどなく、玄関扉の閉まる音が聞こえてきた。インフィールドとかいうところにあるドローレスの自宅へ、これからふたりで向かうのだろう。

キッチンには、エンジェルとわたしのふたりだけが残された。エンジェルはわたしの表情から、古傷をほじくりかえすべきではないと察したらしい。ひとつ欠伸《あくび》をしながら、「あ〜あ、たまには仕事を休めたらいいのに。もうくたくたで動きたくない」とつぶやいたかと思うと、自分のグラスにウォッカトニックのおかわりをそそぎ、わたしにも「一杯どう？」と訊いてきた。そのときになって、ようやく気づいた。さきほどのスーパーマーケットで、わたしもウォッカを一本買ってくるのだったと。エンジェルのお酒を分けてもらってばかりいるのは、あまりにも図々しすぎるもの。特に飲みたい気分ではなかったけれど、わたしはありがとうと答えてから、お返しに、さきほど買ってきた惣菜を一緒にどうかと訊いてみた。イエスとの返事が返ってきたため、ラザニアとカネロニをオーブンに入れ、袋入りのグリーンサラダを冷蔵庫から取りだした。流し台に近づき、足もとの収納スペースをのぞきこんだ。湿気のにおいに辟易《へきえき》としつつも、どうにか漂白剤を見つけだし、シンクに溜まっていた皿やスプーンやフォークを取りのけてから、そのなかに漂白剤をたっぷりそそぎいれ、あたり一面をスポンジでごしごしこすりあげた。いったんすべてを水で洗い流したあと、同様の作業をもう一度繰りかえしてから、シンクに張った熱い湯に洗剤を溶かし、水切り台の上にでたらめに積みあげられていた食器を洗いなおした。エンジェルはそうした行動を背後から見守っていたけれど、どうやらわたしのことを、単なる潔癖症だと思っているふうだった。そこでわたしは、休むことなく手を動かしつつ、ベヴと犬の糞の一件を話して聞かせた。エンジェルは声をあげて笑った。わたしも笑った。むせかえるような熱い湯気のなか、息が苦しくなるほどに。漂白剤に長いこと触れていたせいで、手の皮がやけに突っぱり、かさついた。指先を湿らせようと舌先で舐めてから、かつて断ったはずのいやな癖がぶりかえしていることに気づいた。ウォッカのおかわりをもう一杯もらってしばらくすると、気づけば、明日の就職活動に着ていく服に悩んでいると打ちあけていた。すると、エンジェルは「ついてきて」とひとこと言うなり、ずんずんと階段をのぼって、自分の部屋にわたしを通した。わたしのほうがずっと大柄だったため、服を借りることは不可能だった。代わりにエンジェルは、シルバーカラーのベルトと、同色のバッグと、シルバーの髑髏《どくろ》がプリントされたスカーフを勧めてくれた。シンプルな黒のワンピースにこの三点を合わせると、見ちがえるようなコーディネートが完成した。エンジェルがそのまま出勤の支度にとりかかると言ったため、わたしはひとり自室に戻った。あとは、ベッドに横になることくらいしか、することを思いつけなかった。最悪なのは、こういうときだ。部屋にひとりきりでいると、あれこれ考えてしまうから。ベンやチャーリーはどうしているかしらと。本当にこれでよかったのだろうかと。でも、もはや手遅れだ。いまさら引きかえすことはできないのだから。わたしは強いて気持ちを切りかえ、明日の就職活動に備えて心の準備をすることにした。薄ぼんやりとした明かりのもとでベッドに横たわったまま、過去ではなく未来へ意識を向けようとした。もつれあう電話線や、ビービーと鳴り響くファクス機や、無数のフロア案内板のことを、頭に思い浮かべようとした。電話交換機のスイッチを手当たりしだいに切りかえることで、古い記憶を押しのけつづけた。ようやく眠りが訪れてくれるまで。

14

エミリーがのちに調べたところによると、その屋敷は一八七七年、さる紳士が最愛の情婦のために、生涯変わらぬ愛の証として建てたものであるらしい。なんでも、その情婦がそこからの眺望をいたく気にいっていたため、紳士はその場所から海のほうへ向けて、情婦に小石をひとつ投げさせ、小石がぽとりと落ちた地点に家を建てることにしたそうな。

だが、それは建設を請け負う大工たちにとっての悪夢となった。屋敷はなんと、海に臨む一方を除いて、残る三方を鬱蒼《うっそう》と茂る深い木立にかこまれていた。海の側から眺めると、断崖絶壁にかろうじてしがみついているみたいに、いまにも崩れ落ちてきそうに見えた。したがって、窓からの眺めは静謐《せいひつ》そのもの。黄緑色の木々と真っ青な海——地中海かと見まがうほどの海——だけが、どこまでも果てしなく広がっており、異国にいるような気分を味わうことができる。ベンとエミリーがその屋敷を見つけたのは、はじめてふたりで新年を迎えたときのことだった。その日ふたりは、エミリーの実家（なんだかんだ言いつつ、キャロラインもまだそこで暮らしていた）で待ちうけているであろう根掘り葉掘りの質問攻撃を避けようと、ベンの車に荷物を積みこみ、デヴォン州の海浜保養地をめざしていた。いずれたどりつく場所に運命の出会いがあると信じて、海岸線を南へひた走っていた。ところが、海沿いを走る車が、小さな廃村や、シーズンオフで明かりの絶えたホテルの前ばかりを通りすぎていくにつれ、エミリーは意気込みを挫《くじ》かれはじめた。ちゃんとした宿をまえもって予約しておかなかったなんて、どうかしていた。今日はふたりですごすはじめての大晦日《おおみそか》なのに。記念すべきその日を、散々な結果にだけは終わらせたくはない。いまからでも内陸に進路を変え、鄙《ひな》びたパブでも探したほうがいいんじゃないかと——大晦日なら大勢の地元住民でにぎわっているだろうから、その輪に加わって新年を迎えるのも楽しいかもしれないと——言いかけた矢先、ベンがとつぜんハンドルを切って海沿いの道を離れ、木立の合い間を縫うつづら折の険しい山道を突き進みはじめた。やがて、最後のカーブを曲がり終えた直後には、前方に古めかしい立て看板があらわれ、〝シャッターズ・ロッジ——ホテル／レストラン〟との文字が目に飛びこんできた。

「とりあえず、なかをのぞいてみないか」ベンに問われて、エミリーはためらいつつもうなずいた。車は門をくぐりぬけ、林のなかを走る私道をたどりつづけた。やがて、永遠に続きそうな木立が不意に途切れたかと思うと、ぽっかりと開けた空間に、大きな古めかしいカントリーハウスが建っていた。魔法によって生みだされたかのような、この世のものとは思えないような、まさに理想のホテルがそこにあった。私道のはずれに車をとめて、ふたりは外におり立った。あたりに人影は見あたらない。すぐにそれとわかる入り口もない。いかにもホテル然としたようすもない。ひょっとしてあの立て看板は、ずっと昔に撤去し忘れたものか何かなのだろうか。凍てつく空気が肌を刺した。エミリーはカーディガンの前を掻きあわせた。時刻は午後四時。空はまだ高く、なおも貪欲に、なけなしの冬の陽光を貪っている。ふたりは屋敷の横手へまわりこみ、侵入者になったような心境で、玄関前の石敷きの柱廊《ポルチコ》におずおずとあがった。呼び鈴が備えつけられていなかったため、何度か扉をノックしてみたが、それに応じる者はなかった。そこでエミリーは仕方なく、巨大なオーク材の扉に手を伸ばし、輪っかの形をした青銅製のドアノブをまわしてみた。すると、軋《きし》みをあげながら扉が開き、そこから暖かい空気がどっと流れだしてきた。

「ごめんください！」エミリーは声を張りあげた。返ってくる声もなく、あきらめて引きかえそうとしたちょうどそのとき、かすかな足音が聞こえてきた。続いて、名家の執事を思わせる老紳士がどこからともなく姿をあらわし、来訪を待ちうけてでもいたかのように、ふたりをぬくもりのなかへと招じいれた。だだっ広い大広間に通されたふたりは、暖炉のそばで紅茶とフルーツケーキをふるまわれた。こうしてふたりは、いずれ結婚式を挙げることとなる場所にたどりついたのだった。

その年の大晦日は、ひとつを除いたすべての点において、エミリーがすごしたなかで最高の一日となった。お祭り騒ぎを強いられる状況が厭《いと》わしくてならない性分のエミリーは、かつての学友たちと地元のパブに繰りだすことも、とうの昔にやめてしまっていた。大晦日だというだけで、何をしても赦されると思いこんでいる人間には我慢がならなかったから。そんなわけで去年は、マリアをはじめとする同僚の女の子たち三人を自宅に招き、みんなでごちそうを手作りしてから、たまたまテレビで放送されていた音楽番組《ジュールズ倶楽部》と、映画《愛と哀しみの果て》を鑑賞した。エミリーにとっては、申しぶんのない大晦日のすごし方だった。帰宅の手段に窮することもなければ、不躾な言動に不愉快な思いをすることもない。泥酔したキャロラインに絡まれることもない。キャロラインには、声をかけるまでもなかった。あの妹を誘ったとしても、こんな退屈な会に参加したいなんて、ゆめゆめ思いもしないだろう。どのみち、連絡を入れたところで、とっくにロンドンのクラブへ繰りだしてしまっているに決まっていた。

だが今年は、ベンと共に偶然たどりついたそのホテルで、エミリーは大晦日のディナーをとっていた。料理自体は、見た目にこだわりすぎて過度な装飾がほどこされているわりに、それがいまいちであったりもした。たとえば、添え物のニンジンがへんてこな形にカットされていたり。火の入りすぎたラム肉の上に、バルサミコソースが点々と散らされていたり。でも、そんなことは問題ではない。羽目板張りのレストランには古色蒼然たる趣《おもむき》があり、ワインの味も文句なしだった。エミリーとベンは食事をしながら、お喋りに花を咲かせた。泉のように湧きだしてくる、幼少期の逸話を披露しあった。ふたりの出会いを振りかえっては、声をあげて笑った。何度蒸しかえそうとも、けっして飽きることなどないかのように。ベンはエミリーにとって、家族に関する私事を打ちあけてもいいと思えるはじめての相手だった。ベンなら、エミリーのことも、家族のことも、けっして批判しないと確信できたから。ベンという特別な存在ができたおかげで、最近、ある事実にも気づかされた。ベンに出会うまえの自分はずっと孤独だったのだと、そのことに気づいていなかっただけなのだと、自覚するに至ったのだ。考えてみると、おかしな話だ。一般に双子とは、魂の片割れのようにみなされているというのに。

「……そして、わたしがそこに到達しようとした、まさにその瞬間だったわ。キャロラインがガラスの扉を叩き閉めるが早いか、わたしは頭からそこへ突っこんでいったの。まるで、その扉が紙でできてでもいるみたいに。バラエティ番組の《イッツ・ア・ノックアウト》で、最終ゲームに挑戦する参加者みたいに。そのあと、逃げだしたキャロラインを追って、父はダイニングテーブルの周囲をぐるぐるまわりだした。でも、なかなかつかまえることができずにいたわ。母はばかみたいに悲鳴をあげつづけていた。その間わたしは、静かに大量の血を流しつづけていたってわけ」そう言ってエミリーがくすくす笑うと、ベンも釣られて笑いだした。以前にも、ベンから膝の傷痕について尋ねられたことはあった。でも、そのときは真相を打ちあけることができなかった。なぜなのかはわからない。キャロラインがあのとき、双子の姉を殺そうとしたわけでもないというのに。

「それを思うと、ぼくはひとりっ子で幸いだったな」と、今度はベンが口を開いた。「その歳のころ、ぼくの身に起きた最悪の出来事といったら、お遊戯会で〈わたしは小さなティーポット〉を踊っているときにおもらししたってことくらいだからね。ただし、あのとき負った心の傷はまだ癒えていない」

エミリーはベンの顔を見つめながら、またもや、ある感慨をおぼえていた。歳をとってからひとり息子を授かった両親にあふれんばかりの愛情をそそがれ、何者にも苛《さいな》まれることなく育ったベンの人生は、どれほど自分とちがうことかと。

「きょうだいのいない生活なんて、想像もつかないわ。もしわたしがひとりっ子だったら、暇を持て余して、ご長寿連続ドラマの《イーストエンダーズ》まで観る羽目になっていたんじゃないかしら。キャロラインがいなかったら、わたしの子供時代はものすごく退屈なものになっていたはずだもの」

「いいや、そんなことはないさ。ぼくの場合、同じ通りのすぐ先に親戚の家があったからね。そこに住むいとこたちとしょっちゅうつるんでいたし。それからもちろん、犬も飼っていた」そこで少し間を置いてから、ベンはこう続けた。「それにしても、不思議でならない。きみといると、行方知れずの片割れを見つけたような気分になるんだ。妙なことを言うやつだなんて、気味悪がらないでくれよ。生き別れたきょうだいか何かだなんて言うつもりはない」その言葉に、ふたりは大袈裟に顔をしかめあった。「ぼくが言いたいのは、ひと目会った瞬間から、きみをずっと知っていたような気がしてならなかったってことなんだ。たとえ、きみのほうがあまりに素っ気なかったとしても……」

「その件については謝るわ。あのときは、このあと飛行機から飛びおりるんだってことに、とにかく怯《おび》えきっていたから……ディヴの誘いに乗るなんて、いったい何を考えていたのかしら。飛行機も、高いところも、大の苦手だっていうのに……きっと魔がさしたのね。何がなんでも断るべきだったのに」

「いいや、断らないでくれて、本当によかった」エミリーがにっこり微笑むのを見届けてから、ベンは続けた。「あの日、ぼくはきみのおかげで、誰もしたことのないような経験をすることができた。自分というものの存在を、強烈に意識することができたんだ」言いながら、ベンは目を細めた。「たとえば、真っ赤に火照《ほて》ったうなじなんかをね」

エミリーはくすくすと笑って言った。「それについても謝るわ。でも、わたしのすわっていた席からだと、どうしても目に入ってきてしまうんだもの。あのときは、あなたのうなじがいまにも火花を噴きだしはじめるんじゃないかと思ったわ」

「できることならそうしてやったさ、この情け知らずめ」ベンはテーブル越しに腕を伸ばし、エミリーの手を握りしめた。

「お食事はお済みになりましたか、マダム」お仕着せのベストを着た給仕係が、エミリーに訊いてきた。その佇《たたず》まいはいかにも小粋《こいき》であったけれど、あまりにも高齢なうえにひどく瘦せこけているため、いまだに働いているのはもちろんのこと、生きていることすら奇跡に思えてくる。これまでのところ、ホテルの従業員のなかに若者はひとりも見あたらなかった。建物も人間もそっくりまるまる、どこか別の時代から運ばれてきたかのようだった。老齢の給仕係がテーブルから皿を取りあげる際、その手がぶるぶる震えていることに気づいて、エミリーとベンはこっそりと笑みを交わしあった。そのとき、自分の目にわけもなく涙が込みあげようとしていることに気づいて、エミリーは驚いた。

「いまから散歩に出てみないか。こんなに月のきれいな夜なんだから」急き立てるようにベンが言った。

「表は真っ暗よ……外を歩きまわるなんて、自殺行為だわ」

「そんなことないさ。空にはあんなにどでかい満月がのぼってるんだから。今夜は、あの崖の上で新年を迎えよう。きっとすばらしい年明けになるぞ」

クリスマスを迎えた子供のようにはしゃぐ恋人を見つめて、エミリーは思った。どうしてあのとき、こんなにも魅力にあふれたひとのことを、変人だなんて決めつけることができたのかしら。ベンの情熱的なところが好きだった。人生をひたむきに生きているところも。瞳に深い光を宿しているところも。犬のような忠誠心も。エミリーにはわかっていた。根拠もへったくれもなく、わかっていた。デヴォン州にあるホテルのレストランで、こうしてベンと向きあっているこの瞬間に、確信していた。自分はけっして、永遠に、このひとのもとを離れないだろうということを。

ふたりはたっぷり厚着をしていた。外は凍《こご》えるような寒さだったから、エミリーはコートの下に、持参してきた衣類をすべて着こんだ。夜間は正面玄関が施錠されてしまうというので、鍵を貸してほしいと例の〝執事〟にお願いした。〝執事〟は見るからにふたりの正気を疑っているようすだったけれど、それでもどうにか扉の鍵を——大昔の牢屋を連想させる、やけに大きくて、やけに古びた代物を——手に入れることはできた。すでにほろ酔い状態のなか、ふたりは私道を走りぬけた。ベンはコートのなかに、四分の三ほど中身の残る赤ワインのボトルを忍ばせていた。まるで、寄宿学校を抜けだすやんちゃな問題児になった気分だった。ベンの言葉は正しかった。比類なき月が——ふたりのために、神さまが鋏でまんまるく冷光を切りぬいてくれたかのような月が——あたりを明るく照らしだしていた。崖の上には風がなく、眼下の海も凪《な》いでいた。低く波打つ海面のようすは、海というよりむしろ地球が、うたた寝でもしているようだった。

「ほら、エミリー、もうちょっと端のほうまで行ってみよう」

「本当に大丈夫？　危険じゃない？」震える声でエミリーは尋ねた。もとより高いところは苦手だけれど、声が震えている理由はそれだけではなかった。長らく忘れていた別の何かが、そこにはあった。

「もちろん危なくなんかないさ。崖っぷちに近づきすぎたりしなけりゃね。心配するなって。ぼくがついてる」

エミリーは崖の上をそろそろと進んだ。芝の茂る地面が尽きて足場が消え去る地点からある程度距離をとりつつ、月明かりのもとで銀色に光り輝く大海原《おおうなばら》を眺めた。するとそのうち、なんの脈絡もないさまざまな光景が、脳裡に浮かんでは消えていった。泣きじゃくるエミリー。怒声をあげる父。エミリーと手を取りあってスキップするキャロライン。城壁のてっぺんに開いた銃眼。真っ青な顔をして、石のように黙りこんでいる母。アイスクリーム。どこかにあったはずのアイスクリーム。バスタブにはられた温かいお湯。激しい取っ組みあい。双子の妹と死に物狂いで取っ組みあうエミリー。

「どうかしたのかい、エミリー」心配そうにベンが訊いてきた。声のひとつも出していないのに、身じろぎひとつしてもいないのに、呼吸の変化を敏感に察知したのだろう。ベンが問いかけるその声が、エミリーを過去から解き放った。エミリーは駆けだした。くるりと踵を返して、五メートル以上の距離を走った。断崖絶壁のへりを逃れ、芝に覆われた揺るぎのない地面に身を投げだした。そこに突っ伏したまま息を喘がせているうちに、ぐるぐると回転していた視界がようやく静止した。

「インストラクターに飛行機から押しだされたとき、錯乱状態に陥ったのも無理はないわね……」どうにか声を絞りだし、笑ってみせようとしたけれど、口から漏れだしてきたのは激しい嗚咽だった。ベンに抱きしめられたまま、エミリーは涙ながらに自分の記憶を語った。すべてを聞き終えて、ベンは思った。自分はいま、エミリーのことがなおさら愛しくなったのか。それとも、キャロラインのことがなおさら嫌いになったのか。悪意の塊のような双子の妹と共に暮らしながら、エミリーはどうしてこんなにも心優しく、こんなにもまっとうな女性に育つことができたのだろう。

15

わたしは泣きながら目を覚ました。まだ夢にあとを追われているような気がした。起床するには早すぎる時間だったため、もうしばらくベッドにいることにした。ベッド下に手を伸ばし、数日まえクルー駅で買った新聞を取りだして、一心不乱に数独を解いた。しかも、今回は上級者向けの問題に挑んだ。試行錯誤のすえに問題を解き終えてみると、何かを成し遂げたかのような、漠然とした喜びを感じた。気力を奮い起こしてキッチンにおり、朝食のあとにシャワーを浴びてから、エンジェルがコーディネートしてくれた派手な衣装に身を包んではみたものの、やっぱり気恥ずかしさをおぼえてならない自分がいた。本当にこれでいいのかしらという思いがぬぐいきれない。たぶん、キャットらしさが足りないのだろう。何が〝キャットらしい〟のかも、まだよくわからないけれど。家を出るときには暗澹たる気分だったが、例のごとく、外の空気に触れているうちに、だんだん気分が上向いてきた。その他大勢のなかに埋もれていられることに、途方もない安堵をおぼえた。この街では、周囲の視線を集めることも、これ見よがしにひそひそ話をされることもないのだから。エンジェルによると、地下鉄でコヴェント・ガーデンに出てしまえば、そこからシャフツベリー・アヴェニューまでは徒歩でたどりつけるから、乗り換えの必要もないとのことだった。エンジェルからポケットサイズの市街地図も借りたおかげで、自分がどこにいてどこへ向かっているのかが把握できると思うと、これまでにない自信を持つことができた。

ロンドンの地下は、身の毛のよだつような空間だった。地下鉄の車内には、汗のにおい──下っ端サラリーマンたちの火照った身体から立ちのぼる真新しい汗のにおいや、わたしと同様の理由で入浴を断念せざるをえなかった人々の発する饐《す》えた汗のにおいや、何日にも、何カ月にも、何年にもわたって座面の奥深くに蓄積されていった汗が、尋常ならざる酷暑のせいで一斉に息を吹きかえしたとおぼしき濃密なにおい──が充満していた。なかでも吐き気を催させられたのは、最後に挙げた汗のにおいだったため、ときおり近くに空席ができても、あえてすわらず、黄色い手すりにつかまりつづけた。わたしのすぐ下にも、手すりをつかんでいる黒い肌の手があって、丹念に手入れをされたその手の爪には、蝶《ちょう》をモチーフにしたネイルアートがほどこされていた。その手の持ち主は、おそらく仕事に遅れそうなのだろう。見るからに苛立ったようすで、指先を手すりに打ちつけたり（そのたびに、爪に描かれた蝶が羽をはためかせているように見えた）、もう一方の手首にはめた腕時計をしきりに見やったりしていた。右足に履いた優美な靴で小刻みに床を踏み鳴らすさまは、底なしのブラックホールを介して列車を速く進ませようとしているかのようだった。

地下鉄の駅を出たわたしは、ひとまずインターネット・カフェを探すことにした。目的の会社を訪ねるまえに、履歴書を修正しなくてはならない。現住所と、新調した携帯電話の番号を書き加えるのはもちろんのこと、氏名の欄から〝エミリー〟の部分を削除しておく必要もある。いつでも好きなときにネットにアクセスできないというのが、こんなに不便なことだとは。携帯電話を購入する際、いちばん安い機種にするなどと、どうして頑なに言い張ったのか。変な意地など張らず、あの親切な販売員の助言に耳を貸すべきだったのに。すぐにグーグルで検索できないことも、新たな喪失感と欠乏感とをもたらしていた。もしも仕事にありつくことができたなら、たとえ手痛い出費となろうとも、ノートパソコンなり、インターネット接続の機能がついた高性能の携帯電話なりを、ただちに手に入れよう。ベンに相談することさえできたら、何を買うのがいちばんいいかを、的確に判断してくれるのに……そう思いかけて、わたしは思考にストップをかけた。ベンに何かを相談することなんて、もう二度とできないのだから。

すぐに見つかるものと思っていたのに、いくら探しても、インターネット・カフェは見あたらなかった。そこで何人か、道行くひとに尋ねてみたけれど、ひとつの収穫も得られなかった。それもそのはず。おおかたの人間には、そんな場所へ出向く必要がないのだ。世界とつながりたかったら、自宅なり職場なりにある機器を使えばいいだけのことなのだから。通行人に頼るのをあきらめて、目につく通りに入っては、きょろきょろと視線をさまよわせた。またも涙腺が決壊しかけたとき、ふと、十代とおぼしき少女たちの集団が目にとまった。少女たちは全員揃って、脂ぎった髪をぼさぼさに乱し、鼻にピアスをつけていた。超ミニのフリルスカートとレギンスを重ね穿きした足もとには、コンバースのスニーカーを履いていた。相手にしてもらえるかどうか自信はなかったけれど、勇気を出して声をかけてみると、少女たちはかなり乱れた若者言葉を使いつつも、一軒の店の場所を教えてくれた。その指示に従って、わたしはレスター・スクエアまで引きかえした。

コンピューターの端末やロボットのような利用客がひしめく実用本位の空間に入ると、奥まった一角に並ぶコンピューターのうち、一台を選んでその前にすわった。ここにいるひとたちは、サイバー空間のなかでどんな人生を営んでいるのだろう。生身の肉体を伴う現実とは、どれほど懸け離れた世界に生きているのだろう。わずか十年のあいだに、こんなものをつくりだせるほど技術が進歩した結果、人々の交流というものにどれほどの変化がもたらされたのか。この先、どれほどの影響を及ぼすのか。どうしてわたしは、そんなことまで危惧《きぐ》しているのか。思えば以前から、インターネット・カフェが嫌いだった。そもそも〝カフェ〟と名乗ること自体がまちがっている。居心地のよさを追求しようとする意図などこれっぽっちも窺えず、コーヒーを給仕してくれる者もいない。とりわけ今日入った店にいると、人類滅亡の危機をテーマとした、SF映画の世界に入りこんだような錯覚がしてくる。そのとき、ハードドライブの低い動作音や、かたかたとキーボードを叩く音を掻き消すように、とつぜんゴーンという大きな音が鳴り響いて、わたしはびくっと肩を震わせた。音のしたほうを見やってみると、ただ単に、店内の片隅にある自動販売機で誰かがコカコーラ・ゼロを買っただけのことだった。

まだエミリーと名乗っていたころに、キャサリン・ブラウンの名義で取得しておいたホットメールのアドレスを使って、わたしはメールを受信した。あちこちから送られてきた無用のダイレクトメールを除いて、ただひとつ送信されてきたEメールに、履歴書が添付してあった。ある晩、ベンが就寝するのを待って、作成しておいた履歴書。ベンには、何通かメールを書きたいのだと嘘をついた。それは、家を出るまえの数週間にわたしがついた、数多くの嘘のひとつだった（かつては何ひとつ隠しだてすることなく、なんでも打ちあけることができたというのに）。とにかくそのとき、わたしは完成した履歴書をメールに添付し、新たに生まれ変わることとなる自分に宛てて送信した。そのあと、ワードのファイルと送信済みのメールを削除したうえ、ごみ箱と履歴もからにしておいた。マウスを何度かクリックしさえすれば、それで終わり。痕跡を消し去るのはわけもなかった。自己嫌悪に陥るだけのことだった。

ドローレスの口利きが通用しなかった場合に備えて、大手派遣会社を検索したところ、ホルボーン駅の近くに支社を構えていることがわかった。あまり期待はできそうにないけれど、ドローレスの紹介してくれた会社にも、もちろんあたってみるつもりではある。わたしの力になろうとあれほど熱心に勧めてくれたものを、無下《むげ》にはできない。履歴書の手直しが済むと、最新のデータを保存した。そのファイルをふたたび自分宛てに送信し、またそれを受信した。〝印刷〟をクリックし、同じものを十部、プリントアウトした。いまのわたしには大きな出費だが、こうしておけば、少なくともしばらくは――願わくはもう二度と――この手の場所に足を運ばなくて済む。皺ひとつない真っ白い紙が機械に吸いこまれては吐きだされてくるさまを、都合よく並べたてられた嘘八百に表面を覆われていくさまを、わたしはじっと見守った。会計カウンターまで歩いていき、マリファナのにおいをぷんぷんさせた青年に利用料金を払うと、青年はこちらを一瞥《いちべつ》もせずにお釣りをよこした。

市街地図を頼りにチャリング・クロス・ロードを進み、角を左に曲がって、エアコンの排気と中華料理のにおいが立ちこめる細い道に入った。時刻はもうじき正午をまわろうとしている。わたしはとつぜんの空腹をおぼえた。ここ数日は、つねに空腹をおぼえているような気がしないでもないけれど、いまはとにかく先へ進むことにした。なけなしの勇気を保っていられるうちに、やるべきことを済ませてしまったほうがいい。目当ての番地を掲げる建物にはどっしりとした金属製の扉がついていて、向かって右側の壁には、種類のてんでばらばらなブザーが並んでいた。そして、まんなかのボタンの横には、〝メンドーサ・マスメディア人材派遣会社〟という札が添えられていた。ここにちがいないと踏んだわたしは、そのブザーを鳴らして返事を待った。

脚が震えていることは自覚していた。わたしは家族を捨てた。履歴書に記された情報はすべてでっちあげだ。氏名も、以前の職業も、以前の勤務先も、すべて改竄《かいざん》してある。電話交換機の操作方法なんて、知るわけもない。

「どうぞお入りください」インターホンから訛の強い声が聞こえた直後、解錠のブザーが鳴り響いた。金属の重みにてこずりつつも、わたしは扉を押し開けた。戸口を抜けた先は、床一面擦り傷だらけのエントランスホールになっていた。左手にひとつ扉があって、端のほうが剝がれかけた表札が出ていたが、そこには〝スマイル・テレマーケティング〟なる社名が記されていた。あとに残されたのは、正面から上方へ伸びる、灰色のペンキを塗りたくられた階段のみ。となれば、これをのぼるしかないようだ。案の定、階段をのぼって次の階にたどりつくと、そこで黒髪の若い女性が待っていた。

「MMR社にご用の方?」麻疹《はしか》、おたふく風邪、風疹の混合ワクチンを意味するMMRを略称に用いるとは、なんと特異なセンスだろう。そう考えると同時に、かすかな痛みが胸を貫いた。それを振り払うようにしてわたしがうなずきかえすと、黒髪の女性はさらにこう問いかけてきた。「面接の予約はしておいでかしら?」

「いえ、じつは……知りあいに勧められて伺ってみただけなんです。ラケルという方にお会いするよう言われて……」

「そうですか。では、お名前をお訊きしてもかまいませんか」応対をしてくれている目の前の女性は、いくらか肥満気味で、スカートもブラウスもぴちぴちだった。ただし、器量のほうはかなりよく、実際の年齢は見た目よりずっと若いものと思われた。

「キャット・ブラウンです。紹介してくれた知人の名前はドローレスというんですが」いくぶん自信を取りもどして、わたしは言った。

「ドローレス……苗字はなんとおっしゃるのかしら?」途端にわたしは答えに窮した。ドローレスの苗字を聞き忘れていたのだ。黒髪の女性が、ほんのわずかにではあるけれど、眉をあげるのが見てとれた。ええ、そうよ、そのとおり。わたしはとんだ大ばか者よ。女性の案内で、待合室として用いられているらしい片隅のエリアに通された。そこには、ひと昔まえに流行したグレーのソファと、ガラスの天板を載せたローテーブルがひとつずつ置いてあって、その中央には、しおれたシダの鉢植えが据えられている。どこをどうとっても、〝マスメディア的〟な要素は見うけられない。まあ、わたしがマスメディアの何に通じているわけでもないけれど。ソファにすわるよう促されて、わたしは素直に従った。

女性はそのまま、背後の扉の向こうへ消えていった。

それから二十分が過ぎ去ったころ、わたしはあきらめて帰ろうかと考えはじめていた。さきほどの女性が戻ってくる気配もなければ、ラケルが姿を見せる気配もない。空腹と不安は募るばかり。ここへ来たのは時間の無駄だったのではないか。ついに痺れを切らし、ソファから立ちあがろうとしたその矢先、階下でブザーが鳴り響き、階段を踏みしめる重々しい足音がそれに続いた。するとほどなく、ひどく大柄な女性が、喘ぎ喘ぎに階段をあがってきた。女性はカフタンと呼ばれるイスラム文化圏の民族衣装をまとっていた。その肌は、艶《つや》やかなオレンジ色の輝きをたたえていた（おそらくはエステのフェイシャル・ピーリングと、日焼けサロンの賜物《たまもの》だろう）。長く伸ばしたプラチナブロンドの髪は、肌や服の色とまるで釣りあっていなかった。ラケルはわたしをオフィスに通した。デスクの上方の壁には、額に入れた大きな写真が飾られていた。若かりしころの自分を写したもの、しかも、あきらかに写真スタジオで撮影してもらったものだった。そこに写るラケルの姿は、ほっそりとして美しかった。わたしは向かいの椅子に腰をおろしながら、目の前にいる女性が失った美貌と、わたし自身が失った他人への共感を嘆いた。そして、《マペット・ショー》に出てくるプラチナブロンドの人形だけは思い浮かべまいと全力を尽くしつつ、履歴書を差しだした。

「それで、ドロ—レスの知りあいだそうね？」その声にかすかに残る訛からして、ラケルはまずまちがいなく中東の出身、おそらくイスラエルあたりからやってきたものと思われた。

「ええ、彼女のボーイフレンドがシェアハウスの同居人なんです。わたしはつい最近、ロンドンに越してきたもので、受付係の仕事に空きがあれば、紹介していただけないでしょうか」

それからラケルは、矢継ぎ早にいくつかの質問を投げかけてきた。受付業務のどんなところが好きなのか。厄介なクライアントにはどのように対処するか。電話の応対中、さらに五つの着信ランプが点滅を始めるような事態が発生した場合、どのように切りぬけるか、云々《うんぬん》。自分が嘘八百を並べていることも、どれもこれもが企業関連の法律トラブルより解決困難に思えることも考えまいと努めながら、わたしは精一杯の回答を試みた。ラケルはデスクの上の書類をがさごそとまぜかえしてから、さしあたって紹介できる職場はないけれど、わたしの情報はデータベースに登録しておくと告げた。落胆と安堵とを半々に感じつつ、椅子から腰を浮かせかけたとき、デスクの上の電話が鳴った。受話器の声に耳を傾けるうちに、ラケルはだんだんと顔を曇らせていった。ピンク色のマニキュアを塗った指のひと振りでわたしを椅子に戻らせてから、あとでかけなおすと言って電話を切った。

「あなた、明日からでも働ける？」

内心では面食らいながらも、わたしは「もちろんです」と答えた。

「二週間ほどまえになるけど、ソーホーの広告代理店から人材派遣の要請が入っていたの」わたしの巻いている髑髏柄のスカーフを胡散くさげに見つめながら、ラケルは言った。「あなたなら適任じゃないかと思うんだけど……推薦状はあるわね？」

推薦状なら、二通用意してあった。いずれも、マンチェスター市内にある大手法律事務所のもの。ただし、いずれの事務所にも、わたしが籍を置いたことはない。とはいえ、ラケルがわざわざ確認を入れるとも思えなかったから、わたしは可能なかぎりで最高の笑みを浮かべてみせた。

するとラケルはふたたび受話器を取りあげ、どこかに電話をかけて言った。「もしもし、ミランダ？　ええ、適任者が見つかったので、明日そちらへ伺わせます……名前は、キャット・ブラウン……ええ、そう。猫と同じ綴《つづ》りのキャットよ……八時四十五分ね？　問題ないわ……ええ、伺わせます。それじゃ、また」

通話を終えたラケルから、業界でトップテンに入るという大手広告代理店、キャリントン・スウィフト・ゴードン・ヒューズ社の詳細と、ソーホーのウォーダー・ストリートに位置する住所とを伝えられた。ラケルのオフィスをあとにしたとき、わたしは戦争神経症のような虚脱状態に陥っていた。すべての杞憂《きゆう》が取り越し苦労に終わったことで、こんなにも呆気なく仕事にありつけてしまったことで、呆然自失となっていた。

16

ついにベンとの再会を果たしたあと、エミリーは頓《とみ》に仕事への集中力を欠くようになった。時と場所を選ぶことなく、意識のなかにベンが入りこんできては、惚《ほう》けた笑みを浮かべてしまう。重要な会議の最中に、物思いに耽ってしまうこともある。まるで、誰かに頰をはたかれ、はっと目が覚めたような気分だった。これまでの自分は一枚のベールを通して世界を眺めてきたような、ピントのぼやけた世界で生きてきたような気がした。ベンの存在は、そんな世界を一変させた。まばゆく輝く鮮明な世界に変えてくれた。ただし、その変化は弁護士としての業務に支障を来《きた》しもした。ついには、勤務時間中にメールを送ってくることを、ベンに禁じなくてはならなくなった。そうでもしないと、なんにも手につかなくなってしまうから。気の利いた返事を返そうと知恵を絞っているあいだも、それに対する返事を待っているあいだも、数分後に返事の返事を返しているあいだも、その三分後に届くはずの返事を待つあいだも、興奮のあまり、体内で胃袋が踊り狂ってしまうから。交際をおおっぴらにすることをエミリーが嫌ったため、ベンと一緒に昼食をとることはめったになかったけれど、階下の食堂へ行くときには、たいていメールでそのことを知らせた。すると、ベンのほうもそのたびにわざわざ地下までおりてきてくれた。偶然出くわしたふりをして話しかけてきたり、あのはにかんだ笑みを投げかけてくれたりした。そうすると、その日の午後いっぱいは、仕事に専念することができた。もちろん、日が経つにつれて、理性と集中力は少しずつ取りもどすことはできたけれど、仕事の虫であったはずのエミリーが、仕事への情熱だけはいつまで経っても取りもどすことができなかった。

それから数ヵ月を経た、月曜の朝のこと。ベンとエミリーは地下食堂のテーブルを挟んで、この食堂の名物である、煮つまったコーヒーを飲んでいた。じつを言うと、ふたりはくたびれ果てていた。この週末に、ピーク・ディストリクト国立公園で最も高いふたつの山を制覇してきたばかりで、その間、ほとんど睡眠もとれていなかったのだ。悪天候のなか、テントが雨漏りをしていたうえに、神経が昂ぶっていたせいもあった。それでもいまはくつろいだようすで、出入り口のすぐそばのテーブルについていた。遠慮のない視線を送ってくる者がいたとしても、好きにすればいいと開きなおっていた。周囲に交際を隠すのは、とうの昔にあきらめていた。ありがたいことに、〝お堅いふたりのことだ、軽い気持ちでつきあっちゃいないだろう?〟だの、〝こいつはお似合いのカップルだ。はっはっは〟だのと、同僚たちから冷やかされることもとうの昔になくなっていた。いま現在、ふたりが恋人同士であることは、周知の事実となっている。ふたりまとめて〝ベミリー〟と呼ばれることもある。ふたりはそれでもかまわないと感じていた。あまりに幸せすぎて、ほかのことなど何ひとつ気にならないのだ。

ところが今日になってとつぜんに、エミリーのなかで気恥ずかしさがぶりかえしていた。いつもなら、メラミン化粧板を張ったテーブルに肘をつき、両手で支え持ったマグカップの上に顎を乗せるのがお決まりの姿勢だというのに、今朝にかぎっては、頑なに左手を隠しつづけていた。

「行けよ、エミリー。みんなに見せびらかしてやれ。勇気を出して、さっさと済ませちまおう」ベンが小声でささやいた。

エミリーは膝の上できらめく光を見おろした。心臓の鼓動が肺を突きぬけ、腎臓を通りすぎ、大腸のなかを這い進みながら、早鐘を打つのを抑えきれなかった。そのとき、はたと気づいた。血を分けた妹にすら、まだ報告を済ませていなかったことに。そうよ、同僚に知らせるのは、妹への報告が済んだあとにすべきだわ。顔をあげると、ベンがなおも、期待に満ちた目でこちらを見つめていた。わたしが乗り気でないのだとは、絶対に思ってほしくない。キャロラインには、このあとすぐに電話で報告すればいい。

「みんなに知らせる役を、どうしてわたしがしなきゃいけないの？」ついに腹を括って、エミリーは言った。「そういうのって、性差別を助長する発想じゃないかしら。わたしはあなたの所有物でもなんでもないのよ。ビンゴゲームの賞品として、わたしを手に入れたわけでもなし」

「おっと、そう来たか、怒りん坊のお嬢さん。いいよ、わかった。そいつをぼくに貸してくれ」ベンの言葉を受けて、エミリーは指輪をはずし、それをベンにいたずらっぽく投げつけた。コーヒーに落下する寸前で、ベンは見事にそれをつかみとり、抜けなくなるのではないかと心配になるほどにぎゅうぎゅうと、左手の小指に無理やりはめたこんだ。それからやにわに椅子から立ちあがり、朝食のメニューが並ぶカウンターのほうへ揚々《ようよう》と近づきながら、コメディ俳優のジョン・インマンよろしく、その手をひらひらと振りまわしはじめた。あの内気ではにかみ屋のベンは、いったいどこへ消えてしまったのやら。

「だめよ。早く戻ってきて、おばかさん」エミリーは半ば本気で、小さくひそめた声を張りあげた。けれども、もう手遅れだった。カウンターへ朝食をとりにきていた同僚のひとりがオオーッと歓声をあげ、「それって、そういうことだよな？」と騒ぎたてた。トースターの前にいたエミリーの上司までもがその声を聞きつけ、あれよあれよというまに、エミリーとベンのまわりに人だかりができていった。同僚たちはそれぞれに、指輪を褒めたり、お祝いの言葉を述べたり、抱擁を贈ったりしはじめた。普段は注目の的になるのを嫌うエミリーも、このときばかりは、まんざらでもない自分がいた。

17

新たな職場への出勤初日も、例の黒いワンピースをふたたび着こんだ。広告代理店の社員にふさわしい服は、ほかに持っていないのだから仕方ない。新たにつけたアクセサリーも、エンジェルからの借り物だった。本当はあげると言われたけれど、とんでもないと言って断った。せっかく早起きをしたものの、バスルームの順番待ちをしなければならなかった。僅差で、エリカに先を越されてしまったのだ。ようやくエリカが出てきたとき、バスルームのなかには、もうもうたる湯気と、マウスウォッシュのにおいと、おならのにおいが立ちこめていた。この底意地の悪い女は外見《そとみ》と同様、中身までもが醜いようだ。色褪せたバスタオル一枚を身体に巻きつけ、ミニチュアサイズの脚線美をこれ見よがしにのぞかせているエリカに向かって、わたしは微笑みかけようとしたけれど、向こうはまたもやこちらをひと睨みしただけで、さっさと脇をすりぬけていった。

洗面ポーチはまだ入手できていなかったものの、このバスルームでシャワーを浴びるコツは、どうにかつかめるようになっていた。いちばんのポイントは、できるだけどこにも肌が触れないようにすることだ。黴の生えたシャワーカーテンからは、充分に距離をとる。最後には、片足で立ったままもう一方の足の裏をすすいでから、カーテンレールに吊るしておいたタオルでそれをぬぐう。きれいになったほうの足に、バスタブの外に用意しておいたビーチサンダルを履く。身体半分だけバスタブに残したままもう一方の足の裏を洗い、タオルで拭いたあと、同様にビーチサンダルを履くというわけ。いずれはこういう環境にも、生活水準をさげることにも、たぶん慣れていけるだろう。けれども、現時点では、これが自分にできる精一杯の妥協だった。

キッチンには、ブラッドとエリカの姿があった。ブラッドのほうは気さくにおはようと声をかけてきたけれど、エリカはこちらを完全に無視していた。どうしてこんな好青年が、エリカのような小娘とつきあっているのかしら。わたしはとにかく、エリカを刺激しないことにした。キャロラインと共に育った経験をもってすれば、お手の物であるはずだ。わたしは静かにテーブルにつき、ドライフルーツ入りのシリアルを食べながら、母がよく淹れてくれた砂糖入りの濃い紅茶を飲んだ。

家を出るにはずいぶん早すぎたけれど、初日から遅刻することだけは避けたかった。オックスフォード・サーカスまでは地下鉄で一本だったから、三十分後には駅についていた。オックスフォード・ストリートを徒歩で進み、ウォーダー・ストリートで右に折れると、百メートルほど先の右側に、めざすビルが見つかった。時刻は八時二十五分。いくらなんでも早すぎる。朝陽にきらめくプレートガラスの向こうに目をこらすと、内臓のような形をした家具と、観音開きの扉の上に掲げられた飾り文字の社名が見えた。自分の着ている質素なワンピースと、野暮ったいバレエシューズに視線を移して、わたしは思った。この服装でも、まだまだ足りない。今日は、ロンドンではじめて迎える金曜日。四人の創設者の自尊心に捧げられた光り輝くビルの前に立ちつくしているうちに、いますぐこの場から逃げだしたくなった。でも、逃げるって、いったいどこへ？　たぶんわたしは、あの海に身を投げるべきだったのだろう。あんなに大好きな場所だったのだから。いいえ、だめよ。しっかりなさい。逃げだすのは一度でたくさん。もうこれ以上、逃げることはできない。ここで踏んばらずにどうするの。幸せだったころの記憶を追いやって、わたしはワンピースの皺をてのひらで伸ばし、スカーフの形を整えた。もう数分待ってから、ビルのなかへと足を踏みだした。

18

キャロラインは最後にもう一度、エミリーのベールを整えてやってから、大きな姿見に目を移した。そこには、別人のように外見の異なる女がふたり、並んで映っていた。花嫁のほうは薄化粧の顔に飾りけのない微笑みをたたえ、ダークブロンドの髪を高く結いあげているせいで、ほっそりと長い首があらわになっている。白いサテン地のジャケットは、袖の部分が腕に添うよう細身につくられていて、前身頃に小さなボタンが並んでいる。共布でつくられたスカートはぴったり膝丈でカットされ、そこから伸びる脚の先は、四〇年代ふうのハイヒールに包まれている。そこに短めのベールを加えれば、見事な花嫁衣裳の完成だ。双子の姉がこんなにも晴れやかに着飾った姿を、キャロラインはこれまで見たことがなかった。

一方のエミリーはというと、妹がウェディングドレスを仕立てると言いだしたとき、内心、不安をおぼえていた。妹を信用していいものか確信が持てなかったけれど、キャロラインがあんまりにも乗り気だったため、ノーと首を振ることができなかった。とはいえ、キャロラインだっていっぱしのデザイナーだ。加えて、本気で機嫌を損ねようものなら、どんなしっぺ返しを食うかもわからない。でも、そんな心配は無用であったらしい。妹のつくってくれたウェディングドレスは、それはすばらしい出来映えだった。

この日のキャロラインは、太腿を大胆にのぞかせたホットピンクのドレスをまとっていた。服の色とぶつかりあうかのような、鮮やかなオレンジ色に染めた髪は、（三歳のころのおかっぱ頭を思い起こさせる）前髪を厚めにとったスタイリッシュなボブスタイルにカットされていた。それから、顔にもごてごてと、派手なメイクがほどこされていた。何も知らない者が見たら、ふたりが姉妹だとはけっして思いもしないだろう。

ちょうどそのとき控え室に入ってきたフランシスは、娘ふたりが並び立つ姿を目にするなり、はっと息を呑んだ。ふたりのようすが、とても嬉しそうに見えたから。それどころか、仲がよさそうにすら見えたから。双子というものの然るべき姿が、そこにはあった。もしかしたらわたしたちは、本来あるべき家族の姿に、ようやく近づこうとしているのかもしれない。あのアンドリューでさえ近ごろは、娘たちと接する時間を多少なりとも大切にするようになってきている。うわの空ですごす時間が、わずかではあるけれど減ってきている。こんなことを言うのもなんだけれど、キャロラインを入院させてよかったのかもしれない。病院の医師や看護師は、キャロラインをなだめすかしながら根気よく指導を続け、見事、正気に立ちかえらせてくれた。退院後、娘を説得して実家に住まわせたことも、目覚《めざま》しい成果をもたらしていた。はじめのうちこそ、怒号のような音楽を大音量で流されたり、バスルームを長時間独占されたり、不愉快な言動に悩まされたりもしたが、いま思えば、すべてはカタルシス――感情の放出と浄化――のあらわれだったのだろう。エミリーはすでに独立し、チェスター市内のはずれにアパートメントを借りていたから、キャロラインは生まれてはじめて、両親を独占することになった。双子の姉に対抗心を燃やす必要がなくなった。少なくとも、毎日、姉に勝つことばかりに腐心することはなくなった。それが効を奏したのだろう。キャロラインが親もとに戻って、もう一年以上になる。三人での生活がこんなに長く続こうとは、誰ひとり予想だにしていなかった。母親の目から見ても、最近のキャロラインは穏やかになった。人前で感じよくふるまうすべを、ようやく身につけてもいた。新たに勤めだしたマンチェスターの高級服飾メーカーでも、管理職を任されているくらいだから、なんとかうまくやっているのだろう。そんな娘の回復ぶりに、感激せずにはいられなかった。最近では、双子の姉に対する憎しみまで、わずかながらやわらいできたように思える。エミリーの花嫁衣装だって、こんなにも美しく仕立ててくれたではないか。不意に涙が込みあげそうになって、フランシスはぐっと歯を食いしばった。せっかくのお化粧を崩すわけにはいかないから。

式の開始時刻を一時間後に控えたいま、ベンは新郎付添い人用の客室で身支度を整えていた。その部屋はホテルの裏手にあって、あの壮観な海を見晴らすことのできない、ごく一部の客室のひとつだった。すべてが順調に運んでいることを、ベンは喜ぶと同時に驚いてもいた。ゆうべのディナーも、滞《とどこお》りなく進んだ。傍若無人《ぼうじゃくぶじん》なふるまいをする者もいなかった。なのに、ベンはまだ、警戒をゆるめていなかった。ブラウン一家の関わる行事が何ごともなく終わるなどと、楽観できるほど能天気ではない。ベンの目に映るかぎり、キャロラインが厄介ごとの種であることに変わりはなかった。キャロラインには、人々の不安を煽り、あらぬことを口走らせては、それを嘲って楽しむ癖がある。ただし、そうした悪い癖が徐々に改善しつつあるのもたしかだ。式のあいだにあの義妹が何かをしでかすと、かならずしも決まったわけではない。そうとも、エミリーのドレスだって、ああして立派に仕上げてくれたじゃないか。その話を聞かされたときも、内心では行く末を案じていたのだが、エミリーが喜んでいるようだったから、余計な口を挟むのはやめておいたのだ。自分がどうしてこれほどの不安をいだいているのかはわからなかった。今日という日は、人生最良の日となるはずなのに。世界一ロマンチックなホテルで、建造にまつわるとっておきの逸話が語り継がれる場所で、見とれるほどの景色のなかで、ついに結婚式を挙げるというのに。エミリーがこのうえない理想の伴侶《はんりょ》であることは、わかりきっているというのに。

そのとき、扉をノックする音が聞こえた。きっと、ジャックがベストを持ってきてくれたんだろう。ネクタイを結び終えたベンは、シャツの裾をズボンのなかにたくしこみながら、扉を開けた。

「や、やあ、キャロライン」ベンは思わず口ごもった。キャロラインには、どうしようもなく落ちつかない気分にさせられる何かがあった。今日もまた、戸枠にしなだれかかる立ち姿を目にするなり、慌てて目を逸らさずにはいられなかった。吸いこまれそうな青い瞳から、鮮やかなピンク色の唇へ、そこからシルクのドレスへ、さらにはむきだしのなめらかな脚へ、ついには床へと、ベンは次々に視線を落とした。

「お届けものよ、色男」キャロラインが言いながら、ベンのためにみずからデザインしたという深紅色のベストを差しだした。「遅くなってごめんなさいね。最後の微調整をしていたの」正直なところ、このベストを特に気にいっているわけではなかったが、エミリーのためなら、エミリーがすてきだと言ってくれるのであれば、喜んで身につけるつもりだった。ベンはしぶしぶながらキャロラインの手を借りて、掲げ持たれたベストに袖を通した。キャロラインは自分がボタンをとめると言って聞かなかった。ベンのごつすぎる指では、生地が傷むと言い張った。それからやけに時間をかけてボタンをとめ終えると、まるで裸体でも前にしているかのように、全身をとくと眺めわたして、こう言った。

「へえ、ずいぶんと男っぷりがあがったじゃない。親愛なる双子の姉君は、まんまと大当たりを引きあてたようね」気まずい空気に耐えかねて、ベンが後ずさりをしかけた瞬間、キャロラインがぐっと顔を近づけ、耳もとにささやいた。「どうぞお幸せにね、ベン。あなたとエミリーの末永い幸せを、心から祈ってるわ」そして、制止する間も与えずに、ベンの唇にそっと唇を重ねてきた。十億分の一秒ほどの刹那《せつな》ではあるけれど、自分の肉体がそれに応じようとしているのを感じた。ベンはとっさに身を引きはがし、ぼそぼそとお礼をつぶやいてから、扉を閉めた。

おろしたての靴は少しきつかった。頬が燃えあがっているのも感じた。それでも、これでどうにか支度が整った。付添い人のジャックが扉の隙間から顔を突きだし、「そろそろ出番だぞ、相棒。おい、なんだか顔色が悪いぜ。大丈夫か？」と訊いてきた。

「ああ、なんでもない。ちょっと緊張してきただけだ」

「心配すんなって。準備は万端に整ってる。結婚登記官《レジストラ》も到着した。花嫁の両親がきれいに着飾ってるのも、さっきこの目でたしかめてきた。招待客もちらほら姿を見せはじめてる。BGM用のCDも、従業員に渡してきた。すべて予定どおり。何も心配することなんてないさ」

「だといいんだが」

「まさか、結婚を考えなおしたいなんて言いだすんじゃないだろうな。よし、とりあえず酒でも一杯あおっておけ」

「いや、ちがうんだ。心変わりなんてするわけがない。問題は、エミリーじゃなく家族のほうで……」

「だったら、その逆じゃないことを感謝しないとな。とにかく飲もうぜ。ビールに解決できない問題なんぞ、ひとつもありゃしないんだから」ジャックは笑いながら言うと、ベンの腕をつかんで、ホームバーに近づいた。

ゆうべホテルに到着してすぐ、アンドリューはダニエラの存在に目をとめていた。自分には同伴してくれるボーイフレンドがいないだの、ああいう席にひとりで参加するなんてごめんだのと、キャロラインがぶつくさこぼしつづけていたため、エミリーとベンが、女友だちを誘ってはどうかと提案したのだ。ダニエラはキャロラインがロンドンでひとり暮らしをしていたとき、親しくしていた友人だった。どうしても話題にしなければならない場合には〝例の発作〟と呼ぶことにしている一件が起きたとき、フランシスに連絡をくれたのが、ダニエラだった。

ダニエラは、いまも居を構えているロンドンから、遠路はるばるデヴォン州までやってきた。そして、それだけの甲斐はあったと感じていた。会場のホテルは、うっとりするほど壮麗なところだった。建物はゴシック様式の一風変わったデザインで、広々としたテラスには花が咲き乱れ、そこから眺める景色だけでも、わざわざ足を運ぶ価値がある。広大な大広間は、夏だというのに肌寒いほどひんやりとしていて、部屋の両脇にある大きな暖炉では、本物の火が赤々と燃えあがっている。暖炉の前には、年季のいった革張りの大型ソファがコの字形に並べられており、窓の両脇に垂れさがる泥のような色をした分厚いカーテンもまた、重厚な雰囲気を醸しだすのにひと役買っている。弧を描いて伸びる吹きぬけの階段は、二階の屋内バルコニーに通じていて、それが広間全体をぐるりと取りかこんでいる。そして、そのバルコニーから、全部で十二ある客室に入ることができるのだが、その客室はというと、大広間とは対照的な設《しつら》えとなっている。まばゆい陽光の射しこむ、明るい空間。窓から望む大海原に、酔いしれることのできる空間。紫がかった灰色の壁。光沢を帯びた、真っ白いエジプト綿のシーツと長枕。猫脚がついた銀色のバスタブと、上等な石鹸の備えつけられたバスルーム。こんなホテルに泊まれるなんて、予想外の役得だった。加えて、ここで出会ったひとたちは、誰もが親しげに接してくれた。キャロラインの父親のアンドリューだけは、ちょっと親しげすぎたけれど、その手の問題に対処するのは慣れっこだ。それに、あの歳にしては、なかなかすてきなおじさまでもある。ダニエラは、いわゆる男好きのするタイプだった。異性にはもてても、同性には嫌われるタイプの人間だった。性格は、とにかく陽気であけっぴろげ。そういうところが、ときに誤解を生んでしまうことは自覚していた。でも、それがわたしという人間なんだもの。自分を変える必要なんてないじゃない。

ザ・スミスが歌う《ゼア・イズ・ア・ライト》の物悲しい調べが海を見晴らす庭園に響きわたるなか、クリーム色の布にくるまれた椅子を並べて仕切った急ごしらえのバージンロードを、エミリーはしずしずと進んでいった。晴れの舞台にどうしてこんな曲を選んだのかと、フランシスは首をかしげているようだ。けれども、エミリーとベンのふたりにだけは、その曲の持つ深い意味あいがわかっていた。その曲は、エミリーの部屋でためらいがちに抱擁を交わした瞬間に流れていた、思い出の曲だから。式はこぢんまりとしたものにしたかった。招待客は四十人余り。ふたりを愛するがゆえに喜んで招待に応じ、ふたりの門出を心から祝福してくれる者ばかり。花嫁のドレスを陰でけなしたり、幸せな結婚生活なんて永遠に続くものではないなどと腐《くさ》したりする者は、ひとりもいない。エミリーははじめのうち、ふたりきりでどこか海辺の町へ行き、そこでひそかに式を挙げようかとすら考えていた。その理由は、キャロラインを刺激したくなかったから。でも、それを聞かされたベンは、いつになくきっぱりとした態度で反対した。デヴォン州の絶壁の上に建つ、あのすばらしいホテルのことを忘れたのか。ここで結婚式を挙げたらどんなにすばらしいかと、あんなに想像をふくらませたじゃないか。自分たちの結婚式を念頭に置いているのだと、あのときは口に出して言う勇気がなかったけれど。きみの妹だって、きっとわかってくれる。キャロラインが運命の相手と出会えていないのは、ぼくらのせいじゃない。それに最近は、ぼくらに対する態度もだいぶやわらいできているじゃないか、とベンは言った。エミリーもそれは感じていた。それどころか、ふたりの仲を祝福してくれているようにすら思えた。だとしたら、それ以上に嬉しいことがあるかしら。

アンドリューとフランシスはふたり並んで、上の娘が結婚の誓約を交わすさまを見守っていた。その光景は、自分たちが結婚した日のことを思い起こさせた。あの日のことが、どちらにも、やけに遠い昔に感じられた。あのとき、アンドリューは誓いの言葉を本気で口にしていたのだろうか。その答えはどちらにもわからなかったし、いまとなっては、答えなどどうでもいいような気もした。まるで湖のように凪いだ静かな海を前にしていると、フランシスの意識はゆるゆると、記憶を過去へとさかのぼりはじめた。新婚旅行。出産時の恐怖。育児に疲労困憊《こんぱい》した日々。娘たちが大きくなっても、夫が離婚を切りださなかったことが不思議でならなかった。夫が浮気を繰りかえしていることは、ずっとまえからわかっていたから。一方のアンドリューは、自分がもしも秘書のヴィクトリアと結婚していたなら、ヴィクトリアと先に出会っていたなら、自分の人生はどうなっていただろうかと考えていた。どうして自分は家族を捨ててしまわなかったのかと、愛こそが何よりも大切に決まっているではないかと、これまで何千回と自問してきた問いを、いまもまた繰りかえしていた。だが、その答えがなんであれ、もはやすべてが手遅れだ。自分は何ひとつ失うまいとしてきた。ヴィクトリアも、妻子も。その結果、誰もが幸せになるどころか、全員を傷つけることになってしまった。ヴィクトリアはきっと、自分はいいように利用されただけだと、ずっと騙されていたのだと、感じているにちがいない。ついに向こうから別れを切りだされたあと、アンドリューは猛烈な喪失感に見舞われた。一夜かぎりの情事に溺れては自己嫌悪に陥ることを繰りかえす以外に、どうすることができたろう。そのとき不意に、アンドリューは気づいた。自分は結局、フランシスを必要としていることに。フランシスという揺るぎのない存在を、安定と平穏を、家で待っていてくれる誰かを、自分が必要としていることに。

ならば、フランシスのほうは、どうして家を出ていかなかったのか。フランシスはいま、夫の真横に立ちながら、手を握ってくれたらいいのにと考えていた。夫の弱さも、浮気癖も、すべてを知ったうえで、なおも夫を愛していた。アンドリューは、心根は善良な人間であり、いまだにハンサムでもあった。だいいち、夫と別れたとして、このわたしがどうやって生活していけるというの？

「それでは、これをもってあなたがたを夫婦と認めます」物柔らかな口調で、結婚登記官が宣言した。ウェールズ出身のこの登記官は、ごく簡潔な婚姻の儀式が意義深いものになるよう、至極厳《おごそ》かに執《と》り行なってくれていた。その声はそよ風に乗って、宙をたゆたいつづけていた。「花嫁にキスを」

その言葉を受けて、ベンがゆっくりと身を屈め、このうえなく優しいキスを花嫁に贈ったまさにそのとき、キャロラインは椅子の上でもぞもぞと身じろぎしながら、欠伸をしていた。

遅い朝食を兼ねた披露宴《ひろうえん》の料理は、戸外でふるまわれた。シンプルな立食形式で、不揃いな陶磁器に盛られた料理のメニューは、舌のとろけるローストビーフに、大きなサーモンの姿焼き。八種類のサラダに、収穫したての新鮮なポテト。そしてデザートは、ウェディングケーキの代役も務める、ひと口サイズのシュークリーム。それが円錐状に、エミリーが目にしたこともないほどうずたかく積みあげられたさまは、想像以上に見映えがした。空はきれいに晴れわたっていた。七月であるため、天候の崩れに備えることはあえてしなかった。太陽はベンと自分の頭上で輝きつづけてくれるはずだと、ふたりの幸せを照らしてくれるはずだと、確信してもいた。エミリーの望みは、おいしい料理とシャンパン、そして見事な眺望を、招待客に楽しんでもらうことだけだった。だったら、それ以外のことに気を揉んでも仕方がない。「最高の招待客と、最高の会場が揃っているのに、何をどう失敗できるっていうの?」そうエミリーが言いきった瞬間に、ベンはまたもエミリーに惚れなおしていた。エミリーが、結婚式の細部にうんざりするほどこだわるたぐいの女ではなかったから。メニューカードに添えるリボンの色だの、テーブルに飾る花の種類だのを、延々と思いあぐねるたぐいの女ではなかったから。キャロラインはグラスを片手に、ダンサーのように引き締まった太腿をひけらかしながら、会場をぶらぶらと歩きまわっていた。

新郎新婦の衣装をどうやってデザインしたかを喋りたてたり、ジャックにちょっかいを出しては奥さんを苛立たせたり、聞きようによっては侮辱的に響く褒め言葉をかけたりしてまわっていた。ところが、ようよう昼をまわるころには、しだいに声が音量を増し、響きも鋭くなっていった。そして、ついには大声でこんなことまで言いだした。自分にもすてきな旦那さまが見つかればいいのに。ただし、ベンみたいな腰抜けだけはごめんだわ。見かねたフランシスは娘を会場の隅まで引っぱっていって、もういいでしょとたしなめた。「もういいって、いったい何が？」キャロラインは鼻でせせら笑った。「いい子ぶりっこの姉さんのこと？　それとも、反吐《へど》が出そうな花婿《はなむこ》のこと？」

「キャロライン！　今日はエミリーの結婚式なのよ。ふたりが結ばれることを、あなたも喜んでくれているんじゃなかったの？」

「ママったら……」シャンパングラスを口に運びながら、キャロラインは言った。「もちろん、喜んでるわよ。エミリーは双子の姉さんで、ベンをめちゃくちゃ愛しちゃってるんだもの。あたしはただ、その愛ってやつをあたしにまで押しつけないでほしいだけ」キャロラインはいまや呂律《ろれつ》がまわらなくなっていた。この子をいますぐ、会場から遠ざけなくては。ここではみんなに声が届いてしまう。トラブルだけは起こさせたくない。フランシスは焦燥に駆られながら、きょろきょろと夫の姿を捜した。アンドリューはまたもや、キャロラインの連れてきた巨乳の女友だちに話しかけている。あんなに大きな乳房が、天然のものであるはずもないのに。キャロラインを精神科に入院させた夜、ダニエラが娘の世話を焼いてくれたことには感謝していた。友だちだと思っていた人々が潮を引くように離れていったあとも、キャロラインと縁を切らずにいてくれたことにも。だが、アンドリューの冗談にくすくすと忍び笑う姿を見せつけられるのは、堪《たま》ったものではない。あのふたりはずいぶん長いこと話しこんでいると、招待客のあいだでそろそろ口の端《は》にものぼりはじめているかもしれない。

「アンドリュー！」フランシスは夫を呼んだ。「アンドリュー！　アンドリュー！」最初の二回は無視を決めこんでいたアンドリューも、もはや聞こえないふりは通用しないと観念し、声のするほうへ首をまわした。どぎついピンク色とオレンジ色に彩られた下の娘が、母親にすがりつくようにして立っている。その長くてしなやかな脚から視線をあげると、どんよりとして焦点の定まらない目が見えた。アンドリューはやれやれとため息をついた。いったい、今度はなんなんだ。あいつらときたら、ほんのいっとき愉快にすごすこともできないのか。ふたりのいるほうへ近づいていってみると、キャロラインがへべれけに酔っぱらっていることが、ひと目で見てとれた。こんなに早く、ここまで泥酔してしまうとは。この強烈な陽射しのせいかもしれない。とにかくいまは、キャロラインが何かしでかすまえに、ここから連れだしたほうがいい。アンドリューがキャロラインの肩をつかむと、フランシスも反対側から娘の身体を支え、客室のほうへと促しはじめた。

「いやよ、ママ。部屋になんか行きたくない。もっともっと楽しみたいの。今日は双子の姉さんの結婚式なのよ。姉さんの投げたブーケをキャッチしなくちゃ」呂律のまわらない舌で、キャロラインは訴えた。

「いいから、いらっしゃい、ダーリン」フランシスはなだめすかすようにささやいた。「陽の当たらないところでしばらく休んで、お水を飲みましょう。そうすれば、少しは酔いが醒めるわ」

おろしたてのピンク色のハイヒールが左足だけ芝生に食いこみ、キャロラインの脚が大きく開いた。その足を引きぬこうとすると、靴は地面に刺さったまま、足だけがすぽっと抜けた衝撃で、キャロラインは大きくよろめいた。アンドリューは腰を屈めて、芝生に突き刺さるハイヒールを引っこぬいた。もっとしっかり娘の身体を支えようと、腕に力を込めた途端、キャロラインの痩せこけた脇腹に、鋭く尖ったヒールの先が食いこんだ。

「いったぁぁぁい！　放してよ、このエロ爺い！　こっちのことは放っといて、あたしの友だちでも撫でまわしてなさいよ！」

その瞬間、丘の一帯が水を打ったように静まりかえった。遥か下方で波打つ海の音まで、無限に寄せては返す波の音まで、大地の不穏な息遣いまで、いまにも聞きとれそうだった。キャロラインの発した言葉は、そこに居合わせた者たちそれぞれに、気恥ずかしさをおぼえさせた。声を発する者はひとりもいなかった。

静寂を破ったのはベンだった。可能なかぎりの落ちついた声で、招待客に向けてベンは言った。「そろそろ大広間のほうに移動しませんか。じきにバンドの演奏も始まるはずです。シャンパンも、まだまだたっぷり用意してあります」ベンに促されて、招待客が移動を始めた。花嫁の顔に浮かぶ傷心の表情をこれ以上眺めなくて済むことに、誰もが胸を撫でおろしながら。

それからかなりの時間が経ったころ、漆黒《しっこく》の闇に包まれた客室のなか、キャロラインはホットピンクのドレスを着たまま、ツインベッドの一方の上で酔いつぶれていた。もうひとつのベッドでは、豊満な乳房に顔をうずめて横たわるアンドリューと、その上に覆いかぶさってリズミカルに腰を振るダニエラの動きに合わせて、マットレスが軋みをあげていた。ふたりが同時に果てたあと、ようやく、自己嫌悪の波がじわじわとアンドリューの胸に押し寄せてきた。まるで、遥か眼下の海のように。ゆっくりと潮が満ちていくかのように。

19

オフィスビルの前で待っていると、一分《いちぶ》の隙もなく身なりを整えた若い女性が颯爽と通りをやってきて、エントランスの向こうへと軽やかに吸いこまれていった。その女性は、シャンプーの広告にでも出てきそうな長い黒髪の持ち主で、身につけた服や小物——赤いミニのワンピースや、金色のグラディエイター・サンダルなどなど——は、いずれもブランド物であることが一目瞭然《いちもくりようぜん》だった。その姿を目にしたことで、わたしは自分の野暮ったさをなおさら痛感させられた。あの女性こそ、わたしがいの一番に訪ねることになっているポリーにちがいない。それにしても、どうしてこんなに引け目を感じるのだろう。以前のわたしは、自分の容姿にそこそこ満足していたはずなのに、今日のわたしは、自分にはてんで似つかわしくない役のオーディションを受けにきた女優志望の心境だった。そのあと、ようやくオフィスに足を踏みいれたときには、さらにふたつの点を確信した。さきほど建物の前で遭遇したとき、ポリーがわたしを観察していたこと。わたしには華が足りないと評定したこと。それでもポリーはそつなく微笑み、コーヒーを勧めたあと、業務内容は実地に説明するからと言って、受付デスクへとわたしを先導した。ポリーはいわゆるクールビューティーだった。相手を怖《お》じけづかせるタイプの女性だった。わたしには、何をどう話しかければいいものかもわからなかった。ちょっとした世間話の仕方すら、忘れてしまったかのようだった。ポリーから業務内容や注意点——誰がどんな役職なのか、誰がどんな連絡方法を好んでいるか、携帯電話の番号を相手に伝えても差しつかえのない社員は誰か、最重要クライアントがどういった強迫観念をいだいているか、などなど——を聞かされているあいだも、自分の服装をちらっと見おろしては、ロンドン北部のおんぼろシェアハウスにいるときよりもなおいっそう、自分が場ちがいに感じられた。以前のわたしはこうしたことを、すべてあたりまえに受けとめていた。電話をつないでもらうことも。受付からクライアントの来訪を告げられることも。会議室の予約を入れてもらうことも。その裏でどんな手間がかけられているかなんて、考えたこともなかった。それに、マンチェスターで勤めていた法律事務所の受付係たちは、わたしと同様の、ごくごく平均的なひとたちばかりだった。新種の花みたいに陳列された、黄金のトロフィーなどではけっしてなかった。ポリーが業務内容をかいつまんで説明しているあいだに、ほかの社員も出勤しはじめていたのだが、その誰もがやるせないほど、最新流行のファッションに身を包んでいた。ブランド物の新作ジーンズにメッセージ入りのTシャツを着て、ヘアスタイルを無造作に決めた若い男性社員たちは、クリエイティブ系の部署に配属されているのにちがいない。それ以外の男性社員は黒縁の眼鏡をかけて、細身のスラックスにつま先の角張ったぴかぴかの革靴を履き、光沢のある革製の鞄を肩から斜めにさげている。女性社員はみな、ヒールの高いパンプスを履き、わたしならパーティーにだって着ていけるかどうかわからないような服を着て、ブランド物の大ぶりなハンドバッグを手にしている。ひとりひとり服装は異なるというのに、なぜだか、全員が制服をまとっているような錯覚をおぼえさせられる。彼らはみな、カフェラテのカップを片手に、ちらほらと姿を見せていたのだが、慌てたそぶりを見せる者はひとりもいなかった。それもそのはず。だって、今日は金曜だもの。九時二十五分には、仕立てのいいスーツを着て白いスニーカーを履いた、ほかの社員より歳嵩《としかさ》の男が悠々たる足どりでやってきて、「やあ、おはよう、ポリー」と声をかけたあと、さして興味もなさそうにわたしを見やりながら、無言でうなずきかけてきた。わたしはそれに微笑みを返した。男がエレベーターに乗りこむと、ポリーがようやく口を開いて言った。「いまのひとがサイモン・ゴードン。わが社を統《す》べる神よ」するとその直後に、電話が鳴りだした。ポリーは受話器を取りあげて、相手の声にしばらく耳を傾けてから、「承知しました。少々お待ちを」とだけ応じるなり、どこかへ姿を消してしまった。受付デスクにはわたしひとりが取り残された。電話交換機のランプが点滅を始めたが、何をどうするべきなのかが思いだせない。わたしは恐る恐る、点滅しているボタンを押した。「おはようございます。キャリントン・スウィフト・ゴードン・ヒューズ社でございます。

どのようなご用件でしょう」この長たらしい前置きが終わるのを、電話回線の向こう側にいる相手は辛抱強く待ってから、こう告げた。

「サイモンはもう出社したかしら?」恐ろしくお上品な発音の声が言った。

「どちらのサイモンでしょう?」とわたしは訊きかえした。ポリーに渡されたラミネート加工の名簿によると、サイモンという名の人物は、わが社にふたりいるらしい。

「サイモン・ゴードンよ」〝このボンクラはどこのどいつなの?〟というニュアンスを声音ににじませて、女は言った。

「お名前をお伺いできますでしょうか」わたしが重ねて尋ねると、女はぴしゃりと言い放った。「家内よ」サイモン・ゴードンの内線番号は二二四となっていた。そのとおりにボタンを押すと、呼出し音が二回鳴ったあと、回線がつながった。「サイモン、奥さまからお電話です」わたしが告げると、サイモンは「ああ」とひとことつぶやいたきり、しばらく黙りこんでいた。ようやく「つないでくれ」との言葉が返ってきたので、外線への切りかえボタンを押すと、ヘッドセットのイヤホン越しに、大音量のブザー音がビービーと鳴り響きだすのが聞こえた。

しまった。操作を誤ったらしい。腋から汗がにじみだした。交換機の着信ランプがふたたび点滅を始めた。かけてきた相手が誰なのかはわかりきっていたけれど、自分が何をどうまちがえたのかも把握できていないとあっては、同じ失敗を繰りかえすことが怖くて、どうにも指が動かなかった。いったいどうすればいいの？　わたしはいま、正真正銘のパニックに陥りかけていた。もう一度電話を切ってしまうくらいなら、このまま出ないほうがましなのでは？　ランプの点滅をいますぐとめたかった。それが警鐘《けいしょう》のように、災いの前触れのように感じられた。もしもう一度失敗したら、本当に馘《くび》になるかもしれない。そんなことを考えはじめた直後、廊下の角の向こうから、ポリーが優雅に姿をあらわした。わたしはぶんぶんと手を振った。そして、ポリーが受付デスクにたどりつくと同時に、通話ボタンを押した。

「もしもし、サイモンの奥さまでいらっしゃいますよね。先ほどはたいへん失礼をいたしました」めりはりのない北部訛を表に出すまいと、懸命に声をつくって、わたしは言った。そのあと内線番号の二二四を押してから、すがるような目でポリーを見あげた。「わたしの妻をどこへやってしまったんだね？」サイモンの声が響くと同時に、ポリーは豹《ひょう》のようにしなやかな動きでガラス天板の大きなデスク越しに腕を伸ばし、マニキュアを塗った長い爪の先で、回線をつなぐボタンを押した。

ポリーは意外なほどの好人物だった。共通点もほとんどなく、その足もとにも及ばないほど流行に疎《うと》いわたしに、交換機の仕組みを懇切丁寧に教えてくれた。操作方法自体は難しくないものの、一度も説明されたことがなければ自力で会得《えとく》できるものではなかった。

この日はサイモンが自宅に携帯電話を忘れてきたため、普段ならじかに受けていたはずの電話まで、すべてわたしが取り次がなくてはならなかった。携帯にかかってきた電話を受付の番号へそのまま転送するよう、携帯電話の設定をサイモンの奥方が変えてしまったのだ。その日の午前の半分は、かかってきた電話を切ってしまわないよう細心の注意を払いつつ、サイモンではなく女の声が電話に応じたことに戸惑う人々への説明と応対に忙殺された。けれども、そうして二時間ほどが経過すると、どうにかコツもつかめてきた。ポリーからは、キャリントン・スウィフト・ゴードン・ヒューズという長たらしい社名をいちいち伝えなくていいとも教わった。それぞれの頭文字をとり、ＣＳＧＨと名乗るだけでかまわないという。幸いにも、妻からの電話が切れてしまった一件を、サイモンは笑い話ととらえてくれた（ポリーによれば、〝今日はたまたま機嫌がよかっただけ〟のことらしい）。おかげで、サイモンに顔と名前をおぼえてもらうことができた（〝女房のやつをかっかさせた人間が、今朝は、わたしのほかにもうひとりいたってわけだな。はっはっは〟）。ポリー曰《いわ》く、サイモンが上機嫌なのは、今日の午後、最高級レストランのザ・アイヴィーでゆっくりランチをとる予定になっているからであるらしい。しかもそれは、クライアントとの退屈な会食などではなく、とある衛星放送局の経営者でもある親友との愉快なひとときとなるはずなのだそうだ。

金曜というのはまちがいなく、この仕事を始めるのに打ってつけのタイミングだった。

今日一日を切りぬけさえすれば、すぐに週末がやってくるし、（サイモンの奥方を除く）誰もがみな、妙に浮かれていたり、ひどい二日酔いであったりするおかげで、多少のことなら大目に見てもらえるのだから。そう考えると、そもそも、家族のもとを去る日を月曜にしたのは正解だったようだ。もちろん、まえもってそうと知っていたわけではないけれど。おかげで、エンジェルに出会うこともできた。平日のまるまる四日間をかけて、生活環境を整えることもできた。夜の闇に包まれると、愛しいわが子を思って、わたしがあの子にどんなにひどいことをしたかを思って、どんなに恋しくても会うことのできないあの子のことを思って、なおも心が悲鳴をあげてしまうけれど、それを除けば、自分の成し遂げたことに妙な満足感をおぼえていた。わたしはちゃんとやり遂げた。新たな住まいを見つけ、仕事を手に入れた。過去を断ち切るためのスタートを切ることができたのだから。

20

マックスおじさんはアンジェラの手を取って、雑踏のなかを突き進んでいた。これまでママがつきあってきたどんな男のひとよりも、あのテッドおじさんよりも、マックスおじさんのほうが好きだけれど、それでもやっぱり、家に帰りたかった。こんなふうに連れまわされるのは、これっぽっちも楽しくない。お上品な恰好をさせられるのも、いやでいやでたまらない。マックスおじさんはアンジェラの手を引いたまま、ニュー・ブルック・ストリートをさらに進んだ。しばらくそのあたりをぶらついてから、またしても一軒の宝石店に入ると、店員に声をかけて、指輪をいくつか見せてもらいはじめた。オーソドックスな婚約指輪。大きなサファイアのついた指輪。ばかでかいルビーのまわりを、小粒のダイヤモンドがぐるりと取りかこんでいる指輪。アンジェラでもつま先立ちをすれば、カウンターの上できらめくそれらの指輪をかろうじて見ることができたけれど、わざわざそうするつもりはなかった。こんなことには飽き飽きしていた。どうして何度もこんなことにつきあわされなければならないのか、わけがわからなかった。もしもいい子にしていたら、あとでミルクセーキを飲ませてくれると言うから、マックスおじさんに言われたとおりに、おとなしく待っているだけのことだった。

するとほどなく、入り口の扉が開き、ひとりの女が店に入ってきた。女は黒いカプリパンツを穿き、大きな毛皮のコートを着ていた。黒髪は雲のようにふんわりとしていて、黒い眉はくっきりとした鋭角を描いている。顔には濃い化粧がほどこされている。その女には、まるで映画女優みたいに、周囲の耳目《じもく》を引く何かがあった。マックスおじさんの接客をしていた男のひとも、つかのまちらりと目をあげて、女のようすを眺めていた。もうひとりの店員もほかの客の応対にあたっていたため、女はその場に立ったまま、香水のにおいをぷんぷんさせつつ、ぴかぴかのハイヒールの底をコツコツと地面に打ちつけはじめた。アンジェラはその女に目もくれず、マックスおじさんが吟味《ぎんみ》中の指輪に、じっと視線をそそぎつづけた。待たされていることが気にいらないらしく、女はみるみる苛立ちを募らせていった。大袈裟に鼻から息を吐きだしては、狭苦しい店のなかを行ったり来たりしはじめた。やがて、正面のカウンターへ三度めに背を向けたとき、女の身体がぐらりと揺れた。女ははっと息を呑みながら、やけに優雅な動作でとつぜんくずおれ、床にかくんと膝をついた。そして、まるで懇願でもするように、ぱたりと床に突っ伏した。ふわりと広がった毛皮のコートは、まるで、剝ぎたての毛皮のようだった。店員たちは驚愕《きょうがく》の表情でそれを見ていた。どちらもガラスのカウンターの向こう側にいたため、即座に駆け寄ることができなかったのだ。その女を助けようと、真っ先に動いたのはマックスおじさんだった。店員たちはその場に立ちすくんでいた。こんなドラマチックな光景には、久しくお目にかかったことがなかったのだろう。一方のマックスおじさんは、女の背後にまわりこみ、両腕に腕を差しいれて抱えあげた。女を椅子にすわらせてから、引いた血の気が戻るよう、膝のあいだに頭を突っこむ姿勢をとらせた。女が貧血を起こしただけだと確信していたのだ。そのころには、店の奥からもうひとり女性店員があらわれて、意識を取りもどした女に水を飲ませたり、商品のパンフレットで顔を扇《あお》いでやったりしはじめた。アンジェラはその間もカウンターの前にとどまって、指示されたとおりのことをした。なすべきことをするのに、数秒とかからなかった。マックスおじさんはもといたカウンターに引きかえしてくると、指輪の吟味をしばらく続けたが、結局、何も買わずに店を出た。そのあと、すっかり気をよくしたマックスおじさんは、アンジェラを映画館に連れていき、《ホーム・アローン》を観せてくれた。そのうえ、ポップコーンまで買ってくれた。

21

エンジェルが服を買いにいこうと誘ってくれたが、わたしはそれを断った。着ていく服に困っていたのは事実だけれど、いまはまだ、高価な服に大枚をはたく余裕なんてない。しかも、派遣期間はたったの二週間。次の勤め先がどこになるかもわからない。そう説明すると、エンジェルは笑ってこう言った。自分はバーゲン品を見つける名人だから心配ない。それに、土曜の夜は仕事が休みだから、夕方近くになってから外出して、ショッピングのあとはそのまま飲みに行こう、と。気づいたときには、首を縦に振っていた。どのみち、月曜の朝に出勤するまで、なんの予定もない。物思いに沈むまいと努めながら週末をまるまるすごすなんて耐えられない。かといって、外に出て何かを楽しむ自分も赦せない。これまでに起きたことを思えば、なおさらに。罪の意識というものは、時が経てば薄れてくれるものなのだろうか。

ゆうべもひと晩中働きづめだったから、二時ごろまで寝かせてもらうとエンジェルは言った。それから、今日は天気もいいし、散歩にでも出てみたら、と。たしかに暇つぶしにはなるし、新鮮な空気を吸えば、頭もすっきりするかもしれない。チョールトンの自宅の庭が恋しかった。家のなかにいるのがもったいないほど陽気のいい日に、のんびり庭ですごすことも、鉢植えの雑草を抜くことも、萎れた薔薇を摘《つ》みとることも、そして何より、芝生の上に毛布を広げ、幼い息子と電車の玩具で遊ぶことも、もう二度とできないのだ。

だめよ、これ以上考えてはだめ。

ふと我に返ると、こちらに話しかけるブラッドの声が聞こえた。なんでも、使われなくなった線路を緑化した遊歩道が近くにあるのだという。フィンズベリー・パークから市内を突っ切って、どこだかという場所まで歩いていけるらしい。散歩にはもってこいだよ、とブラッドは続けた。そこからハムステッド・ヒースっていう自然公園まで歩いていくこともできるしね、と。その公園の名前なら耳にしたことがあると、わたしは言った。エリカは苦りきった表情をしていた。わたしがその名前を知っていたことや、ブラッドがそれを教えたことが気に食わないようだ。エリカはとにかく、他人に何かを分け与えることがいやでならないのだろう。たとえそれが、無料のものであろうと。エリカのそういうところもまた、キャロラインを彷彿《ほうふつ》とさせた。

いくらか身体を動かしておく必要はたしかにあった。昨日一日で、かなりのストレスを溜めこんでしまったから。たとえば、かかってきた電話を切ってしまったり。相手の名前を聞きまちがえたり。〝CSGH社でございます〟というセリフを何千回と繰りかえさなきゃならなかったり。食いいるように時計の針を見つめて、勤務時間が一刻も早く尽きてくれるように、かかってくる電話が少なくなってくれるようにと願ったり。そして何より、つねに笑顔を浮かべていなければならなかったり。とはいえ、あまりにお粗末な仕事ぶりを見せつけたにもかかわらず、幸い、サイモン・ゴードンはわたしを気にいってくれたらしい。わたしもサイモンには好感をおぼえていた。みずからかぶった偽りの仮面の下には、気立てのいいおひとよしが隠れているように思えたから。たしかに、知りあったばかりではある。でも、サイモンにはひとの心を惹きつける何かがあった。こちらのすべてを見透かされているような気がした。わたしのしたことをすべて承知したうえで、自分もこんな生き地獄から逃げだすくらい勇敢（あるいは〝意気地《いくじ》なし〟と言うべき？　どちらが正しいかは、見る者の考え方しだいかも）であればよかったのにと、羨んでいるような気がした。残りの共同経営者のうち二人（キャリントンにはまだ会っていない。ファーストネームはなんと、タイガーというらしい！）には、サイモンほどのカリスマ性は備わっていなかった。わたしの見たところ、サイモンこそが、あの企業の真の支配者であるようだけれど、当の本人はそうしたすべてに飽き飽きしているようだった。高級レストランでのランチへ向かう途中、受付デスクの前を通りすぎたとき、サイモンはわたしに、帰宅時までに車を手配しておいてくれないかと頼んできた。行き先はグロスターシャー州のどこだかだというので、「週末にご旅行をなさるんですか？」となんの気なしに尋ねると、「いや、そこに自宅があるんだ。ロンドン市内には、平日のあいだだけ滞在しているものでね」との答えが返ってきた。そのときの表情はひどく悲しげなうえに、まるで気乗りしないようすでもあった。もしかしたら、例の奥方の不平や小言に、つねづね悩まされているのかもしれない。

「まあ、そうでしたか」失礼にならないよう気をつけながら、わたしは言った。「ロンドン市内に仮住まいがあるうえに、田舎にマイホームを構えてらっしゃるなんて、羨ましいかぎりですわ」すると、サイモンはおどけたような表情を浮かべてみせた。あとからポリーに聞いたところによると、サイモンは高級住宅街のプリムローズ・ヒルに別宅を——それも、ロンドン市内を一望できる豪邸を——構えられるほどの大金持ちなのだという。アフターシェーブ・ローションやらポテトチップスやらのふざけた広告をつくるだけで、どうしてそれほどの財産を築くことができるのかしら。それほどの富を所有していながら、どうしてあんなに侘しげにしているのかしら。なんとなく、わたしにはサイモンが憐れに思えてならなかった。

ブラッドから教わった例の遊歩道、パークランド・ウォークには驚かされた。出発点を見つけるのには少々てこずったけれど、ひとたび歩きはじめてしまえば、何も考えずにその道をたどるだけでよかった。目的地はどこでもよかったから、わたしにとってはまさに理想の散歩コースだった。人生もこんなふうなら、どんなにいいか。その遊歩道は、ロンドン北部を東西に横切る細長い緑地帯のなかを抜けていくのだが、いまは夏であるため、木々には鬱蒼と葉が茂っており、沿道に建つ家々の壁もほとんど垣間見ることができない。おかげで、自分が都心部にいることを忘れてしまいそうになる。もちろんときには、落書きにまみれたトンネルを通りぬけることもあった。雑草がぼうぼうに生い茂った児童公園も。その光景は、なんだか自然がその一角を人類から取りもどそうとしているかのようで、小さな子供を遊ばせるにはもはや危険すぎるように思われた。鉄道高架橋の下をくぐりぬける際には、視線が自然と上へ引き寄せられた。その壁に石像が一体、張りついていたのだ。たぶん妖精か何かなのだろうけれど、向こう側から壁を乗り越えんとするそのポーズは、いまにもこちらに襲いかかろうとしているかのようだった。それを目にするなり、肌が粟立《あわだ》つのを感じた。一種のアートのつもりなのかもしれないが、わたしはどうにも好きになれず、足早にその場を去った。

一週間にも満たない期間で自分がこれほど遠くまでやってきたことが、とうてい信じがたかった。人生を一からやりなおすのが、ここまで容易であったことも。今後もどうにかやっていけそうなことも。そうよ、きっと大丈夫。ベンやチャーリーのことを考えないようにさえしていれば。ふたりきりで迎えるはじめての週末を、ベンたちがどうすごしているのかということも。ふたりがこの苦難にどう対処しているのかということも。わたしのとった行動が正気の沙汰ではなく、けっして赦されるものではないということも。勝手にいなくなったわたしのことなんて、ベンはもう愛していないかもしれないということも。いまわたしがどこにいるのかも、なんと名乗っているのかも、生死すらも、ベンにはわかっていないはずだということも。一方のチャーリーには、当然、何も理解できていないはずだということも。チャーリーが傷つき悲しむのは、もっと時間が経ってからだということも。

物思いを断ち切って、とにかく一心に足を動かしつづけようとした。今週の出来事だけに意識を集中しようとした。それよりまえのことは考えまいと努めた。柔らかな土の感触と、木々の緑や葉擦れの音と、足もとから響いてくる規則的なリズムのなかに、しだいに意識が呑みこまれていった。ふと我に返ったときには一時間近くが経過しており、もうじき、緑のトンネルの終点に到達しようとしていた。散歩に出たのは正解だった。おかげでわたしは、この大地とのつながりを取りもどすことができた。ふたたび地に足をつけることができた。太陽が雲に隠れてしまったせいで、目に映る色が、爽《さわ》やかな黄色やまばゆい新緑から、暗い褐色や鈍い灰色へと変化していた。気温もぐっと落ちていた。わたしは左に進路を変えた。靴に踏みしだかれる枯れ枝のかすかな音を聞きながら、木々のあいだを抜ける小道を進み、往来の音のするほうをめざした。

巨大な天然池に背を向けて立ち、芝地の向こうに建つ、白を基調とした摂政時代ふうの大きな建物を眺めた。ロンドンでこれほど美しい光景を目にしようとは、思ってもみなかった。ここには徒歩でたどりついた。八キロかそこらは歩いたろうか。その道中、子供やら犬やらを連れた、いかにも裕福そうな家族連れ——耐えがたいほどに無邪気な家族連れ——を見かけはしたけれど、その大半は、なんとか意識から締めだすことができた。自分もかつては彼らのようだったのだということを、忘れられるようになってきたのかもしれない。ようやく新しい自分に生まれ変わろうと、キャットという人間になりかわろうとしているのかもしれない。こうして立っていると、ここ数カ月ではじめて、わたしは生きているのだと実感することができた。かつて心が存在していたはずの場所に、久しぶりにこそばゆい疼きを感じる。気温は高かったけれど、けっして不快な暑さではなかった。汚染されていない空気も清々《すがすが》しかった。こんな世界なら、まだ生きていても大丈夫かもしれないと思えてきた。このロンドンで一日一日をどうにかやりすごすだけでなく、いつかまた、幸せをつかめる日が来るかもしれないとすら思えてきた。もちろん、これまでとちがう形の幸せではあるけれど。六日まえのわたしは、過酷な現実を生きぬくことしか考えられずにいた。それが今日は、この美しく静謐な世界にひとすじの希望を見いだそうとしている（フィンズベリー・パーク・パレスでのみじめな暮らしや、虚栄に満ちた職場のことは、つかのま頭から消えていた）。はじめて世界を眺めるかのように、驚嘆の思いであたりを見まわすうちに、惚けた笑みが浮かんできた。芝生の上でばかみたいにくるくるとまわって、この胸の解放感と喜びとを表現したかった。わたしはいまも生きているのだと、自分はここにいるのだと、結果として正しい行動をとったのだと、これできっと、家族みんながいつの日か心の平安を取りもどせるはずなのだと、全身で表現したかった。空に向けて両腕をあげようとしたちょうどそのとき、じっとこちらを見つめている者の存在に気づいた。その男はわたしを見ていた。ひとりでにやにや笑っている頭のおかしな女を訝るふうではなく、見知った顔を見つけたときのように。男がこちらに向けて足を踏みだしながら、〝やあ〟とでも言うかのような笑みを浮かべた瞬間、パニックの波が襲ってきた。きっと知りあいに見つかってしまったんだわ。わたしは男に背を向けて駆けだした。池のへりに沿って張られたフェンスの際を走りぬけ、橋を渡り、陽の光に餓えた木立のなかを突っ切った。暗くてまわりがよく見えなくても、つまずいても、一瞬たりとも足をとめず、とうとう息が続かなくなるまで全速力で走りつづけた。

わたしは道に迷っていた。ハムステッド・ヒースは広大で、地図もない。顔をうつむけたまま、長いことひたすら歩きつづけた。自分がどこへ向かっているのかはわからなかったけれど、さっきの男に出くわしさえしなければ、どこでもよかった。ようやく道路にたどりつくと、停留所にバスが一台とまっているのが見えた。行き先もたしかめずに、わたしはそのバスに乗りこんだ。座席にすわったあとも身をこわばらせたまま、不安と心細さに押しつぶされそうになりながら、窓の外に目をこらしつづけた。バスはやがて、とある地下鉄の駅の前で停車した。自分がいまどのあたりにいるのかすら、見当もつかなかった。アーチウェイなる駅名は、一度も耳にしたことがない。そこからフィンズベリー・パークまでは、何度も乗り継ぎをしなければならなかったし、長い時間がかかりもしたけれど、誰かに何かを尋ねる必要にだけは迫られずに済んだ。こてんぱんに打ちのめされた気分だった。シェアハウスに帰りつくと、忍び足で階段をあがり、清潔で真っ白い自分の部屋に入って、ベッドに突っ伏した。自分自身と、夫と、息子を思って、二度と取りもどすことのできない温かな家庭を思って、さめざめと涙を流した。いまはもう、精も根《こん》も尽き果てていた。自分自身に怒りをおぼえていた。何もかも、とんでもない誤りだったのだ。逃げだしてしまえばすべてが解決するだなんて。それがたやすいことだなんて。家族みんなのためになるだなんて。ようやく嗚咽がおさまったあとも、何もする気になれなかった。ひとりきりでじっとそこに突っ伏していることが、せめてものなぐさめだった。

ノックの音で目が覚めたときには、数時間が過ぎていた。顔をあげると、ふわふわの白いガウンをまとったエンジェルが戸口に立っていた。「ごめんなさい、ベイビー。寝ていると思わなくて。ショッピングに行く気は、まだある？　そのつもりがあるなら、そろそろ出ないと――」そこまで言ったところで、エンジェルはわたしの顔に目をとめた。その顔はきっと、過去三カ月ぶんの苦悩という苦悩がいちどきに焼きつけられたかのように——苦痛に歪《ゆが》んだ仮面をつけたかのように——見えているはずだった。どうすればいいのかわからなかった。ハムステッド・ヒースで遭遇した男のことで、どうしてこんなに取り乱しているのかも、よくわからなかった。でも、これだけはまちがいない。あの男はまちがいなく、わたしを知っていた。わたしが身を隠せる場所は、この世のどこにもないの？

そのとき、エンジェルがベッドの端に腰をおろした。わたしは身体を起こすやいなや、わんわんと泣きだした。獣がうなるかのような、苦しげに喘ぐ声が家中《いえじゅう》に響きわたった。でも、このときばかりは、自分の泣き声を誰に聞かれても、誰に何を思われてもかまわなかった。わたしは膝を抱きかかえた。胸を膝に強く押しつけることで、苦悶を封じこめようとした。エンジェルにできるのは、静かにそこにすわって、見守ることだけだった。ようやくわたしがいくらか落ちつきを取りもどすのを待って、エンジェルはわたしの手を取ると、何も言わずにぎゅっと握りしめてくれた。その状態のまま、ずいぶんと長い時間が過ぎた。わたしは涙をぬぐいながら、できるだけ明るい声をつくって言った。「身支度をするから、十分だけ待ってくれる？　もしもまだ、ショッピングにつきあってもらえるのなら」すると、エンジェルはこう答えた。「もちろんよ、ベイビー。あなたが本当に大丈夫なのであれば、一緒にショッピングに出かけましょ」わたしはその反応に驚いた。エンジェルがわたしを下手になぐさめようとしないことにも。こんなわたしを、年甲斐《としがい》もなく感情をむきだしにしたわたしを、あるがままに受けいれてくれたことにも。

わたしたちは、エンジェルが言うところの〝お高い街〟、ウエスト・エンドをめざした。その表現を耳にするなり頭に浮かんだのは、連続ドラマの《イーストエンダーズ》だった。イースト・エンドに暮らす労働者階級の人々は、本当にあんな喋り方をするのかしら。わたしはエンジェルの隣を歩きながらずっと、心の状態を正常に保とうと、正常なふるまいをしようと、自分以外の人々が身につけている正常な見た目を自分も装うと、懸命に努めていた。わたしたちは駅を出て、オックスフォード・ストリートを進んだ。何軒ものディスカウント・ストアや、当惑顔の観光客（〝これがロンドンなの？〟）や、チェーン店や、携帯電話の販売店の前を次々に通りすぎていくと、やがて前方に、高級百貨店のセルフリッジズが見えてきた。その建物はマンチェスター店より遥かに大きく、客の数もずっと多かった。エンジェルは店内を知りつくしているらしく、エスカレーターでさっさと二階へあがると、わたしなら手に取ろうとも思わないような服ばかりを何枚か選びとった。エンジェルの選択に狂いはなかった。鏡の前で合わせてみると、意外なことに、いかにもキャット・ブラウンが身につけそうな服に思えた。ただし、それでも完全にはためらいをぬぐいきれなかった。デパートのブティックで服を試着することが、こんなふうに浮ついた行動をとることが、なんだか裏切りに思えてならなかった。今後の生活に必要となるお金を浪費することに、抵抗感もあった。ブティックの店員たちは、客であるわたしたちにほとんど注意を向けなかった。閉店時刻が迫っているせいもあって、誰もが飽き飽きしたようすで、きれいに手入れされた爪をチェックしたりしながら、終業時間を待ちわびていた。おかげで、おおむね自由に商品を吟味することができたため、わたしのこもる窮屈な試着室に、エンジェルは次から次へと商品を運びこんできた。エンジェルが位置まで正確に把握していた試着室は、シンプルな姿見の裏に設けられた、昔からよくあるタイプのものだった。狭苦しく味気ないその小部屋は、店内の雰囲気にまるでそぐわなかった。質実剛健が貴《とうと》ばれた時代——凝りに凝った装飾の巨大な姿見や、紋織りの分厚い仕切りカーテンが備えられ、高級ランジェリーをまとった痩せぎすな女性たちが通いつめる豪華な試着室が登場するまえの時代——の、遺物とでもいうべき代物だった。エンジェルがサイズちがいの服まであとからあとから運んでくるため、ほどなく、試着室のなかには商品が山積みになっていた。当初のためらいをかなぐり捨てたわたしは、やけくそになって、エンジェルに渡された服を、それがどんなに奇抜なデザインであろうと、片っ端から試着していった。さきほど泣きに泣いたことで、心に鬱積していたものを吐きだすことができたのか、気持ちが少しすっきりしてもいた。するとそのうち、どこからともなく、最後にショッピングに出かけたときの記憶が蘇ってきた。あれはたしか、あの出来事の直前、母と一緒に……その瞬間、はっとなった。なんてこと。わたしは母まで捨ててきたんだわ。いまのいままで、マンチェスターで計画を練っていたときですら、わたしは両親のことを——両親までもがどれほど打ちひしがれるだろうかということを——考えもしていなかった。わたしの念頭にあったのは、ベンとチャーリーのこと、そして何より、自分自身のことばかりだったのだ。わたしったら、いったいどうしてしまったの？

ショッピングに対する熱意は完全に失せてしまったけれど、もし何も買わなかったら、こんなにも熱心にわたしをサポートしようとしてくれているエンジェルを傷つけることになるのではないかと、危惧《きぐ》する気持ちもあった（愛する家族の心は傷つけておきながら、いまさら何を言っているの？　何より案じるべきは、そちらのほうではないの？）。すると、わたしの心中を察したのか、とつぜんエンジェルが、ひとまずコーヒーでも飲みにいこうと言いだした。その間にじっくり考えて、本当にほしいものが決まったら、また店に戻ってくればいいと、わたしを急かすつもりはないのだからと、エンジェルは言った。山積みの商品を試着室に残したまま、わたしたちは店を出た（もとの場所に片づけようとしたところ、そんなことはしなくていいと、エンジェルに制止された。やることができて店員も喜ぶはずだというのが、エンジェルの言だ）。下りのエスカレーターに乗って、ハンドバッグ売り場のあいだをすりぬけ、香水売り場のなかを突っ切って、オックスフォード・ストリートに出た。雑踏のなかにありながら、わたしはいくらか落ちつきを取りもどしていた。場所を変えたことが、気持ちを切りかえる役に立ったのかもしれない。人込みのなかをすりぬけていくエンジェルの背中を追ううちに、わたしはあらためて気づかされた。エンジェルがいかに華奢《きゃしゃ》であることか。いかに儚《はかな》く見えることか。カジノなんかで働くには、あまりにもか弱すぎる。あまりにも無垢すぎる。あまりにも瑞々《みずみず》しすぎる。欲と、頽廃《たいはい》と、蕩尽《とうじん》が渦巻く夜の世界の住人となるには、あまりにも無垢すぎる。どうしてエンジェルはそんな職場に身を置いているのだろう。少し歩いたところに、バーが見つかった。いまさらながら気づいたのだが、お茶をするにも、百貨店へ戻るにも、すでに遅すぎる時刻だった。すると途端に、月曜に何を着ていけばいいのかと悩みはじめている自分がいた。まったく、そんなことがどれほど重要だっていうの？　何を飲むかなんてわかりきったことを訊く手間を省いて、わたしはウォッカトニックをふたりぶん注文した。運ばれてきたウォッカトニックは、トールグラスに氷を満たしたうえ、ライムまで添えられていた。このバーはオープンして間もないらしく、内装にもふんだんにお金がかけられている。今週のわたしがしたみたいに、インテリアに一所懸命に手を加えたのだろうことが、ひと目で見てとれた。わたしたちは奥まった一角にあるテーブルについた。傍らの壁には凝ったデザインの壁紙が張られ、揃いの椅子は新品同様にぴかぴかだった。店内に流れるBGMは、どこかで選曲済みらしい、誰のものとも聞き分けのつかない曲ばかりだった。わたしは、昔ながらのカフェの死を嘆いた。マティーニグラスをかたどった錆《さび》だらけのネオンサインを掲げ、店内には不揃いなテーブルが並び、燭台の代わりに空き瓶が使われていたりする、ごみごみとして不体裁なカフェが懐かしくてならなかった。この世界は、どうしてこんなにも衛生的で、均一で、退屈なものに変わり果ててしまったのだろう。ここがロンドンであっても、マンチェスターであっても、プラハであっても、おかしくはない。こういうバーなら、世界中どこにでもあふれているのだから。そのとき不意に、頭のなかで声が響いた――〝だったら、マンチェスターにいればよかったじゃないの〟わたしはストローをくわえて、グラスの中身をひと息に飲み干した。エンジェルはさも楽しげに顔をほころばせながら、高級ブランドのマルベリーの大ぶりなバッグ――本物かどうかはわからないが、もとより小柄な身体がなおさら小さく、まるで人形のように見えてくるほどの、やけに大きなバッグ――のなかを引っ掻きまわしていた。そしてそこから無地のビニール袋を引っぱりだすと、テーブルの下を通して、それをわたしに手渡した。そのビニール袋は、手にしてみると、妙にメタリックな感触がした。袋の口を開いてみると、なかには、試着してみて気にいったけれども買う勇気のなかった商品――オレンジ色のシルクのワンピースと、デニムのボックスプリーツ・スカート――が入っていた。それから、ものすごく気にいったけれど、斬新《ざんしん》すぎるうえに値段が高すぎるとあきらめた、青いスパンコールのトップスと、シルバーカラーのシャツワンピースも。事情を呑みこむまでに、値札がついたままだと気づくまでに、しばらくの時間を要した。わたしは驚愕の面持ちで、エンジェルの顔を見あげた。

エンジェルは甘い笑みを浮かべて、こう言った。「大丈夫よ、ベイビー。心配ないわ。

この程度の損失、店にとってはなんてことないもの。ああいう店は、こういう損失も見越して、値段を上乗せしているもんなんだから」

「そういう問題じゃないわ」声をひそめて、わたしは言った。内側がアルミコーティングされたビニール袋に、エンジェルの万引きした服を詰めこんでから、それをテーブルの下に押しこんだ。エンジェルに視線を戻すと、その顔には傷ついたような表情が浮かんでいた。

「わたしはただ、あなたの力になりたかっただけなのに」エンジェルはそうつぶやくと、子供みたいにしょんぼりと肩を落とした。

エンジェルを傷つけるようなことはしたくなかった。もうすっかり、ばかみたいに、エンジェルのことが大好きになっていたから。そこで、ウォッカトニックのおかわりを注文してあげてから、とにかくありがとうと、そんなふうに思ってくれたことに感激したと、お礼を述べはしたものの、内心では激しい動揺をおぼえていた。ものを盗んだことなんて、これまで一度もなかった。知りあいのなかにも、そういう経験のある者はひとりとしていなかった（もしかしたら、妹のキャロラインは除外しなければならないかもしれないけれど）。エンジェルはいまはじめて、わたしという人間を見誤っていたことに気づいたらしく、ひどく恥じいったようすだった。だからわたしは、袋の中身をそのまま持ち帰ろうと覚悟を決めた。それ以外に、どうすることができる？　そうする以外、週明けに職場へ何を着ていくことができるというの？　ウォッカトニックが三杯めに突入したころ、男性客の一団が店に入ってきた。そのとき店内にはほかに客がおらず、がらがらにすいていた。エンジェルがその一団に微笑みかけながらくすくすと忍び笑いをすると、あれよあれよというまに、その一団からシャンパンが届けられていた。彼らとお喋りをする気にはなれなかった。向こうはこちらよりずっと歳上だし、いかにも高級そうなシャツを着ていて、頭髪は薄くなりかけている。そして、目には期待の色がにじんでいる。あたかも、このシャンパンは取引の道具なのだから、今度はこちらに何かを差しだす義務があるのだと言わんばかりに。いますぐに店を出たかったけれど、エンジェルは見るからにこの状況を楽しんでいた。アルコールとアドレナリンの影響か、妙に瞳をぎらつかせていた。一団のなかにひとり、悪くない見た目の男もいたものの、狙っているのがエンジェルのほうなのはあきらかだった。だからわたしは、エンジェルがその男と戯《たわむ》れあっているあいだ、添え物のレモンのように黙りこくっていた。いくら話しかけられても何も言うことを思いつけずにいると、ほかの男たちはわたしを口説《くど》くのをあきらめて、カウンターのほうへ引きかえしていった。たぶんわたしはエンジェルを残して、ひとり家路につくべきなのだろう。エンジェルが首をのけぞらせてフルートグラスの中身をあおると、ほっそりとした白い喉首が、それに合わせてぴくぴくと動いた。その瞬間、男の目に宿る欲望が、わたしの瞳にぎらりと反射した。エンジェルはシャンパンを飲み干すと、暗い色あいの木材を使ったテーブルの天板に、叩きつけんばかりにグラスを置いた（たぶん、目測を誤ったのだろう。エンジェルもすでに相当酔っていたから）。その衝撃でグラスがびりびりと震えはしたものの、欠けたり割れたりすることはなかった。

「おっと、危ない。それじゃ、ごちそうさまでした。お話しできて楽しかったわ」エンジェルはそれだけ言うと、流れるような一連の動きで椅子から立ちあがり、わたしの腕をとって立ちあがらせた。ときおりふらつきながらも出口に向かって、がらんとした店のなかをゆっくりと進みはじめた。肩越しに振りかえってみると、エンジェルを口説いていた男はほんのつかのま、一杯食わされたと言わんばかりの腹立たしげな表情を浮かべていたが、ひらひらと手を振るエンジェルに気づくと、ひたむきとすら言えるほどの笑みを浮かべてみせてから、仲間たちのもとに戻って、酒のおかわりを注文した。

店を出るなり、今度はソーホーにある行きつけのバーをのぞいてみようと、エンジェルが言いだした。わたしはくたびれ果てていたし、みじめな気分でもあったから、このまま家に帰りたかった。けれども、土曜の夜に休みがとれたのは数週間ぶりだと聞かされていたから、そんなことを言ったら、エンジェルをがっかりさせるのはわかりきっていた。「ひとりで行ってきて。わたしなら大丈夫だから」わたしが言っても、エンジェルは自分も一緒に帰ると言い張った。わたしのことを案じているのはあきらかだったけれど、携帯電話が二回も鳴っていたから、誰かがエンジェルに会いたがっているらしいとも察しがついた。なのにいま、わたしはエンジェルに対して気まずさをおぼえていた。わたしがあのシェアハウスに入居できたのも、この生活にどうにか順応できたのも、おおむねエンジェルのおかげなのだから、たちまちのうちにエンジェルに心を許せたのも無理はない。ところがいまは、ここウエスト・エンドでは、勝手がちがった。本音ではなおも、ショッピングでの一件に——エンジェルのバッグのなかに隠されている高価な盗品に——ショックを受けていた。エンジェルの母親が交際していたいかがわしい恋人の手引きによる、堂々たるペテン行為——周囲の目が母親に集中している隙に、ガラスカウンターの上からダイヤの指輪をくすねとっていた件——については、たしかに一部始終を聞かされていたけれど、それはあくまで過去の話だと、子供のころだけの話だと思いこんでいたのだ。それがいまや、気づけばわたしまで、未知の領域に足を踏みいれようとしていた。俗世間をつぶさに眺め、世の荒波に揉まれながら生きてきた人間と行動を共にするというのは、こういうことなの？　数ヵ月まえにあんな出来事を経験しながらも、ほんの数日まえまでのわたしはまだ、〝地方出の平凡な弁護士〟のままだった。それが突如として、ここ一週間の出来事から、ここ数ヵ月の出来事から、無理やり引きはがされてしまっていた。ひどく弱気になっていて、とにかく休息をとりたかった。

「一緒に行きましょうよ、ベイビー。あともう一杯引っかけたら、気分がよくなるかもしれないでしょ。きっと楽しいって。わたしが保証する」エンジェルが言って、わたしの手をとり、愛嬌《あいきょう》たっぷりに微笑みかけてきた。そんな顔を前にして、誘いを拒むことなどできるはずもない。エンジェルはわたしをしたがえて、オックスフォード・ストリートのはずれまでずんずんと進んでいき（あんなに高いヒールを履いて、どうして普通に歩くことができるの？）、交差点を渡ってから、見覚えのある通り——まさに、わたしの職場がある通り——に入っていった。わたしがそのビルを指さし、自分の勤め先だと伝えると、エンジェルは「へえ、なんだか立派なとこじゃない」と感想を述べた。そしてそのままウォーダー・ストリートを先へ進み、オールド・コンプトン・ストリートの交差点を渡った。そのころには、足の痛みと、家（どっちの家？）に帰りたいという欲求が、抑えきれないほどに募っていた。エンジェルはわたしを半ば強引に引っぱりながら、幅の狭い階段をおりはじめた。エンジェルがいなければそこにあることすら気づかないような階段で、少し怪《あや》しげな感じがしたけれど、階段をおりきったところにある扉を抜けると、その先には広大な空間が開けていた。壁は煉瓦がむきだしのままになっていて、高い天井からは巨大なシャンデリアがぶらさがっている。奥の壁一面を覆うスクリーンでは、ハードコア・ポルノが上映されている。幸い、実寸の何倍にも拡大されたその映像に音声は伴っておらず、テクノ・ミュージックか何かの音楽が大音量で鳴り響いている。店内は、最新流行のファッションに身を包んだ美男美女でごったがえしており、ジーンズにありきたりなシャツという自分の服装がきまり悪くてならなかった。それから、とにかく目のやり場に困った。あんなに巨大な男性器も、男優がそれを使ってしていることも、これまで目にしたことがなかったから。わたしはエンジェルと並んでカウンターの前に立ち、目がまわるほど忙しいはずなのに涼しい顔で澄ましかえっているバーテンダーが、こちらに気づいてくれるのを待ちはじめた。それで気づいたのだけれど、わたし以外の者もみな、誰ひとりスクリーンなど見ていなかった。途轍もなく巨大な性行為の映像を、そんなものはそこに存在すらしていないかのように、プラカードを掲げてわめきちらす男も同然に、誰もがあからさまに無視していた。だとしたら、なんのためにあんなものを流しているのか。アートのつもりなのか、一種のファッションなのか。いいえ、そんなことを気にしているわたしのほうがおかしいのかも。ふたりぶんのウォッカトニックを注文しようとカウンターに並んでいると、鳴り響く音楽に負けじと叫ぶ、歌いあげるような声が聞こえた。「エンジェル！　ダーリン！　よく来てくれたわね！」声のしたほうを振りかえると、彫像のように鍛えあげられた巨漢の黒人男性がこちらに手を振っていた。男の着ている真っ黄色のタイトなTシャツは、隆《りゅう》と盛りあがった胸板にぴったりと張りついている。男はエンジェルを抱きしめた。風呂あがりの子供をバスタオルでくるんでやるかのように。エンジェルはにっこりと笑いながら、あだっぽい目つきで男を見あげた。男が同性愛者だということは、初対面のわたしにすらわかるというのに。ふと気づくと、ルールの曖昧《あいまい》な順番待ちの列から、いつのまにか弾きだされてしまっていた。わざと抜かされたのだと確信したわたしは、今度こそはと気を入れなおした。眉毛にリングピアスをいくつもはめた美人バーテンダーがようやくこちらに注意を向けてくれたので、わたしはダブルのウォッカトニックを三杯、注文した。エンジェルの友人の好みを訊こうにも、あまりに距離が離れすぎていたし、この場を離れてからもう一度並びなおすのだけはごめんだったから。請求された代金は、耳を疑うほどの金額だった。グラス三杯のお酒でそんな大金をふんだくられるなんて、思いも寄らなかった。人込みを掻き分けながら近づいていくと、エンジェルはそれに気づいて、「ディン、新たに加わったすてきな同居人を紹介するわ。こちらはキャット。灌木《かんぼく》の茂みの下で見つけた猫ちゃんよ」と言ってから、くすくすと笑った。

「こんばんは。よかったら、これどうぞ。何をお好みかわからなかったから、同じものにしてしまったんだけど」はにかみがちに微笑みながらわたしがグラスを差しだすと、ディンは「あらまあ！」と甲高い声をあげた。「う〜ん、残念。あたしはどっちかっていうとモヒートのほうが好きなのよ。でも、気にしないで、ダーリン。リカルドが買いにいってくれてるから」そう言われてあたりを見まわすと、いかにもゲイっぽい黒人男性が新たにひとり、こちらへ近づいてくるのが見えた。リカルドは小柄ながらも、完璧に均整のとれた引き締まった身体つきをしていて、きれいにマニキュアを塗った手には、まるでアクセサリーのように、グラスに水滴の浮いた緑色のカクテルふたつが握られていた。エンジェルが自分のぶんのグラスを受けとったあとも、わたしの手にはダブルのウォッカがふたつも残された。わたしはできるだけ急いで、一杯めのグラスを飲み干した。とにかく一刻も早く、そのグラスを片づけたかったから。するとほどなく、全身にじわじわとぬくもりが広がっていった。残る一杯をエンジェルに勧めようとしたけれど、エンジェルは首を横に振った。「あなたが飲んで、ベイビー」十五分もしないうちに、わたしは二杯めのグラスをからにしていた。もはや頭はくらくらだった。いまにも意識が飛びかけていた。それでもなお、脳みそを震わせる音楽に負けじと繰りひろげられている会話についていこうと、途方もなく巨大な生殖器など目に入らないふりをしようと、自分がどれほど場ちがいであるかを忘れようと、必死に努めた。

いったいいまは何時なのだろう。気づけばわたしはテーブルの上に乗っていた（どこか別の店に移動したの？）。エンジェルがわたしのために万引きした、シルバーカラーのシャツワンピースを着ていた。足は裸足だった。べとべととして湿っぽい天板の感触を、足の裏が感じていた。エンジェルもわたしの隣に立って、なまめかしく身をくねらせていた。一方、酩酊状態のわたしは、ぐらぐらと身体をふらつかせるのが精一杯だった。天板についた足を踏ん張りつつ、音楽に合わせて膝を曲げ伸ばししているだけのことだった。ようやくわずかに正気を取りもどしたところで、自分がいかに滑稽な姿をさらしているかを、つかのま認識するのがやっとだった。次の瞬間には、自由と解放とアルコールがもたらす病的な昂揚感に、ふたたび押し流されていた。いきなり大きく首をのけぞらせて、わたしは黄色い雄叫《おたけ》びをあげた。誰に何を思われようと、どうでもよかった。鳴り響く音楽に身を任せて、一心不乱に踊りつづけた。

「もう一杯いきましょうよ！」エンジェルに向かって声を張りあげてから、《ダーティ・ダンシング》のヒロインを気どってテーブルから飛びおりた瞬間、膝から急に力が抜けて、わたしはへなへなと床にすわりこんだ。差しだされた誰か（ディン？）の手を借りて、どうにかこうにか立ちあがると、エンジェルも隣にやってきて、ふたりがかりでトイレに運びこまれた。わたしの脚は、完全に萎えてしまっていた。エンジェルの肩を借りたまま、なんとか個室に入りこむやいなや、わたしは便座にすわりこみ、自分の膝に突っ伏した。気分がすぐれないわけでも、トイレの不潔さや悪臭に吐き気をおぼえているわけでもなかった。とにかく疲れ果てているだけだった。いまの望みはただひとつ、このまま眠ってしまいたい。今日という日は、厳密にはもう終わっている時刻のはずなのだから。ところが、エンジェルはそれを許さなかった。わたしの頬をはたき、肩を揺さぶりながら、こう言った。「だめよ、ベイビー。起きてってば」わたしはのろのろと上半身を起こし、虚ろな瞳でエンジェルを見つめた。するとその直後、あの恐ろしい記憶がどこからともなく脳裡に蘇り、わたしはふたたび泣きだしていた。理性もへったくれもなく、二度と泣きやむことなどないかのように泣きじゃくっていた。エンジェルはわたしの髪を撫でながら、優しくささやきかけてきた。「泣かないで、ベイビー。わたしがついてるじゃない。これからはきっと、何もかもうまくいくわ」そして、わたしと仕切り壁のあいだに身体を押しこんできたかと思うと、背後にある水タンクの上でごそごそと何かをしはじめた。

「これを吸いこんで、ベイビー。ぐっと気分がよくなるから。ほんとよ」エンジェルに言われるがままに、わたしはふらふらと腰を浮かせて、便座の上に膝をつき、水タンクの上に用意された細長い白線をぼんやりと見つめた。それがなんであるのかはわかっていたけれど、認めたくなかった。同様のものを勧められたことなら大学時代にもあったけれど、そうした誘いはすべて断ってきた。試してみたいという気持ちが露《つゆ》ほども生じなかったから。シルバーカラーのシャツワンピースがへそのあたりまで開《はだ》けてしまっていることには、なんとなく気づいていた。裸足の足が触れている床が、テーブルの天板なんかより、もっと湿っていることにも。長い髪がぼさぼさに乱れていることにも。いま望むのはただひとつ、家に帰ることだけだった。それも、本来のわたしの家に。ベンとチャーリーが待つ家に。それからもちろん……だめ、これ以上は考えたくない。いまはひたすらに疲れていた。髪を後ろに払いのけ、筒状に丸めた紙幣をエンジェルから――わが友にして、救い主でもあるエンジェルから――受けとった。そうよ、エンジェルの言葉にまちがいはないはず……

……いいえ、本当にそう？　ふたたび瞼が重くなった。さっきより激しく、エンジェルに肩を揺さぶられた。どうすればいいのかわからなかった。何もかも終わりにしたいだけだった。このまま眠ってしまいたかった。けれども、こんな場所では眠れるわけもない。ついに覚悟を決めて、タンクに顔を近づけた。人生の第二ステージへと——完全に未知なる世界へと——情けないほどすさみきった日々へと——わたしは足を踏みだした。

第二部

22

がたんと振動してからドアが開き、まずはそこから一斉に人波があふれだしていったあと、今度はもっとくたびれた人々が液体のようになだれこんできて、あいたスペースの隙間という隙間を埋めつくしはじめた。そうした人々にあちこち押しやられるたびに、シルエットの美しいベージュ色のウールのコートが揉みくちゃになっていく。今朝はアパートメントを早めに出たため、地下鉄の車内はいつもより混みあっていた。わたしはぎゅう詰めの通勤客と共に列車に揺られながら、街の西側から中心部へ向かっていた。こちらにことさら注意を向ける者はいない。わたしもまた、ブランド物のパンプスを履き、かつて心のあった場所にぽっかりと穴の開いた女のひとりにすぎないから。昨日もわたしは〝ショッピング〟に出かけた。自分にご褒美をあげるべきだと、エンジェルが言いだしたから。そのときの収穫であるシルクのスカーフはいま、わたしの首を美しく飾ってくれている。

唇をへの字に歪めた見知らぬ人々にかこまれてはいたし、座席にすわることはできなかったけれど、車内は暖かくて心地がよかった。五月の朝、凍てつくような寒風のなかを駅まで歩いてきたあとでは、混みあった車内の暖かさがありがたかった。

今日は一日、気分よくすごそうと心に決めていた。たとえ肘鉄を食わされようとも、揉みくちゃにされようとも、月曜日であろうとも。なんといっても、今日は昇進後はじめて出勤する日なのだから、わたしには一日を上機嫌ですごす義務がある。ＣＳＧＨ社で働きはじめて、はや九ヵ月。その間、わたしはまたたくまに幾度もの昇進を遂げていた。まずは、休暇中の社員の穴を埋める臨時雇いの受付係から、正規雇用の受付係へ（休暇をとって海外旅行に出かけていた受付係が、トルコのボドルムからついに戻ってこなかったのだ。なんでも、現地でトルコ人兵士と恋に落ちてしまったらしい）。次いで、受付主任へ（あの心優しくも無節操なポリーが、ライバル企業に誘われて、ふらふらそっちへ行ってしまったのだ）。その次は、顧客担当部員《アカウント・エグゼクティブ》へ。そして今度は、顧客担当部長《アカウント・マネジャー》へ。ここまで異例のスピード出世には、当然、わたし自身も驚いている。去年の七月であれば、アカウント・マネジャーなる役職の仕事は、帳簿を決算することにちがいないと考えただろう。だが、実際の仕事は、収支計算書《アカウント》とはまるで関連がない。超大型の屋外広告板や、べらぼうに高額なテレビコマーシャルの制作過程を監督するのが、その務め。おそらく、わたしがこれほどの大抜擢を受けたのは、年齢がそこそこいっていることや、前職が弁護士であった

（もちろん、そのことを知る者はいないけれど）こともあって、ほかの社員よりいくぶんの威厳が身についていたおかげでもあるのだろう。とはいえ、わたしがサイモンのお気にいりであることも手伝ったのはまちがいない。社内の人間がどんなふうに噂しているかは承知している。サイモンとわたしが肉体関係にあると考えているのだろうことも。わたし自身、いっそのことそういう関係になってしまおうかと、考えたことがないと言えば嘘になる。状況がちがったなら、そうしていたかもしれない。サイモンは魅力的だし、あんな非情な奥方に義理立てする必要もないのだから。でも、わたしにはそれがどうしてもできなかった。これまでどれほどのことをしてこようとも、ベン以外の男性と寝る気にだけはなれなかった。なぜなのかはわからない。見知らぬ誰かのベッドに転がりこんだり、ナイトクラブの薄汚いトイレの個室にしけこんだりしてもおかしくないくらい、べらぼうに酔っぱらったことも、ハイになったこともあったというのに、その一線だけは、新たな人生においてもなお守りぬいていた。いまだ踏み越える心構えができずにいた。

次の停車駅に着くと、下車する者はひとりもいないのに、新たに多くの乗客が無理やり身体を押しこんできたため、車内には身じろぎする隙間さえなくなった。ここがどんなに暖かかろうが、もはや心地よさなどおぼえる余裕もない。見も知らぬ人々と密着しあっていなければならないなんて、とにかく不快でならなかったけれど、幸いシェパーズ・ブッシュ駅から目的地までは乗り継ぎの必要がないため、あと三駅だけ我慢すればよかった。

エンジェルとふたりでシェアしている新居は、例のシェアハウスよりも遙かにましな物件だった。家賃は少し高くなったものの、そのアパートメントはヴィクトリア朝ふうの大きな建物のなかにあって、室内の壁には、新たに真っ白い漆喰が塗りなおされていた。そこには居間も、使い勝手のいいキッチン――ゴミ箱があふれかえっていることも、ブラジル料理のにおいが充満していることもないキッチン――もついているし、リフォームしたばかりのバスルームは、黴がはびこることも、シャワーカーテンがぬめぬめすることもない。そうした点こそが、そのアパートメントを新居に選ぶ決め手となった。清潔で、どこもかしこも真っ白で、例のシェアハウスとは正反対だったから。加えて、地下鉄の駅にも程近かったから。おかげでいまは、バスルームでビーチサンダルを履く必要もなくなった。洗面道具のたぐいもすべて、洗面台のキャビネットに整然とおさめられているため、洗面ポーチに入れて持ち運ぶ必要はない。エンジェルも、わたしも、いまの暮らしにはそれなりに満足していた。エンジェルはいまもカジノで働いているため、昼夜逆転の生活に変わりはない。万引きやコカインといった悪癖も相変わらずだけれど、一方のわたしも、あまりひとのことは言えない。いまのわたしはかつてのわたしから何百光年も懸け離れてしまっている。もしかしたら、あの辛苦に満ちた最初の一週間に沸きかえっていたアドレナリンがどこかへ消え去ってしまったいま、ドラッグでハイになることだけが、精神のバランスを保つ唯一の方法なのかもしれない。奇妙なことに、最近のわたしはどんどん双子の妹に似てきているみたいだった。不品行に走りやすい性質は、わたしの遺伝子にも組みこまれているのかもしれない。キャロラインには生まれつきわかりきっていたこと――ドラッグやアルコールがいかに感覚を麻痺させてくれるかや、いかにすべてを忘れさせてくれるか――を、以前のわたしはまるで理解できずにいただけのことなのだろう。

どうして盗みなんかを働くのか、その理由は、自分でも見きわめるのが難しい。本音を言うなら、エンジェルに嫌われたくないというのも理由のひとつではあるけれど、けっしてそれだけではないからだ。何かを盗みとる瞬間だけは、どういうわけか、心の空隙を埋めることができる。獲物を仕留めたことを知らせるささやかなファンファーレが、ほんのつかのま、喪失感を埋めあわせてくれる。もちろん、あとから自己嫌悪に陥りはする（なんといっても、以前の職業は弁護士だったわけだし）けれど、盗んだ品を返そうとするほどには、自分を恥じていないらしい。しかも、職場での形勢が上向きはじめたのは、新たに身についた悪癖のおかげでもあるのだから、皮肉なものだ。華やかに着飾ったり、終業後の酒席に参加したり、こっそり化粧室へ抜けだしてはクライアントの陰口を叩いたりと、まわりに歩調を合わせはじめた途端、わたしという存在がきらきらと異彩を放ちはじめた。そこまでの毒は孕《はら》んでいないものの、妹のキャロラインを思わせるほどに、鋭いウィットをのぞかせるようにもなった。自分でも信じられないけれど、わたしはいま同僚たちから、ぱっと目を引く華やかさがあるとの評価を得ている。ユーモアのセンスに長けているとさえ思われている。以前の職場でも、控えめな人望と、心安さから来る人気とを集めてはいた。やや地味ながらも、なかなかの美人だとの定評もあった。ところがいまや、そんなわたしが、エネルギッシュで、ファッショナブルで、魅惑的な女性へと、驚きの変貌を遂げていた。いけないとは思いつつ、ドラッグと万引き、ふたつの悪習にどっぷりはまりこむようにもなっていた。いまだけのことだから、これも通過儀礼のひとつなのだから、過去を忘れるために必要な過程なのだから、永遠に続けるわけではないのだから、と自分に言いわけしつづけていた。

新たな住まいは気にいっていたけれど、かつての同居人たちがほんの少しだけ恋しく思えることもある。(同居中は彼らのせいで、どれほど頭がおかしくなりそうになったとしても)。商魂逞《たくま》しいシャネルや、家具組立ての達人ジェローム。口汚いベヴ。浅黒い肌をした、寡黙な青年たち。巨大な幼児を思わせるブラッド。そして、あのいけ好かないエリカでさえ。彼らはわたしにとって、家族のような存在になっていた。うわべに惑わされず中身まで知るようになれば、正直なところ、本当の家族に比べて彼らのほうが遥かに異常だということもなかったから。いまはエンジェルとふたりきりで暮らしているけれど、孤独に苛まれている暇はない。それこそひっきりなしに、誰かしらがエンジェルを訪ねてくるからだ。たとえば、同僚のディーラーたち。カジノで知りあったという、親友のラファエル。ギリシア神話のアドーニスを彷彿とさせる美青年コンビの、デインとリカルド。さらにはときおり、母親のルースまでやってくる。

ルースは目を瞠るほどの美女だった。年齢はまだ四十七で、さらに十は若く見える。いまもまだナイトクラブで歌っていて、いっときたりともあいだを開けることなく、つねに（ひとりもしくは複数の）恋人を取っかえ引っかえしている。ベイズウォーター地区にある（たぶん公営の）アパートメントに暮らしているのだが、目下《もつか》の恋人と喧嘩をするたびにうちへ転がりこんできては、ソファで夜を明かしていく。エンジェルはそんな母親に、まるで妹に対するように、はたまた娘に対するように接している。わたしに対してと同様に、母親に対しても、けっして批判することも、何かを改めさせようとすることもない。つねに変わらぬあの優しさをもって、あるがままに母親を受けいれている。わたしはエンジェルが大好きだった。ひょっとすると、夫に傾けていた愛情の半分が、この見目麗《みめうるわ》しき同居人――欠陥品の遺伝子と悪癖とを併せ持つ、まるで宿なし児のようなわが天使――に対するプラトニックな愛へと、形を変えてしまったのではないかと思えるほどだった。それなら残り半分の愛情はというと、あの侘しき成功者、サイモンへ向けられるようになっていた。ぴかぴかのオフィスにすわって、鬱積した怒りと自尊心とをどうにかこうにかなだめすかしながら、コーンフレークやら車やらのために巨額のコマーシャルをつくりつづけているサイモン。第二の人生でこのふたりに出会えたことは、大いなる幸運だった。ふたりの助けがあったからこそ、わたしは前に進むことができた。昨年の七月、うだるような炎天の朝に家庭を捨てた人間から、絶望に打ちひしがれた孤独な人間から、生ける屍《しかばね》から、抜けだすことができたのだ。

ただし、ふたりとの距離がどれほど近づこうとも、自分の秘密を漏らす気にだけは一度もなれなかった。かつて幸せな家庭を築いていたことも。陽の光にきらめく瞳と金色の巻き毛を持つ、愛らしい二歳の息子がいたことも。じきに二児の母となるはずだったことも。そうした過去と決別するために、わたしはつい最近まで、自分の生活を激変させようと腐心してきた。そうした努力の甲斐あって、いまでは自分がそんな暮らしを営んでいたことを忘れていられるときすらあった。

自分が双子の片割れであること――まわりからは正常だと思われているほうの、厄介者ではないほうの片割れであること――すら、サイモンやエンジェルに打ちあけるつもりはなかった。そうすれば、いまだかつてない解放感を味わうことができたから。双子というものに、世の人々は概して奇異の目を向ける。普通とはちがう存在なのだと、ふたりでひとつの存在なのだと、ひとりでは完全体とは言えないのだと、双子のあいだには、他人には感じることも理解することもできない絆《きずな》が存在するのだと、信じこんでいる。でも、それは完全なる思いちがいだ。わたしなら、片割れのキャロラインのことなど、嬉々として見限れる。みずから進んで縁を切れる。あんなことがあったからには、それが当然の報いというものだ。わたしはいま、妹を心底憎んでいるのだから。

列車が東へ向けてレールの上を疾走するなか、わたしの意識は軌道をはずれ、気の向くままにさまよいはじめた。半ば虚ろにそれを押しとどめようとはしたが、無駄だった。気づけば、憐れな両親のことが頭に浮かんでいた。三十年以上にもわたって、キャロラインのむら気や、わがままや、そのときどきであらわれる病状——取っかえ引っかえに発症する、拒食症と精神錯乱とアルコール依存症——や、それによってもたらされた被害の後始末に振りまわされつづけてきた両親。いまとなっては、すべてがトーク番組で耳にしたエピソードのひとつのように、現実に起きたことでもなければ、自分自身に起きたことでもないように思えてくる。そうしたすべてにおいて、母がどんな役割を果たしてきたのかも、キャロラインがどうしてあそこまで心を病んでしまったのかも、ろくに理解できたためしはないけれど、主たる原因が母にあるということだけは断言できる。その点についてはまえまえから、ほんの小さな子供だったころから、なんとなく感じとっていた。母とキャロラインのあいだに、なんらかのわだかまりがあることも。娘ふたりに対する母の愛情に、偏りがあることとさえも(いまになってそれを真っ向から認められるようになったのは、家族から遠く離れて生きているからこそなのだろう)。やがて、摂食障害の専門クリニックに入院中、母と妹がそうした確執にようやくけりをつけ、和解に至ったかのように見えたときですら、わたしはこう感じていた。キャロラインが完全に立ちなおるにはもう手遅れだと。心に負った傷はもはや癒しようがないだろうと。

なぜかはわからないけれど、以前は、こうした問題を分析してみようとすることもめったになかった。妹との関係を良好に保とうとつねに努めてはいたものの、わたしにとってのキャロラインは、概して油断のならない相手だった。扱いに手を焼く相手だった。年端も行かぬ子供のころでさえそうだった。いま思うと、わたしは妹のことがなんとなく怖かったのだろう。わたしたちの結婚式をぶち壊しにされかけたときでさえ、わたしは妹を赦した。別にベンを失ったわけではないのだから、それでもベンはわたしと結婚してくれたのだからと、自分に言い聞かせた。キャロラインも故意にしでかしたわけではないのだと、例によって〝いつもどおりの失態〟を犯しただけのことだと、信じこんでもいた。でも、いまはちがう。あんなことをされたとあっては、おひとよしではいられない。家族のもとを去るという行動がもたらした結果のうち、キャロラインという頸木《くびき》から逃れられたことこそが、これっぽっちも後悔するはずのない唯一の成果なのだから。

ただし、両親を捨てたことについては、そうもいかない。第二の人生を歩みはじめたいま、遠く離れた安全な場所にいるいま、両親のことを思うと胸が張り裂けそうになる。嘆かわしくも、不憫《ふびん》な父。わたしの結婚式が催されたホテルでキャロラインの友人のダニエラと寝たことを、家族は誰も気づいていないと思いこんでいるけれど、翌朝のダニエラの表情を見れば、キャロラインの充血した目やうろたえぶり（あろうことか、その現場に居合わせていたのにちがいない）を見れば、言わずと知れたことだった。おそらく、母がついに家を飛びだすという行動に出たのは、この一件が――おおっぴらに赤恥をかかされたことが――引鉄《ひきがね》となったのだろう。しかも、のちに判明したところによると、母は何十年ものあいだ、夫の唾棄《だき》すべき色沙汰に気づかぬふりを続けていたというのだ。それを聞かされたわたしは啞然《あぜん》となった。父が浮気を繰りかえしていたなんて、にわかには信じがたかった。それくらい父が大好きだったから。家を飛びだした母は、ひとまずわが家に転がりこんできた。新婚ほやほやであるにもかかわらず、ベンはいやな顔ひとつせず、快く義母を迎えいれた。それはそれでかまわなかったけれど、問題がないわけでもなかった。ひとつには、キャロラインが以前より頻繁に顔を見せては、ベンにちょっかいを出すようになったこと。もうひとつには、父が一日も欠かさず電話をかけてきては、受話器を受けとろうとすらしない母と話をさせてくれと、涙ながらに懇願してくること。いま振りかえってみても、当時のベンは聖人君子そのものだった。あのころは、わたしを心から愛してくれていたのにちがいない。

猛スピードで前進する列車とはあべこべに、わたしの意識はいっそうめまぐるしく、過去へ過去へと後退を続けた。ふと気づくと、自分が置き去りにしてきた人々のことを考えていた。いまこの瞬間、みんなは何をしているのだろう。真っ先に思い浮かんだのは、ベンとチャーリー。それから、両親。優しい義父母。元同僚のディヴとマリア（まだ交際には発展していないのかしら）。結婚式で付添い役を務めてくれた友人たち。出産準備クラスで仲よくなったママ友たち。隣家の住人ロッドと、その相棒であるよぼよぼのスパニエル犬（まだ生きていてくれるといいのだけれど）。仲よしのご近所さんだったサマンサ。とても飲めたものじゃないコーヒーばかりを出す、地下食堂のおばさん。そのときまたもや、不毛な考えが頭に浮かんだ。きっかり一年まえなら、まだかろうじて〝あの出来事〟は起きていなかったのだと。そこからすべてをやりなおせたらと。そう願わずにはいられなかった。

窓の外に、オックスフォード・サーカス駅のホームが見えた。物思いを振り払おうと、ぶるっと首をひと振りしたとき、大金をかけてメッシュを入れ、ボブスタイルにカットした髪の先が目に入った。わたしはてのひらで髪を撫でつけた。どうにかこうにか心を静め、過去の記憶をあるべき場所へと押しもどした。押しあいへしあいしながら列車を降り、ひとの流れに乗って、混みあったホームをそろそろと進んだ。朗らかな挨拶を心のなかで練習しつつ、パンプスを傷つけないよう爪先立ちでエスカレーターに乗った。それから、容赦なく照りつける春の陽射しのもとへと踏みだした。

23

白いプラスチックの棒にあらわれた一本の青い線を目にするなり、キャロラインは小さく息を吐きだした。その吐息が意味するものは、恐怖なのか、期待なのか。このときキャロラインはまだ二十二歳だったけれど、少しまえにセントラル・セント・マーチンズ校を卒業し、ブリック・レーンのはずれでひとり暮らしを始めていた。ハンサムな恋人もいるし、ファッション業界で前途有望な職を得てもいた。妊娠したことはこれまでに二度あったけれど、いずれのときも、産むべきだとは思えなかった。でも、今回は？　はっきりとした確信は持てなかった。それにしても、十代のころは拒食症でろくに栄養を摂取できなかったというのに、こんなにも妊娠しやすいのはどうしてなの？　そう何度も中絶を繰りかえすわけにはいかないのだから、今後はもっと気をつけなくちゃ。今日は仕事が終わったあと、ドミニクと会う約束をしている。もしかしたらそのとき、子供を産んで育てることをどう思うか、探りを入れられるかもしれない。スティック状の妊娠検査薬にキャップをはめ、バスルームの戸棚の奥に押しこんだ。シャワーを浴びてから、いちばんお気にいりの服を身につけた。どうやら今日のあたしは、いつになくきれいだと思われたがっているらしい。たしかになぜだか今回は、まだ米粒のように小さな命の芽に対して、妙な親しみをおぼえはじめている自分がいた。その子の父親である男を愛していることが、自分でもわかるからかもしれない。なんといっても、ドミニクは歴《れっき》とした恋人なのだから。衝動が抑えきれなくなったときにたまたま居合わせただけの、行きずりの相手なんかじゃないのだから。ポップアートのプリントされたオレンジ色のＴシャツが包む自分の腹を、キャロラインは見おろした。そして、それがまるまるとふくらんでいくさまを、そのなかで愛らしい胎児がすくすくと育っていくさまを想像した。自分が無条件に愛情をそそぎ、無条件に愛情を返してくれるだろう誰か。そうね、それも悪くない。

　着替えを終えるとベッドに近づき、普段はほとんどしないこと――銀色のカバーをつけた高級羽毛布団の乱れを直すこと――をした。どぎついピンク色に塗りあげられた壁には、アートスクール時代の学友たちから買いとった絵画や写真が、所狭しと飾られている。大股を開く裸婦を描いた抽象画。ＳＭプレイ用の首輪と手枷《てかせ》を装着した、筋骨逞しい男たちが並ぶ写真。それから、夕焼けの空に血飛沫が飛び散る風景画。どの作品も、不埒《ふらち》である点が気にいっていた。それに、いつの日かとんでもない値打ちがつかないともかぎらないし。部屋の内装は気にいっていたけれど、ベッドが大きすぎるせいで、ベビーベッドを入れたら歩く隙間もなくなりそうだった。赤ちゃんが生まれるまえに、よそへ移ったほうがいいかもしれない。ドミニクとふたりなら、もう少し子育てに向いた地域に部屋を借りることもできるだろう。たとえばイズリントン地区とか。イーリング地区なら、なおのこといい。歩くのがやっとなほど靴底の分厚い金色のスニーカーを履き、キッチンに向かった。キャロラインが借りているのは建物の軒下部分に増築された部屋であるため、天井が斜めに傾斜している。そのせいで、壁際に置かれた収納家具はいずれもおかしな角度に傾いているけれど、陽当たりだけはすこぶるよかった。聖母マリアがまとう衣《きぬ》のように真っ青な空を眺めていると、まるで天からの祝福を受けているような気がして、異様なまでの多幸感に包まれた。コーヒーメーカーをセットしたあと、煙草に火をつけようとして、ぴたりと手をとめた。いけない、お腹に赤ちゃんがいるんだった。煙草は箱に戻し、昨日の新聞を手に取った。今日は何やら、悪いニュースまでもが朗報に思えてしまう。そうだ、ママに電話をかけてみようか。

いいえ、真っ先に知らせるのはドミニクじゃなきゃ。そう考えるが早いか、手が動いていた。ところが、呼出し音が何度鳴ろうが、留守番電話にも切りかわらない。腕時計を確認すると、時刻はまだ九時三十分だった。仕方ない。あとでもう一度かけなおしてみよう。今日は正午までに出勤すればいいため、テレビでも観ようと、ソファに腰をおろした。次々とチャンネルを変えていくうち、お気にいりの番組に行きあたった。一般の視聴者たちがなりふりかまわず、妹が鼻持ちならないだの、娘に彼氏を寝取られただの、おれは本当にその子供の父親なのかだのと、口汚く罵《ののし》りあう番組だ。キャロラインはこれまで生きてきたなかで、たしかに、強腰の仮面――〝あたしにかまわないでよ〟という見せかけの虚勢――を身につけるようになっていたかもしれない。けれど、この番組を観ているときだけは、どういうわけだかかならず涙が込みあげてしまう。人間の感情の核だけを抽出して取りだしたかのような、品位もへったくれもないこの罵倒合戦だけには、否応なく心を動かされてしまうのだ。画面では、シェフィールド市からやってきたというグレンが、二歳になる娘が本当に自分の子なのかどうかをいままさに突きとめようとしていた。ところがそのとき、とつぜん電話が鳴りだした。いっそのこと無視してしまおうかと迷いながら、キャロラインは携帯電話のディスプレーを確認した。

「もしもし、ドミニク？」そう呼びかける声からは、物憂げで皮肉じみたおなじみの響きが――聞く者をことごとく遠ざけるなり、攻撃に身構えさせるなりしてきたあの響きが――すっぽり抜けおちていた。

「よう、キャロライン。さっき電話をくれただろ？」

「ええ、じつは……」とっさに言いかけてから、急に気が変わった。「ええっと、ただちょっと、今夜は何時ごろこっちに来られそうなのか、訊きたかっただけ」

「七時半ごろでどうだ？　その時間でよければ、どっかで腹ごしらえをしてから、ダニエラのバースデー飲み会に向かおうかと思うんだが」

「そうね、それがいいわ。じゃ、七時半に」そう言って、キャロラインは電話を切った。どうせ妊娠を知らせるなら、面と向かってのほうが絶対にいいはず。すぐさまテレビに視線を戻したけれど、時すでに遅し。イタチのような顔をした憐れなグレンの命運――父親としての面目を保つのか、はたまた、女房を寝取られた男として大恥をかくことになるのか――は、すでに放送を終えたあとだった。ところが、濃いめに淹れたブラックコーヒーのカップを取りあげ、紫色のリップグロスを塗った唇に近づけたとき、キャロラインは気づいた。そんな結果なんか、どうでもよくなっている自分がいることに。

24

　裏通りばかりを選んで進み、リバティ百貨店の前を通りすぎた。グレート・マルボロ・ストリート（観光客でごったがえすオックスフォード・ストリートを避けたほうがいいことは、大昔に学習していた）をたどりながら、強いて思考にストップをかけた。今日にかぎって、どうして過去を振りかえるようなまねをしてしまったのかも。過去を忘れようとあれだけの努力を重ねてきたというのに、ついに五月がめぐってきた途端、今週の金曜には〝あの日〟からちょうど一年が経つことになると、どうして思いだしてしまったのかも。だからこそ、今回の昇進のタイミングはある意味、わたしにとって好都合だった。これからは担当クライアントを三社も抱えることになる。部下ふたりの面倒も見なくちゃならなくなる。あの気難し屋のタイガー・キャリントンに、直属の部下として仕えることにもなる。およそ一年まえに起きた出来事について、くよくよ思いかえしている暇などなくなってくれるだろう。

「キャットとタイガー、猫と虎とは、最高のコンビだな」昇進が発表された日にランチをかこみながら、そう言って笑うサイモンに、わたしはむっつりと言いかえした。「笑いごとじゃありません。あの女《ひと》、絶対にわたしを嫌っているもの」

「キャット・ブラウン、きみを嫌いになれる人間などいるものか」とサイモンは応じたけれど、それが事実でないことをわたしは知っていた。だって、わたしが女を武器にして出世の階段をのぼったと邪推している同僚たちは？　夫のベンは？

頭上高くに創設者四人の名を刻んだ、巨大なガラス扉の前までやってきたとき、わたしはもはや怖じけづいても、引け目を感じてもいなかった。出勤初日の金曜の朝、黒の野暮ったいワンピースをまとい、借り物のスカーフを巻いていたころのわたしは影も形もなくなっていた。いまのわたしは、ほかの娘《こ》たちと同様に、颯爽と社内を闊歩《かっぽ》することができる。メイクもばっちり決めている。ブランド品で身を固め、洗練された雰囲気を漂わせている。聞いているほうが恥ずかしくなるような口説き文句を、異性からささやかれることもある。そう、ついにわたしはいっぱしの詐欺師と成り果てたのだ。

自分がこの場を支配しているかのような足どりで、わたしはロビーに足を踏みいれた。珍妙な形をした家具の脇を過ぎ、最近受付に入った美女の前を通り、ガラス張りのエレベーターで四階にあがった。オフィスに一番乗りすると、自分のデスクに向かい、ノートパソコンの電源を入れて、すでに頭に入っているはずのスケジュールをあらためて確認した。消臭剤メーカーとの進捗《しんちょく》会議が今日の午後。自動車メーカーに向けての企画プレゼンテーションが水曜日の朝。そして、授賞式が金曜日に予定されている。

金曜日。

授賞式はできれば欠席したかったけれど、そういうわけにもいかないだろう。当然出席するものとタイガーは決めてかかっているし、欠席の口実などひとつも——少なくとも、タイガーに話せるようなものはひとつも——思いつけなかった。賞の候補となっているのは、例の消臭剤メーカーが製造販売するフランク制汗スプレーという商品のために制作したテレビコマーシャルで、撮影はスペインの有名リゾート地、マラガ近郊の丘陵地で行なわれた。撮影現場がスペインに決まったときは、身元を偽らなくてよかったと、さらには結婚した際に姓を変更しなくてよかったと、大きく胸を撫でおろした。おかげで、パスポートが問題なく使えるはずだったから。ところが、空港で出国審査を終えたときのわたしは、すっかり憔悴《しょうすい》しきっていた。審査に引っかかったというだけでなく、今度の休暇にははじめての海外旅行へ連れていくと息子に約束していたことを思いだしてしまったからだ。もちろん、機内でダブルのウォッカをあおりはしたが、ぶりかえす自責の念を完全に封じこめることはできなかった。

それでも、スペインですごした数日間は、わたしにとって大いなる癒しとなった。燦々《さんさん》と照り輝く太陽。サングリアの助けを借りながら、何もなくとも陽気に暮らす人々。撮影の最終日には、主演の俳優（当然、汗っかきの役）がポニーに振りおとされ、灌木の茂みに放りだされたが、怪我もなく無事であることがわかるやいなや、現場は大きな笑い声に包まれた。わたしたちは腹筋が痛くなるまで笑いつづけた。その一部始終は、もちろんカメラにおさめられていた。

タイガーがずんずんとこちらへ迫ってきていることは、顔をあげるまえから気配で感じとっていた。タイガーの髪には白いものがまじりはじめている。肌は小麦色に焼けているけれど、おそらく日焼けサロンによるものだろう。それでも、身ぎれいでエレガントな雰囲気を保つことには成功しているし、実年齢よりもずっと若く見える。たぶん、ボトックス注射でも打っているのにちがいない。服装は、最新の流行を追うより、老舗《しにせ》ブランドのトラッドなスタイルを好み、それがまた彼女によく似合っていた。あのくらいの歳になったら、わたしもあんなふうになりたいと思えるほどだった。最近のわたしは以前よりも頻繁に、後ろめたさに苛まれることもなく、未来を思い描くようになっていた。そして、その未来におけるわたしは、なおもこの職場で働きつづけている。思えば不思議なものだ。あの最初の一週間で、この数カ月間で、わたしの人生がこれほど変わり果ててしまうなんて。どうしてそんなことになったのかについても、どう変わり果てたのかについても、あまり考えたくはないけれど。

「おはよう」棘々しい声でタイガーが言った。

「おはようございます、タイガー」わたしは明るい声を無理やりつくりながら、続く言葉をひねりだそうとした。タイガーを前にすると、いまだに緊張を抑えきれない。「週末はいかがでしたか」

「楽しかったわ」鋭い口調でタイガーは答えた。きっと、実際はその反対であったにちがいない。なんだってこんなことを訊いてしまったのだろう。当然、本人の口から聞かされたことはないけれど、タイガーは近々、二度めの離婚に至ろうとしている。現時点では別居の準備が進んでいるところであり、バーンズにある邸宅を出て、ハロッズ百貨店の裏手に建つ豪奢なアパートメントへ移る予定であるらしい。それを思うと気の毒だったが、何も知らないことになっているため、なぐさめの言葉をかけることもできなかった。わたしがそうした近況を把握しているのは、ひそかにサイモンから聞かされていたからであり、社内の人間の大部分はそんなことなど露ほども知らない。ともかく、わたしの口の堅さに信頼を置くサイモンは、そうしたことまであらかた話してくれるのだ。近ごろのわたしは、サイモンの奥方の代役のようなものを務めるようになっていた。秘めたる望みや、恐れや、職場の噂話を漏らすことのできる人間を、ときに励まし、ときになぐさめてくれる人間を、サイモンは心から欲している。なのに、本物の奥方が関心を寄せるのは、次はお屋敷のどこを改装するかだの、週二回のテニスのレッスンだの、一年乗って飽きたポルシェの次はどの車を買うべきかだのといった問題ばかり。サイモンの奥方とは電話で話しただけで、一度も会ったことはない。こうした話はすべてサイモンから聞かされたものだけれど、電話での口ぶりからすると、けっして嘘や誇張ではない気がする。ゴードン夫妻には八歳になる息子がいるのだが、寄宿学校に入っているため、その生活ぶりを気にかける必要もないのだとか。二十一世紀の母親というのは、幼い息子を時代遅れの施設に押しこめて、ひとりぼっちに慣れさせるのが常識だというのかしら。ふつふつと怒りをおぼえた直後、自分に跳ねかえってきたその糾弾《きゅうだん》に涙腺を刺激され、ようやく月曜の朝に立ちかえらされた。

「……となると、先方は今日中に原案を確認しておきたがるでしょうね」タイガーがそう言って言葉を切った。それまで何を話していたのかも、どのクライアントを話題にしていたのかも、わたしにはまるでわからなかった。

「えっ？　あの、はい、承知しました、タイガー」そう応じはしたものの、何ひとつ承知などしていないことは、わたしにもタイガーにも歴然としていた。

当然、タイガーは声を荒らげた。「いいかげんにしてちょうだい、キャット。もう一度、頭から繰りかえせというの？　だからサイモンに警告したのに。経験なんてないも等しい人間に、こんな大役を任せるなんて」

「すみません、タイガー。でも、そうじゃないんです。コーヒーを飲みそびれたせいか、今朝はまだ〝月曜の朝〟病から抜けだせていないみたいで……もしよろしければ、ご一緒にいかがですか」おどけた声音をつくろうとしたけれど、こちらを見すえるタイガーの目つきに気圧《けお》されて、出てきた声はひどくうわずっていた。

しばしの間を置いて、タイガーは「いいわ、いただきましょう」と答えた。どうやら、今回だけは見逃してもらえるようだった。

25

病院からの帰り道、エミリーはショック状態にあった。朝から病院を訪れたのは、子宮癌《がん》の検診を受けるためだった。自分も付き添うとベンは言ってくれたけれど、エミリーはそれを断った。今日中に結果を聞かされることはないから大丈夫だと、仕事を休ませるわけにはいかないからと言い張った。それがそもそものまちがいだった。やけに煌々《こうこう》と明かりの灯された待合室で、灰緑色のプラスチック製の椅子にすわり、ずいぶんと昔の《リーダーズ・ダイジェスト》をぱらぱら拾い読みしているあいだじゅう、緊張で身体がこわばっていた。しばらくすると、受付の女性が近づいてきて、問診表を差しだした。医師が診察を行なうまえに、いくつかの情報を把握しておく必要があるという。エミリーはプラスチック製の黒いクリップボードを受けとった。まるでお仕置きのようにべとべとの紐でクリップボードにつながれ、尻まで嚙みつぶされたボールペンを手に取ると、次々と空欄を埋めていった。名前、住所、生年月日。現在、投薬治療は受けているか――いいえ。なんらかの疾患《しっかん》にかかっているか――いいえ。五年以内になんらかの手術を受けたか――いいえ。最後に月経が来たのはいつか――エミリーはその質問をじっと見つめた。まるで答えが出てこなかった。最後に生理が来たのは、いつだったかしら。どうしても思いだせない。夏の休暇よりまえだったか、あとだったか。クレタ島に滞在しているあいだでないことだけはたしかだけれど、緊張のせいか、いまは頭が働かない。エミリーはその欄にはてなマークを書きこんでから、問診表を受付に提出した。椅子に戻りはしたものの、どんどん不安になってきた。ここ何週間かの記憶をたどろうとしたが、最近、仕事が忙しかったせいもあり、その間に生理があったかどうかも思いだせない。スケジュール帳を開いて確認してみると、休暇を終えて仕事に戻ってから、なんと五週間も経過していた。そしてその間、生理が来ていないことだけは断言できた。つまり、最後に生理が来たのは五週間以上まえ、いいえ、かなりまえだということになる。ふたたび雑誌を手に取り、手垢まみれのページをぱらぱらとめくりはしたものの、どうしても紙面に集中できない。バッグの口を開き、携帯電話を取りだした。何かおぼえていないかと、ベンにも訊いてみようか。でも、いまはまわりにひとがいる。こんな会話を聞かれたくないし、待合室を離れているあいだに名前を呼ばれてしまったら困る。メールを送ろうかとも考えたけれど、そんなまねをしたら、頭がどうかしたのかと心配されてしまうかもしれない。こんなこと、本人が誰よりわかっていて然るべきなのだから。

「ミセス・コールマン、こちらへどうぞ」担当の女医に名前を呼ばれて、エミリーは弾かれたように立ちあがった。診察室に通されても、見るからに恐ろしげな金属製の拘束具がついた診察台から、懸命に目を逸らしつづけた。もうじきあそこにすわらされるのだということも、考えまいとした。

女医は自分の椅子に腰かけると、問診表にざっと目を通してから、いちばん下の欄に目をとめた。問いかけるような視線を感じて、エミリーは問わず語りにまくしたてた。「あの、最後の質問ですよね。回答が書けなくてすみません。ばかみたいな話ですけど、本当におぼえていないんです」そこでいったん言葉を切り、少し間を置いてさらに続けた。「少しまえに、休暇でクレタ島に行ってきたんです」それが説明になるとでもいうかのように、エミリーは言った。ところが、女医にはたしかに何かが伝わったようだった。

軽く微笑みながら、女医はこう返してきた。

「妊娠検査も受けられますか」

「いまからですか？　それって……もし妊娠していたら、今日中に結果を教えてもらえるんでしょうか」そう口にするやいなや、自分が恥ずかしくなった。妊娠検査の仕組みを知らないひとなんかいやしない。だけれども、妊娠検査の必要に迫られたことなんて、これまで一度もなかった。つねづね病的なまでに避妊に気を遣っていたから。キャロラインのようなことには、絶対になりたくなかったから。

「もちろん、結果はすぐにお知らせできますよ。いかがなさいます？」エミリーがうなずくと、女医は続けてこう言った。「わかりました。では、そちらを先に済ませてしまいましょう。そのあと、子宮癌検診のほうに移りますね」

看護師の案内で、小さな控え室に通された。そこで黒いスラックスと真っ白な下着を脱ぎ、直前に渡されたガウンタイプの検査着に着替えてから、隣接するトイレに入った。それが済むと、新たな命が誕生するか否かの判断材料となる小瓶を握りしめたまま、診察室に戻った。

「こちらにどうぞ、ミセス・コールマン」指示に従って診察台にあがると、いやいやながらも脚を開き、拘束具のなかに足首を通した。

「ごめんなさいね、もう少し脚を開いていただけるかしら。ええ、それで結構です。それじゃ、ちょっとひんやりしますよ」

エミリーは大きく顔を歪めた。こんなに不快な体験はほかにない。痛みが強烈だというわけではないけれど、異物の入りこんでくる感覚がたまらなく嫌だった。ぎゅっと目を閉じ、深呼吸を繰りかえすことで、いますぐ膝を閉じたいという衝動を抑えこもうとした。

二分後、看護師がばたばたと診察室に戻ってきた。女医は検査の手をとめて顔をあげると、患者の車がちゃんと駐車場にとまっていたかとでも尋ねるような、ひどく気楽な口調で「どうだった?」と看護師に尋ねた。

返ってきたのは、「ええ、陽性でした!」との答えだった。エミリーははっと息を呑み、てのひらで顔を覆って泣きだした。小さく押し殺した声で「そんな、まさか……」とつぶやいた。女医と看護師はすぐさま診察台の両脇にまわりこみ、「あらまあ、感激しちゃったのね。ほらほら、泣きやんでくださいな」と声をかけてから、拘束具に足首を固定されたままのエミリーを抱きしめた。不安とパニックの渦のなか、エミリーは同時にふたつのことを考えていた。ひとつは、このひとたちはなんて優しいのだろうということ。もうひとつは、妹になんと報告すればいいのだろう、ということだった。

26

わたしはタイガーと自分のために、とびきりおいしいコーヒーを淹れた。電子レンジで牛乳を温めまでしたのに、わたしがカップを渡しても、メールのチェックをしていたタイガーはろくに顔をあげもしなかった。これ以上の不興を買うよりは、そっとしておいたほうが得策だと思い、わたしはすごすごと自分のデスクに引きかえしはじめた。このころになると、チームのほかのメンバーも出社して、週末に得た情報や感想などを交換しあっていた。たとえば、誰が誰と寝ただの、どのクラブに行ってみただの。つい最近、浮気が発覚したあの有名人は三行半《みくだりはん》を突きつけられて然るべきだ、だの。会話の輪に加わるのは、なんとなく気が引けた。会話の内容が幼稚だと思ったからではない。むしろ、近ごろではこの手のお喋りをかなり楽しめるようになっていた。問題は、先週の金曜までわたしも彼らと同等の地位だったのに、今日から上司になってしまったということだった。そのことを向こうがどう感じているのかが、わからないということだった。

「わあ、すてきな靴。結構、値が張るでしょう?」こちらに気づいて、ナタリーが話しかけてきた。

「ありがとう、ナタリー。まあ、少し値は張るわね」そう応じながら、わたしは思いだしていた。昇進のご褒美として、先週、この靴に費やした三百ポンドの大枚を。ほんの九ヵ月まえには、同じだけの金額で寝室をまるまる改装できたことを思うと、なんだか少し後ろめたい気がした。

月曜の朝恒例の四方山話が続くなか、わたしは自分のデスクに戻った。なおも緊張が解けず、そわそわとして落ちつかない。自分が何をすべきなのかも定かでない。そこでひとまずタイガーにメールを送り、さきほど受けた指示の内容を確認することにした。あやふやなままではいたくないけれど、直接訊きにいくなんて怖すぎる。

〝さきほどはどうも。念のためお訊きしたいのですが、〝今日中に原案を仕上げたほうがいいとおっしゃっていたのは、フランク制汗スプレーでまちがいないでしょうか〟

そこまで書いてから、すぐさまそれを削除した。もしもフランクでなかった場合、これではまずいことになる。

〝さきほどはどうも。たいへん申しわけありませんが、ひとつ確認させてください。今日中に原案を仕上げたほうがいいとおっしゃっていたのは、どのクライアントのことでしょうか〟これはあまりにばか正直すぎる。昇進初日にして、へりくだりすぎの感もある。

〝さきほどはどうも。今日中に原案を仕上げたほうがいいというクライアントを、念のため確認させていただけますか。どうぞよろしく。キャット〟趣旨が明確であるうえに、表現が冗長でもない。へりくだりすぎてもいない。これなら、タイガーをいらっとさせる可能性も低そうだ。わたしはようやく送信ボタンをクリックした。

午後に予定されている進捗会議に必要となるものをリストアップしたあとは、午前中いっぱいを費やして、のんびり構えたクリエイター・チームに檄《げき》を飛ばし、プランナー・チームと議論を上下《しようか》し、写真入りの企画概要書に修正を加え、協議事項をまとめあげ、まちがいなくランチを発注したかどうか、ナタリーに確認をとった。正午を迎えるころになっても、なおも神経は張りつめたまま、ぴりぴりと殺気立っていた。何があろうと今週だけは——そう心に誓っていたにもかかわらず、気づいたときには化粧室に向かっていた。洒落た磨《す》りガラスの扉を抜け、高級な液体ハンドソープの備えつけられた曇りひとつない真っ白な洗面台の前を通りすぎ、個室に入った。細長く伸ばした白い粉を、普段の半分の長さだけ吸いこんだ。午後を乗りきるぶんにはそれで充分だったけれど、次の瞬間には、自己嫌悪に襲われた。デスクに帰りつくころには、じっとしているのがもどかしいほどに、パワーがみなぎりはじめていた。パソコンの受信ボックスを開くと、タイガーからの返信が届いていた。そこに綴られていたのは、〝あんたは馘よ〟とのひとことだった。でも、わたしは気にしなかった。ただのジョークだろうと決めこんだ。思考と感覚とが研ぎ澄まされたいま、怖いものなど何ひとつなくなっていた。

27

アンドリューはからっぽのスチールデスクに向かい、目の前に置かれた月間売上報告書を見おろしていた。ところが、何ひとつ数字が頭に入ってこない。下半身に締まりのないやつだとの評判が社内に広まっていることは、まえまえから承知していた。アンドリューがあちこちの女に手を出していることは、あまりにあからさまだったから。ただし、つい最近までは、仕事の手腕にもまた定評があった。それが近ごろでは、日がな一日、まるで仕事が手につかない。すぐにも行ないを正さなければ、上司がなんらかの措置をとらざるをえなくなることは目に見えていた。

すべての歯車が狂いはじめたのは、一年まえのことだった。妻がとつぜん家を出ていってしまったのだ。みずからの不貞行為を黙認されることが当たり前になっていたアンドリューは、エミリーの結婚式での所業に妻が業《ごう》を煮やしていることにすら、気づきもしていなかった。従って、デヴォン州からの帰り道、助手席にすわるフランシスが乾いた声で「別れましょう」と言い放ったときにも、まるで取りあいもしなかった。その晩（あろうことか、娘の結婚式の翌晩）、妻がスーツケースに荷物を詰めこみ、家を出ていったときも、すぐに帰ってくるものと高を括っていた。家を出たところで行く当てなどあるものかと思いこんでいた。ところが、妻の側には家に戻るつもりなど毛頭ないことが判明すると、アンドリューはすっかり弱り果てた。洗濯機のまわし方も知らなければ、料理の仕方も、食器洗浄機の洗剤がどこにあるのかもわからない。妻が向かった先すら見当もつかない。そこで仕方なく、思いつくかぎりの人間に片っ端から電話をかけた。妻の友人たち。妻の姉のバーバラ。キャロライン。だがやはり、妻の居所を知る者はひとりもいない。その段になってようやく理解した。いまは新婚旅行中であるはずの娘夫妻の家を訪ね、開けてくれと懇願しながら、扉にこぶしを打ちつけた。だが、フランシスが夫の訴えに応じることはなかった。気づくのが遅すぎたのだ。自分の妻は人並みはずれて辛抱強いけれど、その我慢がひとたび限度に達そうものなら、二度めのチャンスはない——そういうタイプの女であるということに、もっと早く気づくべきだったのだ。たしかに、妻は娘から合鍵を預かっていた。だとしても、ここまで無計画な行動に出るなんて、いくらなんでもらしくない。つまりは、それほどに切羽詰まっていたということか。

ひとりの生活が長引けば長引くほど、ますます気持ちがふさいでいった。そのうえ、あちらは娘夫婦の家でのびのび羽を伸ばしているのだと思うと、なおさら気が滅入った。次女のキャロラインによると、妻は髪を流行のスタイルにカットしたり、チャリティ事業に参加して、アフリカのケニアくんだりまで登山に出かけたりもしているという。一方の自分はというと、いまだにヴィクトリアの行方すらつかめていない（結局、自分はヴィクトリアへの想いをずっと断ち切れずにいたのではなかろうか）。かつて情を通わせたはずの彼《か》の情婦は、メールやSNSを介した必死の呼びかけにも、いっこうに応じようとしなかった。そのうえついには、こんなメールをよこしてきた――いますぐストーカー行為をやめなければ、警察に通報する。

いまでは、性欲すら失せていた。セックスというのは皮肉なもので、それが禁断の行為であればこそ、忍びやかな行為であればこそ、危険を冒すことにも、報いを受けることにすら、値するものなのだ。従って、いくらでも自由に浮気ができるようになったいま、アンドリューはいっさいの欲求をおぼえなくなっていた。長年にわたる妻への仕打ちの重大さを、ようやく思い知っていた。それ以来、アンドリューはすべてにやる気を失った。仕事が終わると、賃貸契約の狭苦しいアパートメントにまっすぐ帰宅し、テイクアウトの料理を食べながら、有料衛星放送のスカイ・プラスで映画を観た。それこそ大量の映画を観た。そんな折、頻発する腕の痛みに耐えかねて、ついに病院を訪れた。そして、医師の診察を受けている最中に、とつぜんわっと泣きだした。すべてがいちどきに襲いかかってきた。破綻した結婚生活。侘しい新居。孤独。仕事のストレス。医師はひどく気遣わしげな表情を見せて、アンドリューに抗鬱薬を処方し、カウンセリングの受診を促した。三カ月にも及ぶ予約待ちの期間を経て、ついにその日がやってきた。本当は気が進まなかったのだが、担当のカウンセラーが浅黒い肌をしたセクシーな女性であるとわかると、ほんの少し気持ちが上向いたため、今後もカウンセリングを受けつづけることにした。

およそ一年が過ぎたころ、アンドリューはようやく人並みの生活を取りもどしていた。健康的な食生活を心がけ、趣味でバドミントンも始めた。笑顔のすてきな女性や胸のきれいな女性に出会うと、心が弾むようにもなった。さらに数年の歳月が流れた。娘ふたりもそれぞれに、いまではつつがなく暮らしているようだった。アンドリューには孫までできた。それは愛らしい孫だった。そんなある日、ベンから職場に一本の電話が入った。その電話は、アンドリューを心のなかのある領域へと――いまだかつて足を踏みいれたことのない領域へと――双子の娘の出産に立ち会いそこなったときでさえ、テルフォードの閑静な住宅地で、自分が夫としても父親としても失格であることを自覚したときでさえ、妻に捨てられたときでさえ、入りこんだことのない領域へと踏みこませた。視界がぼやけ、売上計算表がぼんやりとにじみだした。いまでは珍しくもない現象だった。アンドリューは背を丸めて顔を近づけ、判読もできなければ意味もなさない数字に目をこらした。蛍光灯の光を受けて、まばらになりかけた毛髪の奥で、頭皮がぎらぎらと照り輝いていた。

28

クライアントを建物の外まで見送ったあと、わたしは一階ロビーに置かれたソファにゆったりと腰かけ、業界誌の《キャンペーン》をぱらぱら流し読みしていた。フランク制汗スプレー（〝フレッシュであれ、フランクであれ〟がキャッチフレーズ）の進捗会議は成功裡に終わった。消臭剤メーカー側の代表であるジェシカとデュークはわたしの昇進を事前にメールで知らされており、〝あなたなら当然だわ〟だの、〝すばらしいニュースだ〟だのと、祝福の言葉を並べたてたてくれた。タイガーからの明確な返答もないまま、午前中に大慌てで作成した新ＣＭ（ありがたいことに、フランク制汗スプレーの新ＣＭも任せてもらえることになっていた）のコンセプトも、いたくお気に召してもらえたらしい。写真入りの企画概要書は完全に的を射ていた。同商品の新機能――新開発の多粒子を新処方することにより、さらなる炎暑においてもしっかり汗を抑えるという機能――をいかに宣伝すべきかについては、プランナー・チームが斬新なアイデアを打ちだしてくれていた。いま思えば、コカインの力を借りずとも、無事に会議を乗りきれたかもしれない。珍しく自分を顧みて、わたしの心はいったいどこへ消え去ってしまったのかしら、とふと思った。コカインの効果はすでに失せ、プレッシャーから解放されたことから来る、かすかなけだるさだけがあとに残されていた。ほんの一瞬だけと身体を倒し、へんてこな形をした背もたれに頭を預けると同時に、苦笑いが漏れた。ロビーに配置されている家具はどれもこれも、滑稽なほど快適さとは無縁だ。すぐに起きあがるつもりだったのに、不意に眠けが襲ってきた。プレートガラス越しに射しこんでくる、遅い午後の陽射しが温かかった。あまりの心地よさに、わたしはそのまま目を閉じた。

自動ドアの開閉する音が響いても、わたしは気にもとめなかった。陽射しがあまりにも温かくて、それからあまりにも眠たくて、わずか六十秒の休息から離れがたかった。「こんなところで、いったい何をしているの？」うなるような声が言った。目を開けるまえからわかっていた。声の主がタイガーであることも。自分がまたもや失態を演じてしまったのだということも。新たに仕えることとなった上司と、どうしてこんなにも最悪なスタートを切ることになってしまったのだろう。〝それは、彼女があんたを無理やり押しつけられたからよ。あんたがサイモンと寝ているから、彼女が思いこんでいるからよ〟――頭のなかで、かすかな声がわたしに告げた。今朝送られてきたメール（〝あんたは馘よ〟）を思いだし、弾かれたように身体を起こした。瞳にはありありと恐怖がにじんでいるにちがいない。

ヒールの高いパンプスを履いてそそり立つタイガーには、まるでアマゾネスのような威圧感があった。ところが、腎臓の形をしたソファになすすべもなくすわりこむわたしを見おろす顔には、この状況にそぐわぬにこやかな笑みがたたえられていた。
「さてさて、ひとつ言っておきましょうか。ついさっきそこで、進捗会議を終えたばかりのジェシカとデュークにばったり出くわしたんですけどね、あなたのことをそれはもう手放しに褒めちぎっていたわ。どうやらあなたは、男に媚《こび》を売るのが得意なだけの女ってわけじゃなさそうね」それだけ言うと、タイガーはくるりと踵を返し、つかつかとエレベーターホールに向かっていった。

心身共にくたびれ果てていたため、今夜はタクシーで帰宅した。ジェシカとデュークから頂戴したお褒めの言葉に、タイガーはたいそうご満悦だったらしい。わたしがこっそりデスクに戻ろうとしていると、腰をおろす暇も与えずに、そのままエレベーターに乗せ、通りの向かいにあるシャンパン・バーまで引っぱっていった。その店でタイガーとわたしは、きらめくフルートグラスにそそがれ、純白のコースターに載せられたシャンパンを二杯ずつ堪能した。グラスの傍らには、色鮮やかなエンドウ豆のスナック菓子を盛った小鉢が添えられていた。タイガーというのは、まるでつかみどころのない人間だった。いまのいままで剣突《けんつく》を食らわしていたかと思えば、次の瞬間には、笑えないジョーク（〝あんたは誠よ〟というメールもその一例。ゆうべ、とあるドラマの再放送を観ていて、まねしたくなったらしい）を連発したり、クライアントに好かれているというだけの理由で、露骨に好意を示したりする。だがおそらくは、最後に挙げた点こそが、すべてを如実に物語っているのだろう。わたしがタイガーにとって有益な人間——大金をもたらす人間——であるかぎりは、裏で何をしようが、誰と寝ようが、それこそ誰かを殺そうが、ちっともかまわないということなのだろう。

つまりはどうにか、首をつなげることができたらしい。サイモンの口からあかされた最大の秘密とは、タイガーの実名が本当はサンドラ・バルズだということだった。その理由を聞いて、改名したくなるのも無理はないと納得した。そのときサイモンには、このことは絶対に口外しないと約束させられていた。母親の命にかけて誓わされた。ところが、フルートグラスが立てる涼しげな音に誘われ、シュワシュワ、パチパチと泡立つシャンパンを喉に流しこむうちに、わたしはほろ酔い機嫌になっていた。水曜に予定されている自動車メーカーに向けた企画プレゼンテーションでも望ましい結果をあげるようにと念押しされたときには、あろうことかふらふらと顔を寄せ、「お安いご用です、サンディ」と、危うく口にしてしまうところだった。わたしはそのセリフを寸前で呑みこみ、「来客があるのでもう家に帰らないと」と告げた。とんだ失敗をやらかすまえに退散するべく、小走りに出口へ向かった。

タクシーの後部座席にすわっているとき、憐れなサンディ・バルズ――サイモン曰く、ニュー・フォレストにあるファミリー向けキャンプ場と同名であるらしい――のことを思いだし、わたしはくすくすと笑いだした。運転手はきっと、こんなふうに思っていたにちがいない。やれやれ、また酔っぱらいのふしだら女が乗りこんできたぞ。世のなか、いったいどうしちまったんだ。女が慎みをわきまえていた時代はどこへ行っちまったんだ、と。おかげで、こちらに話しかけてくることはいっさいなかった。わたしは窓の外に目をやり、どっちつかずの時間帯――職場を出たばかりにしては遅すぎるけれど、酔っぱらって家路につくには早すぎる時間帯――にいる人々を眺めた。やがて、タクシーが一台の自転車を追い越した。自転車にまたがっている女性はやけに巨大な尻の持ち主で、ペダルを漕ぐたび、木の実を頬張るリスの頬っぺたみたいに、その尻がぶるんぶるんと上下に揺れた。いったいどんな顔をしているのだろうと思い、追い越しざまに後ろを振りかえってみると、そこに浮かぶ表情は、〝目的地〟をめざしてたゆまぬ努力を続ける不屈の精神をありありと窺わせた。その瞬間、タクシーの後部座席に安穏とすわっている自分が、なぜだか無性に不甲斐なく思えた。ずるをしているような気がしてならなかった。シートにぐったりと沈みこみ、天井を見つめた。不意に襲いかかってきた眩暈が、どこかへ消え去ってくれることを願いながら。

八時ごろ、家に帰りついた。夜勤に出るにはまだ早すぎる時間帯だった。エンジェルはおなじみのふわふわとした白いガウンを着て、居間の床に寝そべっていた。穢《けが》れなき無垢ないでたちで、スペイン人の男娼にして親友でもあるラファエルとチェス盤をかこんでいた。ラファエルはチェスの名手であるらしく、エンジェルもかなりの腕前であるのに、これまで一度も勝てたためしがないという。エンジェルはいまもウォッカを好んでいたが、近ごろはクランベリー・ジュースを垂らすのにはまっているため、まるで血の雫が垂れた水みたいに、グラスの中身がほんのり赤く染まっていた。わたしは紅茶を飲むことにした。ラファエルも一杯もらいたいと言うので、ティーバッグではなく茶葉とティーポットを使って紅茶を淹れ、ミルクピッチャーまで用意した。昨今のわたしたちの生活は、ここまで水準をあげているのだ。

ラファエルは愛らしい顔立ちをしていた。歳はまだ十八で、見た目はさらに若く見えるというのに、男娼として身体を売りはじめてもう三年以上にもなるという。それから、ラファエルはこうも言った。自分が食い物にされているとは思わない。アナルセックスの度外れた快感に味を占めてしまってからは、これでお金を稼げるなら一石二鳥じゃないかと考えるようになったのだと。ある意味、その商魂は感嘆に値した。客の大半は問題ないよ、とラファエロは続けた。特にいやな思いをさせられることもない。向こうだって、下手な騒ぎなんて起こしたくないんだ。客の九十パーセントは既婚者で家庭を持っているからね。

そう聞かされた瞬間、父の顔が頭に浮かんだ。母がとつぜん家を出て、父の秘密——浮気を繰りかえしていたことや、何度も女を買っていたこと——がすべてあかるみになったとき、わたしは父に嫌悪感をおぼえた。でも、いま思うと、父が買っていた街娼は果たして全員女だったのだろうか。女なんていくらでも釣れるほどハンサムであった時分に、どうしてわざわざ売春婦を買う必要があったのだろう。だが、その答えを知ることは永遠にできない。父に会うことは二度とないのだから。途端に、父が恋しくなった。やっぱりウォッカにしておくべきだったのかもしれない。

「チェック！」勝ち誇ったように、エンジェルが言った。

ラファエルは四秒ほどのあいだ、じっとチェス盤を見つめてから、ビショップをさっと動かし、エンジェルのナイトを奪いとった。

「チェックメイト」ラファエルがそう告げるなり、エンジェルは大きく目を見開き、あんぐり口を開けたかと思うと、おどけた悲鳴をあげながらチェス盤を引っくりかえした。

これからはもっと自分に厳しくなろう。会議のまえにドラッグでハイになるなんて、それで成功をつかめたとして、けっして望ましい生き方ではない。そろそろ大人になるべきよ。いくばくかの道徳心を取りもどすべきよ。最近のわたしは、あまりにも双子の妹に近づきすぎている。ウォッカにしなかったのは正解だ。手間はかかったけれど、ラファエルとふたりぶんの紅茶を淹れてよかった。そのラファエルはというと、街角に立つ男娼を職業としているわりに、かなりのインドア派でもあった。わたしたちはソファにすわってテレビをつけた。画面には、とある夫婦が映しだされていた。なんでも、朽《く》ちかけた古い発電所を、鋼鉄とガラスから成るハイテク装飾の家に生まれ変わらせようとしているという。その光景に、わたしはひどく憤慨した。この夫婦ときたら、なんと独りよがりなのだろう。こんなもののどこが〝夢のマイホーム〟なの？　子供たちまで、あんなにごてごてと着飾らせるなんて。自分たちの人生が一分の隙もなく計画立てられているだなんて、明るい未来が約束されているだなんて、どうして信じこむことができるの？　彼らの未来には、いったいどんな悲劇が待ちうけているのだろう。一刻も早く、それが起きてくれればいいのに。こんなことを思う自分が嫌だった。以前のわたしは、こんなふうじゃなかったはず。なのに今夜は、湧きあがる黒い感情を抑えきれない。

たぶん、五月六日がわずか四日後に迫っているからだわ。

番組がエンディングを迎えると同時に、ラファエルの携帯電話がブルブルと振動しはじめた。ラファエルはメールを確認すると、いそいそと立ちあがって、こう言った。「常連さんだ。もう行かなくちゃ。じゃあ、またね《アスタ・ルエゴ》」そして、わたしたちふたりに投げキッスを飛ばしてから、一夜のランデブー（あえて想像するまい）へと出かけていった。エンジェルもソファから立ちあがり、バスタブにお湯を溜めにいった。今夜も仕事なのだろう。わたしはチャンネルを切りかえて、ニュース番組をつけた。ギリシアのホテルで、ある女が自分の子供たちを殺害したという。そんなことのできる人間がいるなんて、とうてい信じがたかった。そんなニュースを聞いたせいで、余計に気分が落ちこんだ。今日一日の疲れが——とめどなく繰りかえされる通勤と、コカインと、会議と、タイガーと差しで飲んだシャンパンから来る疲れが——どっと押し寄せてきた。わたしも熱いお湯に浸かったほうがいいみたい。エンジェルがあがったら、そうしよう。内側にも負けないくらい、外側も汚れているはずだから。そして、お風呂からあがったら、今夜は早めにベッドに入ろう。目を閉じていれば眠れるかもしれない。金曜日のことを頭から締めだすことができるかもしれない。

バスタブに横たわって、今日一日を、過去九ヵ月間を振りかえった。ある意味では、自分を誇らしく思えた。ある意味では、自分に吐き気がした。わたしはエンジェルとはちがう。エンジェルは人生の半分を、みずからの母親の母親役を演じることに費やしてきた。だとすれば、ああいう悪習を身につけるようになったのも無理はない。何が良くて何が悪いかを、一度も教えられずにきたのだから。でも、わたしはちがう。いまやわたしは定まった住まいと定職を持ち、成功すらおさめている。ドラッグで気を紛らわしたり、服を盗んだりする必要はもはやない。かつての自分といまの自分を、はっきり違《たが》えようとする必要もない。それはもう済んだのだから。いまのわたしは、かつてのわたしの対極に位置する人間に成り果てたのだから。湯に浸かったまま両膝をあげ、バスタブの傾斜に沿って背中をすべらせると、表面のエナメルに皮膚がこすれて、キューキューと音がした。水面が顎を越えても身体をさげつづけていくうちに、バスソープの泡が頭上で弾けるのが感じとれるようになった。バスタブの平らな底面が後頭部に触れるのもわかった。しばらくすると、頭がかあっと熱くなり、いまにも脳みそが破裂しそうに思えたけれど、それでもそのままじっとしていた。ついに耐えきれなくなったため、蛇口がついているほうの縁に足の裏を押しつけ、膝にぐっと力を込めて、泡のなかから飛びだした。その衝撃で、大量の湯がバスタブのへりから滝のように流れおち、床一面が水びたしになってしまった。わたしはタオルをつかみとり、そこに顔をうずめた。ようやく顔から離したとき、タオルはぐっしょりと濡れそぼち、熱を帯びていた。染みこんだバスタブの湯と、涙のせいで。再生と赦罪の涙のせいで。

29

ドミニクはキャロラインのアパートメントに、きっかり七時半にやってきた。ドミニクの時間の正確さには、いつも感心させられる。今日の服装は、Vネックのタイトな白Tシャツに、おろしたてとおぼしきジーンズ。実際の職業は大工だけれど、その容貌はむしろ、ファッションモデルを思わせる。こんなひとがゲイではないことが、キャロラインにはいまだに驚きだった。ふたりの出会いはアートスクール時代、年度末に開催されるファッション・ショーでのことだった。そのときドミニクは学生たちがデザインした服のモデルを務めており、女の子たちはみんながみんな、ひと目でドミニクにのぼせあがった。でも、ドミニクが熱をあげたのはキャロラインだった（キャロラインがデザインした蜘蛛の巣に、心を絡めとられたのかもしれない）。あれから五カ月近くが過ぎようとしているいまも、その熱はいっこうに冷める気配を見せていない。ドミニクの場合、キャロラインがどんなに意地悪を言っても、どんなに困らせるようなことを言っても、まるで取りあってくれないか、右の耳から左の耳へ通りぬけていくだけなのだ。その結果、キャロラインが憎まれ口を叩くことはほとんどなくなった。ただし、ドミニクはけっしてばかなわけではない。自尊心がしっかり確立されているがゆえ、誰に何を言われようと動じないたぐいの人間だというだけなのだ。時が経つにつれ、ドミニクを尊敬する気持ちはみるみる大きくなっていった。それは歓迎すべき変化だった。これまでつきあった男たちは、みんなその逆だったから。交際当初はどれほど胸がときめいても、相手を嬲《なぶ》り者にしたが最後、その思いあがりを煙草の吸い殻のように踏みにじったが最後、相手に対する敬意がどんどん小さくなっていくのがつねだったから。

今夜のドミニクはすこぶる上機嫌だった。キャロラインのほうは、できればこのまま家にとどまり、ふたりきりの状態であのことを打ちあけたかったのだが、ドミニクはしきりと外に出たがった。「ソーホーに新しくオープンしたっていう、例のイタリア料理店に行ってみないか。前評判どおりのおいしさだそうだぜ。いいだろう？」

「ええ、もちろん」とキャロラインは答えた。ドミニクに主導権を握られるとぞくぞくした。こちらの意見を待たずにすべてを決定してくれることが、なんだか頼もしく思えた。自分はずっと、こんなふうにぐいぐい引っぱってくれるひとを待ち望んでいたのにちがいない。地下鉄の駅をめざして歩いているとき、一台のタクシーが通りかかると、とつぜんドミニクが手をあげて、それをとめた。キャロラインは驚いた。どちらの懐《ふところ》にも、そんな贅沢をできるほどの余裕はないはずだったから。

「心配すんなって、キャロライン」ドミニクが言って、キャロラインの肩を抱くなり、洗いたてのシャツの香りが鼻孔をくすぐった。そうね、こういうのもいいかもしれない。ほかのみんなみたいに平凡に生きるのも、恋人と健全な関係を築くのも、そう悪いことではないのかも。あたしはまだ若いかもしれないけれど、これまで多くのことを目にしてきた。自分には幸せな未来など訪れないと思って生きてきた。でも、もうじきそれも終わる。キャロラインはドミニクの肩に頭をもたせかけた。日暮れ間近の街をウエスト・エンドに向けて駆けぬけながら、あのニュースをドミニクに知らせたあとの未来に、たしかな希望を見いだしていた。

青いタイルが敷きつめられたレストランで向かいあわせにすわっているとき、ドミニクが緊張しているのが伝わってきた。でも、その理由はわからなかった。まさか、こちらの興奮を察知して、赤ちゃんができたのではないかと推測したとか？　いつものキャロラインなら、こうした場面をもっとちがうふうに演じているはずだった。スティック状の妊娠検査薬をテーブルに叩きつけ、手も洗わずに携帯電話を拾いあげてから、「妊娠したの。でも、どうせ堕ろせって言うんでしょ？」というふうなことを言い放っていただろう。

ところがこのとき、キャロラインはこんなふうに考えていた。もしかしたら、あたしはこの子を堕ろしたくないのかもしれない。あたしがいまつきあっているひとは、心からあたしを愛してくれているかもしれない。妊娠を喜んでくれるかもしれない。もじもじとナプキンをいじくりまわしていると、テーブルにメニューが運ばれてきた。ドミニクはシャンパンを注文した。やっぱり、ドミニクは勘づいているのだ。そのうえで喜んでくれているのだ。

ウェイターがテーブルにシャンパングラスをふたつ置いた。そのうちひとつが汚れているような気がした。底の部分に、何かがくっついているような。けれども、いつもとちがって、キャロラインは口を閉ざしつづけた。騒ぎを起こしたくなかった。この記念すべき瞬間を台無しにしたくなかった。ドミニクは気泡の立ちのぼるグラスを掲げ、「おれたちに乾杯」とひとこと言うと、落とした何かを拾おうとでもするかのように、とつぜん椅子から腰を浮かせた。そして、キャロラインが見守るなか、おもむろにキャロラインの傍らにひざまずいた。すると次の瞬間、大きな爆発音が鳴り響いた。突風が吹き荒れた。ふたりは床に倒れこんだ。腹部に痛みが押し寄せるのを感じた。やけに長い静寂のあと、誰かがそれを破って、長くたなびく苦悶の声をあげはじめた。それを引鉄に、あちこちから一斉に悲鳴があがった。誰も彼もがパニックに陥っていた。ただひとり、ドミニクを除いては。

キャロラインはレストランのテーブルの下に横たわっていた。どうやら重傷を負ってはいないらしい。たぶん、上から物が落ちてくるか何かしたのだろう。そのとき、ドミニクが身体を起こそうとしているのが見えた。ああ、よかった。見たところ、怪我は負っていないようだ。でも、なんだか呆然としているみたい。それから、ひどく怯えているようにも見える。ほかのひとたちはみな息を喘がせ、店のなかを右往左往しているけれど、血を流したり、手足がもげたりしている者はひとりもいないようだった。床の上には皿やグラスの破片が散乱し、椅子やテーブルがそこらじゅうに転がっているけれど、それを除けば、意外にも被害は少ないようだ。店内に響きわたっていた悲鳴もすでにおさまり、人々も落ちつきを取りもどしつつあるものの、これから何をしたものか、途方に暮れているようすだった。一方で、店の外は騒がしさを増すばかりだった。隣に建つパブ、アドミラル・ダンカンの壁が吹き飛ばされていると、誰かのわめく声がした。ドミニクが床に転がっていた椅子を起こし、そこにキャロラインをすわらせた。「大丈夫か、キャロライン。どこか近くで、爆発が起きたらしい。何か手伝えることがないかどうか、おれはちょっとようすを見てくる。きみはここで待っていてくれ」ドミニクはキャロラインの髪に軽くキスをすると、夜の帳《とばり》がおりた街へ――煙と、悲鳴と、折れ曲がった釘と、逃げまどう群衆があふれかえる街へと――駆けだしていった。キャロラインは待った。放心状態でぶるぶると身体を震わせながら、四十五分ほど待ったろうか。今日一日の出来事が、頭のなかをぐるぐるまわっていた。一本の青い線。通りを走りぬけていくタクシー。真っ白い閃光。灰色のきな臭い煙。爆弾が破裂する直前に、ドミニクが何かをしようとしていたこと。その意味にようやく気がついた瞬間、キャロラインはふらふらと通りへ飛びだした。血を流す人々や周囲の混乱には目もくれず、ドミニクを捜して通りをさまよい歩いた。ただただ、ドミニクに会いたかった。いまごろは婚約者になっていたはずの恋人に。警官隊が大声を張りあげながら、オールド・コンプトン・ストリートから離れるよう人々を誘導していた。フリス・ストリートを通って、ソーホー・スクエアへ向かってくださいという声が聞こえた。そこに早くも、負傷者に応急処置をほどこすための仮設テントが張られているらしい。キャロラインもひとりの女性警官に肩をつかまれたが、それを振り払って、金切り声をあげた。「放して！　婚約者を捜すんだから！」非常線を突破した。生きていようが死んでいようがおかまいなしに、道路に倒れている人間を何人も跨《また》いで越えた。いまはとにかく、ドミニクを見つけなくちゃ。会って〝イエス〟と伝えなくちゃ。憎悪と恐怖の渦巻くこのさなかに、新たに芽生えた心臓が――穢れを知らぬ無垢な心臓が――自分のどこか奥深くで鼓動していることを伝えなくちゃ。

ドミニクは見つからなかった。携帯電話にかけても、留守電につながってしまう。そこでひとまず、来た道を引きかえすことにした。もしかしたら、さきほどのレストランに戻ってきているかもしれない。この騒乱に紛れて、行きちがいになってしまったのかもしれない。ところが、ようやくレストランにたどりついてみると、店内はすでに明かりが落とされ、入り口には鍵がかけられていた。隣に建つパブは、正面の壁が木っ端微塵に吹き飛んでおり、薄墨色の空に向けて、煙と煤がゆるゆると立ちのぼっていた。ほかに何をすればいいのかも、どこへ行けばいいのかもわからなかった。キャロラインは仕方なく、通りにわずかに残る人影のあとを追いはじめた。ふらふらとよろめきながら、ソーホー・スクエアまで戻った。広場では、大勢の怪我人が地面に横たわり、救急隊員らがその手当てにあたっていた。あたり一帯に重苦しい空気が垂れこめていた。キャロラインは広場のなかを二周した。それでも、ドミニクの姿は見あたらなかった。もうあきらめて、家に帰ろう。非常線を越えて、チャリング・クロス・ロードまで行って、そこでタクシーを拾おう。だって、ほかにどうすることができるだろう。ところが、足を踏みだそうとしたまさにそのとき、怪我人の傍らに膝をついて、その顔をのぞきこんでいる、黒髪の頭が目に入った。さっきまで白かったはずのTシャツは、赤い染みと土埃にまみれていた。隣にひざまずく救急隊員が、地面に横たわる怪我人に心臓マッサージをほどこしていた。

「ドミニク！」とキャロラインは叫んだ。ドミニクが顔をあげたとき、はじめて気づいた。地面に横たわる若い男の脇腹には、穴のようなものが開いていた。

「すまない、キャロライン。あとにしてくれ」ドミニクが言って、顔をそむけた。その瞬間、キャロラインのなかで何かが壊れた。

「何時間も何時間も、あんたのことを捜しまわったのよ！　よくもあんなふうに、あたしを置いてけぼりにできたわね！」

「静かにしてくれ、キャロライン」疲れのにじむ声で、ドミニクは言った。

「いやよ！　誰が静かになんかするもんですか！　このひとでなし！　よくもあんなことができたわね！　あのくそ忌々しいレストランにあたしを置き去りにしたまま、戻ってもこないなんて！　あんたみたいなチンカス野郎のことを、あたしはばかみたいにずっと待ってたのよ！　くそ忌々しい赤ちゃんができたって伝えるためにね！」キャロラインは駆けだした。よろめく足で芝生を突っ切り、広場の横手にあるゲートを抜けた。戻ってきてくれと叫ぶ悲痛な声を無視して、走りつづけた。

グージ・ストリート駅のそばに建つバーの前で、ようやくタクシーを拾うことができた。バーのなかでは、泥酔寸前の人々がにぎやかな笑い声をあげていた。あのときの爆発音は多少なりともここまで届いていたはずなのに、一週間の憂さを晴らすのに忙しくて、二キロと離れていない場所で起きた出来事にすら、かまってはいられないのだろう。もしくは、ひとり泣きじゃくりながらよろよろと軒先を通りすぎていく、薄汚れた形《なり》の娘を目にしたところで、その理由すら見当もつかずにいるのだろう。タクシーの運転手も、キャロラインのありさまが普通でないことに、ほとんど気づいてもいなかった。ようすのおかしい客なんて、金曜の夜にはよくあることだったから。爆弾テロが起きたことにも気づいていなかったから。ニュースは聴かないことにしていたし、そんなものを聴いたところで、ひどく気が滅入るだけだから。タクシーの後部座席にひとりぼっちですわっていると、車内がやけにだだっ広く、がらんとして感じられた。ドミニクが隣で守っていてくれないと、いまにも床に穴が開き、そこに落ちてしまいそうで怖かった。どうしてこんなことになっちゃったの？　行きのタクシーの車内には、将来への期待が満ちていたというのに、いまは深い悲しみに沈んでいる。ドミニクの心を取りもどすことは、きっとできない。こんなことのあったあとでは。すべてが台無しになってしまったあとでは。ふたりに襲いかかった悲劇のせいで。あたしが発した、胸くその悪い言葉のせいで。あのときドミニクの目に浮かんだ表情を見れば、一目瞭然だ。

とつぜん、妊娠したことをいますぐ誰かに伝えたくてならなくなった。それが現実のことなのだと実感したかった。キャロラインはいま、ひどく頭が混乱していた。もしかしたら、青い線を見たというのは自分の思いちがいなのではないかとまで思えてきた。母親に電話をかけてみたが、何度かけても話し中だった。ひとつ悪態をついてから、今度は父親にかけてみたけれど、長いこと呼出し音が鳴りつづけた挙句、留守番電話に切りかわってしまった。よく考えもせずに、キャロラインは次の番号を押した。双子の姉の声が聞こえてきても、キャロラインには何を言えばいいかわからなかった。

「もしもし、キャロライン！　あなたから電話をくれるなんて、嬉しいわ……もしもし？　キャロライン？　聞こえてる？」

「聞こえてる……」すすり泣きながら、キャロラインは言った。「あたし、妊娠したの……」

「まあ……」とつぶやいたきり、エミリーはしばし黙りこんだ。それがいい知らせなのか、悪い知らせなのかがわからなかったから。「どうして泣いてるの、キャロライン」優しい声でエミリーは尋ねた。

「爆弾テロに巻きこまれたから。そのせいでドミニクを失っちゃったから。あのひと、あたしにプロポーズしようとしてたのに。そのときはまだ、赤ちゃんのことなんて知りもしなかったのに。なのに、あたしったら、あのひとを〝チンカス野郎〟呼ばわりしたの。それで……ああ、どうしよう、エミリー。あたし、あのひとを心から愛してるのに、だから赤ちゃんを産みたかったのに、あのひとを失っちゃった。あのひとを失っちゃったの……」

キャロラインからこんな電話がかかってきたことは、これまで一度もなかった。自分を頼ってくれたことも、一度もなかった。だから、こんなときなのに、電話をくれたことが嬉しくてならなかった。エミリーはすばやく思案をめぐらせた。明日は土曜で、変更のきかないような予定もない。何より、こんな声で泣くキャロラインを放っておくことなんてできやしない。

「わたし、そっちへ行くわ、キャロライン。始発の列車で、そっちに行く」

「あんたが……?」キャロラインは絶句した。そんなつもりじゃなかった。エミリーとなんて、話をするのも嫌だったのに。

「もし、あなたが嫌じゃなければだけど」そう続ける声が聞こえた。

キャロラインは迷っていた。おそらく、精神的ショックからまだ立ちなおれていなかったのにちがいない。気づいたときには「別に嫌じゃないけど」と答えていた。

「それじゃ明日の朝、かならず行くわ。じゃあね、キャロライン。気をしっかり持ってね。愛してるわ」

「あたしも愛してる」ふたりは同時に電話を切った。あまりの驚きに呆然としながら。知らずと涙を流しながら。

本当にロンドンへ向かうべきなのかどうか、エミリーにはよくわからなかった。キャロラインは本当に、わたしに来てもらいたがっているのだろうか。声の調子を聞いたかぎりでは、あまり乗り気には感じられなかった。これまでだって、エミリーが好意から発した提案は、ことごとく撥ねつけられてきた。発つまえに念のため、電話をかけてみようか。いいえ、そんなことをしたら、機嫌を損ねてしまうかもしれない。約束を反故《ほご》にしたがっているのではないかと、誤解されてしまうかもしれない。とにかく、キャロラインが爆弾テロに巻きこまれたのは事実なのだ。さぞかし恐ろしかったことだろう。わたしなんて、テレビでそのニュースを見ただけで、あまりの衝撃に打ちのめされたというのに。おそらくその直前までのキャロラインは、例のごとく、メロドラマチックな世界にひたりきっていたのにちがいない。恋人のドミニクがプロポーズをしようとしたまさにそのとき、爆弾が破裂して、そのあとすぐ、ドミニクがどこかへ消えてしまった。どこまでが本当かはわからないけれど、少なくとも爆弾テロの現場に居合わせたことだけは事実だろう。かわいそうなキャロライン！

翌朝、列車に乗りはしたものの、永遠に目的地にたどりつけないような気がした。ノーサンプトンのあたりで機械関連のトラブルが発生したらしく、途中で長々と足どめを食らってしまったのだ。ようやくユーストン駅にたどりつくと、案内板の表示を頼りに、どうにか地下鉄の乗り場まで行くことができた。ロンドンにはまるで土地鑑がなかった。なのに、ブリック・レーンにあるという自宅までの行き方を、事前に訊いておくことすら思いつきもしなかった。そういう名の駅があるものと、勝手に思いこんでいたのだ。地下鉄の駅は地下深くにあったから、携帯電話も使えない。行き方を尋ねようにも、駅員の姿は見あたらない。仕方なく、ホームにいるほかの利用客を見まわしてみた。ベースボール・シャツに真っ白いスニーカーというでたちでバックパックを背負ったふたり連れは、こちらにも負けぬほど、心許なげに視線をさまよわせている。オレンジ色の艶《あで》やかなサリーに分厚い靴下とサンダルを組みあわせたアジア系の小柄な老婦人は、こちらが近づいていくやいなや、ぷいとそっぽを向いてしまった。全身黒ずくめの服装で、目のまわりに黒のアイラインを分厚く入れた少女は、夜通し遊んだ帰り道であるらしく、ひどく不機嫌そうな表情をしていた。残された選択肢は、派手な身なりをした黒人の青年だけだった。耳と首に大ぶりなゴールドのアクセサリーをつけたその青年は、エミリーが勇気を奮い起こして声をかけると、このまま連れ帰って母親に引きあわせたくなるような笑みを浮かべて、快く質問に応じてくれた。エミリーは頰を赤らめながらお礼を言った。ホームをしばらく進んで路線図の前に立ち、オルドゲイト・イースト駅までの行き方を確認した。

アパートメントの扉が開いた瞬間、エミリーは恐怖に凍りついた。キャロラインの瞼は、まるで誰かに殴られたみたいに、ひどく腫れあがっていた。そのうえ、こちらを見すえる顔は、いかにも腹立たしげに見えた。やっぱり、来るべきではなかったのかも。室内には、流行の先端を行くキャロラインならではの、計算しつくされた装飾がなされていた。すべてが原色で彩られたなかに、風変わりなオブジェや、ポルノまがいのアート作品が点々と配されている。玄関の壁には、色も形もまったく同じ山高帽が三つ、横一列に飾られていて、その下に掛けられたモノクロのスチール写真には、拷問に耐えてでもいるかのように顔を歪めた、数匹の猿が大写しにされている。もしかして、動物実験の施設か何かで撮影されたものなのだろうか。キャロラインにわざわざ尋ねることは差し控えたけれど、どうにも落ちつかない気分にさせられた。

キャロラインは無言で戸口に立ちつくしたまま、こちらをじっと睨めつけていた。エミリーはその脇をすりぬけて、天井の傾斜した狭苦しいキッチンに入ると、虚ろな視線を背中に感じながら、ヤカンを火にかけた。ふたりぶんの紅茶を淹れ、キャロラインのぶんには砂糖をふたつ加えた。いまのキャロラインには、それが必要な気がしたから。紅茶を掻きまぜる手をとめてスプーンを置き、背後を見やると、キャロラインが床にくずおれ、獣のような咆哮《ほうこう》をあげはじめた。

「泣かないで、キャロライン。大丈夫だから」エミリーはそうささやきかけながら、床に膝をつき、キャロラインを抱きしめた。その身体を抱き起こしたとき、ひんやりと冷たい真っ白なタイルの上に、新たに出現した奇怪なアート作品のような、極彩色の真っ赤な染みが見えた。腫れあがった瞼のわずかな隙間に目をこらした瞬間、エミリーはすべてを理解した。

30

やけに長々しく感じられはしたものの、この一週間は、どうにかタイガーからの大目玉を食うこともなく乗りきることができた。新開発の七人乗りSUV車の宣伝プランをまとめた企画プレゼンテーションも、見事な成功をおさめた。クライアントは、わたしたちの提案したプラン——五つの要素を縄のように縒《よ》りあわせたプラン——をいたく気にいり、べた褒めしてくれた。わたしの率いるチームの面々も、わたしを新たな上司として認めてくれたらしく、心からの敬意を感じとることができた。たとえ当の本人が、みずからを尊敬できずにいたとしても。とはいえ、月曜のランチタイム以降、一度もドラッグに手を出していない点についてだけは、自分を褒めてやりたかった。加えて今週は、アルコール漬けのエンジェルにウォッカを断たせ、代わりに紅茶を飲ませることにまで成功した。今週のエンジェルとわたしは、おかげですこぶる健全な生活を送っていた。もしかしたら、ようやくわたしは人生の苦境を乗り越えようとしているのかもしれない。そのために不可欠であった荒廃の時期を、ようやく抜けだそうとしているのかもしれない。

ただし、いまのわたしには、けっして避けて通ることのできない〝里程標石《マイルストーン》〟がもうひとつだけ残されていた。しかもそれは、これまでとは比べものにならないほど巨大な標石であり、どう対処すべきなのかも、何をすべきなのかもわからなかった。いざ目の前にすると、それを抱きしめるべきかも、押しのけるべきかもわからなかった。

そう、いまそれは目前に迫っているのだ。

アカウント・マネジャーへの昇進を祝って、最初の週のうちにランチをごちそうすると、サイモンは約束してくれていた。すでにイエスと答えてしまっていたから、いまさら断るわけにはいかないけれど、ふたりきりでランチタイムをすごすのだけは、できれば避けておきたかった。そんなことが知れたら、タイガーに何を言われるかわかったものではない。なのに、あと一回だけだからと、わたしは自分に言い聞かせた。本当なら、今日は休暇をとるべきだったんだわ。でも、休みをとったとして、今日一日をどうすごせというの？　今日この日に、自分が自分であることに、どうやって耐えればいいというの？　だけど、サイモンが一緒にいてくれれば、なんとかそれにも耐えられるかもしれない。

腕時計に目をやった。午前十一時七分。〝あの瞬間〟まで、あと三時間と七分。その数字があまりに具体的すぎて、そこから逃避することもできない。お風呂にでものぼせたみたいに、全身がかっと熱くなった。このままでは何ひとつ集中できそうにない。誰かに栓でも抜かれたみたいに、意志という意志がみるみる流れだしていくのを感じる。デスクの椅子から立ちあがると、ナタリーのデスクを通りすぎ、ルークのデスクの裏をまわりこんで、あの瀟洒な化粧室へ向かった。脳裡につかのま、夫と息子の顔が浮かんだ。ふたりの顔が消え去ったあとも、わたしは赦しを乞いつづけた。

サイモンに連れていかれたのは、タワーブリッジのすぐそばにある高級レストランだった。エンジェルが子供のころに住んでいたのは、どこかこのあたりだと言っていた気がする。飲食店なら職場の近くにも何百とあるのだから、そのうちのどれかにしようと、わたしは言った。けれどもサイモンは、わたしのようすがいつもとちがうことを目敏《めざと》く感じとったのか、今日はなんとも麗しい天気だから、テムズ川のほうまで足を伸ばそうと言ってきかなかった。わたしはサイモンの古めかしい言葉遣いが好きだった。サイモンにとって、ものごとはつねに〝麗しい〟か〝心憎い〟かのどちらかだった。その反対の場合には、〝嘆かわしい〟か〝遺憾〟であるかのどちらかだった。おそらく、根は紳士なのだ。だからこそ、あの非情な奥方を思いきって捨てることができずにいるのだろう。そんなことをしたら、かえって体裁の悪いことになるのがわかりきっているから。サイモンが最近わたしに恋愛感情をいだきはじめていることはわかっていたし、わたしのほうも、サイモンに対して特別な感情をいだいていることはたしかだったけれど、この一線だけは越えるわけにいかなかった。そしてサイモンのほうも、こちらの事情を知らずとも、これ以上は踏みこむべきではないとわきまえてくれていた。

わたしたちは開け放たれた窓のそばのテーブルにつき、テムズ川から吹き寄せる心地よい風を浴びていた。店内では、蝶ネクタイを締めた男性ピアニストがグランドピアノを奏でており、いかにも高級でありながら、落ちついた雰囲気が漂っていた。たしかにすてきなお店だった。サイモンの提案に従ってよかった。おかげで、ほんのつかのまではあるけれど、自分の置かれた状況を忘れることができたから。わたしたちは白ワインを飲みながら、大皿に豪勢に盛りつけられたシーフード料理を分けあった。腕時計に目をやると、時刻は午後一時四十五分だった。つまりは、あと二十九分。あの運命の日からまるまる一年を、いまから二十九分後に、無益にも迎えることとなる。一年まえのこの時間には、わたしにもまだ愛すべき夫と愛らしい息子がいたのだと、お腹にはふたりめの子供までいたのだと、考えずにはいられなかった。当時のわたしは幸せの絶頂にあった。いま思いだすと胸が悪くなるほどに幸せだった。なのに、あの日を境にして、わたしはそのすべてを粉々に打ち砕きつづけてきた。いいえ、そんなふうに考えても、なんの助けにもならない。わたしは自分にそう念を押した。そして、ワインのおかわりを口に運びながら、自分で自分に〝そのとおりよ〟と答えた。この何カ月ものあいだ、わたしは上出来すぎるほどにうまくやってきた。自分がエミリー・コールマンであったことすら、ほとんど忘れかけていた。けれども、ことこれに関してだけは、今日という日の日付だけは、一瞬たりとも忘れることができなかった。忘れようとすればするほど、その記憶が重くのしかかった。禍々《まがまが》しさと存在感とを増していった。それでも、今日という日にもひとつだけ収穫がある。ドラッグの誘惑に見事、打ち克《か》てたということだ。その点に関しては、自分を誇らしく思うことができる。さっき白い粉の力を借りて、嫌な記憶を封じこめるつもりだった。ところが、化粧室にたどりつくと同時に思いだした。今日がどんな日であるのかを。愛するわが子のことを。あの子がこれを知ったら、わたしのことを、自分の母親のことを、いったいどう思うだろう。わたしはぴかぴかに磨きあげられた個室のひとつに飛びこんで、小袋の中身をすべて便器のなかに空け、そのまま水を流したのだった。

そのとき、ピアニストがある曲を奏ではじめた。何百回と耳にしたことがあるはずなのに、なんの曲なのかが思いだせない。それが無性に歯痒《はがゆ》かった。ベンとチャーリーはいま何をしているのだろう。ふとそんなことを考えてから、すぐさまそれを頭から追い払った直後、サイモンの声が耳に入り、わたしははっと我に返った。

「カニはもう試してみたかね？　なかなかいい味をしているだろう？」わたしはぼんやりと顔をあげ、暗く沈んだ目をサイモンに向けて、首を横に振った。サイモンはわたしの秘めたる弱さ——心にぽっかりと開いた空洞——をすぐさま見抜き、手に手を重ねてこう言った。

「何がそんなに悲しいんだね、キャット。わたしに話してくれないか。どんなことでもかまわない。友人として、いくらでも耳を貸そう」思いやりと誠意に満ちたその声を耳にするなり、すべてを打ちあけてしまいたいという衝動に駆られた。いまだかつてないほどに。つい先日の晩、エンジェルと外出したとき以上に。あの晩も、アルコールとドラッグの勢いに任せて、エンジェルにすべてを打ちあけてしまうところだった。ずうっとひとりで抱えつづけてきた重荷をおろしてしまうところだった。なのにいま、あと数分を耐えきることが、まさかこんなにもつらいとは。もしもすべてをぶちまけることができたなら、誰かに聞いてもらうことができたなら、少しは楽になれるかもしれない。ところが、いざ口を開こうとすると、言葉がつかえてうまく出てこない。それを言葉にしてしまうことで、事態が悪化してしまうことを、あるいは好転してしまうことを、恐れてでもいるみたいに。まるで、飛びこみ板の端に立っている気分だった。全身がこわばり、萎縮し、ぶるぶると震えだした。わたしにできるだろうか。やっぱり無理なのか。わたしはひとつ深呼吸をして、宙へと足を踏みだした。

31

キャロラインは受話器を耳に押しあてたまま、ともすれば荒くなりかける呼吸を必死に抑えこんでいた。あまりに動揺が激しいせいで、あまりに打ちひしがれているせいで、言うべき言葉が思いつかなかった。ドミニクがこうして電話をかけてくるまで、まる二日が経っていた。その間に、キャロラインはお腹の子を失っていた。どちらも心に負った傷が重すぎて、どう連絡をとればいいのかもわからなくなっていた。その日の朝、キャロラインが洗面台のキャビネットからあの日の妊娠検査薬を引っぱりだしてみると、青い線はすっかり消え去っていた。そのせいで、やっぱり自分の思いちがいだったんじゃないかという気がしはじめていた。消えてしまった青い線のことを思うと悲しかった。シャンパングラスの底に忍ばせられていたダイヤモンドのことを思うと悲しかった。あの指輪がいまどこにあるのかも、どうなってしまったのかもわからないことが悲しかった。けれど、何より悲しかったのは、お腹の赤ちゃんのことだった。あの青い線の示唆するものが、完全に失われてしまったことだった。以前にも何度か妊娠したことはあるけれど、いずれの場合も、お腹の胎児は処理すべき問題でしかなかった。でも、今回の胎児は神秘の御業《みわざ》だった。ドミニクとの絆の証だった。ふたりの愛の結晶だった。けれどもいま、ふたりにはわかっていた。愛も、赤ん坊も、完全に消え去ってしまったことを。何をもってしても、けっして取りもどすことはできないと。ふたり以外に流産の件を知るのは、エミリーだけだった。キャロラインはこれまで、何ひとつエミリーに打ちあけたことがなかった。なのに、今回の一件を通して、エミリーとの距離がこれほど縮まることになるなんて。ただし、いまがあくまで異例の事態であることを、この状態がいつまでも続くわけではないことを、キャロラインはわかっていた。だとしても、今回、エミリーの存在に大いに救われたことだけは、認めないわけにいかない。あんな状況においても、エミリーは努めて冷静でいてくれた。キャロラインの行動の是非を問うようなことは、いっさい口にしないでいてくれた。爆弾テロ事件のさなかにキャロラインが発した、汚らしい暴言の詳細を聞かされたときでさえ。「そんなに自分を責めないで、キャロライン。ホルモンバランスとか、精神的ショックとか、いろんなものが合わさって、感情の抑えがきかなくなっていたんだもの。それよりいまは？　いまはどうしたい？」そのときエミリーは、キャロラインの手を握りしめたまままそう言った。その手の感触に、不思議と気持ちが安らいだ。たぶん、双子の姉につらく当たるのはやめるべきなんだろう。エミリーと友だちのような関係を築くことができたら、自分のためにもずっといいんだろう。

また近いうちにかけなおすと言ってドミニクが電話を切ったあとも、キャロラインは微動だにできずにいた。ドミニクは〝会いにいく〟とさえ言いださなかった。もしかしたら、赤ちゃんができたという話も、その子を流産してしまったという話も、真《ま》に受けていないのかもしれない。考えてみればたしかに、なんだか都合のよすぎる話ではある。それでも約束したとおり、ドミニクはそのあと何度か電話をかけてきた。そのたびに、ふたりでディナーに出かけた。ドミニクはいつもすまなそうにしていたけれど、約束の時間ぴったりに迎えにくることは一度もなくなった。食事をしているあいだも会話は途切れがちで、耐えがたいまでに気まずい空気が流れつづけていた。レストランを出たあとに、今夜は泊まっていってとはじめて誘ったときも、ベッドに倒れこみはしたものの、ばつの悪さと気恥ずかしさばかりがまさって、結局、最後まではいけなかった。その晩、ドミニクは朝を待たずに帰っていった。やがてキャロラインは、そうした見せかけだけの関係に――かつては本物だったふたりの愛情の面影だけをなぞる日々に――とうとう耐えきれなくなった。ある日の深夜、一通のメールを送ることで、ふたりの関係に終止符を打った。ドミニクもそれを拒まなかった。あの爆発に巻きこまれていなかったなら、あの晩どこか別のレストランに向かっていたなら、あたしたちにはどんな未来が待ちうけていたの？　そう考えずにはいられなかった。それから一年ほど過ぎたころ、共通の友人から、ドミニクの結婚と花嫁の妊娠を知らされた。その知らせと、死なせてしまった赤ん坊のことが、いっときたりともキャロラインの頭を離れてくれなくなった。

32

　川岸に臨むテーブルにつき、降りそそぐ陽の光を浴びながら、わたしはサイモンにすべてを打ちあける覚悟を決めた。ところが、口を開きかけたところで言葉に窮した。いったい何を言えばいいというの？　〝わたしの本当の名前はキャット・ブラウンではなく、エミリー・コールマンというんです〟とでも？　〝わたしはいかさま者のペテン師で、家族を捨てた失踪人です〟とでも？　そうよ、正直に言うしかないでしょう？　ずっと胸に秘めてきた真実を誰かに告白することができれば、この苦しみから少しは解放されるかもしれないのだから。第一声を心のなかで組みたてながら、無意識に目を伏せたとき、携帯電話のディスプレーにデジタル表示された見まがいようのない数字が目に入った。


　5月6日。

　14時14分。

　わたしははっと息を呑んだ。椅子の脚が軋みをあげるのもかまわずに、弾かれたように席を立ち、そのまま店を飛びだした。川べりまでたどりつくやいなや、欄干《らんかん》に手をついて、こらえていたものをすべて地面にぶちまけた。跳ねかかる飛沫を浴びながら、自分の反吐のなかにへたりこんだ。込みあげる羞恥心のなか、これまで何百万回と繰りかえしてきた願いを――いっそ死んでしまえたらと――心のなかでふたたび唱えた。

シェパーズ・ブッシュの自宅の寝室で、わたしはベッドに横たわっていた。服はすべて脱ぎ捨ててあるのに、髪から（それとも、口から？）酸っぱいにおいが漂ってくる。部屋の隅に目をやると、エンジェルが椅子にすわってテレビを観ていた。わたしがもぞもぞと身じろぎをすると、エンジェルは椅子から立ちあがって、こちらに近づいてきた。なぜなのかはよくわからないけれど、わたしは自分が恥ずかしかった。そのとき、思いだした。サイモンと誰か（ウェイター？ それとも、通りすがりの観光客？）に助け起こされて、タクシーの拾える場所まで、よろよろと川岸を進んだこと。一年まえと同様に、完全に意識を失ってはいないものの、病的な興奮状態に陥ってしまったこと。きっとサイモンが医者を呼んで、なんらかの処置をさせたのだろう。意識が朦朧《もうろう》としているのが、薬の影響であることは紛れもない。おそらく、あれから数時間は経過しているはずだ。とつぜん脳裡にタイガーの顔が浮かんで、授賞式のことを思いだし、いきなり現実に引きもどされた。いまは、繰りかえされる悪夢に囚《とら》われている場合じゃない。

「もう起きなきゃ。今夜、ドーチェスター・ホテルでだいじな予定があるの」

「ばか言わないで、ベイビー。今夜はどこにも行かせやしないわ」

今日でまる一年。

いますぐ起きあがらなくちゃ。今後の人生をいますぐ始めなくちゃ。これ以上、時間を無駄にしてはだめ。そんな気がしてならなかった。自分はずっと、絶望の淵《ふち》から這いあがろうとしつづけてきたのかもしれない。でも、いったいなんのために？　運命を受けいれるため？　だとしたら、わたしのかつての人生は、幸せに満ちあふれた人生は、今日を境に一年以上も昔のものとなった。もうこれ以上、〝一年まえのいまごろは……〟なんてことを考える意味はない。そう思うと、ふっと気持ちが楽になった。ベッドから起きあがろうとはしたけれど、身体がふらついて、そのままもとの位置に倒れこんでしまった。すると、その上に掛け布団をかけなおしながら、エンジェルが言った。

「ここでおとなしく寝ているのよ、ベイビー。いま、おいしい紅茶を淹れてきてあげる」

エンジェルはわたしの手をぎゅっと握りしめてから、部屋を出ていき、静かに扉を閉めた。その後ろ姿を見つめるうちに、感謝の念が込みあげてきた。かつての母のように、甲斐甲斐しく世話を焼いてくれることがありがたかった。エンジェルにそばにいてもらえる自分は、なんて幸運なのだろう。

それにしても、サイモンはどうやってわたしの新居を突きとめたの？　忙しさにかまけて住所の変更を知らせていなかったから、会社の社員記録には、いまもフィンズベリー・

パークの住所が記載されているはず。となると、おそらくわたしの携帯電話を使って、誰かに連絡をとったのにちがいない。ただ、わたしのアドレス帳には、職場の同僚とクライアントのほかには、ベヴやジェロームといったシェアハウス時代の友人（と呼べるかどうかもわからない知人）がほんの数名と、エンジェルしか登録されていないから、サイモンはたいそう不審に思ったことだろう。アドレス帳に登録されているのがほんのわずかな友人だけで、父や母の番号すら見あたらないなんて。でも、エンジェルのことは何度も話題に出していたから……と、そこまで考えて気がついた。サイモンがわたしをここまで送り届けてくれたのなら、その際、エンジェルと顔を合わせたということ？　そう思うと、理屈もへったくれもなく、ばかみたいな嫉妬をおぼえた。

部屋に戻ってきたエンジェルは、ピンク色のマグカップを手にしていた。熱い飲み物を入れると、表面にプリントされた男性の服が消えて全裸になるという趣向のカップ。たぶん、少しでもわたしを励まそうと考えたのだろう。その気持ちに応えようと、わたしは軽く微笑んだ。

「サイモンがあんなにハンサムだなんて、一度も話してくれなかったじゃない？」エンジェルがそう切りだしてきた。

「だって……そこまでハンサムかしら」とわたしは応じた。心のなかで〝彼には手を出さないで〟と念じながら。いったい自分はどうしてしまったのかと呆れながら。

「あのひと、あなたのことをものすごく心配していたわよ、ベイビー。ひょっとして、ちょっと気があるんじゃない？」

「まさか」間髪を容《い》れずに、わたしは答えた。

「それはそれとして、いったい何があったの？　ここに運ばれてきたときには、薬漬けのへべれけ状態のうえに、何とは言えないものまみれになっていたんだから。今週のわたしたちはてっきり健全な生活を送っているものと思っていたのに」エンジェルはそう言うと、引き攣った笑い声をあげてみせた。心底わたしを心配してくれていることが、ひしひしと伝わってくる。だからこそ、エンジェルにはきちんと伝えなければ。わたしはもう大丈夫だということを、最悪の時は過ぎたのだということを伝えて、不安を取り除いてあげなければ。そのとき、ベッド脇の小卓の上で、携帯電話が鳴りだした。エンジェルがすかさずそれを取りあげて言った。

「サイモンからだわ。わたしが出ようか？」

「ええ、お願い」心ならずも、わたしは答えた。エンジェルのようなすこぶるつきの美人を友とすることの危険性に、このときはじめて気づかされていた。

「もしもし、サイモン？……いいえ、エンジェルよ……ええ、わたしならもちろん平気。ご心配なく（忍び笑い）……ついさっき意識を取りもどしたところだけど、たぶん大丈夫だと思うわ……ええ……いいえ（忍び笑い）そんなの無茶だって言ってやったわ……えっ、本当に？　嬉しい。ありがとう。キャットに訊いてみるわね……本人とも少し話す？……

ああ、そうね。それじゃ、できればまたあとで」

「いったいなんの話だったの？」少し棘のある声でわたしは訊いた。はじめてふたりでショッピングに出かけた折、エンジェルに盗癖があることを知ったとき以来の苛立ちをおぼえていた。でもあのときは、そうした感情をすぐさま抑えこむことができたのに。

「サイモンがね、もう少し休んで気分がよくなるようだったら、授賞式後の祝杯にいつでもつきあってくれてかまわない、ですって。それと、式に出席するはずの誰だかが……たしかルークって言っていた気がするけど、とにかくそのひとが急に来られなくなって席があいているから、もしよかったら、わたしが一緒に来てくれてもかまわないとも言ってたわ」なんの含みも感じさせない無邪気な声で、エンジェルはまくしたてた。謂《いわ》れのない嫉妬をいだいた自分が恥ずかしくなった。いまこの世に友人はふたりしかいないというのに、そのふたりだけは引きあわせたくないだなんて、なんと子供じみた発想だろう。こんなことを考えるのは、医者に投与された薬のせいにちがいない。現に、こんなに気分がすぐれないんだもの。

「行けるかどうか、まだわからないわ」わたしはむっつりと応じながらも、とにかくまずは起きあがろうと、ベッドの端から脚をおろした。今回は、エンジェルがそれを制止することはなかった。これから外出すると言っても、とめる気はなさそうだ。

「まずはシャワーを浴びるといいわ。そのあとのことは、シャワー後の気分と体調を見て決めましょ」エンジェルが言った。わたしはうめき声で応じてから、よろめく足でバスルームへ向かった。

33

エミリーは釘づけにでもされたみたいに、ベビーベッドで眠る赤ん坊に見いっていた。ついさっきカーテンを開け放っておいたため、小さな部屋のなかいっぱいに、晩夏の明るい陽射しがあふれている。そろそろこの子を起こさないと。今日は夫の家族に会うため、バクストンへ向かう予定になっている。息子を抱きあげられるよう、ベビーベッドの側面の柵を下におろすと、その振動で、頭上の柵に取りつけたモビールの人形がゆらゆら揺れた。くまのプーさんまでもがふと目を覚ましたかのようだ。小さな身体に腕を伸ばしかけて、エミリーはふと動きをとめ、その寝顔をまじまじと見つめた。まるで奇跡を眺めているみたい。そうよ、この子はまさに奇跡だわとエミリーは思った。きれいな真ん丸の頭。つむじからふんわりと斜めに流れる、柔らかな髪。肩を休めるためのクッションみたいに、ぷっくりとふくらんだ頬っぺ。降伏の意を示すかのように上にあげた腕は、肘を直角に曲げているため、握りしめた小さなこぶしがちょうど鼻の高さに並んでいる。白無地のロンパースのなかで上下するお腹の動きに合わせて、かすかな寝息が聞こえてくる（赤ちゃんも鼾をかくのだということを、母親になってはじめて知った)。肉づきのいい小さな脚は、カエルのように大きく広げられていて、膝の裏側に深い皺が寄っている。まだぶかぶかのちっちゃな白い靴下に包まれた足は、足の裏同士がくっつかんばかりになっている。ベビーベッドも、シーツも、毛布も、白一色に統一されたなかで眠る姿は、とびきり清潔で、無垢な印象を与える。この瞬間が永遠に続けばいいのにと、エミリーは思った。永遠にこの姿を眺めていられたらいいのにと。

母性というものが自分にもたらした変化の大きさには、正直、驚くばかりだった。母親となったあとは、すべてのものがちがって見えた。もっとシンプルに見えるようになった。以前のエミリーは、妊娠すら望んでいなかった。いくらベンに望まれても、頑なにはぐらかしつづけていた。理由は、妹のキャロラインを動揺させたくなかったから。いま思えば、ばかげた意地を張っていたものね。いざ母親になってみると、すべてのものが、すべての瞬間が、愛しく思えるようになった。においも。ぬくもりも。わが子のためならどんな犠牲も厭わないという、無条件の愛情も。夜泣きに苦しめられているときでさえも。一日の疲れがどっと襲いかかってきたときでさえも。さらに喜ばしいことには、子供ができたことで、ベンとの距離までもが(もしそれが可能であるなら)いっそう縮まることになった。あのキャロラインでさえ、甥《おい》っ子の誕生を祝福してくれていた。エミリーはいま、身に余るほどの幸福のなかにあった。

まばゆい光に誘われてか、小さな目がゆっくりと開き、エミリーの顔を見つめたまま、ぱちぱちとまばたきを繰りかえした。するとその直後、今度は歯のない口がゆっくりと開いて、いつものように泣き声をあげる代わりに、エミリーににっこりと笑いかけてきた。エミリーが腰を曲げて小さな身体を抱きあげると、嬉しそうに喉を鳴らす声が耳もとに響いた。エミリーはそのとき、しみじみと思った。時の流れのなんと早いことだろう。あと二カ月ほどで産休が終わり、職場に復帰しなければならないなんて。託児所の手配はすでに済んでいる。でも、そうなれば、むずかる息子を無理やり起こさなきゃならない日もあるだろう。そんな日は、こんな笑顔を拝むことなんか絶対にできないだろう。慌ただしくミルクを与え、服を着替えさせてから、家を飛びだすことになるのだろう。その日が刻一刻と迫るにつれ、職場に戻りたくないという思いは日増しに強くなるばかりだった。そして、ついにそのときが訪れた。おそらくはこの瞬間、子供部屋のソファにすわり、クマのぬいぐるみにかこまれているこの瞬間、光と静寂に包まれたこの美しい瞬間に、エミリーははっきりと心を決めた。残る問題は、ベンにどう打ちあけるかということだけだった。

その晩遅く、ベッドに並んで横たわりながら、ついにエミリーは思いを伝えた。しっかりと脚を絡みあわせたまま、単刀直入にこう切りだした。

「ねえ、聞いて、ベン。わたし、職場に復帰したくないの」

するとベンはもぞもぞと上半身を起こして、ベッドに片肘をついた。仄暗い部屋のなかでエミリーの顔にじっと目をこらしつつ、無言でその手を握りしめた。

「たしかに、職場に復帰したいと言いつづけてきたのはわたし自身だわ。だけどいまは、あの子を託児所に置き去りにして仕事に向かうなんて、耐えられない。あの子にはまだまだわたしが、母親が必要だもの」

「驚いたな。ずいぶんと気が変わったんだね」そう言うと、ベンは首を伸ばして、エミリーの鼻にそっとキスをした。

「そうしてもかまわない？」

「もちろん」

「収入がぐんと減ることになるわ。休暇の旅行も、いつかもっと大きな家を買うっていう夢も、二台めの車を買うことも、あきらめなきゃならなくなるかも。ひょっとしたら、いま乗ってる車まで売ることになるかもしれないわ」

「エミリー、ぼくはそんなの、ちっともかまわないさ。ぼくらには愛する家族がいる。それだけで充分じゃないか」

「本当にいいのね？　いつものおひとよしが出て、仕方なくわたしに譲ってくれているわけじゃないのね？」

「ああ、ちがうとも。むしろ、ぼくの望みどおりになった。これまでずっと、仕事を辞めてくれだなんて、きみに言いだせなかっただけなんだ。お金のことなんて、これっぽっちも気にしちゃいない。ぼくらなら、なんとかやっていけるさ」

「いつか、家族みんなで穴の開いた靴を履いて、パンの耳をかじるような日が来たら、いまのセリフをそっくり引きあいに出させてもらいますからね」そんなふうに茶化しながらも、エミリーは途方もない幸福感に包まれていた。本当にそういうことになったとしても、いっこうにかまわないと思える自分がいた。

34

シャワーの下に立って、髪にこびりつく反吐を洗い流しているあいだも、妙な気分は続いていた。魂が抜けたようでもあり、きれいに清められたようでもあり、自分でもうまく説明のできない気分だった。もしかしたら、ついに過去から解放されたのだろうか。サイモンの診《み》せた医者は、いったいどんな薬をわたしに投与したの？　どうしてこんなに脚がふらつくの？　なのにどうして、心はこんなに穏やかなの？　エンジェルが置きっぱなしにしているパイナップル酵素入りのフェイス・スクラブを借りて、顔をごしごしこすってみたけれど、特に何も感じられなかった。やはり、ついに終わったということなのか。

シャワーから一歩後ろにさがってみると、脚のふらつきが少しおさまった気がした。そのときふと、まだ一度も袖を通していないドレス——太腿まで大胆にスリットが入った、エメラルドグリーンのサテンのドレス——と、銀色のピンヒールのことが頭に浮かんだ。こういうときは、家でじっとしているより外に出たほうがいいのかもしれない。エンジェルが一緒に行ってくれるなら、少しは楽しむことができるかもしれない。

〝楽しむ〟ですって？　いったい何を考えているの？——心の声がそう戒《いまし》めた。時刻はまだ七時三十分。一時間もあれば、向こうに着ける。授賞式前の晩餐会《ばんさんかい》にもまだ間に合う。いまはとにかく腹ぺこだ。あのシーフード料理には、ほとんど手をつけられなかったもの。まさかこのわたしが、あの店の名物である〝カニのハサミのチリソース煮込み〟の俗悪広告に成り果てようとは。そんなことを考えたら、思わずくすくすと笑い声が漏れた。その声がこぶしの一撃のように、心の靄《もや》を切り裂いた。

足どりも軽く寝室に戻ると、エンジェルがテレビの前に陣取って、低俗なメロドラマを鑑賞していた。わたしはバスタオル一枚を巻いただけの姿でその前に立ち、くるりと一回転してみせてから、高らかにこう告げた。「シンデレラや、舞踏会に連れていってあげてもよろしくてよ？」するとエンジェルは訝るように眉根を寄せ、しばらくまじまじとわたしを見つめてから、お手あげだとでもいうかのように肩をすくめて、こう言った。「いいわ、わたしもお供する。支度をするから、ちょっと待って」

35

とうてい信じがたい話ではあるが、エンジェルが白馬の王子に出会ったのは、勤め先のカジノでのことだった。その王子ことアントニーは、ある晩、常連客にまじってポーカーに興じていた。いつものエンジェルなら店の外で客に会うことはないのだけれど、それは自分の流儀に反するといくら言っても、アントニーは一歩も引かなかった。エンジェルを口説きに口説いて、店を出るときには、まんまと電話番号を訊きだしていった。そしてその日はひと晩中、午前六時に勤務時間があけるまで、一時間置きに電話をかけてきた。

翌日には、四十本の真っ赤なバラが届けられた。エンジェルもけっして初心《うぶ》ではないけれど、インターネットでその数の意味を調べたときには、胸のときめきと高鳴りを抑えきれなかった。四十本の赤いバラの意味するところが、〝きみへの愛は本物〟であるとわかったから。翌晩、職場に病欠の電話を入れてくれと懇願されたときには、ノーと拒むことができなくなっていた。アントニーはイタリアの高級スポーツカー、マセラッティを家のまえに乗りつけて、市内の夜景を一望できる旧市街《シティ》の高級レストランにエンジェルを連れだした。ディナーが済むとアントニーのアパートメントへ向かい、エンジェルが一度も耳にしたことのない軽やかなジャズナンバーをBGMに、シャンパンを酌み交わした。アントニーに手を引かれて、テムズ川を見晴らすバルコニーに出たあと、ついに唇を重ねたとき、究極のロマンスが完成した。その晩、エンジェルはアントニーの家に泊まった。ぶかぶかのTシャツ一枚に包まれたエンジェルの小柄な身体を、アントニーは大切な人形のようにそっと抱き寄せた。その瞬間にエンジェルは、世界中の誰より幸運な女の子になった。アントニーは自身で立ちあげたというベンチャー・キャピタルを経営していた。まがいもない大金持ちだった(ただし、のちに判明することになるのだが、大半の成金がそうであるように、いつ失ってもおかしくない不確かな富ではあった)。ハンサムなうえに、チャーミングでもあった。アントニーはエンジェルを、夢に描くことしかできなかった暮らしへといざなった。週末に車を駆って訪れた、フランスの三ツ星レストラン。高級ワイン。オペラ鑑賞。発音の仕方もわからないような名前の監督が撮った、アート・シアター系映画。さらには、田園地方でのそぞろ歩き(田舎の鄙びた風景の良さなんて、それまでのエンジェルにはこれっぽっちも解せなかったのに)。それから、きれいな服や、シルクの高級ランジェリーや、ダイヤのピアスや、エンジェルがずっとほしがっていたバーバリーのハンドバッグまでプレゼントしてくれた。エンジェルはアントニーの虜になった。わずか数週間後には、自宅にまったく帰らなくなった。カジノでの仕事も辞めた。まるで王女のような生活を送るようになった。マットレスの下にひと粒のエンドウ豆がひそんでいることなど、アンデルセン童話の王女のようにはなれないことなど、このときのエンジェルには知る由もなかった。

36

エンジェルはわずか十分で支度を終えた（身支度に何時間もかかるタイプに見えるかもしれないけれど、とんでもない）。カジノには、何年かぶりだという病欠の連絡を入れた。ヌードカラーのふんわりとしたシフォンのドレスをまとった姿は、はっとするほど美しかった。ブロンドの髪は、うなじの中心から少し横へずらした位置でひとつにまとめられており、何をどうやったのかはわからないが、たった三、四本のヘアピンのみを使って、品のいいシニョンが形づくられていた。エンジェルの隣に立つと、自分がぶざまにひょろ長いだけの、背高のっぽに感じられた。まるで、エメラルドグリーンのドレスを着たサヤインゲンの気分。おかげで、湧きあがる劣等感を必死に押しとどめなければならなかった。

エンジェルの言いぶんに従って、わたしたちはタクシーを呼んだ。やってきたタクシーに乗りこみはしたものの、シートは手垢じみているうえに、車内には煙草と芳香剤のにおいが充満していて、ぶりかえす吐き気と戦うためには、窓をおろして外に顔を突きだしていなければならなかった。せっかくセットした髪がぼさぼさに乱れていることはあきらかだったけれど、一方のエンジェルは、涼しい顔で座席におさまっていた。ノミで彫ったような頬骨も、シルクのようになめらかな細い脚も、うなじでまとめたシニョンも、一ミリと乱れていなかった。ようやく会場のホテルに到着したとき、わたしの顔はドレスと同じ色に変わり果てていた。やっぱり、おとなしくベッドに寝ているべきだったのかもしれない。

授賞式会場の大広間では、ちょうどメインディッシュが運ばれてきているところで、ウェイターやウェイトレスの大軍が料理の侵略戦争さながらに、テーブルに急襲をかけていた。エンジェルとわたしも、〝フィレステーキのシャンパンクリームソース〟と、ベジタリアン向けに用意された〝カボチャとリコッタチーズのパイ包み焼き〟に、それぞれありつくことができた。後者の料理がベジタリアン向けであると断言できたのは、エンジェルが同僚のルークの代わりにこの場にいることと、ルークがベジタリアンであることを承知していたから。そこでわたしは、真面目くさった北部訛を丸出しにして、エンジェルにこんな軽口を叩いてみた。〝だからルークは病気になんかなるのよ。お肉をいっさい口にしないんだもの。大きな図体をして、ひよわなんだから〟すると、エンジェルは軽く微笑みながらも、「しいっ」とわたしをたしなめた。そのことに少しかちんと来たけれど、こちらの声が少し大きすぎたのも事実かもしれない。

わたしが元気を取りもどして、シャワーを浴びて、自分の足で歩けるまでに回復したことを、サイモンはもちろん喜んでくれたけれど、それ以上に、エンジェルとの再会を喜んでいるふうだった。そのうえ、サイモンの隣の席はエンジェルが占め、わたしはなぜだかナタリーの隣にすわる羽目になった。サイモンの隣にすわるのは、わたしのはずだったのに。こういう場では、男女が交互に並ぶよう席次が取り計らわれているうえ、テーブルにはネームプレートも置かれているはずだった。なのにいま、ルークの席にすわるべきエンジェルが、わたしのすわるはずの席をせしめている。もしかしたら、サイモンがネームプレートを入れかえておいたのかもしれない。そう思うと、無性に胸がむかむかした。

するとそのうち、周囲の景色がぐらぐらと揺れ、何もかもが大きく傾いて見えはじめた。いったいわたしはどうしちゃったの？　今夜はエンジェルのことを、どうしてこんなに妬ましく感じてしまうの？　頭を悩ませるべきことなら、もっとほかにあるはずよ。そのとき、気づいた。〝あの日〟の一周年はまだ終わってもいないというのに、自分の頭のなかから〝あの日〟のことがすっぽり抜けおちていたことに。そしてそれに気づいた瞬間、〝あの日〟の記憶がまざまざと蘇りそうになり、わたしは慌ててナタリーに顔を振り向けた。

「すてきなドレスね、ナタリー。すごくよく似合ってる」

「ありがとう、キャット。このドレス、じつはビンテージ物なの。またの名を、チャリティ・リサイクルショップ物ともいうけど！」ナタリーはさもおかしそうに笑ったあと、急にしかつめらしい顔つきになって、こう続けた。「それより、もう大丈夫なの？　こんなに早く元気な顔を見られると思わなかったわ。ランチの牡蠣《かき》にあたったって、サイモンに聞かされていたから」

「ええ……そうなの。でも、だいぶよくなったわ」わたしはそう答えると、それを証明するかのように、豪快にステーキを頬張ってみせた。

料理は申しぶんのない味だったけれど、わたしはなんだか胸焼けがして、喉を通すのがやっとだった。原因はおそらく、サイモンがエンジェルばかりに気をとられているせい。お喋り好きのナタリーは話し相手にもってこいのはずなのに、いまはファッションや有名人や広告業界を話題にして盛りあがる気分ではなかったし、かといって、ほかの話題も何ひとつ頭に浮かんでくれなかった。大きな丸テーブルの向かい側にふと目をやると、そこにタイガーがいた。言葉を交わさずとも、目と目が合った瞬間に、サイモンから昼間の出来事を聞かされていることがわかった。目に見えて険しい形相を即座に掻き消し、いたわりに満ちた笑みを投げかけてきたから。そんな心をタイガーが持ちあわせていることを、そのときわたしははじめて知った。

するとその直後、エンジェルがわたしに顔を向けた。その表情からは、サイモンの熱烈な攻勢に困惑していることが、わたしの感情を害したくないと思っていることが、ひと目で読みとれた。そして、エンジェルはわたしの耳もとに口を寄せ、「ちょっとお化粧室に行ってくるわ。一緒にどう?」とささやいた。それが意味するところはわかっていたから、わたしは首を横に振った。愛しいあの子のために強くなるという決意は、まだ揺らいでいない。そんなことをしても、なんにもならないけれど。わたしがどんな人間であろうと、あの子がそれを知ることは永遠にないけれど。わたしがあの子のもとへ戻ることは、永遠にできないのだから。

エンジェルはひとり椅子から立ちあがり、化粧室に向かって歩きだした。エンジェルがテーブルのあいだをすりぬけはじめると、あんなにも小柄なエンジェルの姿に、全員が知らずと目をとめた。もしかしたら、あの独特な歩き方のせいかもしれない。ドレスをまとって歩くエンジェルの姿は、母親のルースを思わせた。

エンジェルのすわっていた椅子の向こうからサイモンが身を乗りだして、わたしに話しかけてきた。「身体の調子はどうだい、キャット。昼間は本当に心配したよ」

「おかげさまで、だいぶよくなりました」と答えはしたものの、本当のところは、虚脱感からほとんど抜けだせていなかった。「エンジェルとすっかり意気投合したみたいですね」

「ああ、たしかにすばらしい女性だ。どのみち、きみが振り向いてくれることはなさそうだしな」

わたしはサイモンの目をまっすぐに見すえた。そこには、渇望の色が浮かんでいた。わたしでもなく、エンジェルでもない。サイモンはただただ、愛を欲しているのだ。すべてを与え、すべてを受けいれる、本物の愛を。すべてを包みこむ愛を。キャロラインに――あるいはわたし自身に――ぶち壊されてしまうまで、わたしが夫とのあいだに育んでいたような愛を。わたしはそっとサイモンの手を取って言った。

「サイモン、昼間は本当にごめんなさい。あんなことは二度と起きないと約束するわ。あなたのとっておきのスーツを台無しにしていなければいいのだけれど、もしそんなことになっていたら、クリーニング代くらいはお支払いしなくちゃね」

冗談ではぐらかそうとするわたしの言葉には耳も貸さず、焼けつくような目でわたしを見つめて、サイモンは言った。「あのとき、きみはわたしに秘密を打ちあけようとしていたんだろう？　いったい何を言おうとしていたんだね。いまからでも話してくれ。わたしがかならず力になる」

わたしは悲しげなまなざしをサイモンに向けた。サイモンにも、ほかの誰にも、わたしの力になることはできないとわかっていたから。崖っぷちから生還したいま、過去の人生という奈落の底に転落する瀬戸際でからくも生還したいま、死ぬまで誰にも秘密を打ちあけることはないと、わかっていたから。

37

アントニーとの関係に変化が生じはじめたのは、幸せな同棲生活が三、四ヵ月続いたあとのことだった。アントニーはそのころすでに、仕事関係の会食にもエンジェルを伴い、〝ぼくの愛する下町っ子の天使《エンジェル》〟などと紹介するまでに至っていた。そういう紹介の仕方はなんだか失礼だと思いつつも、愛情表現の一種であることはわかっていたから、当時のエンジェルはそこまで深刻にとらえていなかった。洒落たレストランでアントニーの仕事相手と食事をするあいだは、おおかた静かに澄ましていた。然るべきタイミングで笑い声をあげるときには、小さな頭を後ろにのけぞらせて、ほっそりとした喉首を見せつけるようにした。そうした身ぶりが男たちに絶大な効果を与えることを知りつくしていたから。そういう手管《てくだ》なら存分に心得ていたから。ところが、ある晩のこと。アントニーが電話を受けに席をはずした際、クライアントたちのとある会話が耳にとまった。それによると、アントニーが経営するベンチャー・キャピタルの先行きは、本人が言うほど楽観できるものではないらしい。そこで帰宅後、なんの気なしにその件を切りだしてみると、アントニーはやにわに声を荒らげはじめた。

「なんなんだ、おまえは。いったい何が言いたいんだ?」

「何って……ただ、さっきリチャードが言っているのを小耳に挟んだだけよ。フィッツロイ社への投資の件が心配だって。それで、どういうことかなって思ったの」

「そんなこと、おまえになんの関係があるんだ?」

〝おまえ〟なんて呼び方は、二回もされれば充分だった。百五十八センチ足らずの身体をめいっぱいにふんぞらせて、エンジェルは言った。「わたしにそんな口のきき方をしないで。いったい何様のつもりなの?」

その瞬間、まじりけのない憎しみのまなざしを向けられて、〝おまえ〟呼ばわりをされたとき以上の不快感をおぼえた。ところが、アントニーは沸きかえる怒りをぐっと抑えこんで、クッションのきいたソファから立ちあがり、どすどすと客間のほうへ向かっていった。ふと決意を鈍らせたかのように、戸口の手前でいったん足をとめたが、すぐに考えを変えてそのまま部屋のなかに入り、力任せに扉を叩き閉めた。その衝撃で、廊下の壁に並ぶジャズ・ミュージシャンのポートレイト写真が一枚、床に落ちてガラスが割れ、チャーリー・パーカーのにこやかな笑顔に亀裂が入った。

さらに時が経つにつれ、アントニーの言動はよりいっそう理性を欠くようになっていった。エンジェルの服装が気にいらないとか、エンジェルがトーストを焦がしたとか、女友だちと長電話をしたとか、そんな些細な理由ひとつで、アントニーはとつぜん逆上し、叫んだり、わめいたり、エンジェルに罵詈雑言《ばりぞうごん》を浴びせたりしはじめた。エンジェルもはじめのうちは自分の言いぶんを伝えようとしたけれど、しだいにそれすらも困難になっていった。いまやエンジェルの生活は、アントニーに依存しきってしまっていたから。すでに仕事は辞めていた。アパートメントも引き払っていた。友人たちとも疎遠になっていた。いまの自分に残されているものといえば、きれいな服に、高価なディナー、目を瞠るほどに美しいテムズ川の眺めと、自分を〝くそアマ〟呼ばわりする恋人のみだった。母親のルースにすら、この窮状を打ちあける気になれなかった。娘のアンジェラがハンサムでリッチな恋人をつかまえたと大喜びしている母親にこんな実情を告白するなんて、あまりにも屈辱的すぎる。だから、エンジェルはできるだけアントニーを怒らせないよう、最善を尽くすことにした。それはさして難しいことではなかった。まずは、友だちと会うことを控えた。アントニーのお気にいりだとわかっている服だけを着るようにした。口答えはいっさいしないようにした。レストランで注文する料理にまでアントニーが口を挟みだしても、自分の好みを押しとおすようなまねは差し控えた。アントニーとの口論になんて、とても耐えられそうになかったから。

アントニーの横暴がそれ以上エスカレートすることさえなければ、そうした日々がもっと長く続いたかもしれない。ところがしばらくすると、アントニーは急に癇癪玉《かんしゃくだま》を破裂させたり、口汚い罵声《ばせい》を浴びせたりする代わりに、凄みをきかせた声でこんなことを言うようになった。〝あと一度でも食器洗浄機のスイッチを入れ忘れたら、ぶっ殺してやるからな、くそアマめ〟それでもエンジェルが同じ失敗を繰りかえすと、エンジェルの背中を食器棚に叩きつけ、顔に唾を吐きかけながら、同様のセリフを繰りかえすのだった。

アントニーの機嫌を損ねまいと、エンジェルは必死に努力した。母親のようにはなりたくなかったから。人間の屑みたいな男ばかりを取っかえ引っかえ恋人にするような女には――怯えきった幼い子供の手を引いて、ときおり救急治療室へ駆けこむような母親には――絶対になりたくなかったから。それに、アントニーだって、根は優しいひとのはず。交際当初はあんなによくしてくれたじゃない。自分がもっと頑張れば、あのころの彼に戻ってくれるはず。ところが皮肉なことに、アントニーの機嫌をとろうとすればするほど、かえって攻撃を招く結果となり、その攻撃は決まって情け容赦のないものとなった。そして、アントニーはそのたびに激しく泣きじゃくりながら、エンジェルをぎゅっと抱きしめ、もう二度とこんなことはしないと誓うのだった。そんなあるとき、エンジェルはアントニーの精神状態が落ちついているときを見計らって、どこかよそに住む場所を見つけたいと切りだしてみた。すると、アントニーはまたもや逆上し、エンジェルを部屋に閉じこめて外から鍵をかけ、携帯電話まで取りあげてしまった。テムズ川を見晴らす大理石張りのバルコニーに出て、〝助けて〟と叫んでみようかとも考えたけれど、アントニーはそれすらも見越していたらしく、バルコニーに通じる扉にも閂《かんぬき》がかけられていた。

エンジェルがすっかり懲りたようだとアントニーが判断し、監禁を解くまでの期間は一週間におよんだ。その後、部屋に閉じこめられることはめったになかったけれど、エンジェルはすっかり闘志を失ってしまっていた。自分はこういう仕打ちを受けて当然なのだと、そんなふうにまで思いこむようになっていた。しだいに体重が減り、髪は艶と張りを失っていった。アントニーからは、〝ブス〟だの、〝役立たず〟だの、〝おまえを好きになる男なんてほかにひとりもいやしない〟だのといった暴言を吐きかけられるようになった。エンジェルはそうした誹《そし》りすらも、そっくり真に受けるようになっていった。

アントニーから逃げだすべきだとはわかっていたけれど、そのために何をすればいいのか考えることすらできなかった。そのころには、心も身体もすっかり弱り、自分では何も決められなくなっていた。ようやく携帯電話を返してもらったときには、登録データがすべて消去されてしまっていたから、友人に電話をかけて助けを求めることもできなかった。母親の住まいがある場所も、女友だちの家に逃げこんだとしても、まちがいなく居場所を突きとめられてしまう。つまりは、どこにも行く当てがないということだった。

最後の最後に、エンジェルはあることを思いだした。自分の住んでいるシェアハウスにはしょっちゅう空き部屋ができると、仲のいい同僚が言っていたこと。そうよ、彼なら力になってくれるかもしれない。空に太陽のきらめく、ある四月の朝、アントニーが旧市街での会議に出かけている隙を狙って――ぽかぽか陽気とそよ風の心地よさに誘われてか、アントニーが珍しくご機嫌な日を狙って――エンジェルはついに行動を起こした。川沿いの道を歩いているうちに、目に見えない幻《まぼろし》か亡霊にでもなったような気がしてきた。いてはいけない場所にいるのだと思うと、怖くてならなかった。誰かに通報されるのではないかと不安だった。ばかなことをと自分に言い聞かせながら、向かい風に顔を伏せて、懸命に足を動かしつづけた。ヘイズ・ガレリアのショッピング・アーケードを抜け、ツーリー・ストリートを少し進んだところで、目的のものを見つけた。昔ながらの、真っ赤な公衆電話ボックス。もう何年もなかに入ったことはなかったけれど、ボックス内に立ちこめるアンモニア臭や、送話口に染みついた唾液のにおいだけは、何があろうと忘れようもない。込みあげる吐き気と闘いながら、エンジェルは震える手で受話器を取った。内側のガラスを埋めつくす広告ビラのなかには、自分の友人が貼ったものも紛れているにちがいない。まずは番号案内で番号を調べてから、カジノに電話をかけた。二分近くも呼出し音が鳴りつづけたあと、ようやくフロア・マネジャーの声が聞こえた。用件を伝えたあと、どちらさまと訊かれてアンジェラだと答えると、フロア・マネジャーはそれ以上何も言わずに、保留ボタンを押した。幸運にも、例の同僚はその日たまたまシフトに入っていた。そのうえ、すこぶる察しがよかった。何ひとつ事情を問いただすことなく、いますぐそこを出ろとだけエンジェルに告げた。エンジェルはすぐさまアントニーのアパートメントに駆けもどり、お気にいりの服だけを鞄に詰めこんだ。十五分後、ふたたび通りに出たときには、流れの早い薄灰色の雲が太陽をさえぎりはじめていた。気温もさがりだしているようで、嵐の前触れを思わせた。輪郭のくっきりとした暗い影が、あたりの景色を一変させようとしていた。エンジェルはやってきたタクシーをとめて、後部座席に乗りこんだ。タクシーはテムズ川を渡り、アントニーのいる旧市街にぐんぐん近づいていってから、ふたたびアントニーとの距離を開け、アッパー・ストリートをしばらく進んで、ついにはシャフツベリー・パークにたどりついた。目当ての家は、見るも無残な荒屋《あばらや》だった。テムズ川を見晴らすバルコニーもなければ、〝おはようございます、ミス・クロフォード〟と、かしこまった声をかけてくるポーターもいない。でも、何より安全で、自由だった。だから、エンジェルにとってはその家こそが宮殿だった。

38

化粧室から戻ったあとのエンジェルは、このうえもなく上機嫌だった。きらきらと輝く瞳を目にした瞬間、自分も一緒に行けばよかったという思いがちらりと脳裡をよぎった。エンジェルはサイモンの向こう側にあいていた空席に腰をおろし、CSGH社のHにあたる男と会話を始めた。その男が名ばかりの張りぼてであることに——運がいいだけで、なんの取り得もない人間であることに——目敏いエンジェルが気づくまで、そう長くはかからないだろう。エンジェルのように聡明で有能な若者が、カジノで働くしかないなんてあんまりだわ。エンジェルなら、どんな仕事だって立派にやり遂げられるはずなのに。いいえ、エンジェルの抱える事情を思えば、こうして生きているだけでも奇跡なのかもしれない。

給仕係の大軍がふたたびテーブルに急襲をかけて、ブルーベリーとホイップクリームを添えたレモンタルトを配りはじめた。こういう華々しい祝宴に際しては、もう少しメニューに趣向をこらして然るべきなのに。メインイベントである授賞式は、もうじき幕を開けようとしていた。今宵の司会を仰せつかったタレント――チャンネル4で放送されているトーク番組の、ホスト役でおなじみのタレント――が壇上にあがり、アシスタントを務めるらしい女性があとに続いた。クリップボードを手にしたその女は、緊張で顔が引き攣り、高すぎるヒールのせいで歩き方が妙にぎくしゃくとしていた。ウェイターのひとりがテーブルに近づいてきて、そちらに選択肢はないと言わんばかりに、せかせかとワインのおかわりを注いでいった。そうすべきでないとはわかっていたけれど、手持ち無沙汰と気鬱に任せて、わたしはそのワインをひと口、またひと口と飲み進めた。それでも、蚊帳《かや》の外にいるような感覚を――自分はただの傍観者にすぎないという感覚を――振り払うことはできなかった。ふと横に目を向けると、サイモンの顔がやけに大きく、膨張して見えた。目に映るすべてのもののバランスがどうにもおかしい。授賞式の幕開けと同時にステージ上で跳ねまわりはじめたスポットライトも、異様にまぶしく感じられた。食べかけのレモンタルトに視線を落とすと、ふたたび胃液が込みあげてきた。きっと、医者に投与された薬のせいだわ。その薬が体質に合わなかったのね。何をどうすればいいのかわからなくなったわたしは、またもやワイングラスに手を伸ばした。

壇上では、広告業界がいかに鼻つまみ者の吹きだまりであるかについて、例の司会者がきわどいジョークを披露していた。だが、会場にいる全員が広告業にたずさわっているため、完全に座が白けてしまった。そのうちひとりが司会者に関する最近のタブロイド記事を引きあいに出し、少なくともおれたちは風俗店通いなんてしちゃいないぞと野次を返すと、いきり立った司会者がそちらに詰め寄ろうとしたが、アシスタントの女性がどうにかそれを押しとどめた。

受賞者の発表はいつ果てるともなく延々と続いた。ほかでもない今日という日に、何がなんでもこんなものに出席しなければと考えていた自分は、いったいなんだったのだろう。ようやく順番がまわってきたとき、フランク制汗スプレーが見事、最優秀テレビコマーシャル賞を受賞したため、わたしはサイモンと共に壇上にあがった。主演男優を背中から振りおとすポニーの映像もまじえつつ、〝腋の下の危険地帯〟をテーマに描きだしたコマーシャル。それに対して贈られた表彰楯を胸に掲げ、エメラルドグリーンのロングドレス姿でカメラにしかつめらしい顔を向けているあいだ、わたしが考えていたのは、この世界はどこまでもばかげているということと、それに気づくのにどうしてこれほど長い年月がかかってしまったのかしらということだった。それにしても、どうしてわたしは、こんなに思いあがった人間になってしまったのだろう。名作と称される映画を製作したわけでもないのに。オスカー像を手にしたわけでもないのに。物を売ろうとしただけのことだというのに。なんだか、自分がひどく滑稽に思えた。

やけにボリュームのあるオレンジ色のドレスを着た次の受賞者が壇上にあがり、例の司会者が懲りもせずに、広告業界を揶揄《やゆ》するようなコメントを口にすると、会場から引き攣った忍び笑いが漏れた。こんな茶番はもうたくさん。テーブルを見まわすと、サイモンはエンジェルに何ごとかを耳打ちしていた。タイガーの表情は、見るからに飽き飽きとしていた。こんな式典は自分のように品位ある人間にはそぐわない、とでも思っているのかも。たしかにそのとおりだと、わたしも思った。いますぐ席を立って、テーブルのあいだをすりぬけ、化粧室という避難所へ——ハンドバッグのなかに忍ばせた物へ——逃げこんでしまいたい。そのとき、思いだした。ハンドバッグのなかにあるはずのものは、職場のトイレに流してしまったことを。いまとなっては、あのときの自分をさほど誇らしく思えなかった。そこで仕方なくグラスを取りあげ、白ワインを口に含んだ。すでにぬるくなっていようとおかまいなしに、もうひと口、さらにひと口と、喉に流しこんだ。そうする以外に、自分の手をどうしておけばいいのかわからなかったから。するとほどなく、周囲の景色が自分から遠ざかっていくような感覚に襲われた。大広間の床がまっぷたつに割れて、ステージがどんどん遠くのほうへと、外の大通りにまで押し流されていくような……広告業界という頼りない筏《いかだ》に乗ったわたしひとりを、崩壊した人生という大海に置き去りにして……わたしはぶるりと頭を振った。こんなことではいけない。今日こそは新たな一日と——新たな始まりの日と——なるはずなのに。いいえ、ちがう。今日は特別な日でもなんでもない。もしそうだったとして、いったい何が変わるというの？　残酷な事実に変わりはない。きれいさっぱりけりがつくことなんてない。悲しみが終わることはない。たとえ人生をすっかり変えることができたとしても、一年をやりすごすことができたとしても、絶望はすでにわたしの一部と化している。今後もそこに巣食いつづける。そう気づいた瞬間、すべての気力が尽き果てた。目を閉じると、上半身がぐらりと前にかしいだ。わたしはすんでのところで顔を横に向け、食べかけのレモンタルトの上に突っ伏した。

39

ベンはそのとき、エミリーがチェスター市に借りている小さなアパートメントのキッチンにいた。いまふたりはその部屋で一緒に暮らしているのだが、エミリーが整理整頓にいくら励もうとも、二倍に増えた家財道具はとうてい室内におさまりきる量ではなかった。窓の外では雨が降っていた。キッチンのなかは、情緒もへったくれもない蛍光灯の光に煌々と照らされていたけれど、ベンが電話を終えたときも、その表情からは何ひとつ読みとることができなかった。

「どうだったの？」

「どうだったって、何が？」

「じらさないで、ベン。お願い。早く聞かせて」

「例の件について先方がじっくり検討したすえ、出した結論は……」

「結論は？」

「結論は……」いまにも飛びかからんばかりの形相でこちらを睨みつけるエミリーを前に

して、ベンはなおももったいぶった。口にするのが耐えられないとでもいうように、視線を落としてみせてから、ようやく続きを口にすることにした。

「結論は……ぼくらの申しいれに応じることにしたそうだ」

エミリーはキャーッと黄色い悲鳴をあげ、ベンの胸に飛びこんだ。

「まだまだ道のりは長いんだぞ、エミリー」エミリーの猛攻を受けながらも、ベンは嬉しそうに笑って言った。「すべてがお流れになる可能性だって残ってる。たとえそうならなかったとしても、ひとまず、ぼくらの貯金はゼロになる。手放しに喜ぶわけにもいかないだろう?」ベンは努めて冷静な態度を保っていたけれど、エミリーにはちゃんとわかっていた。ベンも本当は、踊りだしたいくらいに興奮していることを。すべてが確定するまでは、下手に期待をしたくないだけだということを。きっとベンのなかの会計士の血が、そういう態度をとらせているのね。百パーセントの確信がなければ、気をゆるめることができないんだわ。

「そんなの、別にかまわないわ」エミリーはそう言いきった。頭のなかには、小さな一軒家が浮かんでいた。いまは住む者もなく、すっかり荒れ果てているけれど、自分ならあの家を美しく蘇らせることができる。ベンとふたりで暮らすにふさわしい家へと生まれ変わらせてみせる。それから、いつか生まれてくる子供たちのためにも……そうした未来を思い浮かべるだけで、天にものぼる心地がした。そのときふと、キャロラインの顔が脳裡をかすめ、いくらそうするまいとしても、かすかな後ろめたさをおぼえてしまう自分もいたけれど、この瞬間を興醒めにするほど、エミリーは愚かではなかった。

引越し用の箱型トラックが縁石に向けて、そろそろと後退しはじめた。エミリーが手ぶりで合図を送っているというのに、これっぽっちも信用していないのか、ベンは運転席の窓から頭を突きだしていた。でも、そんなことはするだけ無駄だった。どっちにしろ、何も見えはしないのだから。

「もっとさがって！　もっとよ！」エミリーは運転席に向けて指示を出しながら、てのひらを自分のほうへ向けて両手をあげつつ、珍奇な理学療法でも受けているかのように、指の付け根をくいくいと曲げ伸ばしした。そのあとぴたりと動きをとめると、今度はてのひらをぱっとベンのほうへ向け、言うことを聞かないポニーか何かに命じるみたいに、「とまれ！」と声を張りあげた。その声がベンに届いていないことに気づくと、後ろ向きに迫りくる車から跳びのきながら、車体の横っ腹をばんばんと叩いたが、もはやすでに手遅れだった。

頭蓋骨《ずがいこつ》が陥没したかのような、バキッという不吉な音が響いた。「いまのは、まさか……」絶句するベンの声が聞こえた。

「やだ、ごめんなさい」

「しっかりしてくれよ、エミリー!」

「ああ、もう、わたしときたら……」エミリーはぶつぶつとぼやきながら、街灯の支柱にめりこんでいるとおぼしきトラックの後部へ、なすすべもなく顔を向けた。ベンもいったんサイドブレーキをかけて、運転席から飛びおりてきた。

そして無言のまま腰を屈め、損傷の程度を調べはじめたが、どこからどう見ても、エミリーに腹を立てているのはあきらかだった。

「そこまでひどくはないでしょう? ブレーキランプがだめになったくらいよね?」祈るような思いでエミリーは問いかけた。

「ああ、ツイてたな。被害に遭ったのは、プラスチック製のバンパーだけみたいだ」ようやく身体を起こしながら、ベンが言った。

胃のむかつきがすっと引いていくのを感じた。「ああ、よかった」エミリーはそうつぶやいてから、ベンの機嫌を推《お》しはかろうと、少し間を置いてこう続けた。「いずれにせよ、いまのはわたしが悪いわけじゃないわ。注意を怠ったあなたがいけないのよ」いかにも弁護士らしい口調になって、エミリーはさらにたたみかけた。「輸送車両によるなんらかの事故が生じた場合、責任を問われるべきはハンドルを握る人間であることくらい、少し調べればわかると思うわ」

「ちっとも笑えないぞ、エミリー。業者に頼らず自分たちで引越し作業をすることにしたのは、出費を抑えるためじゃなかったのかい」

エミリーはベンにしなだれかかり、背中に腕をまわしつつ、こう告げた。少なくとも、夢のマイホームを失ったわけじゃないでしょ。これくらいの災難はどうってことないわ。それを聞いたベンは、しかめっ面を保つことなどできなくなった。途切れ途切れのたどたどしいエンジン音を響かせながら、もうもうと排ガスを噴きだしているレンタルの箱型トラックに目をやって思った。たしかに、巧みに操ることなどできっこない代物だ。「まあ、とにかく、デイヴがもうこっちに到着しているはずだ。まずは、さっさとこいつをちゃんとした位置にとめなけりゃ。でないと、荷物をおろすこともできやしない」ベンはエミリーの腕をほどいて、運転席に乗りこんだ。サイドブレーキを解除してから、道端に佇むエミリーを見おろして、最後にこう付け加えた。「ただし、きみの手助けは、もう遠慮しておくとするよ」

その日の朝早くに、ふたりはアパートメントでの荷づくりを終えようとしていた。残る作業は、ここでの暮らしの最後の残骸を掻き集めていくことのみだった。箒《ほうき》とちりとり。洗い桶《おけ》と布巾《ふきん》。園芸用の移植ごて。古ぼけたゴム長靴。玄関マット。段ボール箱はすでに使い果たしてしまっていたため、そうした品々を手当たりしだいに大きな黒いゴミ袋に放りこんでいった。

「ああ、そういえば、マリアがあとから引越し先のほうに寄ってくれるそうよ。デイヴのほかにも、手伝ってくれるひとがいたら助かるわよね」無邪気な声で、エミリーが言いだした。

ひとつため息をついて、ベンは言った。「エミリー、いったいいつになったら、あのふたりをくっつけようとするのをやめるつもりだい。魂胆が見え見えなんだよ」

「だって、あのふたり、絶対にお似合いだと思わない？」

ベンはあきらめ顔でエミリーを見やった。エミリーにはたまに、とんでもなく鈍感なときがある。

「ぼくらがどう思おうと、当人たちはあきらかにそうは思ってない。でなきゃ、とっくにくっついてるさ。きみがこれだけ何回も、余計なお膳立てを繰りかえしてきたんだから」

「だって、あのふたりなら、相性がばっちりのはずだもの。マリアだったら、きっとスカイダイビングにだって喜んでつきあってくれるわ。それに、マリアには絶対に幸せになってほしいの。アッシュと別れてふさぎこんでいる姿なんて、本当に見ていられなかったわ」

「エミリー、きみが他人の人生をどうこうすることなんてできやしない。キャロラインにしたって、そうだったろう？　マリアなら自力で幸せになれる。保護者気どりでお節介を焼くのはやめたほうがいい」

「わたしはそんなつもりじゃ……それに、今回はマリアのほうから手伝いたいって言ってくれたのよ。今週末は何もすることがないからって」

「まあ、いいさ。とにかく、ふたりが気まずくなるような言動だけは控えてくれよ。それと、これだけは言っておくけど、変な期待はしないように。ふたりがくっつくことはありえないからね」

「そうとは言いきれないわ。男のあなたにはわからないでしょうけど」廊下の物入れに頭を突っこみながら、くぐもった声でエミリーは言った。

「エミリー……」突きだした尻に向かって、ベンは言った。「きみのことはものすごく愛してるけど、残念ながら、きみはお見合い番組の名司会者にはなれないよ」物入れのなかからようやく頭を引っこめたとき、エミリーの鼻は黒く汚れ、髪留めはほとんど用をなさなくなっていた。ベンの顔に浮かぶ悦に入った表情を見てとるなり、エミリーはにっこりと微笑んでから、大昔に母親がつくってくれたアステカ族ふうの特大クッションを、ベンの顔めがけて投げつけた。

午後六時をほんの少しまわったころ、新居のこぢんまりとした居心地のいい居間では、新たに据えられたソファにベンとデイヴがどっかりと腰をおろし、缶のままビールをあおっていた。マリアは自分とエミリーのために淹れた紅茶のマグカップを手に、いかにも気詰まりそうなようすで、銀色の籐椅子にすわっていた。残るエミリーはというと、紅茶が冷めていくのもかまわずに、いっときたりとも腰を落ちつけることなく、〝装飾品〟と書かれた箱のなかをあさっていた。ミニ・キャンドルを入れたガラスの鉢だの、燭台だの、写真立てだのの包み紙をせっせと解いては、居間中を歩きまわりつつ、ああでもないこうでもないと、さまざまな配置を試みていた。

「そのくらいにしておいたら、エミリー。今日のところはもう充分でしょ」銀色の籐椅子から、マリアが声をかけてきた。

「いいんだ。好きにさせてやってくれ」ベンが横から口を挟んだ。「そういう性分なんだから、言っても無駄さ」

その言葉に、エミリーは微笑んだ。「こんなの明日にまわせばいいってことくらいは、わたしにだってわかってるのよ。でも、新居ですごす記念すべき初日の夜なんだもの。もう少し家庭的な雰囲気のなかですごしたいじゃない？　それはそうと……えっと……ふたりとも、このあと一緒に夕食をどうかしら。デリバリーのピザを注文するつもりなの。引越しを手伝ってもらったお礼代わりに」

「いいえ、お気遣いなく」ピザという単語に顔を輝かせたデイヴを尻目に、間髪を容れずマリアが答えた。「そろそろ家に帰らないと。記念すべき初日の夜に、ふたりのお邪魔をするわけにもいかないもの」エミリーはどうにかしてマリアを引きとめようとしたが、マリアは頑なにそれを拒んだ。結局、押し問答のすえにエミリーが導きだした妥協案は、マリアを自宅まで車で送っていくというものだった。引越しを手伝ってくれたお礼に、せめてそれくらいはさせてほしいと言って、エミリーはきかなかった。ようやくエミリーが帰宅したときには、すでにデイヴも辞去していた。まだちゃんとお礼もしていないのにと言って、エミリーはベンを責めたてた。

　夕食はピザじゃなくカレーにしてもかまわないかとベンが尋ねると、エミリーは大袈裟にため息をついてみせてから、皮肉まじりにこう答えた。目前《めさき》を変えるためには、それがいいかもしれないわね。ふたりは並んでソファにすわり、配線を終えたばかりのテレビを前にしてカレーを食べた。衛星放送の契約がまだ済んでいないため、映像が少し乱れていたけれど、エミリーは特に気にしなかった。画面に映しだされているものには、ほとんど注意を向けていなかったから。考えなくてはならないことが、あまりにもたくさんあったから。窓に吊るすのは、カーテンとブラインドのどちらがしっくりくるか。壁を何色で塗るべきか。窓辺のプランターには何を植えるべきか。ついには、たまりかねたベンが「しいっ」と指を立て、内装に関する話はそれくらいにして、《Xファクター》に集中させてくれと言ってきた。そこでエミリーは、ベンの腕を引っぱってソファから立ちあがらせたあと、こうささやいた。今夜はもうへとへとだわ。寝室がどんなようすか、ふたりでたしかめにいったほうがいいみたい。

40

エンジェルにそっと肩を揺すられた。笑い声が聞こえた。猛烈な眠けのなか、どうにかこうにか身体を起こすと、会場にいるみんながわたしのことを笑っていた。傍若無人なあの司会者が、今度はわたしを標的に、個人攻撃を仕掛けていたのだ。わたしは椅子の上で背すじを伸ばし、動揺を静めようとした。司会者が何を言っていようと、みんなが何を笑っていようと、どうでもよかった。よりにもよって今日という日に、そんなことにはかまっていられない。ポニーのようにつんと顎をあげた途端、タルトの欠片が頰からぽとりと膝に落ちた。べとつく耳が不快でもあった。それでも、まだまだ残る酔いの力を借りて、ワイングラスを口に運びながら乙《おつ》に澄ました表情を浮かべてみせると、司会者はお次の退屈な賞の発表へと話題を移した。

「大丈夫、ベイビー?」エンジェルが小声で訊いてきた。「たぶん、次の賞の発表が終われば、授賞式はお開きになる思うわ。そうしたら、ここを出て介抱してあげるから、もう少しだけ我慢してね」

「大丈夫よ」とわたしは応じた。まだ酔ってはいたけれど、まえよりも意識はずっとはっきりしている。授賞式の夜を乗りきるのに、短時間睡眠《パワーナップ》に優るものはないらしい。腕時計に目を落とすと……驚いたことに、時刻はまだ十時三十分だった。聖人のように気高い笑みを浮かべて、テーブルをかこむ面々を見まわすと、全員の視線がこちらに集まっていた。ただし、そのまなざしに込められていたのは、へつらいでも侮蔑でもなく、純粋な気遣いの色だった。彼らもきっと、根は優しいひとたちなのだろう。

締めのジョークを披露したあと、ステージを去っていく司会者を――テレビ業界における行きづまりぎみのキャリアなり、夜の繁華街なりへと戻っていく司会者を――わたしたちは礼儀正しく拍手で見送った。さきほど個人攻撃による辱《はずかし》めを受けたことについて、司会者を恨む気持ちは微塵もなかった。少し気の毒なだけだった。エミリー・ブラウンならきっと同じように感じることだろう。そのあとは、エンジェルに手を引かれて化粧室へ向かった。サイモンをめぐる嫉妬の念は、まだ完全に消え去っていなかった。ふたり並んで歩いていると、大柄な自分がやけに嵩張って見えることや、ひょろ長いサヤインゲンのように見えることに、劣等感をおぼえもした。あちこちからそそがれる視線と、顔の片側に感じるべとつきと、頬から漂うレモンのにおいが、ひどく不愉快でもあった。エンジェルはわたしの顔にこびりついていたタルトをきれいにぬぐいとってから、個室のなかにわたしを引っぱりこんで、こういうときはあの粉の助けを借りるのがいちばんだと告げた。

わたしとてそうしたいのはやまやまだったし、あのくそ忌々しい授賞式を乗りきった自分にそれ相応のご褒美をあげたくもあったけれど、息子の顔を思い浮かべることで、このときはぐっとこらえることができた。するとどうしたことか、新たな力がにわかにみなぎってくるような感覚をおぼえた。ついになんらかの勝利をおさめんとしているような気分だった。冷水を顔に浴びせると、完全に目が覚めた。めまぐるしすぎるほどに、思考がフル回転をしはじめた。化粧室を出て大広間を引きかえしていくときのわたしは、もはやぶざまでも、ひょろ長いサヤインゲンでもなくなっていた。緑色のドレスに包まれた肉体が、いともしなやかに動くのがわかった。海底に根をおろしつつも、波に揉まれて優雅に揺れる、自由気ままな海藻の気分だった。身につけているドレスが、目にも鮮やかなうえ、とびきりセクシーな代物に思えてきた。足を包むピンヒールまでもが、歩みを妨げる足枷どころか、パワーを増幅させるアイテムに思えてきた。それなら、みんながこちらを振りかえるのも当然だわ。テーブルに戻ると、わたしはサイモンの隣に腰をおろしながら、百万ドルの笑みを浮かべてみせた。するとサイモンは、フランク制汗スプレーの受賞を祝うために注文しておいたというシャンパンをわたしのグラスに注ぎながら、こう言った。

「よくやった、キャット。さすがはわたしの秘蔵っ子だ。気分はよくなったかい？」

「ええ、最高の気分」シャンパンを口に運びながら、わたしは答えた。現にそのとおりの気分だった。医者が投与したのがどんな薬なのかは知らないが、それがシャンパンと相まって、ダイナマイトのように強烈な効果をもたらしていた。

「このあと、グルーチョ・クラブという会員制のナイトクラブで友人が開いているパーティーに向かう予定なんだが、きみも一緒にどうだね？　ただし、連れていけるのはきみとエンジェルだけだから、ほかの連中には内緒だぞ」

「ええ、喜んでご一緒するわ」弾んだ声でわたしは答えた。それからグラスの中身を飲み干すと、サイモンの手を取り、ダンスフロアへと引っぱっていった。会場ではちょうど、有名なディスコ・ミュージック《恋はサバイバル》のイントロが流れはじめたところだった。意外にも、サイモンはダンスの誘いを拒まなかった。ダンスフロアにはすでに大勢の人間がひしめいていた。わたしも両腕を高くあげ、リズムに合わせて身体を揺らした。一言一句まちがうことなく、流れる歌に合わせて声を張りあげた。楔《くさび》を解かれた解放感と、みなぎる力と、無敵の気分に酔いしれながら。

41

エミリーの結婚式で受けた仕打ちが引鉄となって、ついに夫を見限ったあと、フランシスが思ったのは、どうしてもっとまえにこうしておかなかったのかしらということだった。どんなに裏切られ、どれほどの屈辱を味わわされようとも、アンドリューへの愛が冷めたことは一度もなかった。でも、今回はちがった。きれいな顔や大きな乳房を――つまりは、おのれの自尊心をくすぐってくれる誰かを――自分が既婚者であることや、娘がふたりもいることや、ぱっとしないキャリアや、後退しつつある生え際のことを忘れさせてくれる誰かを――欲してやまない点も夫の人格の一部であることに、遅ればせながら気づかされてしまったのだ。

娘夫婦の家に長々と厄介になるわけにいかないのは、フランシスにもよくわかっていた。なんと言っても、ふたりは新婚ほやほやなのだから(加えて、キャロラインまでもがしょっちゅう家にやってきては、ベンに対してあまりに馴れ馴れしい態度をとるようになっていた)。しかしながら、結婚式の翌日に家を飛びだした時点では、娘夫婦の家に向かうのが最善の策に——延ばし延ばしにしてきた問題にけりをつけるための、夫ときっぱり縁を切るための、いちばん手っ取り早い解決策に——思えた。エミリーとベンは新婚旅行中で留守だったし、ハンドバッグのなかには合鍵もあった。事情が事情であるゆえ、エミリーとベンもとやかく言いはしないにちがいなかった。

エミリーはもちろん、これまで同様の深い思いやりを示してくれた。賃貸のアパートメントを探すのを手伝ったうえ、家を売ったお金が入るまでの期間、家賃の肩代わりまでしてくれた。おかげでいまフランシスは、旧市街に建つ小さな一軒家を所有するに至っていた。住宅団地のなかにあった以前の住まいより、いまの家のほうがずっと気にいっていた。味も素っ気もない真四角な部屋にも、娘の命を奪いかけた居間の扉にも、なんの未練も感じなかった。それから、執筆講座やヨガのサークルに参加するようにもなっていた。そこで出会った人々はみな気さくで、なかには、フランシスと同じようにひとり暮らしをしているひともいた。とりわけ深い親交を結ぶようになったのは、執筆講座で知りあったリンダという女性だった。未亡人のリンダは夢のような新生活を築きあげていて、チャリティ事業の一環として企画されているケニア山の登頂に、近々挑む予定なのだという。あなたも一緒に挑戦してみないかと誘われたとき、フランシスには断る理由が見つからなかった。そういったわけで、夫のもとを去ってからもうじき一年が経とうというころ、フランシスはヒースロー空港からケニアへ旅立たんとしていた。たった十日のあいだとはいえ、キャロラインをひとりにしておくことがひどく気がかりではあったけれど、きっと大丈夫に決まっていると、強いて自分に言い聞かせていた。

42

さらに一曲踊ったあと、サイモンはわたしの手を引いてダンスフロアを離れながら、例のパーティーへ向かうならそろそろここを出なくてはと告げてきた。心の奥底では、行くべきでないとわかっていた。いますぐ家に帰って、ベッドに直行するべきだと。こんなにも長く、精神的ダメージの激しい一日をすごしたあとなのだからと。けれども、このときのわたしは極度の興奮状態にあった。エメラルドグリーンのロングドレスをひらめかせながら踊ることが楽しくてならなかった。正気の沙汰ではないと自覚しつつも、今日という一日に幕をおろす気にはまだなれなかった。こうしてこのまま深夜零時をやりすごし、五月七日を迎えることさえできれば、いくらか気持ちが軽くなるにちがいないとの思いもあった。サイモンに手を握りしめられたまま、その手のぬくもりに心が安らいでいくのを感じながら、わたしは大広間をあとにした。エンジェルもいつもどおりの気遣いを見せて、あいたほうの腕を支えてくれていたけれど、じつを言うなら、もうその必要はなかった。すでに酔いは醒めていたし、眩暈もすっかりおさまって、完全にしらふの状態だったのだから。ホテルの正面玄関で待機していたお抱え運転手付きの車に乗りこみ、わたしたちはロンドンの中心部を突っ切りはじめた。通りは閑散としていたため、車はよどみなく進んでいった。重々しい音を立てて閉じられたドアのおかげか、黒塗りの大きなリムジンの堅牢さのおかげか、わたしは大いなる安心感に包まれていた。ディーン・ストリートに到着しても、この場を離れたくないと思えるほどだった。ナイトクラブの前で車が停止したとき、ふとキャロラインのことが頭に浮かんだ。ここから目と鼻の先で爆弾テロに巻きこまれた当時、キャロラインがまだとても若かったことを思うと、そのせいでお腹の赤ちゃんと恋人をいっぺんに失ったことを思うと、とつぜん、激しい胸の痛みと憐れみをおぼえ、危うくキャロラインを赦してしまいそうになった。

会場には、最新のファッションに身を包んだ人々がひしめきあっていた。有名人の顔もちらほら見うけられた。場ちがいなところに紛れこんだペテン師だという感覚にとらわれないようにしようと努めたけれど、わたしが経歴を詐称するペテン師であることは、否みようがなかった。一方のエンジェルはというと、下町育ちに特有の訛を除けば、まるではじめからこの場所に生まれついたかのように、こともなく周囲に溶けこんで、パーティーの主催者だという男性（コヴェント・ガーデンに店舗もかまえるファッションデザイナーらしい）を相手に長々とお喋りを続けていた。わたしはサイモンに連れられて、まずはバーカウンターへ向かった。サイモンの注文してくれたシャンパンを口にしたとき、時刻が午前零時をまわっているのにはじめて気がつき、ぶじに〝翌日〟を迎えられたことを、心のなかでひそかに祝った。するとその直後、誰かに肩を叩かれた。後ろを振りかえると、そこには、髪を真っ白に脱色し、目のまわりには黒々とアイラインを入れて、派手な装束に身を包んだ青年が立っていた。青年は「キャロライン！　ダーーーリン！　やっぱりあんたね！　こんなところで会えるなんて！」とはしゃいだ声をあげつつ、香水のにおいをふわりと漂わせながら、壊れやすくて大切なものにでもするように、そっとわたしを抱きしめた。一瞬の戸惑いを経て、わたしはようやく事態を悟った。この青年は、わたしを双子の妹と取りちがえているんだわ。いま思えば、これまで一度もこういう事態に至らなかったことのほうが驚きだった。それと同時に、ハムステッド・ヒースを散歩していたときに味わった恐怖の瞬間を思いだした。あのとき出くわした見知らぬ男も、わたしのことをキャロラインだと思いこんだのにちがいない。どうしてあのとき気づかなかったのだろう。自分が双子だということを、自分にそっくりな人間がもうひとり存在することを、すっかり忘れ去っていたなんて。いったい何を言えばいいのかも、どうすればいいのかもわからなかった。サイモンがこちらに視線を向けてはいたけれど、何かを訝っているようすはない。たぶん、名前を聞き漏らしたのだろう。となれば、ここは流れに身を任せるしかない。

「どうも。久しぶりね」内心、眩暈をおぼえつつも、わたしは青年に挨拶を返した。

の青年は言った。

「元気にしてた？　最近は何してんのよ？」香水のにおいをぷんぷんさせながら、女口調

「まあ、あれこれ、ファッション関連の仕事を続けてるわ」サイモンに聞こえないことを祈りながら、快活な声をつくって、わたしは答えた。「ごめんなさい。ちょっとトイレに……会えて嬉しかったわ」そう言いわけしてから、エンジェルのところまで歩いていき、有無を言わせぬ口調で耳打ちすると、エンジェルはしぶしぶながらもピンク色のシルクの小さなポーチを差しだしてきた。なんだか嫌な予感がするわと、警告めいたことも言われたけれど、耳を貸すつもりはさらさらなかった。

コカインの一撃はてきめんに効いた。化粧室の個室のなかで、身体が大きくぐらりと揺れた。もうたくさん。今度こそ家に帰ろう。これ以上は耐えられない。エンジェルの懸念は正しかった。わたしはもう限界だ。こんなところにまでのこのこやってくるなんて、いったい何を考えていたの？　サイモンのところへ行って、気分がすぐれないと伝えよう。そうすれば、タクシーを呼んでくれるはず。そして、タクシーを待つあいだ、しばらく夜風にあたるとしよう。エンジェルがここに残りたいなら、そうしてもらえばいい。せっかくの夜を邪魔したくはないから。この会場にはほかにも、キャロラインを知る人間がいるかもしれない。なんたって、主催者がファッションデザイナーなのだから。浅はかな自分が呪わしかった。洗面台の鏡をのぞきこむと、紅潮した頰に瞳をきらめかせ、唇には真っ

赤な口紅を塗って、エメラルドグリーンのドレスをまとった長身の女が、こちらを見つめかえしていた。どこからどう見ても、その姿にははっとさせられる。わたしはぴんと背すじを伸ばしてから、出口に向かった。ところが、扉を開けた瞬間、あまりの衝撃に脳みそが跳びあがり、ぴたりと機能を停止した。まるで、何が起きているのかを理解できないというかのように。どうして自分が夫と見つめあっているのか、理解できないというかのように。

43

ケニアへの登山旅行はフランシスの心を大いに浮き立たせ、人生を変える転機となった。フランシスにとっては、何もかもがはじめての経験だった。これまでは、ヨーロッパを出たことすらなかった。テントで寝たことも、高山にのぼったこともなかった。生きた鶏を連れて登山したことも、二日後に、その肉を入れた水っぽいシチューを食べたこともなかった。早朝五時に、酷寒の山頂から平野を見おろしたこともなかった。地平線からのぼりくる太陽を眺めているときには、これこそが生きるということだと実感した。自分がこの地球《ほし》に生まれおちたのは、このためだったのだとも。心臓が大きく、速く、そして自由に鼓動するのも感じた。熱帯の山麓《さんろく》に広がる色鮮やかな風景と、氷点下の山頂に切り立つ氷の壁とのコントラストに、心を揺さぶられずにはいられなかった。どんなに不便なことが多かろうと、どんなに不慣れなことが多かろうと、フランシスはすっかり登山の虜となった。そして、こう確信した。今後は、こうした旅が自分の趣味となるだろう。浮気性の夫に連れられて、ブルターニュ地方やコーンウォールへ赴《おもむ》き、退屈な数週間をすごすような旅なんか、もう二度とするものか。旅というものに、こんなにも胸弾む一面があったなんて。それから、あの山岳ガイド。二十も歳下だというのに、あのガイドには、ついつい胸のときめきをおぼえさせられる。背中の筋肉のつき具合にも。登山チームの面々に指示を出すさまの頼もしさにも。彼がいるほうにばかり意識が吸い寄せられ、こちらに近づいてきたり、調子はどうですかと声をかけられたりするたび、あどけない少女のように顔が赤らんでしまう。おかげで下山することが、どうにも寂しくてならなかった。だから、首都ナイロビへ発つまえに山裾近くの山小屋でもう一泊するとわかったときには、その晩の宿がただの掘っ建て小屋であろうとも、ありがたく思えてならなかった。日没まえの陽射しを浴びながら草の上に腰をおろし、チームの面々と地ビールを酌み交わしているうちに、この山とも、この瞬間とも、離れがたいという思いが募った。そんなわけで、いよいよ夜が更けたころ、例のガイドが自分の小屋の番号をそっと耳打ちしてきたときには、ひどく驚きはしたけれど、リンダに強く背中を押されて、フランシスは覚悟を決めた。その晩は、ギリシア彫刻のような肉体と黒い肌をしたその男と、まるで獣のように、精根尽き果てるほどに、激しくまぐわった。それはそれは、夢のようにすばらしい一夜だった。少なくとも、こんなセックスは二度と経験できないにちがいなかった。

44

目の前に立つ男は、何年も昔のベンの姿をしていた。悲しみに打ちひしがれた現在のベンではなく、はじめて出会ったころのベンがそこにいた。いつ果てるとも知れない一日に起きたありとあらゆる出来事のせいで、ついさっきキャロラインとまちがわれた一件のせいで、すでに混乱しきっていた頭には、どうしてベンが時空を超えてこんなところに存在しているのかが、こんなところで何をしているのかが、まるで理解できなかった。現実感という現実感が消えうせたような感覚のなか、わたしは呆然とその男を見つめていた。向こうもまた、わたしを――危うげな瞳と、鮮血のにじむ切り口のような唇とを――じっと見つめかえしていた。このとき全身を走りぬけた電流は、ベンに恋した瞬間にも劣らぬほど――例のスカイダイビングに挑む直前、ハーネスを装着するのを手伝ってもらっていたときにおぼえた、太腿で爆竹が弾けたような感覚にも劣らぬほど――強烈なものだった。

とにかく正気を取りもどそうと、無理やり引きはがすかのように視線を逸らし、銀色のピンヒールを見おろした。この靴ならば、今日という狂乱の一日から、どこか別の場所へ連れ去ってくれるとでもいうかのように。いますぐこの場を離れなければならない気がした。過去のわたしなり、双子の妹なりを知る者に――わたしが闇に葬ったはずの世界と関わる人間に――これ以上出くわすわけにはいかない。ところが、最初の一歩を踏みだすやいなや、ハイヒールを履いた足がよろけた。すると、男はわたしの腕をつかんで、「大丈夫？」と問いかけてきた。

「ええ、ちょっと立ちくらみがしただけ……新鮮な空気を吸いさえすればよくなるわ」わたしがそう答えると、過去からの来訪者であるハンサムな〝ベンもどき〟は、わたしの腕を支えたまま、このうえなく丁重にわたしをエスコートしつつ、人込みをすりぬけ、バーカウンターの前を通りすぎ、サイモンとエンジェルのそばを通りすぎて、ひんやりとした外気の満ちる深夜の通りへと連れだした。

「このまま家に帰ったほうがいいみたい。申しわけないけど、タクシーを呼んでもらえないかしら」

「もちろんお安いご用だけど、それだと少し時間がかかる。ひとりで立っていられるかい」その問いかけにうなずきかえしはしたものの、身体は力なくもたれかかったままでいると、男は続けてこう言った。「通りを流しているのをつかまえるほうが、手っ取り早いかもしれない。少し歩ける？　大通りに出てみよう」そして、わたしを支えたままゆっくりと歩きだした。ところが、オールド・コンプトン・ストリートを進んでいるあいだも、爆弾テロ事件後に改築されたアドミラル・ダンカンの軒先を通りすぎていくあいだも、道行く人々が何人も、じろじろと不躾な視線を投げてきた。そのときのわたしはもう、気を失いかけても、ふらついてもいなかったというのに、いったい何がおかしいというのだろう。ようやくチャリング・クロス・ロードまでたどりつきはしたものの、正規の黒タクシーは一台も見あたらなかった。そこで仕方なく、男は小型タクシー《ミニキャブ》——法外な料金をぼったくることも少なくない、非正規登録のタクシー——を一台、呼びとめた。わたしが車内に乗りこもうとすると、男はそれを制止して言った。「正直なところ、女性ひとりをこの手のタクシーに乗せるのは気が進まない。ぼくの住まいがすぐ近くにあるんだけど、もう少し気分がよくなるまで、うちで休んでいったらどうかな。よければ、紅茶を淹れてあげることもできる」

男の名前すらまだ知らなかったけれど、その日はあまりに一日が長すぎた。あまりに現実離れした一日でもあった。そのせいか、気づいたときにはイエスと答えていた。それに、この親切な男が斧《おの》で女をめった切りにする殺人鬼であるとも思えなかった。男はわたしの隣に乗りこむと、「メリルボーン地区へ」と運転手に告げた。男の住まいは、とあるお店の上階にあって、息を呑むほどにすてきなアパートメントだった。広々としているうえにスタイリッシュで、家具や調度も美しく整えられていた。ソファに腰をおろすと、ようやく人心地つくことができた。今日という日にいるべき場所に、とうとうたどりつけたような気がした。あとの望みはただ、丸くなって眠ることだけだった。

「いろいろとご迷惑をかけてごめんなさい。まだあなたの名前も知らないっていうのに」わたしがそう詫びると、男は一瞬、妙な表情を浮かべてから、こう言った。「名前を知らないのはお互いさまだ」

「わたしはエミリー」とっさに飛びだしたのは、捨て去ったはずの本名だった。

「ロビーだ」と男も名乗った。

「お会いできて嬉しいわ、ロビー」わたしはささやくように言ってから、はにかみがちに微笑んで目を閉じた。

45

ナイロビのホテルに帰りつくと、フロントにメッセージが残されていた。〝ママ、できるだけ早く連絡をください。愛を込めて。エミリーより〟それを目にするなり、フランシスは激しい胸の痛みと、かすかな後ろめたさをおぼえた。オリュンポスの神々を思わせる山岳ガイドを相手に夜どおししていた行為のすべてを、電話越しに見透かされてしまったわけでもあるまいに。おなじみとなった恐怖に襲われながら、フランシスはエミリーに電話をかけた。きっと、キャロラインに何かあったにちがいない。緊張と波乱に満ちた日常へ引きもどされたくなかった。アフリカの太陽のもとに、永遠にとどまっていられたらどんなにいいか。

回線がつながるまでには、ずいぶんと長い時間を要した。呼出し音が鳴りやむまでにも、ずいぶんと時間がかかった。フランシスの読みは正しかった。やはり、用件はキャロラインに関することだった。なんでも、飲酒運転でつかまった際に血中アルコール濃度が基準値の二・五倍もあったうえ、警察署でひどく騒ぎたてたために、酔いが醒めて落ちつきを取りもどすまで、まるまるひと晩を留置場ですごす羽目になったのだという。

「旅先にまで連絡を入れるべきかどうか迷ったんだけど、キャロラインが、今回はこのまま入院したいって言うものだから。それ自体はとってもいい考えだと思うんだけど……ただ、その……キャロラインは貯金がまったくないそうなの。わたしとベンでいくらかは用立てられると思うけど、入院費がかなり高額みたいで……」

「あの子には、すぐにそうするよう伝えてちょうだい。費用のことなら心配しないで。わたしがなんとかするから」金を工面する当てなどどこにもなかった。でも、それが自分にできるせめてものことだった。キャロラインがあんなふうになったのは、すべて母親であるわたしのせいなのだから。とはいえ、少なくとも、キャロラインとの距離が以前より近づいてきているのはまちがいない。今回の治療も、なんらかの効果をあげてくれるかしら。病状が快方へ向かってくれるかしら。それとも、今後もずっと、あの子はさまざまな病や依存症と闘いつづけなければならないのかしら。そう思うと、ぐっと気持ちが沈みこんだ。

フランシスはロビーを離れ、お気にいりのビーチチェアに腰をおろした。わたしはいま、わが子から——誰よりも母親を必要としている娘から——あまりにも遠く離れた場所にいる。どこまでも頼り甲斐のない母親はいま、遥かアフリカのプールサイドにいる。心にやるせない痛みを感じながら。鼻孔の奥に、ゆうべの情事の甘い残り香を嗅ぎとりながら。

46

目が覚めたとき、ソファに横たわる身体の上には、羽毛布団がかけられていた。自分がどこにいるのかわからなかった。しばらくすると、前日の出来事がひとつまたひとつと蘇ってきた。サイモンとのランチの席で大失態を演じたこと。人事不省に陥り、夕方までベッドで眠りこけていたこと。授賞式でも醜態をさらしたこと。正気の沙汰とは思えない、異常なふるまいをしたこと。高級ナイトクラブを貸し切って催されていたパーティーに参加したこと。キャロラインとまちがわれたこと……しだいに記憶の糸がほぐれ、最後の最後に、そこで出会った見知らぬ男のことを、その男の自宅へのこのこついていったことを思いだした。自分の身体を見おろしてみると、あのエメラルドグリーンのドレスを着たままだった——いい徴候だわ。そしてまだ、あのときのまま居間にいた——これも同じく、いい徴候。ただし、室内に男の姿は見えなかった。なんともみっともない話だけれど、ゆうべはあのまま眠りこんでしまったらしい。あれからどれくらいの時間が過ぎたのだろう。いまはいったい何時なの？　壁掛け時計の針は六時三十分をさしている。としても、いったい午前なのか、午後なのか。いいえ、午前に決まってる。つまりは、土曜の朝だということ。やけに口が渇いていた。頭は核爆発でも起こしそうなほどに、ひどくずきずきと痛んでいた。ソファの上で身体を起こし、こめかみにてのひらを押しあてたまま、ここから抜けだす算段を立てようとした。ロビーと名乗るあの男は、とことん人のいい人物のようだ。ゆうべも、わたしをどうこうしようという意図があったとは思えない。ならば、感謝の言葉を綴った置き手紙だけ残して、このまま退散すればいいのでは？　それとも、いちおうは寝室をのぞき、ひと声かけていくべきかしら。いいえ、問題は礼儀が云々ということではない。サテンのドレスをまとい、化粧の崩れきった女が朝っぱらから通りをとぼとぼ歩いていたら、どんな目で見られるかはわかりきっている。タクシーを呼ぶべきなのだろうが、いまいる場所の住所がわからない。ひとまずいまは、猛烈な喉の渇きをどうにかしよう。わたしはなんとかソファから立ちあがり、よろよろと居間を横切って、廊下に出た。廊下を挟んで向かいにあるキッチンは、途方もなくだだっ広く、〝超モダン〟な設えになっていた。アイランド型のシステムキッチンには、そのうちの一辺に沿って、脚の長い白いスツールが四脚、整然と並べられている。水切りに置いてあったグラスを取りあげ、蛇口をひねると、動きだしたポンプの音が部屋中に響きわたった。わたしは慌てて水をとめ、グラスの中身をひと息に飲み干した。どうやってここを出ようかとなおも考えつづけていたとき、廊下のほうから物音が聞こえて、ロビーが姿をあらわした。白いＴシャツにボクサーパンツというでたちで、眠けを払うように首を振っている。

「ごめんなさい。さっさとお暇《いとま》もせずに」とわたしは言った。

「いや、まだいてくれてよかった」とロビーは応じた。わたしは急にばつが悪くなって、足もとに目を伏せた。ロビーには、ベン以外の誰にも感じたことのないものを感じさせられた。それが裏切りのように思えてならなかったけれど、そんなふうに考えるのもばかげている気がした。

「紅茶でも淹れようか」

「まだ六時半よ。わたしのことは気にせず、もう少し寝直して」

「いいや、平気さ」ロビーはそう言って、ヤカンを取りに向かった。わたしの目の前を通りすぎようとした瞬間、まるで磁石か何かに吸い寄せられるような感覚が、身体の正面全体をかすめていった。

ロビーの存在はわたしをまごつかせた。ロビーはハンサムで、とびきり親切であるうえに、おそらくはかなり裕福でもある。あまりにも条件が整いすぎていて、何か裏があるのではと思えてしまう。キッチンのなかは、まるで一度も使われたことがないかのように、汚れひとつなく清潔だった。ロビーはマグカップふたつに紅茶をそそぐと、先に立って居間へ向かった。わたしはおずおずとソファに腰をおろし、ざっと丸めた羽毛布団をそばに引き寄せた。ロビーはもう一方のソファに腰をおろした。ミルクをそそがれた紅茶は、マグカップのふちに沿って、茶色い泡が浮いていた。わたしはそれをじっと見つめた。何を言えばいいのかも、どこに視線をやればいいのかもわからなかった。ロビーがどれほど夫のベンに似ているかということしか、いまは考えられなかった。加えて、頭がなおもずきずきと脈打っていた。

「頭痛薬はないかしら」おおむね沈黙を破りたい一心で、わたしは尋ねた。

「ああ、あるよ」ロビーは言って、ソファから立ちあがった。すぐ目の前をロビーが通りすぎていくあいだ、わたしはまたもや息を殺した。ロビーが見つけてきてくれた錠剤を、震える手でアルミシートから押しだした。水のグラスを差しだされたにもかかわらず、紅茶で錠剤を飲みくだしたせいで、喉の奥を火傷《やけど》してしまった。

「ここまでひどい二日酔いになることなんて、めったにないのよ。ただ、昨日はちょっと、いろんなことがありすぎて……」

「まあ、そういうときもあるさ」ロビーはいったん言葉を切ってから、少し間を置いて、こう続けた。「考えたんだけど……ぼくはひどく疲れていて、きみは頭痛に悩まされている。そこで、なんと言うか……もし嫌じゃなけりゃ、寝室のベッドでもう少し休んでいかないか。お互い、もうちょっと睡眠が必要なようだし。このソファで寝るよりは、ずっとましだと思うよ」

わたしが何も答えずにいると、ロビーはさらにこう付け加えた。

「もしくは、別に客間もある」

わたしは頭を働かせようとした。いますぐ家に帰るべきだということはわかっていた。でも、まっすぐに身体を起こすだけでずきずきと痛む頭が、タクシーの振動に耐えられそうになかった。いまはただ、もう少し眠りたかった。ロビーも、見たところ、眠くてたまらないようすだった。さきほど勧めてくれたとおり、客間を借りることもできる。けれども、そんなことをするのは無駄だと、何かが告げていた。ただし、それがなんの無駄であるのかは定かでなかった。

「ええ、そうさせてもらえるとありがたいわ」よくよく考えた結果、紅茶を勧められでもしたかのように、わたしは慇懃に申し出を受けいれた。「ただ、Tシャツか何かを貸してもらえないかしら。このドレスを脱ぎたくてたまらないの。それに……」わたしの声はしだいに尻すぼみになっていった。

するとロビーは「ああ、もちろんだ」と言って、ソファから立ちあがった。その背中を追って寝室に向かいながら、わたしはそのときはっきりと悟った。この瞬間が鍵になるだろうということを。自分はいま、出会ったばかりのこの男と共に、現世における人生の、さらに新たな段階へ進もうとしているのだということを。

47

ベンはエミリーがいなくなったあとも、人生に投げやりにはなるまいと最善を尽くした。エミリーを責めるまいとも努めた。どうしてあんな行動に出たのかを理解しようともした。エミリーが計画的に家を出たのだということはわかっていた。パスポートが持ちだされているうえに、個人口座の残高がゼロになっていたから。そのことがわかると、どういうわけだか、いくぶん気持ちが楽になった。少なくとも、エミリーはいまもどこかにいるということだから。どこかで死んでいるわけではないということだから。人里離れた森や、悪臭を放つ排水溝のなかに、遺体が転がっているわけではないということだから。また、あるときには、エミリーに対して信じがたいほどの憤りをおぼえることもあった。その意気地のなさに対して。自分とチャーリーを置き去りにしたことに対して。共に苦難を乗り越えようとしなかったことに対して。エミリーの考えは完全にまちがっている。はじめて出会った瞬間から、どんなことがあろうとも、ふたりは永遠に人生を共にする運命にあったはずだ。それこそが、ふたりの歩む道であったはずだ。なのに、いまはまるで、世界がひっくりかえってしまったかのようだった。不気味な別世界に迷いこんでしまったかのようだった。その世界においては、〝あの日〟を境に何もかもがおかしくなってしまっているというのに、それを正そうにも、ベンにできることは何ひとつない。エミリーを捜しだそうとする試みも、すべて徒労に終わっていた。警察がしてくれたのは、おおかた、同情を示すことだけだった。納税記録から居場所を突きとめることができるのではと思いたち、内国歳入庁に電話をかけてもみたが、応対に出た女性職員ににべもなく協力を拒まれた。自発的な失踪人に関しては、個人情報を公開することができないのだという。あのときは、配慮の欠片もない女のお役所口調にかっとなり、受話器を架台に叩きつけたいという衝動を必死に抑えこまなければならなかった。居ても立ってもいられなくなったベンは、しばらく休みを取って、デヴォン州や西ウェールズへ車を走らせた。ピーク・ディストリクト国立公園にも足を伸ばした。これまでにふたりで訪れたことのあるホテルやパブや喫茶店に立ち寄っては、エミリーがきれいに写った写真を懐から取りだし、従業員に見せてまわった。いかれた男でも眺めるかのようなまなざしを向けられ、「お力になれず申しわけない」というふうな答えを返されるたびに、自分がばかみたいに思えた。エミリーの実家の者たちも、なんら助けにはならなかった。義妹のキャロラインは母親の命令でふたたび実家暮らしを始めていたが、最新の恋人（たびたび浮気を繰りかえしていたらしい）と破局したばかりであるらしく、いっそう素行が荒れていた。義母のフランシスは、キャロラインにどう接するべきかも、みずからの悲しみにどう対処すべきかも皆目《かいもく》わからず、すっかり途方に暮れていて、ベンのために何かをしてやれるような状態にはなかった。義父のアンドリューに至っては、見るも無残なありさまだった。急激に老けこんでしまったうえ、自分の殻に閉じこもるようになっており、近ごろでは顔を会わせることもめったにない。チャーリーを連れてときどき顔を見せにいっても、以前のような関心を示すことすらほとんどなくなってしまっていた。

エミリーが戻ってくることはない――そのことがはっきりすると、仕事とチャーリーだけが、ベンの原動力となった。まずはチャーリーの〝お守《も》り当番表〟をつくり、両親に助力を求めた。両親は快くそれに応じてくれた。ただし、けっして口にすることはなかったものの、〝どんな家庭で育ってきたのかを思えば、嫁が家庭を捨てて逃げだしたのも無理はない〟と考えているのだろうことは、ベンにもひしひしと伝わってきた。両親はこれまでずっと、エミリーのことを可愛がってくれていた。そのことはベンも重々承知していた。しかしながら、息子の結婚式での騒動に胸を悪くしたことをきっかけに、ああいう家族は唯一の孫の母親に悪影響を及ぼしかねないのではないかと、つねづね不安視しつづけていたのだ。近ごろではベン自身も、夜の静寂《しじま》にひとりきりになると、その可能性について考えてしまうようになった。エミリーはどうして家を出ていったのか。本当に、あの出来事だけが原因なのだろうか。それともやはり、あの家族のせいで、心の奥深くに重すぎる傷を負っていたからということもあるのだろうか。これまではずっと、エミリーのことをきわめて健全な精神の持ち主であるものと、思いやり深い人間であるものと思ってきた。奇妙なほど自分と似通っているようにも思えていた。それこそが、最初に惹かれた理由でもあった。エミリーをはじめて目にしたのは、あのスカイダイビングの日に、職場の駐車場で同僚たちと落ちあったときのことだった。飛行場までの道中、誰がどの車に乗るかを割り振っているあいだ、エミリーは見るからに怯えきったようすで、つま先をアスファルトに打ちつけていた。おはようと声をかけた瞬間、ベンはエミリーのなかに自分と通じる何かを感じとって、全身に震えが走った。恋に落ちるには、それだけで充分だった。当然ながら、エミリーのほうは、ベンの胸中をすぐさま見抜いた。ベンが自分に心を奪われたことに気がついた。そのうえで、即座に〝まさか〟とそれを打ち消したこと、そして、自分がいかに魅力的であるかを自覚していないことが、ベンの恋心をいっそう募らせた。けれどもその時点ではまだ、すべて自分の勘ちがいではないかという思いもあった。ところが午後になって、パラシュートの装着を手伝い終えたあと、背すじを伸ばしたエミリーと目が合った。その瞳にはありありと、狼狽《ろうばい》の色が浮かんでいた。それから、自覚の芽生えのようなものも。そしてその直後には、それが恥じらいへと変化した。エミリーはよろめく足でその場を離れていった。一方のベンはそのあとも、ほかの参加者の装備を手伝ってまわった。いまは作業に集中しなければと、装備を整える際に気もそぞろの状態でいるなどもってのほかなのだからと、自分に言い聞かせながら。

以後のベンは、心のなかでおのれを蹴飛ばしつづける羽目となった。帰り道の車中で、どうしてエミリーともっと親しくなっておかなかったのか。だが、あのときのベンには、自分の感情を制御するすべがわからなかった。こんなに誰かを好きになったことは、一度もなかったから。こんな現象が現実に起きるなんて、思ってもみなかったから。そして数カ月後、ついに念願が叶ったとき、身も心も通じあうことができたとき、エミリーはみずからの生いたちを語ってくれた。双子の妹がいること。その妹からあまり好かれていないこと。自分がエミリーを必要としているのと同じくらいに、エミリーも自分を必要としてくれているのだと、そのときベンは確信した。ある意味において、ベンはエミリーがけっして持つことの叶わなかった双子のような存在になった。魂の片割れに、親友に、エミリーが何を考えているのかがわかる人間になった。そのときどきの心情を、嘘偽りのない真実を、なんでも打ちあけられる相手になった。ほかの誰かに話したら、軟弱だの、荒唐無稽だのと一蹴《いっしゅう》されてしまうにちがいないようなことでも、包み隠さず打ちあけられる相手になった。ベンはいついかなるときでも、エミリーを理解することができた。エミリーの言いたいことが、なんでもすぐにわかった。ふたりが狂おしいほどに惹かれあっていると いう事実は、特別なご褒美のように感じられた。たとえ、〝こんな堅苦しい仕事や風変わりな趣味を持つひとなんかに、どうして惹かれてしまったのかしら〟などと、エミリーがしょちゅうベンをからかっていたとしても。〝もしきみに愛想を尽かされたとしても、きみのそっくりさんがもうひとりいるから別にかまいやしないよ〟などと、ベンのほうまでそれに言いかえしていたとしても。互いに対する想いや信頼の揺るぎなさがあるからこそ、ふたりはそうした軽口の応酬を、無邪気に笑いあうことができたのだ。

近ごろでは、ふと気づけば、エミリーと共にすごした日々をしきりと思いかえしている自分がいた。おおかたは、チャーリーが眠ったあと、ひとりあのソファにすわっているときに。エミリーとふたり、ショールームでぴたりと寄り添って、すわり心地をたしかめた、あのソファ。エミリーが靴を脱いで寝転がり、寝心地まで吟味した、あのソファ。値段が値段だけに、あとから悔やむのだけはいやだと、あのときエミリーは言ったっけ。最近のベンは、テレビをパソコンにつなぎ、撮りためてあった膨大な写真を延々とスライド再生したまま、あのソファにすわって、無作為にあらわれる画像にぼうっと見いることが多くなっていた。たとえば、デヴォン州の名もなき浜辺で、冬の海風に吹かれるふたりの顔をアップでとらえた、つきあいはじめのころの写真。結婚二周年の記念日に訪れたヴェネツィアのサン・マルコ広場で、ドゥカーレ宮殿の前に立つエミリー。バクストンの実家の近くを流れる川岸で、チャーリーが川に飛びこんでしまわないように押さえこんでいるベン。エミリーの魅力なら知りつくしているはずのベンですら息を呑むほどに美しかった、ウェディングドレス姿のエミリー。その美貌を称えるかのように、背後できらきらと輝く海。

義母がひとりで暮らす家の小さな裏庭で、咲き誇るバラの花を背景に、生まれたての息子を抱くエミリー。イタリアのソレントで、素朴なピンクやオレンジ色に外壁を塗られた家々が海岸線のぎりぎりまで雑然とひしめいている町並みを背景に、手を握りあって立つ新婚旅行中のベンとエミリー。このソファの上で、大の仲よしであるダニエルにぴったりと寄り添って昼寝をしているチャーリー。びしょ濡れのチャーリーの隣で、庭の花に水やりをしている笑顔のエミリー。クレタ島のクノッソス宮殿で赤い支柱の前に立つ、安らいだ面持ちのエミリー（このときすでに妊娠していたことを、当時のふたりはまだ知らない）。クリスマスの朝にベッドの上で、布団にくるまったままくつろいでいる家族写真。何を思ったか、ベンの頭の上にお尻を乗せているチャーリー。見る者をじらすかのように、そうしたさまざまな画像がテレビの画面に浮かんでは消えていく。いつ、どこで撮影されたものかを見定めるころには、画面の端へと流れ去り、次の一枚がすべりこんでくる。ベンは何時間でも、それを見つづけた。あと一枚だけ、あと一枚だけと心のなかで唱えつつ、身体が芯まで冷えきってしまおうとも、室内が闇に包まれようとも、画面から目を離すことができなかった。ソファから立ちあがって、明かりをつける気にも、暖房をつける気にもなれなかった。どこか遠くから、エミリーが語りかけてくるような気がしてならなかったから。〝このときのことも、あの瞬間のことも、どうか忘れないでいて〟――そうささやく声がいまにも聞こえてきそうだったから。するとなぜだか、妙に心がなぐさめられたから。そうかと思うと、またあるときには、画面に映しだされる写真があまりにも生々しく感じられたり、自分を嘲笑っているように感じられたりすることもあった。ベンには何より、エミリーが自分のもとを去ったことが信じられなかった。エミリーがいまどこで何をしているのかもわからないということが信じられなかった。そして、そうした苦悶に抗《あらが》うすべはなかった。ベンにできるのは、床に突っ伏してすすり泣きながら、床板にこぶしを叩きつけることだけだった。幼い子供のように、とめどない悲しみに身を任せるしかなかった。

エミリーが失踪した当初に受けた激しい衝撃も、時が経つにつれ、しだいにやわらいでいった。秋になって木々から葉が落ち、その年の暮れがため息まじりに差し迫ってくるころには、周囲の者たちの心配をよそに、ベンはどうにかこうにか日常生活を取りもどすようになっていた。とはいえ、クリスマスをどうすごすかについてだけは、考えることすら拷問のようだった。すると、それを見かねた両親が、スコットランド北部のハイランド地方にある小さななじみのホテルへの家族旅行を、有無を言わさず手配した。出発の日は、季節はずれの好天に恵まれた。そのおかげもあってか、車中はなごやかな雰囲気に包まれていた。早朝にマンチェスターを発って、四時間半も経たないうちに、車はローモンド湖の沿岸を走りぬけていた。チャーリーのために休憩をとろうと車をとめたとき、高地の空気は薄く、清らかで、ようやく正常に息をすることができたような気がした。チャーリーへの義務感からではなく、みずから進んで、ベンは肺いっぱいに空気を吸いこんだ。その旅行は、ベンの両親にとっても、いい息抜きとなった。滞在先のホテルは温かみがあって、古色蒼然たる趣をとどめつつも、優美な魅力に満ちていた。その一方で、ベンの頬に平手打ちを食らわしかねないような、過去の思い出には満ちていなかった。加えて、ホテルのオーナー夫妻がチャーリーをたいそう気にいってくれた。こんなに可愛らしい子は見たことがないと褒めそやしては、ことあるごとにビスケットを与えたりしたけれど、このときばかりは誰も咎めだてしようとしなかった。そのホテルに滞在しているあいだは、チャーリーもエミリーのことをおおかた忘れていられるらしく、湖岸を自由に走りまわったり、アヒルを追いかけまわしたりと、久しぶりにはしゃいだ姿を見せていた。チャーリーのそうした腕白《わんぱく》な姿は、生の喜びを謳歌《おうか》する姿は、家族みんなの励みとなった。例年と異なるすごし方をしたおかげで、クリスマスの当日をも耐えぬくことができた。気づけば、肩の力を抜くことができている自分までいたが、しきりに後ろを振りかえる癖だけは捨て去ることができなかった。ひょっとしたら、そこにエミリーがいるかもしれないから。霧のなかから、とつぜん姿をあらわすかもしれないから。あのほっそりとした長い脚を曲げて、地面に膝をつき、両腕を大きく広げて、駆け寄るチャーリーを抱きとめようとするかもしれないから。たとえ一度は捨てたにせよ、いまなお愛していることを全身で伝えようとするかもしれないから。腕のなかに飛びこんでいくチャーリーを、ぎゅっと抱きしめてくれるかもしれないから。

48

ロビーの寝室は、壁に濃灰色の塗料が塗られ、床と家具は漂白加工の木材で統一されており、シーツ等の寝具は真っ白で、ぱりっと糊がきいていた。スタイリッシュでも中性的でもあるものの、キッチンと同様に、ひどく殺風景な印象を受ける。ロビーは自分で内装を選んだのかしら。それともインテリアデザイナー、あるいはガールフレンドにでも任せっきりにしたのかしら。疑問に思いはしたけれど、時と場合をわきまえて、口に出して尋ねることはしなかった。ロビーが貸してくれたTシャツは高級ブランドのもので、バスルームで袖を通してみると、肌触りが最高だった。ただし、長身のわたしには丈が短すぎるため、鏡に映る姿はいつになく脚が長く見えた。わたしはしきりに前身頃の裾を引っぱりおろしながら、寝室に戻った。ロビーはこちらに目を向けたものの、特には何も言おうとしなかった。わたしがベッドに入ると、怯えさせまいとするかのように、両腕で優しくわたしを抱きしめてきた。すると、身体と身体がひとつに合わさると同時に、全身のこわばりがふっと抜け、頭痛が引いていくのを感じた。

「こうしているだけで、なんだか力が湧いてくるみたいだ。きみはぼくという人間をあるがままに受けいれてくれるから」ロビーが耳もとでささやいた。

「ええ、もちろんよ」満ち足りた思いでロビーに寄り添ったまま、わたしはそうささやきかえした。この一年間ではじめて、完全なる安らぎに包まれながら。愛されているとすら感じながら。これは異常な事態だった。ふたりの関係が長く続かないことはわかっていたけれど、とにもかくにも、わたしたちはお互いを見つけだしてしまった。どんな理由であれ、わたしたちふたりが必要としていたものをいま手に入れているのだということだけは、たしかだった。ぬくもりと安らぎとに包まれているうちに、わたしはいつのまにやら眠りに落ちていた。そして、本当に久しぶりに、心乱されることのない穏やかな夢を見た。ようやく目が覚めたときには、かなりの時間が経過していた。服を着替えたロビーがベッドの端にすわっていた。差しだされたマグカップのなかでは、理想的な色あいをした紅茶が湯気を立てていた。

「一緒に朝食をどうかな。すぐ近くの店で、卵とベーコンとソーセージとマフィンを、ひと揃い買ってきた」

「どうしてそこまで親切にしてくれるの？」

「親切だなんて、そんなたいそうなものじゃないさ。まず、ゆうべのパーティーにはどのみち飽き飽きしていたんだ。ああいう場は、正直、性に合わなくてね。それに、怪しげなタクシーにきみをひとりで乗せるのは、どうにも気が進まなかった。きみは見るからに具合が悪そうだったから。そのうえ、うちのソファで眠りこんじまったきみを、そのままほっぽりだすわけにもいかないだろ?」そう言って、ロビーはにやりと笑った。「それから今朝は、ベッドのほうでひと眠りすれば、少しは頭痛がやわらぐんじゃないかと思っただけ。そしていまは、自分の腹が減ったから、朝食をつくろうと思っただけ。それのどこが親切だっていうんだい?」

そんなの、何もかもが親切に決まっている。それに、どうしてロビーは何から何まで、こんなにもベンに似ているのだろう。返すべき言葉が思いつけなかったため、とりあえずは安全地帯にとどまることにした。

「先にシャワーを借りてもいいかしら」

「もちろん。着替えも必要かい」そう言うと、ロビーはベッドをおりて、ウォークインクロゼットの扉を開けた。室内には、すべての服が色別に、整然と並べられていた。ロビーはそこからジーンズと、わたしが好きなほうを選べるようにシャツを二枚取りだしたあと、これまで手にしたこともないほど大きくて柔らかいバスタオルを一緒に差しだしてくれた。

シャワーはヘッドの部分がばかでかいうえに、水の勢いも激しかった。豪雨のような水流の下に立っているだけで、しつこく居すわっていた頭痛までもが背すじから手足を伝い、排水口へと流れおちていった。ところが、バスタオルを身体に巻きつけたとき、わたしはとつぜんの恐怖に駆られた。何もかも、現実であるにはあまりに都合がよすぎる。とにかく何かがおかしい。わたしのような人間が、こんな幸運にめぐりあえるわけがない。ひとまずエンジェルに無事を知らせておこうと思い立ち、ハンドバッグに手を伸ばしはしたものの、携帯電話は充電が切れており、エンジェルの番号を暗記してもいなかった。そのせいで、さらに不安が掻き立てられた。

ロビーのジーンズと薄桃色のポロシャツを身につけ、濡れた髪を手櫛《てぐし》でざっと整えた。ロビーの待つキッチンに入り、トマト炒めとスモークベーコンのまじりあったにおいを嗅いだ瞬間、猛烈な空腹感に見舞われた。キノコみたいな形をしたスツールにとりあえず腰かけはしたものの、座面の位置があまりにも高すぎて、足のやり場に困ったわたしは、小さな子供みたいにそれをぶらぶらとさせはじめた。

ロビーはこちらに微笑みかけながら、食器棚からふたりぶんの皿と、冷蔵庫から青白い卵をふたつ取りだした。ベーコンから出た油のなかに卵を割り入れると、ジュージューという音が静寂を掻き消した。ロビーは慣れた手つきで料理をしていた。わたしの前に置かれた皿には、まるでレストランで出されるみたいに、料理が美しく盛りつけられていた。わたしたちはカウンターに並んですわって、黙々と朝食をとった。ふたりのあいだに、ぴんと伸ばされたゴムのような引力を感じながら。窓からのぞく空は、いかにもじめじめとしていた。調理中に出た熱気が室内にこもっているせいもあって、またも頭痛がぶりかえそうとしていた。

「よければ、居間に移動しないか。食後のコーヒーを用意するから」食事を終えたところで、ロビーが言いだした。

「ええ、ありがとう」とわたしは応じた。身をよじるようにしてスツールをおり、そろそろと居間へ向かった。ソファに腰をおろしたとき、大きな雷鳴が轟いた。どうやら、稲光は見逃してしまったらしい。するとその直後、雨粒が屋根を叩く音と共に、雨水が窓ガラスを流れおちはじめた。気温もぐっとさがりだした。泡立てたミルクとコーヒーを入れたマグカップをふたつたずさえて、ロビーが居間に入ってきた。ロビーはそれをコーヒーテーブルの上に置いてから、アイポッドの置いてあるところまで歩いていって、エヴァ・キャシディの曲を流した。肘掛け付きのソファに引きかえし、わたしの隣に腰をおろすと、おもむろに視線を合わせてきた。そのときわたしは、湧きあがる欲求を感じていた。自暴自棄な気持ちも。それから、そう、愛情も。出会ったばかりのこの男に対して、慈しみに満ちた、純粋な愛情をいだいていた。こうした状況に対して、得体の知れない何かも感じていたけれど、それがなんであるのかはわからなかった。いつまでも帰らないわたしの身を、エンジェルが心配しているのではないかとの懸念もあった（なんとも笑える話だ。何カ月にもわたってそういう心配をしつづけている人間が、マンチェスターには半ダースほどいるというのに）けれど、なるようになれと覚悟を決めた。すると途端に、この静けさが特別なものに、そして神聖なものに感じられた。この瞬間が永遠に続いてくれたらいいのに。悲惨な現実へふたたび引きもどされてしまうまえに、このまま時がとまってしまえばいいのにと、わたしは思った。ロビーの目の奥をのぞきこんでいると、ベンと見つめあっているような錯覚をおぼえた。ただし、そこにいるのは、心に苦悶を抱えこむまえのベンだった。〝あの出来事〟を経験する以前のベンだった。エヴァ・キャシディの歌声と屋根を叩く雨音のリズムに心臓が締めつけられ、うまく息ができなくなった。少なくとも一曲半ぶんの音楽が流れたあと、ようやくロビーはゆっくりと、そっと、わたしに近づいてきた。ついに唇を重ねたとき、その温かな唇は、コーヒーとベーコンの味がした。ロビーのキスは優しくて、柔らかくて、真心がこもっていた。

ふと腕時計に目をやると、昼時近くになっていた。動かなくちゃとは思いつつ、できることなら、いつまでもこうしていたかった。懐かしい過去とのつながりを断ち切ることはしたくなかった。「……そろそろ本当にお暇しないと。あなたにも予定があるでしょうし」ロビーの唇に唇を触れあわせたまま、わたしはささやいた。

「じつを言うと、ここ一週間ばかり仕事ずくめの毎日が続いていたから、今日はストライキを起こそうと思ってね。だから、いまこのとき、何よりの望みは、ここにすわって音楽を聴いたり……あとはそうだな、テレビで映画を観たりしながら、外界を遮断することだけなんだ」それから少し間をとって、ロビーはさらにこう続けた。「というわけで、きみがそれにつきあってくれたら、もっと嬉しいんだけど」

わたしは返答をためらった。本物のベンとチャーリーのことは、考えまいとした。愛する家族がいまどこにいるのかも、何をしているのかも。わたしの身を案じているはずのエンジェルのことは、たしかに気がかりだった。それでも、わたしは心を決めた。過去にこだわってばかりいるのは、もうやめにしなくては。わたしはゆっくりと首を引き、ロビーの手を取って、指の付け根のひとつひとつにそっと唇を触れていった。そのあと、まっすぐにロビーの目を見つめて、こう告げた。「そうね、それって、すごくすてきなお誘いだわ」

49

スコットランド北部への旅をつつがなく終え、新たな年が幕を開けたあとは、冬本番がのろのろと物憂げに過ぎていった。ふと気づけば、いつのまにやら五月が目前に迫っており、ベンにとって最大の里程標石《マイルストーン》――人生が一変してしまった〝あの出来事〟からまる一年を迎える日――に向きあわざるをえなくなった。そのためには、完全にひとりきりになることがどうしても必要だった。エミリーがいないいまは、チャーリーですら、そばに置いておくことに耐えられそうになかった。そこでベンは実家の両親にチャーリーを預け、ひとりピーク・ディストリクト国立公園へ車を駆った。車をおりると、わけもなく、可能なかぎりまっすぐに山道を直進しはじめた。ときおり道をはずれては、木苺《きいちご》の茂みを掻き分け、柵のめぐらされた草地を突っ切り、険しい岩場に幾度となく足をとられながら、それこそ何時間も歩きつづけた。もともとは、キンダー・スカウトの頂をめざすつもりだった。そここそは、かつてエミリーにプロポーズをした思い出の場所だったから（あのときエミリーは、片膝をつくベンに笑いかけてから、自分も地面に膝をついて、こちらこそよろしくと答えたのだった)。ところがいざとなると、エミリーを伴わずにその場所を訪れることが耐えがたくなった。誰かに姿を見られることだけは避けたくもあった。ベンはそうして道なき道を、一心不乱に突き進んだ。時間のことも、自分がいまどこにいるのかも、ほとんど頭になかった。ほんのつかのまながら、エミリーのことすら忘れかけていた。ふたりがかつて共有していたもののことも、失ったもののことも。その日が近づいてきていることを、チャーリーがなんとなく察しているのはわかっていた。だが、当然ながら、チャーリーにその事実を告げることはできない。話したところで、理解もできないだろう。それでも、両親の実家の前で車からおろされたとき、チャーリーはあきらかに動揺したようすだった。大声で騒ぎたてることこそしなかったが、悲しげに目を潤《うる》ませていた。ある意味、かえってそのほうが痛々しくてならなかった。ベンは背中に小型のテントを背負っていた。時が過ぎ、あたりが暗くなりだすと、ベンは足をとめて、流れのゆるやかな川のほとりにテントを張った。川のせせらぎと、名も知らぬ鳥の声の他に、聞こえてくる音はなかった。ベンはテントのなかに横たわって、まんじりともしないまま、その夜の半分をあかした。いまこの場所にひとりきりだということ——悲しみに明け暮れる時間と場所があるということ——に、喜びにも似た感情をおぼえながら。目が覚めたときには、妙に爽快な気分になっていた。自分は〝あの日〟を無事に切りぬけることができたのだ。可能なかぎりの正気を保ったまま、心身を危険にさらすことなく、峠《とうげ》を越えることができたのだ。

50

わたしについて、ロビーは何ひとつ訊こうとしなかった。わたしのほうも、ロビーに何ひとつ訊くつもりはなかった(もちろん、いろいろと不思議に思うことはあった。たとえば、この若さで、どうしてこんな高級アパートメントに住めるのか。どうしてあんなに料理がうまいのか。どうしてこんなに紳士的なのか)。ロビーとは音楽の好みも合った。わたしたちはソファに並んで寝そべったまま、さまざまな曲に耳を傾けた。ダヴズに、パニックス。リバティーンズに、オアシス。それからジョニー・キャッシュまで。ところが、あの曲が——自分の結婚式でかけたあの思い出の曲が——流れだした途端、恐怖に身体がすくみあがった。ザ・スミスは聴きたくないと、わたしはロビーに訴えた。かつてはあれほど大好きだったというのに。そういえば、ベンはしょっちゅうこんなジョークを口にしていたっけ。ぼくらがチョールトン地区へ引っ越したのは、アイリッシュ・クラブであのバンドのドラマーに会うためだったにちがいない、と。このときも、ロビーは何も訊いてこなかった。すべてを理解しているかのように、無言でリモコンを操作した。次の曲が流れだすと、わたしは少し落ちつきを取りもどした。しばらくして、今度はワナダイズの代表曲が流れだした。すると、その曲のサビ部分にさしかかったとき、ロビーがとつぜん、わたしの目をじっとのぞきこんできた。いまにも心臓が破裂しそうだった。雨はいまなお降りやまず、気温はさがる一方だったけれど、わたしたちはそれにもかまわず、お互いの目を見つめあいつづけた。時刻が午後をまわっても、ぴたりと寄り添いあったまま、ティーンエイジャーのようにキスと愛撫とを繰りかえしていた。ロビーはいかにも満ち足りたようすだった。ふたり寄り添いあっている場所がソファであることにも。服を着たままでいることにも。時が経つにつれて欲求が募り、服を突きぬけんばかりにふくらみはじめたけれど、それ以上先に進むつもりはいまのところどちらにもなかったし、実際、そうもしなかった。

51

ベンは両親に電話をかけて、土曜の夜ももうひと晩、チャーリーを預かってもらえないかと頼みこんだ。車をとめておいた場所を見つけだすのにかなりの時間を要してしまったため、擦り傷と靴擦れだらけの足で自宅に帰りついたときにはへとへとに疲れ果てていて、チャーリーの世話すらする気になれなかったのだ。その晩はカーテンを閉めきって、デリバリーのカレーを注文し、ソファにすわってテレビを観た。せっかくの土曜の夜をこんなふうにすごすのは嫌だと、以前は言い張っていたものだが、エミリーはむしろそういうすごし方を好んでいた。ベンも内心ではかなり楽しんでいた。もちろん、それを認めるつもりはなかったけれど。

ところが、ひとりきりでのテレビ鑑賞は勝手がちがった。ひとりきりでは、エミリーの頬を伝う涙をからかうこともできない。〝判決が聞きとれないから静かにして〟とたしなめられることもない。気づけばまた、こんなことを考えていた。エミリーはいまどこにいて、何をしているのだろう。感情の歯止めとなるはずのチャーリーがいないせいか、平静を装う必要がないせいか、ベッドの下をのぞきこんで革製の旅行鞄が消えていることに——エミリーがいなくなったことに——気づいた瞬間にも匹敵するほどの、圧倒的な悲しみが襲いかかってきた。

するとそのとき、玄関の呼び鈴が鳴った。くそっ、注文したカレーが届いたのにちがいない。ベンは目もとをぬぐい、財布をつかんだ。

ところが、扉を開けると同時に、ベンはその場に凍りついた。ばかみたいにぽかんと口を開けたまま、信じられないとでもいうように、戸口の向こうに立つ人物を見つめた。いったいどういうことだ？　夕食のカレーはどこへ行った？　まさか、ついに彼女が戻ってきてくれたのか？　銃で撃たれでもしたかのように、心臓がびくんと跳ねあがった。そして直後に急降下した。地面に倒れて息絶えた。

「きみか……」

「入ってもいい？」キャロラインが訊いてきた。「来るべきじゃないってことはわかってるわ。でも、ゆうべも来たけど、会えなかったから。ただ、どうしてもあなたの顔を見て、残念だと伝えたかったの」

「残念って、いったい何が？」無礼を承知で、ベンは言った。

「お願い。なかに入れて、ベン。苦しんでいるのはあなただけじゃない。もしかしたら、あたしたち、お互いの助けになれるかもしれないわ」

「そうは思えない」そんなふうに突き放しはしたものの、ベンは結局、戸口の端に身体を寄せて、キャロラインに道を開けた。キャロラインのあとを追って居間に入ると、コートを脱ぐのを見守っているあいだに、ふたたび呼び鈴が鳴り響いた。今度こそカレーの配達だったけれど、配達員の少年に代金を支払っているあいだも、手の震えがおさまらなかった。届いたカレーはキッチンに運び、二枚の皿に取り分けた。例のごとく、ひとりでは食べきれない量を注文してしまっていたから。自分用にビールをつかみとったところで、ためらいが生じた。キャロラインの前でアルコールを口にするべきではないのではないか。ちょっとした挑発行為と受けとられるのではないか。だがすぐに、そんなのは知ったことかと思いなおし、キャロラインにはオレンジジュースをグラスに注いだ。めいめいのトレイを用意しているとき、キャロラインがハイヒールの足をよろめかせながらキッチンに入ってきて、ワイングラスを貸してもらえないかと言うが早いか、赤い包装紙にくるんだ白ワインのボトルをバッグから取りだした。ボトルに水滴が浮いている点からして、きんきんに冷えているらしい。通りのはずれにある酒屋で、通りしなに買ってきたのだろうが、いまはくたびれ果てているうえに動揺していることもあって、余計な口出しをする気にはなれなかった。言い争いのたぐいには、とうてい耐えられそうになかったから。ふたりはテレビに顔を向けたまま、ゴルフボールを食べる男や、飼い犬のプードルとダンスする老女を眺めながら、黙々とスプーンを口に運びつづけた。キャロラインはなめらかな腿の上にトレイを乗せてバランスをとっていたのだが、そうこうするうちに、どんどんスカートがずりあがっていった。やがて、画面がコマーシャルに切りかわったとき、大ぶりなワイングラスになみなみとそそがれていた白ワインを飲み干したキャロラインが、おかわりを注いでくれないかと頼んできた。

その瞬間、ベンのなかで、何かがぷつりと音を立てて切れた。ベンは弾かれたように立ちあがり、足音荒くキッチンに入って、冷蔵庫のドアを引き開けた。缶ビールのプルトップをもぎとるように開け、ぐいと首をのけぞらせて、ごくごくと中身をあおった。酒でも飲まなきゃ、やっていられなかった。爆発的な怒りを感じていた。その激情を跡形もなく消し去らなければならなかった。粉々に打ち砕かねばならなかった。ところが、そうして缶ビールを一気に飲みくだしているうちに、自分がもはやキャロラインに腹を立てていないことに気がついた。自分が怒りをおぼえているのは、この忌々しい世のなかに対してだった。

52

　あれからかなりの時間が経ち、あたりが暗くなりはじめても、わたしたちはまだソファの上にいた。半ばうわの空で映画を二本鑑賞し、数えきれないほどの音楽に耳を傾けるうちに、わたしは新たに出会ったもうひとりのベンと歩む新たな人生を、ぽつぽつと思い描くようになっていた。ひょっとしたら、いつの日かこのひとと結婚することもあるかもしれない。結婚して、新たな夫の姓を名乗り、ミセス……何になるのだろう。

「ロビー、あなた、苗字はなんというの？」ロビーの肩に顔をうずめたまま、わたしはくぐもった声で問いかけた。

　すると、このときはじめて、ロビーは困ったように顔を曇らせた。「ええと、それはその……ブラウンというんだ」

　ソファの上で、わたしはぱっと身体を起こした。「それ、わたしと一緒だわ。驚いた。なんだか運命的ね」そう言って、わたしは笑った。

「腹が減ったな」急きこむようにロビーは言った。「デリバリーの料理でも頼もうか」

「この界隈なら、いくらでもレストランがあるでしょう？　だったら、どこかへ食べに出たほうが早いんじゃない？」

「できればぼくは、きみとふたりきりでここにいたい。雨も降ってるし、よく冷えたシャンパンもある。それに、このままうちにいることにすれば、その服に合う靴がないと言って、悩む必要もない」ロビーは言いながら、借り物の大きすぎるジーンズとポロシャツを着たわたしに顎をしゃくってみせた。たしかに、ロビーの言うとおりだった。

「そうね、そうしましょ」とわたしは答えた。別にそれでかまわなかったから。むしろ、そのほうがありがたかったから。

「カレーでいいかい」

「ええ、もちろん」そう応じた直後、胃袋がぴくんと跳ねあがった。カレーは、ベンのお気にいりのデリバリー料理だった。「メニューはあなたが好きに選んで。わたしはなんでも大丈夫だから」わたしが言うと、ロビーは引出しのなかをあさって、メニューを引っぱりだした。電話で注文を伝える段になると、異様に甲高い不自然な声で、やけに早口にまくしたてはじめた。

そのあと、しばらく姿を消したかと思うと、居間に戻ってきたときには、シャンパンのボトルとフルートグラスふたつを手にしていた。その姿を目にした瞬間、ピンク色のポーチが恋しくなった。そういえば、あのポーチをエンジェルに返してなかったような。グルーチョ・クラブのトイレの個室でゆうべとった行動が、まざまざと脳裡に蘇った。愛する息子に立てた誓いを、いかに呆気なく破ってしまったか。いいえ、どのみちわたしは、あの子がいちばんわたしを必要としているとき、あの子のそばにいてやれなかった。だったら、小さな白い線をときどき吸いこんだところで、いまさらどんなちがいがあるというの？

いまや、ドラッグへの欲求はみるみるふくらんで、ひび割れた心の隙間という隙間を侵食しつつあった。その一方で、頭のなかにはロビーの存在があった。わたしがドラッグに手を染めていることを知ったら、ロビーはなんて言うだろう。きっとよくは思わないはず。ロビーから白い目で見られることだけは、何としてでも避けたかった。だから、シルクのポーチのことは、ふたたび意識の片隅へ、行けるところまで追いやることにした。あのポーチがバッグのなかに入っていなかったとしても、それはそれで結構じゃないの。はじめからなかったものと思えばいい。そのとき、ロビーがフルートグラスにシャンパンを満たし、「ぼくらふたりと、この二十四時間に乾杯」と言いながら、ふたたび唇を重ねてきた。するとと瞬時に、コカインへの欲求が靄のなかへと運び去られていった。

ほどなくして呼び鈴が鳴った。ロビーは弾かれたように立ちあがり、「ちょっと失礼。悪いけど、料理を受けとっておいてもらえるかな」と言ってから、わたしのてのひらに五十ポンド札を押しつけ、バスルームに姿を消した。わたしは配達員の映るモニター画面に微笑みかけながら、表玄関のロックを解除した。配達されたかぐわしい料理は、上質ではあるものの味気ない厚紙製の容器に入っていたため、例の穢れなきキッチンに行って、角形の白い皿に中身を盛りつけなおした。ロビーがバスルームから戻るのを待って、わたしたちは料理の皿を居間へ運んだ。ソファにゆったりと腰かけて、餓え死にでもしかけていたみたいに、山盛りのカレーをぺろりと平らげた。そうして食事をしているあいだ、テレビの画面では公開オーディション番組の《ブリテンズ・ゴット・タレント》が流れていた。わたしは満ち足りた気分だった。土曜の夜はこうでなくっちゃ。かつては、ベンともよくこんなふうにすごしていたっけ。気づけば、ロビーとわたしも、同じジョークに笑い声をあげ、同じような感想を述べあっていた。とはいえ、この〝ベンもどき〟が視界に入るたび、胃袋がちくちくと疼き、脈拍が狂ったように暴れだすので、慌てて目を逸らさなければならなかった。ロビーはもう一本、シャンパンを開けた。ソファの上に横たわると、いよいよ酔いがまわってきた。やがて、ロビーがわたしの手を引いてソファから立ちあがらせ、寝室へと導いた。ここから先は、ぴったりと寄り添っているだけでは済まないとわかっていたけれど、すでに覚悟はできていた。まるで、遥か昔からお互いを知っていたかのようだった。まさにめくるめくひとときだった。やがて、ついにことを終えたときになってはじめて、わたしは自分が何をしでかしたのかを悟った。自分が紛うことなき姦通の罪を犯してしまったのだということを。パニックを静めなければならなかった。もはや、ロビーにどう思われようとかまってはいられない。わたしは言葉を濁すこともせず、あなたもどうかと声をかけた。ロビーはわたしの顔を長々と見つめてから、驚いたことに、イエスと答えた。なぜかはわからないけれど、ロビーも一緒だというだけで、メリルボーン地区の高級アパートメントにいるというだけで、自己嫌悪に陥らずに済んだ。それどころか、自分のしていることが、刺激的で、魅惑的で、スリリングな行為にすら思えていた。数時間後、わたしたちは眠りに落ちた。目が覚めたときには、半ば開いた鎧戸《よろいど》の隙間から、白みはじめた空がのぞいていた。そのときのわたしは、罪の意識に支配されていた。そしてロビーは、帰らぬひととなっていた。

53

キッチンから居間へ戻ってきたときも、ベンの腸《はらわた》はいまなお煮えくりかえっていた。ただしいまは、ここへやってきたキャロラインにも負けないほど、ここを出ていったエミリーに腹が立ってならなかった。よりにもよってこんなときに、エミリーと瓜ふたつの顔と声をしているのにエミリーではない人間と相対さなければならないとは。エミリーは逃げだしたりなんかするべきじゃなかった。いくらなんでも身勝手すぎやしないか。すでに、相当酔いがまわりはじめていた。愛する妻がここにいないことが、肉体的な欠落のように感じられた。胃袋がえぐりとられて、ぽっかりと開いた穴だけがそこに残されているかのようだった。ベンは自分の腹にてのひらを押しあてた。大丈夫。ぼくの身体はまだ何ひとつ欠けちゃいない。夜中のうちにえぐりとられたりなんかしちゃいない。そう自分に言い聞かせてから、ソファでくつろぐキャロラインをじろりと見やった。短すぎるスカート。以前よりずいぶんと伸びた髪。さっさと立ち去ってくれればいいものを。いったい何が望みなのか。ベンはキャロラインのいるソファを避けて、銀色の籐椅子に近づいた。何年も昔、エミリーがひとり暮らしをしていたアパートメントではじめてすごした夢のような一夜以来、この椅子には一度もすわることがなかった。いまやすっかりがたが来て、すわり心地もくそもあったものではないのだから、本来ならすぐにも処分を検討するべきだとはわかっていた。いや、処分すべきかどうかを相談する相手など、もはやいない。エミリーはもうここにいないのだから。キャロラインがそれと察して、さっさと帰ってくれないものか。こちらからそれを強要するのは、気が進まない。そんなことをしたら、またもや騒ぎを引き起こさないともかぎらない。今夜ばかりは、そうした事態に対処するだけの気力がない。

「どこに行ってたの?」呂律のまわらない声でキャロラインが訊いてきた。

「キッチンに」そう答えながら、ベンはぼんやりと考えた。キャロラインもまた、かなり酔いがまわっているようだ。たったいま二杯めのワインを運んできたばかりだというのに、どうしてなのか。そのときのベンは、ウイスキーのハーフボトルの空き瓶が床に転がっていることに、まだ気づいていなかった。

テレビのほうに気を逸らそうにも、素人まるだしの出演者までもが、ことごとく神経を逆撫でしてきた。やたらと声量だけはある少女が、ホイットニー・ヒューストンの曲をぶち壊しにしていた。デニムのつなぎを着た男たちの一団が、手押し車を相手にダンスを披露していた。やがてベンは、ついに我慢の限界を迎えた。いますぐベッドに倒れこみたかった。衝動的にリモコンをつかんで電源ボタンを押すと、画面が真っ暗になり、室内がしんと静まりかえった。キャロラインが抗議の声をあげ、鋭い目つきでこちらを振りかえった。その顔を目にした瞬間、ベンは悟った。例の病気がぶりかえしていることはあきらかだ。化粧の下に隠された皮膚は異様に青白く、いまにも崩れだしてしまいそうに見える。

「ぼくに言いたいことがあるんじゃなかったのか？」意を決して、ベンは切りだした。言いたいことを言いさえすれば、すぐに帰ってくれるかもしれない。すると、キャロラインは顔をうつむけ、指を縒《よ》りあわせながら、こうつぶやいた。

「あたしはただ、本当に残念だって伝えたくて」

「残念って、いったい何が？」

すると、キャロラインはやにわに口ごもりだした。「それは……あのとき起きてしまったことも……何もかも、悔やんでも悔やみきれないわ」

「悔やみきれずにいるのはぼくのほうだ」そう返した声に憐れみの色はなく、尽きせぬ悲哀ばかりがにじみだしていた。

「あの子、あなたのところに帰ってくると思う？」キャロラインの問いかけは、部屋じゅうを虚しく駆けめぐった。質問が聞こえなかったのだろうかと思うほど長い時間が経ってから、ようやくベンは口を開いた。

「いや、いまはそうは思わない」その事実をはじめて声に出して認めた瞬間、破壊的なダメージがもたらされた。ベンは椅子から立ちあがり、部屋を出ていこうとした。キャロラインにだけは、絶対に涙を見せたくなかった。だが、一歩めを踏みだした途端、ウイスキーの空き瓶に足をとられた。体勢を崩してソファに倒れこんだベンは、キャロラインに覆いかぶさる恰好となった。ソファは座面が低くて奥行きがあるうえ、かなりクッションがきいていた。そこから起きあがろうと、ベンは必死にもがいた。ところが、しばらくすると、とつぜんすべてが徒労に思えてきた。酔いと無力感とに打ちひしがれて、ベンはがっくりとうなだれた。

キャロラインがもぞもぞと身体を動かし、両腕をベンの背中にまわしてきた。黙りこくったままのキャロラインに抱きしめられて、ベンはむせび泣きつづけた。ビールと、悲しみと、孤独とに打ちのめされていた。身体を包む腕の感触に、不思議と心がなぐさめられた。まるで正反対の性格をしているというのに、なぜだかエミリーに抱きしめられているみたいだった。外見がそっくりなのはもちろんだが、今夜はエミリーと同じ香りまで漂わせているからかもしれない。あまりにも長いあいだチャーリー以外の誰かを抱きしめることがなかったせいか、こうしてキャロラインに抱きしめられていると、なんだか頭がぼうっとして、幸せだったころの記憶が脳裡を駆けめぐりはじめた。だから、キャロラインが髪を撫でながら、「大丈夫、きっと何もかもうまくいくわ」とささやきはじめたときには、酔いのまわった意識のなかで、もしかしてここにいるのはエミリーなのではないかとさえ思えてきた。キャロラインが首を伸ばし、唇を近づけてきたときも、ベンは抗おうとしなかった。自分からキスを返しさえした。そうこうするうちに、獣じみた衝動に駆りたてられていった。相手が自分の妻ではなく、その双子の片割れであること――ひどく歪んだ、有害な心の持ち主であること――をほとんど忘れ去っていた。そして、思いだしたときには手遅れだった。自分のしでかしたことを自覚するなり、ベンは「いますぐ出ていけ！ぼくにかまうな！」とわめきたてた。それからよろよろと居間を出て階段を駆けあがり、寝室に飛びこんで扉を叩き閉めた。

54

ハンサムであったはずのロビーの鼻には、凝固した血が詰まっていた。肌は青ざめ、ベッドはすっかり冷たくなっていた。ロビーが絶命していることに、疑いの余地はまったくなかった。わたしは悲鳴をあげなかった。そうする代わりに、裸のままベッドを飛びだし、犬のようにはあはあと息を喘がせながら窓に駆け寄った。恐怖のあまり、まともにものを考えることができなかった。もう会えない。ロビーに会うことはもう二度とできない。ロビーの死に顔が脳裡に焼きついていた。これもまた、永遠に消し去ることのできない忌まわしい記憶となるにちがいない。このひともまた、わたしによって無益に人生を損なわれてしまった。そう思うと吐き気がした。込みあげてきたものを口のなかにとどめたまま、ゴミ箱に駆け寄ろうとしたが間にあわず、床の上にぶちまけた。その場にぺたんとへたりこむと、この二日間で二度めとなる、反吐まみれの自分ができあがった。わたしの人生も、いっそいますぐ幕を閉じてくれたらいいのに。床から立ちあがりはしたものの、脚はふらつき、胸は驚くほどの速さで波打ち、呼吸はどんどん浅くなっていた。それが過呼吸の症状だということはわかっていたけれど、とめようと思ってとめられるものではなかった。わたしにできることはある？　ロビーを救える人間はいる？　誰もいない。どう考えても、もう手遅れ。わたしを救える人間はいる？　この答えも同じこと。エンジェルにも、サイモンにも、両親にも、電話することはできない。携帯電話は電池が切れているし、誰の番号も暗記していない。そらで言える番号は、助けとなってくれるかもしれない相手の番号は、ふたつしかない。一年まえまで住んでいたチョールトンの自宅と、九九九の緊急通報。無性にベンが恋しかった。ベンなら、どうすればいいのかを教えてくれるはずだから。受話器を取りあげるやいなや、後先も考えずにマンチェスターの市外局番を押していた。呼出し音が聞こえだしたとき、はたと我に返った。いったい何を言うつもりなの？　三度めの呼出し音が鳴りだすと同時に、受話器を置いた。抑えようもなく震える手でどうにか三回、九のボタンを押すと、数秒後、きびきびとした女性の声が聞こえてきた。

「消防、警察、救急センターのいずれにおかけですか？」

わたしは一瞬、返答に窮した。ロビーはすでに死んでいる。それはわかりきっている。だったら、救急車を呼んでなんになるだろう。

「もしもし？」ふたたびオペレーターの声がした。「消防と警察と救急センター、どちらの助けが必要ですか？」

わたしは喘ぎ喘ぎ、声を絞りだした。「ここでひとが死んでるんです……」

「まちがいありませんか。呼吸はたしかめましたか」

「いえ……身体が冷たくなって、肌も青白くなっているから、きっと死んでいるんだと思って……」それだけ言うと、わたしは送話口に向かって、激しい嗚咽を浴びせはじめた。ロビーのことを思うと、その失われた命を思うと、沸きかえる感情を抑えきれなかった。

「落ちついて、いまいる場所を教えてください。住所はわかりますか？」

「わかりません……メリルボーン地区のどこかってことしか……」

「それでは、番号を逆探知しますので、そのまま電話を切らずにお待ちください。大丈夫ですから、落ちついてくださいね。ところで、亡くなった方のお名前は？」

「ロビーです……ロビー・ブラウン」

「あなたのお名前は？」

「キャサリン・ブラウン」

「亡くなった方と、ご夫婦ですか？」

「ちがいます！　わたしたち、まだ出会ったばかりなのに……」そう泣き叫ぶが早いか、視界がぐるぐると渦を巻きはじめた。このまま失神してしまうかもしれないとぼんやり考えはじめたとき、眼下の通りで明滅する青い光が目に入った。もう警察が到着したのだ。

ああ、よかった。そう胸を撫でおろしかけて、気がついた。自分が素っ裸のままであること。反吐まみれであること。わたしは慌ててバスルームへ駆けこんだ。水の温度があがるまで、シャワーの下から出たり入ったりを繰りかえした。どうにかざっと汚れを落とし、シーツみたいに巨大なバスタオルを身体に巻きつけたときには、警察がばんばんと扉を叩きはじめていた。

扉を破られる寸前で、わたしはかろうじて錠を解いた。警官たちが一斉になだれこんできて、そのうちのひとりが寝室に姿を消したかと思うと、二秒もしないうちに、そこから大きなわめき声が響いた。「なんてこった！　こいつを見てくれ、ピート！」

ピートと呼ばれた警官はただちに寝室へ向かったが、室内に足を踏みいれるなり、ぴたっと動きをとめた。憐れなロビーの亡骸《なきがら》と、ベッド脇の小卓に置かれたコカイン吸入用の道具一式とを視界におさめるやいなや、恐怖に満ちた悲鳴をあげ、ぱっとこちらを振りかえった。わたしを睨めつけるその瞳は、ありありと憎悪に燃えていた。

55

もしかして、夜中に誰かが家に押しいり、ぼくの頭を真っぷたつに叩き割っていったのだろうか。それから不意に思いだした。とつぜんキャロラインが訪ねてきたこと。しこたま酒を飲んだこと。失踪した妻の妹を相手に、自分がゆうべしでかしたこと。自分自身に嫌気がさし、胸がむかむかしたけれど、バスルームまでは持ちそうになかった。ベンは屑かごにげえげえと反吐を吐きだしはじめた。しばらくすると、喉を通って出てくるのは、香辛料のにおいを発する胆汁のみになった。幸い、キャロラインが寝室まで追ってくることはなかったようだ。願わくは、すでに退散してくれているといいのだが。いや、まさか、まだうちに居座っているなんてことはないだろう。姉の夫があれほどいかれたまねをしたとあっては。そうとも、キャロラインにはもう二度と会うまい。この先、何があろうとも。

ベンはそれから何時間ものあいだ、呆然とベッドに横たわっていた。ようやく起きあがったときには、すでに正午をまわっており、ありがたいことに、家のどこにもキャロラインの姿はなかった。耐えがたいほど高温のシャワーを浴び、皮膚が真っ赤になるまでごしごしと身体を洗った。それでも、汚れが落ちていないような、もとの自分ではなくなってしまったような、何かが損なわれてしまったような、そんな感覚がしてならなかった。エミリーはもう戻ってこない。この先、自分はどうやっていけばいいのだろう。思いつくのはただひとつ、家じゅうを掃除すること——分子のひとつに至るまで証拠という証拠を揉み消し、何もなかったことにしてしまうこと——くらいのものだった。まずは、カレーの残飯をゴミ箱に放りこんだ。皿とグラスを食器洗浄機に押しこむと、まだ半分しか埋まっていなかろうがおかまいなしに、温度を最大まであげてスタートボタンを押した。コーヒーテーブルを消毒し、絨毯には掃除機をかけた。湿らせたスポンジでクッションを拭き、ドライヤーで乾かしたあと、恥辱に染まった面を裏に返してソファへ戻した。ウイスキーと白ワインの空き瓶と、ビールの空き缶を資源ゴミ用のゴミ箱に放りこんだ。ようやくすべてが片づくと、濃いブラックコーヒーを淹れて、ソファに腰をおろした。テレビの電源を入れて、ニュース番組にチャンネルを合わせた。するとそのとき、固定電話が鳴りだした。もしかしたらキャロラインからかもしれない。無視を決めこもうとして、ふと思った。万が一、エミリーからだったらどうするのか。いまもまだ、まともにものが考えられる状態にはなかった。テレビの画面から、キャロラインの顔がこちらをじっと見つめていることに気づいたときも、自分の見まちがいだと、あるいは幻覚かもしれないとすら考えた。それが紛れもなくキャロラインの顔だと確信したあとですら、画面の映像も音声も意識に取りこむことができず、ただぼんやりと、いったい何が起きたのだろう、キャロラインが今度は何をやらかしたのだろうと考えていた。脳みそが情報過多による機能停止に陥ったまま、再起動を拒んでいるかのようだった。やがて、その名前が――キャロライン・ブラウンではなく、キャサリン・ブラウンという名前が――三度めに読みあげられたときになって、ようやくベンは事態を悟った。ついに妻を、エミリーを見つけたのだ。

56

ピートもその相棒も、バスタオル一枚のみを身につけたわたしの扱いに窮しているようすだった。思案顔での話しあいと、応援の要請がなされたすえに、わたしを殺人の容疑で逮捕するとの言葉が告げられた。その言葉の意味するところも呑みこめないままに、わたしは無言でうなずいた。権利の通告を受けているあいだも、うわの空のままだった。いまはただ、ロビーのことが憐れでならなかった。まだあんなに若かったのに。あんなに健康そのものだったのに。わたしはなんということをしてしまったの？　ふたたび嗚咽が漏れだした。特に要請を受けたとおぼしき女性警官がやってきて、身体検査を行なうために、わたしをバスルームへと誘導した。わたしがバスタオルを床に落とすと、女性警官の目に映るのは、完全な裸体と、瞳ににじむ恐怖のみとなった。女性警官はものの十秒で検査を終え、服を着てもいいとわたしに告げた。それから、例のふたりとふたたび小声で話しあったうえで、こう付け加えてきた。服は、寝室のウォークインクロゼットにある洗いたてのものを身につけるように。犯行現場のものには、いっさい手を触れるわけにいかないから。〝犯行現場〟——要するに、わたしが殺人を犯した、ということなのだろう。ようやくわたしの着替えが済むと、女性警官——ごついショートブーツを履き、スタイリッシュなショートヘアに屈強な身体つきをした女性——は、こちらには抵抗するつもりも逃げるつもりもないことを承知しているらしく、いかにも申しわけなさそうに、両手を前に出させて手錠をかけた。金属製の手錠の感触はひんやりと冷たく、異質なうえに不快でもあった。その一方で、どこかほっとしている自分もいた。足もとは裸足のまま、わたしはアパートメントから連れだされた。ふかふかの絨毯が敷かれた階段をおり、朝陽に照らされた通りに出た瞬間、警官たちに挟まれて歩く自分がやけに小さく、ひ弱な存在に感じられた。まるで、夜のあいだに身長が何センチも縮んでしまったかのようだった。ピートという名の警官に腕を引かれて車へ向かっているとき、通りに群れをなすカメラマンが目に入った。この一件がニュースとして報じられたら、わたしは家族に見つかってしまう。いまどこにいるのかも、何をしてきたのかも、第二の人生までぶち壊しにしてしまったことも、家族の知るところとなる。もちろん、警察に逮捕されたことも。そう思った瞬間、意識が遠くなりかけた。

警察のバンのなかには檻《おり》があって、捕獲された動物みたいに、わたしはそこに押しこめられた。頭を深く伏せていると、ディーゼル燃料のにおいが嗅ぎとれた。車体を支えるたわんだバネの動きも、その真下にある路面の存在も伝わってきた。ふたたび吐き気がぶりかえした。ひどくぶざまな気分だった。上半身を起こして鉄格子にもたれかかると、車体が跳ねるたび、硬い金属が後頭部にごつんと当たったが、その電撃のような痛みさえ、なぜだか鈍く感じられた。これもまた然るべき罰なのだという気がした。車が信号で停止したり、車線を変更したり、角を曲がったりするたびに、なんとなくそれを感じとることはできたけれど、そのときのわたしは、魂が肉体を離れているような、傍《はた》から自分を眺めているような、映画に登場する極悪人にでもなったような、奇妙な感覚のなかにあった。おそらく十分ほどが過ぎたころ、車がいきなり加速した。一瞬、右側のタイヤが宙に浮いたような浮遊感のなか、車が道路を左折し、そのあとすぐさま右折したかと思うと、急ブレーキがかけられて、がくんと動きがとまった。窓ガラス越しに話し声が聞こえたあと、今度はゆっくりと車が動きだした。ほんの数メートル進んでからふたたび停止して、後部ハッチの扉が開け放たれた。針のように鋭い五月の陽光が――土曜日の雨があがったあとのまっさらな光が――どっと車内に射しこんできた。わたしはとっさに目を閉じた。いまのわたしに、明るい光を招じいれる余地はなかったから。

指示に従って車をおりようとしたときに足がふらつき、ドアに倒れかかったせいで、ロビーのジーンズに黒いグリースが付着してしまった。なぜだかそれが気に病まれ、誰にともなく「ごめんなさい」とつぶやいた。てのひらでその汚れをぬぐいとろうとしていると、例の女性警官が素っ気ない声で「こちらへ」と言いながら、手錠をはめられたわたしの腕をつかみ、巨大な建物へと続く石段のほうに導いていった。入り口の向こうには受付カウンター（警察署でも、そういう呼び方をするのかどうかはわからないけれど）が設けられていた。そして、そこらじゅうに警官の姿があって、その視線のすべてがわたしに集中していた。どういうわけだか、わたしの引き起こした事件は一大ニュースとなっているらしい。足早に受付を通りぬけたあとは、苦渋のにおいが染みついた醜悪な小部屋に通された。そこへ医者が呼び寄せられ、わたしの健康状態——とりわけ精神面の健康状態——に関する、ありとあらゆる質問を浴びせはじめた。たとえば、自傷行為に及んだことがあるかだの、いま現在、自殺の恐れはあるかだの。じつに気の滅入るやりとりだった。その質問に対する答えは自傷行為の定義によって変わってくると告げても、冷ややかな目を向けられるだけだった。自殺の意図があるかという質問に対して、わたしが返答を拒むと、医者は問診票に何ごとかを書きいれてから、今度は、逮捕されたことを知らせておきたい人間はいるかと尋ねてきた。あまりにも滑稽な問いかけに、笑いだしてしまいたいくらいだった。ロビーの自宅前に詰めかけていた報道陣の数からして、いまごろはもう、国中の知るところとなっているにちがいないのだから。それにしても、どうしてあんなに早く駆けつけることができたのか。続いて、弁護士は必要かと訊かれたときには、疲労のあまり頭が働かなくなっていたから、ノーと答えたほうが七面倒な手間を省ける気がした。その後、わたしは留置場に収容された。ようやくひとりきりにされてみると、何かを感じたり、気にしたりすることもままならなくなっていた。わたしは安全で温かな場所に――心の奥の深い場所に――引きこもった。そこは、何ひとつ破綻することのない場所だった。その可能性のあるものはすでに、ひとつ残らず破綻してしまっているのだから。

57

エンジェルは新たに知りあったフィリップとのお喋りに夢中になっていた。そのせいで、パーティー会場からキャットの姿が消えていることに長いあいだ気づきもしなかった。キャットはサイモンと一緒にいるものと思いこんでいたから、見知らぬ女――眉毛の位置で前髪をまっすぐカットした艶やかな黒髪と、しなやかですらりとした肢体の持ち主である女――と話しこんでいるサイモンを見かけると、すぐさまそちらへ近づいていって、キャットはどうしたのかと問いただした。キャットが会場を出ていく姿は、サイモンも目にしていなかった。バーカウンターが混みあっていて、注文の順番がまわってくるまでかなり待たされてしまったのだとサイモンは言った。その後、時刻が午前一時三十分をまわってもキャットが姿を見せなかったので、念のため電話をかけてみたけれど、留守番電話につながるだけだった。

まあいいか、とエンジェルは肩をすくめた。家に帰れば、どうせ会えるもの。とはいえ、あのキャットがひと声かけることもなく帰宅してしまったというのは、ちょっと意外ではあった。しかも、貸してあげた例のポーチを返してもくれないなんて。そう思うと、少し腹が立ってきた。さしあたり一服ぶんのドラッグを手に入れたかったけれど、この場にいる誰に尋ねたものか、なかなか判断がつかなかった。仕方なくサイモンに合流し、さらにシャンパンをあおるうちに、ポーチの件は頭のなかからすっかり消え去っていった。すぐそこのホテルに部屋をとっているんだが、寝酒につきあわないかと誘われたときも、断る理由が見つからなかった。サイモンは魅力的だし、そうすればタクシー代も浮く。ほどなく、エンジェルはサイモンとふたりで会場をあとにしていた。その後、しばらく経って思ったのは、キャットが気を悪くしなければいいけど、ということだった。

58

あれからかなりの時間が経った。わたしはパディントン・グリーン警察署の留置場に備えつけられた寝台の端に腰かけて、自分が殺人犯だと思われているという事実に向きあおうと努めていた。ロビーのことは、本当にわたしが殺害したことになるの？　死体の隣で目覚めるという恐怖のせいで、これまではまったく考えが及ばずにいた。ロビーとわたしがふたりでしたことや、エンジェルのドラッグを分けあったことや、それをロビーに与えたのが自分であることが、いったい何を示唆するのかを。わたしがロビーの死の原因となったのだということも。抑えようもなく身体が震えだした。独房のなかは底冷えがするというのに、支給された白い上着とズボンはとんでもなく薄っぺらい。そのとき、ふと気づいた。過去から逃げださんとする、新たな人生を一から始めんとする、わたしの浅ましい試みは完全なる失敗に終わった。盛大なバックファイアを引き起こした。さらなる惨劇をもたらすことにしかならなかった。警察署に連行されたあとにも、二名の警官による二度めの身体検査を受けさせられた。ひどく屈辱的な体験であるにもかかわらず、その間わたしの頭にあったのは、この強烈な死臭はいったいいつから鼻腔《びこう》に染みついてしまったのだろうということだった。少なくとも、いまのわたしは、潔く観念することができた。なんとしてでも第二の人生を生きぬこうという闘志は、完全に消えうせていた。ところが皮肉なことに、医師の問診を受けた際に返した不審な受け答えのせいで、自殺の恐れがあるものと判断されたらしく、わたしは特別な監視下に置かれることとなってしまった。おかげで十五分ごとに、誰かが鉄格子の向こうからこちらをのぞきこんでくる始末だった。顔のむくんだ警官がふたたびこちらをのぞきこんできたときも、わたしは虚ろな表情でその警官を見つめかえした。わけがわからないとでもいうかのように。動物園のゴリラみたいに。しばらくそうして見つめてから、ようやく壁のほうへ顔をそむけた。

59

エンジェルが土曜の昼時に帰宅したときも、キャットがまだ戻ってきていないことはあきらかだった。すると、にわかに不安が頭をもたげだした。こちらから尋ねるのは気が進まなかった（心の準備ができれば、キャットのほうから話してくれると信じていたから）けれど、キャットのなかに妙な悲嘆が根ざしていることは、まえまえから感じとっていた。しかも、前日にさまざまな騒動が相次いだこともあって、今度ばかりはあれこれ気を揉まずにいられなかった。キャットの過去にいったい何があったの？　いまはどこで何をしているの？　ちゃんと無事でいるの？　警察に助けを求めたほうがいいの？

ううん、ばかね。わたしはキャットのママじゃないのよ。きっと、ゆうべは珍しく誰かの家に外泊しただけのことよ。いくら自分に言い聞かせても、不吉な予感はなかなか消えてくれなかった。その晩、仕事に出かける際には、帰宅したらすぐに連絡してほしいという置き手紙を書いた。キャットが携帯電話を紛失していた場合を考え、ガス料金の請求書の裏に自分の電話番号も書きこんで、玄関扉のそばにある小卓の上に残しておいた。

ロベルト・モンテイロが死んだというショッキングなニュースは、ブラックジャックのテーブルについていた賭博客の口から聞かされた。勤務時間が終わると、エンジェルは真っ先に携帯電話を取りだし、詳細な経緯を調べようと、ＢＢＣのニュースサイトを開いた。そうしてようやく、自分の親友が殺人の容疑で逮捕されたことを知ったのだった。

60

わたしは声を立てずに泣いていた。脳天に食らった一撃がようやく効いてきたかのようだった。この二日間にとった行動のすべてが、ひとつ残らず悔やまれた。以前のわたしのように、分別ある行動をとってさえいれば。仕事を一日休み、家でおとなしくしてさえいれば。自分ひとりで〝あの日〟を乗り切る勇気さえあれば。サイモンとレストランに出かけたりなんかしなければ（いったい何を考えていたの？　あんな日にランチを楽しむことなんてできるはずないじゃない）。医者に投与された薬の作用で、ハイに——あるいはクレイジーに——なってさえいなければ。改めて外出しなおしたりなどせず、ひと晩中ベッドでじっとしてさえいれば。よりにもよってあんな無益な授賞式に、のこのこ出かけていったりなんかしなければ。サイモンの知人のパーティーにまで参加したりしなければ。ロビーに出会いさえしなければ。エンジェルのポーチをすぐに返してさえいれば。数えあげると切りがなかった。そうして積み重ねた過ちのせいで、わたしのせいで、わが国屈指の若きスターがこの世を去り、青白く冷たい亡骸となって、遺体安置所に収容されることとなってしまったのだから。死亡したのはロベルト・モンテイロだと警官から告げられたとき、ようやくすべてに合点がいった。タクシーを探して通りを歩いていた際、道行く人々の視線を感じた理由も。ロビーが外食を嫌がり、デリバリー料理を注文することにこだわった理由も。あんなふうにわたしに執心した理由（わたしがロビーの素性にまったく気づいていないのならば、肩書ではなく人となりに惹かれてくれているのだと考えたのだろう）も。ロビーがあんなに若くして、あれほどの富を築いた理由も。なのに、わたしときたら、ロビーがサッカー選手だなんてついぞ思いしなかった。サッカー選手なるものは、所属チームの本拠地に建つ悪趣味な豪邸に住んでいるものと思いこんでいたから。ロンドン中心部のアパートメントに住んでいようとは、思ってもみなかったから。単なる偏見にほかならないことはわかっているけれど、わたしの目から見たロビーは、スポーツ選手というにはあまりにも上品で、あまりにも紳士的だったのだ。ロビーの姉がファッションモデルだというから、その関係で、あのデザイナーが主催したパーティーに出席していたのだろう。つい先ごろ膝を故障し、その手術からの回復中であったため、金曜の夜の外出を特別に許されていたらしい。わたしがこうした事実を知りえたのは、ピートと呼ばれていた警官が、留置場のすぐ外で誰かに話す声が漏れ聞こえてきたからだった。そうした事実を語るピートの声は、いまにも泣きだしそうだった。きっと、チェルシーFCの熱狂的なサポーターなのだろう。

もちろんわたしもご多分に漏れず、ロベルト・モンテイロの名前や評判くらいは、何度も聞きおよんでいた。とはいえ、サッカーに熱をあげたためしはただの一度もなかったし、ばかみたいに聞こえるかもしれないが、あのときのわたしは極度に神経を擦り減らした状態にあったため、どれほどの違和感をおぼえようと、点と点とを結びつけるということすらできなかったのだ。正直、笑いだしたいくらいだった。ヒステリーに陥ったような、狂気に取り憑かれたような気分だった。おのれの愚かしさに腹が立ってならなかった。ロビーはいったい、わたしのどこが気にいったの？　単に、ロビーが何者であるのかを、わたしが知らなかったからというだけのことなの？　あるいは、それ以上の何かがあったの？　ならばわたしは、ロビーのどこに惹かれたの？　本当に、ロビーが夫に似ているというだけのことだったの？　おそらく、その答えを知ることは永遠にないんだわ。そう思うと、不意に涙が込みあげてきた。大粒の涙があとからあとから、ぽろぽろと滴りおちた。ロビーを偲《しの》んで、わたしは泣いた。もう二度と取りもどすことのできない、ロビーの若さと、美しさと、輝ける未来とを思って泣きつづけた。するとそのうち、これまでに起きたありとあらゆる出来事が次々と脳裡に蘇ってきた。薄汚れた寝台の上で、わたしはぎゅっと身体を縮こまらせた。この世のすべてが跡形もなく消え去ってくれればいいのに、と願いながら。

61

双子の姉の夫を誘惑することに成功したとき、キャロラインはたぐい稀なる勝利感に酔いしれていた。ベンを落とすことなど、わけもなかった。なんといっても、最愛の妻に捨てられ、失意のどん底にいるわけだから。案の定、ベンは猛烈に、痛切に、キャロラインを求めてきた。そのことが、キャロラインに無類の力と自信を与えた。いままさに、自分とベンの双方を解き放つ瞬間が訪れたのだ。生涯を通じて繰りひろげられてきた姉との競争において、自分こそが最終的な勝利をおさめたのだ。ところがその直後、ベンは荒っぽくキャロラインを押しのけた。弾かれたように立ちあがり、憎悪のまなざしを向けてから居間を飛びだしていった。そのときキャロラインは、ベンがいだく嫌悪の情がいかに強烈であるかを思い知らされた。寸前までの行為を司《つかさど》っていたものが、突如、愛ではなく憎しみに一変してしまったのだということも。自分は何ひとつ勝ちとれなかったのだということも。心臓をぎゅっと握りつぶされるような感覚のなか、キャロラインはグラスにワインを注ぎ足した。どうして誰も、あたしを愛してくれないの？　あたしの何がいけないというの？

その晩はベンの家のソファで夜を明かした。すべての感覚が完全に麻痺するまで、酒を飲みつづけた。朝になると、忍び足で階段をのぼり、ゆうべ叩き閉められた寝室の扉をじっと見つめた。ベンに出てきてほしかった。ノックもせずに扉を開けて、ずかずかと押しいってやろうかとも考えた。ふと見おろすと、ドアノブが妙な角度に捻《ね》じ曲がり、いまにも落っこちそうになっていた。しばし考えこんだすえ、無謀なまねはすべきでないとの結論に達した。ゆうべのベンの形相には、正直、ぞっとさせられたもの。キャロラインはくるりと踵を返し、よろめく足で家を出た。通りのはずれまで、百メートルかそこらをふらふらと進んだあと、酒屋の前で足をとめた。鋼鉄製の緑色の鉄格子は、食いしばった歯のようにがっちりと閉じられていた。歩道の際に立って身体をぐらつかせていると、一台のバスが轟音と共に目の前を走りぬけていった。車の流れが途切れた隙を狙って、キャロラインは車道を渡った。何をすればいいのかも、どこへ向かえばいいのかもわからぬままに、そこから延びる脇道を千鳥足で歩きだした。しばらく進んでから、民家の庭を囲む低い石塀に腰をおろすと、ジャケットに顔をうずめ、わんわんと芝居がかった声をあげて泣きじゃくりはじめた。そのまま五分ほどが過ぎたろうか。不意に、マンチェスター・ユナイテッドのチームシャツを着た若者ふたりが近づいてきて、「なあ、あんた、元気出せよ。チェルシーのサポーターなんだろう？」と話しかけてきた。キャロラインがきょとんとしていると、若者たちは笑いながらこう告げた。「なんだ、まだ聞いてなかったのかい。ロベルト・モンテイロが死んだんだぜ」

62

あれから何時間ものあいだ、わたしは独房に入れられたまま、ひとりきりにされていた。中毒性の高い物思いを妨げるのは、十五分ごとにようすを窺いにくるうんざり顔の看守のみだった。やがて、いつのまにやら眠りこんでしまっていたらしい。ハッチ式の小窓から食事が押しこまれる音で、はっと目が覚めた。食事を運んできた看守によると、目下のところはまだ証拠収集の最中であるため、事情聴取はもうしばらく行なわれそうにないとのことだった。なのにわたしは、そうした言葉をたしかに聞いたという印に、うなずきかえすことすらしなかった。無礼な態度をとるつもりはなく、ただ単に、事情聴取が行なわれようとも行なわれなくとも、自分がこの独房を永遠に出られなかったとしても、別にどうでもかまわなかったのだ。与えられた食事は、スーパーマーケットで売られているインスタント食品――容器から取りだして、電子レンジで温めただけのラザニア――だった。これ以上生き延びることには関心がないにもかかわらず、ゆうべカレーを食べて以降、何も口にしていなかったせいか、わたしの胃袋は主《あるじ》の意志に逆らって、ぐうぐうと盛大な音をあげはじめた。そこでしぶしぶ何匙《さじ》か口に運んでみると、これがなかなかおいしかった。挙句、ひと皿すべてをぺろっと平らげてしまったことには、自分でもなんだか驚いた。食事に添えられていたのがプラスチック製のスプーンだけだったのは、ナイフやフォークを与えるほどには信用されていないことの証なのだろう。そのうえ、わたしが食事を終えるやいなや、制服警官が近づいてきて、まるでそれが貴重品であるかのように、スプーンの返却まで命じてきた。その命令におとなしく従ったあとは、ふたたび寝台に横たわった。それから何時間もの時が何ごともなく過ぎていった。ただ一度だけ、留置場の外のほうからとつぜん大きなわめき声や、罵声や、激しく揉みあうような物音が聞こえてきたあと、別の房の扉が閉じられる音がしたかと思うと、痛々しくむせび泣く甲高い声が響きはじめた。ただし、泣き声の主は、わめき声の主とは別の人間であるにちがいなかった。さきほどのわめき声は、何語なのかを判別することはできなかったけれど、声の響きが低いうえに威嚇的でもあったから。あたりはしだいに暗くなりはじめていた。わたしは房の隅にあるトイレで用を足した。薄暗がりのなかでさえ、便器の内側に便《べん》がこびりついているのが見てとれて、胸のむかつきをおぼえた。そのあとはふたたび寝台に横たわって、眠りについた。

　目が覚めたときには、あたりが明るくなっており、電子レンジで温めた朝食がちょうど押しこまれてきたところだった。捜査はどの程度進んでいるのか、これからどういうことになるのか、尋ねてみるべきかとも思ったけれど、それすらも億劫だったし、何がどうなろうとどうでもいいような気もした。わたしは寝台の上で身体を起こし、ただひとつ添えられたスプーンをつかみとった。小さな子供のように料理をぐちゃぐちゃに押しつぶしては、喉の奥に放りこんでいった。やがて、食事を終えもしないうちに鉄格子の扉が開き、見るからに清潔なジーンズとアイロンのきいた縞模様のシャツを着た若い男が顔をのぞかせ、事情聴取の用意が整ったから一緒に来てもらえるかと言ってきた。今日はきっと月曜なのね。本来ならわたしも仕事を始めていたはずの時間。同僚たちも、すでに出勤しているはず。いまごろきっと、職場はわたしの話で持ちきりになっていることだろう。かつてないほどの大ニュースに、さぞかし騒然となっているにちがいない。寝台から立ちあがろうとしたとき、一気に老けこんだかのような、骨が軋むような感覚をおぼえた。警官のあとについて通路を進み、憐れな収監者たちの前を通りすぎていくあいだは、誰かが大声でわめいたり、毒づいたり、ここから出してくれと懇願したりする声が聞こえていた。なんでも、飼い犬に餌をやらなければならないのだという。わたしはその犬のことがかわいそうになった。どこかに鎖でつながれたままお腹をすかせているのだと思うと、涙を誘われた。最後に警察の事情聴取を受けてからちょうど一年後に、ふたたびこうして事情聴取を受けなければならないことは、まるで拷問のようだった。今回はロビーに対して、途轍もない罪悪感と喪失感とをおぼえていた。立っているのもやっとの状態だったけれど、わたしは力を振りしぼり、足を前へと運びつづけた。観音開きの扉を抜け、またもや陰気な通路を進んで、窓のない小部屋に入った。室内には、机がひとつと、オレンジ色のプラスチック製の椅子が三脚と、時代遅れのばかでかいテープレコーダーが一台、据えられていた。担当刑事はわたしに着席を促してから、机を挟んで向かいあう椅子に自分も腰をおろした。こうして目の前にしてみると、刑事の着ているものが、室内のありさまに比べてあまりにも清潔すぎるという気がした。洗いたてであることが、あまりにもありありとしすぎていた。

わたしは背もたれに寄りかかり、またも自分のなかに引きこもった。すると、舞台上の役者でも眺めているような、どこか冷静で、不思議と穏やかな気分になることができた。刑事はじっと押し黙ったままだった。そのままおそらく三十秒ほどが過ぎたころ、私服の刑事がもうひとり——今度は女性の刑事——が入室してきて、同じく椅子に腰をおろした。ようやく事情聴取が開始され、手始めに、弁護士を呼ばなくてもいいのかと改めて訊かれたけれど、何がどうなろうとかまわなかったから、「ええ、結構です」とわたしは応じた。

投げかけられた質問にはすべて答えた。故人とどのように知りあったのか。どういういきさつで故人の自宅を訪ねたのか。共にすごしたという三十六時間のあいだ、ふたりで何をしていたのか。自分の話がいとも不道徳で、汚らわしく聞こえるにちがいないことはわかっていた。事実はそれに反するのだということを、刑事たちにもわかってほしかった。むしろ、ロマンチックで、特別なひとときだったのだということを。もしも最後には死ぬことになるとしても、人生最後の時間のすごし方としては、けっして悪くないものであったのだということを。わたしが思わず泣きだしてしまったため、数分のあいだ事情聴取が中断された。わたしの涙がおさまるのを待って、刑事たちはドラッグに関する質問を始めた。あれは友人のものだと、わたしは答えた。だけど、ほんの少量しか吸入していないはずだと。すると、続く言葉をてのひらで制して、刑事は言った。「つまり、ミスター・モンテイロに死因となる薬物を供給したのは、あなただということですね？」ええ、たぶん、とわたしは答えた。

こうした事実のどれひとつとして、本当は考えたくもなかった。だって、いったいなんの意味があるというの？ そんなことをしても、ロビーは帰ってこないというのに。けれども、刑事たちはさらに質問を重ねた。その友人とは誰なのか。どのように知りあったのか。どんな仕事をしている人間なのか。フルネームと住所は……云々。あのコカインは自分のものだと言うべきだったと、気づいたときには手遅れだった。刑事たちに執拗に問いつめられて、言い逃れのしようもなくなったわたしは、結局、事実をぶちまけた。エンジェルまでトラブルに巻きこんでしまったことで、こんな嘆かわしい事態に引きずりこんでしまったことで、ずんと心が沈みこんだ。ようやく事情聴取が終わると、また留置場に戻された。今後の展開については、何も教えてもらえなかった。刑事は無言のまま房に鍵をかけ、わたしをひとり置き去りにしていった。わたしは寝台に横になった。今回は仰向けになって天井を見つめたまま、頭のなかを整理しようとした。警察は、本当にわたしがロビーを殺したと見なしているの？　本当にわたしがロビーを殺したことになるの？　ロビーは成人であるうえにみずからの意志でドラッグを摂取したというのに。もしかして、あのドラッグに何か問題でもあったのだろうか。ロビーが死んだのはそれが原因なのでは？　だとしたら、どうしてわたしは死ねなかったの？　そう思うと、自分のことが憐れになった。故郷の家族のことが、わたしのせいで被《こうむ》ることになった汚辱のことが、憐れになった。それより何より、ロビーのことが憐れでならなかった。ロビーが死んでしまったことが。新たにもうひとりの人生が、無益に損なわれてしまったことが。わたしの人生もまた、今度こそ終わりを告げてしまったことが。ここから引きかえす手立てがいっさい残されていないことが、悲しくてならなかった。

いまが何時なのか見当もつかなかった。制服警官が独房の扉を開け、ホテルのボーイが客室にご案内しますとでもいうかのように、こちらにいらしていただけますかと、やけに丁重な口調で言ってきた。きっと、警官になりたての新人なのだろう。この警官には、いかにもそういう初々《ういうい》しさがあった。それがなんだか微笑ましく感じられた。わたしは汚らしいマットレスの上から弾みをつけて身体を起こし、寝台の端に腰かけて、床に足をおろした。穢れと恥辱とを振り払おうとでもするように、膝のあいだに勢いをつけて顔をうずめた。警官はわたしが立ちあがるのを辛抱強く待っていた。ようやくわたしが立ちあがると、寒々とした長い通路を先に立って進み、さきほどとは別の小部屋へ案内した。もしかしたら、ここへ連行されたとき最初に通された部屋かもしれない。いずれにせよ、どの部屋も灰色一辺倒で、おぞましげである点に変わりはなかったけれど。ただし、その部屋では、さきほどとはちがう私服刑事が待ちうけていて、わたしを見るなりこう告げてきた。

「キャサリン・エミリー・ブラウン、これをもって、あなたをAクラスに分類される薬物、すなわちコカイン所持の容疑で起訴します。ただし、召喚状の指示に従って治安判事裁判所へかならず出廷することを条件に、保釈の許可がおりています」

わたしはまったくわけがわからず、困惑顔で刑事を見つめた。刑事が発した言葉のどこにも、殺人という単語が含まれていなかったのは気のせいだろうか。保釈とは、いったいどういうことなのか。左の頬がぴくぴくと痙攣《けいれん》しはじめた。はじめて経験する現象だった。それから、下顎ががくんと落ちた。上下白の薄っぺらい〝パジャマ〟をまとって、顔の筋肉を引き攣らせ、苦悶の重みで瞼の垂れ落ちたわたしの姿は、さぞかし惚けて見えたのだろう。刑事はさらにこう言い足した。

「ミズ・ブラウン、要するに、もう家に帰っていいということです」

　ところが、いざ服を着替えようという段階になって、問題が生じた。あのきれいなエメラルドグリーンのドレスは行方知れずになっていた。証拠品として押収されたのはたしかだが、いまどこにあるのかは誰もわからないようだった。そのうち出てくるはずだとは言われたけれど、もし見つからなくても、わたしは別にかまわなかった。結局、返却してもらえたのは靴のみだった。警察に支給された〝パジャマ〟で外に出るのだけはどうしても避けたい。きっと脱走した囚人みたいに見えてしまう。たとえ、現に内心はそういう心境であったとしても。なのに、職員が遺失物保管所から持ってきてくれた服はどれも、ひどい悪臭にまみれていた。そんなものを身にまとうくらいなら、いま着ている白い上下のほうがずっとまし。こうなったらやむをえない。受付で頼んで、建物の前までタクシーを呼んでもらうことにしよう。ブザー音と共に扉が開錠され、わたしは警察から釈放された。受付カウンターの向こう側へ、自由な側へと戻された。出口へと通じるフロアには、大勢の人間がひしめいていた。そのとき、誰かがわたしの写真を撮った。わたしははっと飛びあがった。フラッシュに驚いたからではない。部屋の隅に置かれた椅子に、以前よりも痩せて老けこみ、途方もなく悲しげな顔をした夫の姿を見つけたから。

第三部

63

タクシーの外の世界は、あまりにもまばゆく、あまりにもせわしなく目に映った。わたしの脳では処理しきれないほどの活気に満ちていた。夫と自分を乗せた車がロンドン西部から北部へと移動していくあいだ、わたしは窓にこめかみをもたせかけ、物思いに沈んでいた。いまのわたしは、いいざまではないにせよ、そこまでひどいわけでもないはずだ。警察支給の白い上下を着て、銀色のピンヒールを履いた、保釈中の若い女のひとりにすぎないのだから。とはいえ、一日まえに殺人の容疑で逮捕されておきながら晴れて自由の身となったいま、自分があのとき以上ののっぴきならない状況に追いこまれていることはたしかだった。タクシーの車内は薄暗く、重苦しい空気が立ちこめていた。新たな一日の始まりとなる清々しい朝、空には太陽が輝いているというのに。ラジオのＤＪなら五月晴《さつきばれ》とでも表現しそうなほどの、上天気だというのに。

ほかに選択の余地がないとなると、もとの自分に戻ることも、もとの名前に戻ることも、呆気ないほど簡単だった。ベンはいまもわたしをエミリーと呼んだ。わたしのほうも、それを改めさせるつもりはなかった。居所を突きとめられ、過去に向きあうことを余儀なくされてしまったいま、キャット・ブラウンでいつづけることになんの意味があるというの？　ベンと一緒に警察署を出るのは気が進まなかったけれど、心の奥底には、どうしようもなくそれを望んでいる自分もいた。警察署で自分を待っているベンの姿を目にした瞬間には、心臓が跳びあがると同時に沈みこんだ。跳びあがったのは、ベンがいまでもわたしを愛してくれているとわかったから。沈みこんだのは、あんなことをしたわたしをベンが赦してくれるはずもないと思ったからだった。

タクシーの後部座席に、わたしは無言ですわっていた。このまま消えてしまいたいと願いながら。霧のように薄れゆく亡霊さながらに、天へとのぼりゆく霊魂さながらに、この場からいなくなってしまいたいと願いながら。ベンの瞳ににじむ失望と喪失を――わたしに対する愛情の最後のひと欠片が尽き果てるさまを――まのあたりにするのが怖かった。ベンもまた、まっすぐ背筋を伸ばしたまま、じっと黙りこくっていた。声を発したのはただ一度、警察署で再会した際に「やあ、エミリー。ぼくとここを出るのがいちばんだと思う」と言ったときだけだった。そのあとベンはわたしの肘に手を添えて、優しくも迷いのない動きで、待ちうけていた報道陣をすりぬけ、タクシーへと導いた。薄っぺらいコットンの上着にベンの手が触れた瞬間、全身がびくっと引き攣るのを感じた。アドレナリン注射を打たれ、とまっていた心臓がふたたび動きだしたかのようだった。逮捕されたときから続いていた、頭に靄がかかったかのような感覚が消え去った。何ものにも囚われることなく、自分自身を鮮明に眺めることができるようになった。あれからまる一年が過ぎるまえから、五月六日を迎えるまえから、この数日間ずっと見えていなかったものが見えるようになった。そのときわたしが目にしたのは、悲しみの下にうずもれていたかすかな希望の光だった。

ベンに連れていかれたのは、ゆうべから宿泊しているという、ハムステッド地区に建つ小さなホテルだった。憤慨し、異を唱える両親のもとにチャーリーを預けてから、いちばん早く出る列車に飛び乗ったのだと、またわたしを見失ってしまうまえにつかまえたかったのだと、ベンは言った。ホテルの設備は簡素でありながらも清潔で、使い勝手もよさそうだったけれど、夫婦の終幕を演じる舞台とするには、如何《いかん》せん飾りけがなく、あまりに平凡すぎる気がした。ベンがチャーリーを連れてこないでくれたことには、正直ほっとしていた。こんなときにはあの子の世話にまで手がまわらないと、ベンは考えたのだろう。その一方で、チャーリーに会いたいという気持ちがわたしのなかでふくれあがってきているのも事実だった。こうしてベンと顔を合わせていると、どういうわけだか、チャーリーにも会わなければならないと思えてきた。とにかく一刻も早くチャーリーに会って、ぎゅっと抱きしめて、ごめんなさいと謝らなければいけない気がした。

余計な装飾もなく、すっきりと片づいた客室のなかは、見るからにがらんとしていた。わたしたち夫婦の歴史とはいっさい無縁の空間だった。そう考えると、〝終幕の舞台〟としてはそれほど悪くないのかもしれない。ベンに促されるままに、わたしはシャワーを浴びに向かった。服を脱いでいるとき、自分の身体がひどく汚れ、悪臭まで発していることにはじめて気づいた。わたしは皮膚の色が変わるほどに、シャワーを熱く、強くして浴びた。まるで鉛弾の一斉射撃を受けているようだったけれど、それが自分にふさわしい仕打ちだと思えた。ほかに着るものがなかったため、真っ赤に火照ってひりひりとする身体をバスタオル一枚に包んで、おずおずとバスルームを出た。ベンはわたしの目をまっすぐ見すえて、こう言った。大通りまでひとっ走りして、何か着るものを買ってくるから、使ってないほうのベッドに入って待っているといい。ひと眠りするなり、テレビを観るなり、何をしていてもかまわないけれど、また行方をくらますことだけはしないと約束してくれ。わたしもベンの目をまっすぐに見つめかえして、ええ、約束するわと答えた。わたしの言葉を信じていいものかどうか決めかねているかのように、ベンは戸口の手前でつかのまためらってから、静かな声でこう告げた。「それじゃあ、またあとで、エミリー」この隙に部屋を出ていくべきかしらと考えつつも、わたしはベッドに横たわった。するとたちまち、結論にたどりつくまもなく、眠けが迷いを押し流していった。

カードキーをスリットに通す音がしたあと、重たげな扉が開き、ついさっき出ていったはずのベンが、もう部屋に戻ってきた。ベンが買ってきてくれた服は、キャットではなくエミリーにこそ似つかわしいものばかりだったけれど、そんなことはもう、まったくどうでもよくなっていた。ばかげた自意識過剰に取り憑かれたままのわたしは、きちんとバスタオルを巻きなおしてから、ベッドをおりてバスルームに向かった。バスルームには、包みを解かれた衣類がきれいに広げられていた。ダークブルーのジーンズに白いコットンのシャツという装いは、いかにも清らかで、生まれ変わったかのようではあったけれど、じつを言うとジーンズが少しきつかった。最後にベンと顔を合わせたときほど、いまは痩せこけていなかったのだ。バスルームを出たわたしは、ベッドの端にぎこちなく腰かけ、自分の手を見おろした。シャワーでは落としきれなかった、爪のあいだの汚れを。かつて指輪のはめられていた場所を。ベンは書き物机の椅子に腰をおろした。ベンも、わたしも、何をどうすべきなのか、どうやってことを進めればいいのかがわからずにいた。言うべきことがありすぎて、何から切りだせばいいのかわからなかった。きりきりと突き刺さる孤独感と沈黙とに満ちた時間が何分も続いたあと、ようやくベンが口を開き、いきなり核心を衝《つ》いてきた。前置き代わりに世間話を差し挟む余裕など、持ちあわせてはいなかったのだ。

「エミリー、あの日いったい何が起きたのかを、いますぐここで話してくれ。あのときは、きみに無理強いをしたくなかった。時が来れば自分から話してくれると思っていたからだ。なのに、きみはぼくを置いていなくなってしまった。ぼくのためにも、自分自身のためにも、きみにはあの出来事について話す義務がある。たとえそれ以外には今後いっさい、ぼくに対して何ひとつ負うものがないとしても」

わたしは顔をあげて、ベンを見た。ベンの言うとおりだった。つい先日、知らぬ者のいない有名人を殺害した容疑者として逮捕されておきながら、当のわたしにとっては、この問題こそが何よりの一大事だった。なのに、わたしはあまりにも長いあいだ、その真相を胸に秘めつづけてしまっていた。ベンの瞳の奥に、愛情が見えた。それがわたしに勇気を与えた。ふたりのあいだにぱっくりと口を開けたさらに数分の沈黙を経て、わたしはついに語りだした。

64

十五カ月まえ

ひと口に鶏肉と言ってもいろんな種類がありすぎて、どれを選べばいいものやら、キャロラインには見当もつかなかった。胸肉、皮なし胸肉、徳用胸肉、もも肉、手羽、すね肉、こま肉。平飼い鶏に、コーン飼育鶏に、オーガニックチキン。丸鶏に、四分の一カット売り。若鶏。いったい何がどうちがうってのよ。キャロラインは寒さに身を震わせながら、売り場の通路を行ったり来たりした。艶やかなラップに包まれ、照明の光に煌々と照らしだされた青白い肉を眺めながら、陳列棚の端まで行ってはまた引きかえした。鶏肉の種類に関して、レシピに明確な指示があったかどうかも思いだせなかった。手にしたメモ用紙にはただ、玉ねぎとサワークリームのあいだに〝鶏肉、三百グラム〟とだけある。キャロラインは悩みに悩んだすえ、法外に高額なオーガニックチキンはあきらめ、平飼い鶏の皮なし胸肉を選ぶことにした。そのあとも引きつづき、買い物リストに挙げた品をひとつずつ丹念に揃えていった。牛乳に、チェダーチーズ、山羊乳のチーズ、ヨーグルト。店の品揃えが豊富すぎるため、自分に必要なものを理解したうえで、適切な種類や、サイズや、いちばんお得なものや、値下げ品を選びだすのには、永遠にも思える時間がかかった。数学的な能力を求められる、桁はずれに大掛かりな宝探しゲームをさせられている気分だった。ところが、次の通路（トマトや豆の缶詰、ケチャップ、ハーブ、パスタなどの売り場）に移ろうとして、ふと気づいた。なんとも不思議なことに、あたしったら、こうした作業を楽しんでるみたい。買い物リストを片手にショッピングカートを押しながら、いくつもの通路をめぐり歩いていると、自分はまっとうな人間関係を築けているのだと、たしかな現実を生きているのだと、ひとり者向けの出来合い品を買いあさる侘しい人間ではないのだと、ましてや、果物やダイエット・コーラやチューイングガムしか手に取らない拒食症患者などではないのだと、身をもって示せているようで、それが嬉しくてならなかった。

一時間と三十分もの時間を経て、ついに買い物も終盤に差しかかっていた。飲料類が並ぶ最後の通路では、ビルのためにビールの六缶パックを、自分のためにはボトル入りのトニックウォーターを三本、カートに入れた。ずらりと並ぶアルコールの誘惑に打ち克てたことに、ほっと安堵の息が漏れた。近ごろでは、ずいぶんと自分を律することができるようになった。いまや、カートは満杯に近くなっている。総額はいったいいくらくらいになるのだろうと、ちらっと思いはしたけれど、いくらになろうとかまわなかった。成長を遂げた自分自身に、満ち足りた思いがしていた。レジの手前まで来たところで、買い漏らしがないかどうか、リストをざっと再確認した。

いけない、サワークリームを忘れてた！　まったくもう、とキャロラインは自分に毒づいた。サワークリームの売り場は遙か後方、入り口近くの通路にあったはず。でも、あの鶏肉料理をつくるためには、絶対に必要な材料だ。苛立ちがうなじのあたりをちくちくと刺し、肩の筋肉がこわばりはじめるのを感じながらも、どうにか気を取りなおした。聖人のように気高い笑みをうっすらと顔に張りつけたまま、サッカー場にしてふたつぶんほどの距離を、カートを押しつつ引きかえした。乳製品のコーナーはほかの場所より室温が低く、ふたたびぶるりと身震いが出た。ただし、今回にかぎっては、単に寒さだけから来るものではなかった。そのうえ、いくら見まわしても、サワークリームはおろか、クリームのたぐいがいっさい見つからない。広大な売り場に並んでいるのは、ヨーグルトに、牛乳に、種々さまざまなチーズといった、さきほども頭を悩ませられた品々ばかり。いっそう鋭い苛立ちの切っ先が、首の付け根のさらに深いところを、今度は肩甲骨《けんこうこつ》のあいだのあたりを刺し貫いた。サワークリームだって、このへんに並べておくべきじゃないの？　くそ忌々しいサワークリームは、いったいどこに置いてあるの？　このスーパーマーケットはモンスター級の大型店で、誰かしらが必要とする可能性のある、ありとあらゆる品目の、ありとあらゆる種類が取り揃えられている。いまはそれが、とうてい打ち克ちようのないものに感じられた。もはや買い物を楽しむどころではなくなっていた。キャロラインはカートにぐっと体重をかけて前へと押しやりながら、誰かに尋ねようとあたりを見まわした。腕にはくっきりと鳥肌が立っていた。いまはとにかく、この冷蔵庫のような一角から抜けださなくては。ここまで低い温度に設定するなんて、いくらなんでもばかげてる。大聖堂のように静まりかえった長い通路の左右を見わたしたが、店員の姿は見あたらない。通路を端まで進み、パイだのペストリーだのが山積みされた特設コーナーの前も通りすぎて、精肉コーナーまで歩いていくと、分厚いブルーのフリースジャケットを着た男性店員の姿が見えた。店員は丈の低い踏み台に腰かけたまま、まだ生きているみたいに見えるほど真っ赤な肉の塊のパックを品出ししているところだった。

「すみません」抑えようのない苛立ちを声ににじませて、キャロラインは店員に呼びかけた。ところが、店員は作業の手をとめようともしない。

「すみませんったら！」キャロラインはさらに声を張りあげた。

店員はちらっと顔をあげた。頭は禿《は》げあがっていたけれど、こちらが見当をつけていたよりも実年齢は若そうだ。黒い山羊鬚はたるんだ二重顎のなかに埋もれており、すぼめられた小さな唇は……まるで女性器のようだと、腹立ちまぎれにキャロラインは思った。

「サワークリームの売り場を教えてくれない？」

「三十二番通路です」ステーキ肉のパックにふたたび視線を落としながら、店員はぼそりとつぶやいた。

「その三十二番通路は、どこにあるの？」

店員は無言のまま、キャロラインがやってきた方角へ顎をしゃくってみせただけで、品出しの作業をなおも続けた。

「あっちの通路ならもう探したけど、見つからなかったわ。商品の置いてあるところまで案内してくれない？」

店員はようやく顔をあげた。あからさまな迷惑顔が見えた。最初は拒まれるものと思った。ところが、店員は梃子《てこ》の力を利用するかのように、いちばん低い棚の端をつかみ、肥満体をよっこらせと持ちあげた。そして、冬眠から目覚めたクマみたいにのそのそと通路の端まで歩いていったかと思うと、片方の腕をあやふやにひと振りしただけで、特売のサーロイン・ステーキのところへ戻りはじめてしまった。

「あっちの通路なら、もう見たって言ったでしょ」とキャロラインは言った。もはや、爆発する感情を抑えきれなかった。「そういう横柄《おうへい》でだらけた態度はいいかげんにして、ちゃんと客を助けたらどうなの？　それがおたくの仕事でしょうに！」

すると、店員はぴたりと動きをとめた。「お客さん、あと一度でもそんな口をきいたら、上司に報告させてもらいますよ。この店の従業員には、然るべき敬意を求める権利が認められているんだ」

「好きにすれば！」ついにキャロラインはわめきだした。「そのマヌケな上司のところへでもなんでも行けばいい！　あたしもそいつに言ってやる！　あんたは底抜けの怠け者なうえに、無礼千万な役立たずだってね！」気づけば、ほかの客たちまでもがカートをとめて、こちらのようすを見物していた。店員はくるりと背を向け、通路の端をめざして歩きだした。キャロラインはその場にひとり取り残された。商品が山積みになったカートと共に。サワークリームだけが、なおも足りないままに。あたりにいる全員が、キャロラインに視線をそそいでいた。なんなのよ、もう。なんだってあたしが、あんなダメ人間なんかに虚仮《こけ》にされなきゃならないわけ？　警備員がやってきて、店を出ろって言われたらどうしよう。あの男ときたら、客を脅しつけるなんて、生意気にもほどがある。

野次馬の群れが慎重に距離を置いたまま、ふたたび動きだしたのを受けて、キャロラインも心を決めた。ショッピングカートをその場に置き去りにして、通路を端まで走りぬけた。陳列棚の端をいくつも通りすぎ、レジも素通りして、初夏の陽射しが降りそそぐ生温かい大気のもとへと駆けだした。よろめく足で車に乗りこみ、轟音をあげつつ駐車場を飛びだした。あまりの猛スピードに、そこに居合わせた母親が危険を感じ、よちよち歩きの子供を慌てて抱き寄せるほどだった。キャロラインはリーズ市中心街の北部をめざして、大通りを疾走した。しっちゃかめっちゃかにアクセルとブレーキを踏みかえつづけた。赤信号につかまろうものなら、怒声をあげながら、痛みに耐えきれなくなるまでこぶしをドアに叩きつけた。自宅に帰りつくと、ソファに突っ伏し、安物の黒いレザーに顔をうずめて泣きじゃくった。ようやく涙がおさまると、テレビの電源を入れ、クイズ番組の《カウントダウン》にチャンネルを合わせた。ビルが帰宅するまでに、なんとか落ちつきを取りもどさなくちゃ。

その晩は、デリバリーの料理を注文した。ビルには、忙しくてスーパーマーケットに寄る時間がとれなかったのだと言いわけした。別にかまわないとビルは言った。自分は中華料理も好物だしと。

キャロラインが大型スーパーマーケットへ赴くことは、それ以降、二度となかった。家から車で十五分ほどの距離で、リーズ市内のもっと上品な地域に建つ中型店を見つけだし、そこを利用するようになった。取り扱う商品の種類は少ないけれど、キャロラインからすれば、そのほうが都合がよかった。置いている品の質もいいし、店内を一周するのにかかる時間も四分の一で済む。冷房の効きすぎた大型店とちがって、凍える思いをすることもない。どうやら自分には、寒さに不安を掻きたてられてしまうきらいがあるらしい。十五歳のころのことを――体重が四十キロにも満たなかったせいで、つねに凍える思いをしていたころのことを――思いだしてしまうからかもしれない。あの日、乳製品売り場でひどく取り乱してしまったのも、たぶんそのせいだったのね。だから、あんな行動をとるのは一回こっきりであるはず。うん。きっとそう。

食料品の買いだしはあまり好きではなくなってしまったものの、最近は料理にはまっていた。レシピ本はもう何冊も購入していたし、ビルの帰宅を待ちながらお茶の支度を整えておくことに、思いもよらぬ喜びを感じるようにもなっていた。まるで、十代のころから悩まされてきた食の問題が、別の形をとって昇華されようとしているかのようだった。キャロラインはしだいに、手の込んだ料理をつくるのが好きになっていった。それが高カロリーであればあるほど、なおさらよかった。ビルからはときどき、こんなことを訊かれた。どうしてきみのほうの皿には、そんなにちょびっとしか料理が盛られていないんだい。あんなに汗水垂らしてつくったプチ・シュークリームのチョコレートソースがけに、どうして手をつけようともしないんだい。そういうとき、キャロラインはただ、あれこれ言いわけを並べたてた。するとそのうち、何も訊かれなくなった。

そして、ビルの誕生日を目前に控えた、ある金曜日のこと。キャロラインは朝のうちに一週間ぶんの買いだしを済ませると、夕食用のビーフストロガノフと、ティータイム用のバナナ・トフィ・タルトづくりに取りかかった。金曜日には、いつにもまして腕をふるうようにしていた。たいてい四時にはビルが仕事から戻ってくるから、早めに夕食を済ませたあと、ソファに並んで映画を観るのがおなじみになっているのだ。ときどき、自分でも信じられないと思うことがある。自分の人生がここまで劇的に変化するなんて。危機とドラマに満ちた波乱の人生を送ってきた自分が、こんなにも安定した、家庭的な生活を送ることになるなんて。たしかにビルは、これまでの恋人たちみたいに流行の先端をいっているわけでも、飛びぬけて個性的なわけでもない。ルックスにのみ関して言うなら、婚約寸前で破局したあのドミニクの足もとにも及ばない。けれども、ビルは善良で、誠実で、あたしを愛してくれている。最近は、それだけで充分だと思えた。メロドラマなら、もう存分に堪能してきたもの。いまは、ビルとふたりで暮らすこの小さなテラスハウスにも満足していた。きれいにリフォームされたキッチンにも。仕切り壁を取り除いて、すっきりとさせた居間にも。ガス式のにせ暖炉にも。街の中心部にあるデザイナーズ・ブランドのブティックでの、パートタイムの仕事にも。そりゃまあ、収入はさほど多くないし、かつてロンドンで就いていた地位にも、マンチェスターで働いていたころの地位にすら及ばないけれど、当面はそれで事足りる。ビルとふたりの収入を合わせたって、けっして裕福とは言えないものの、月に何度か外食をしたり、ときおり週末に小旅行をするくらいの余裕ならある。何より、こんなふうにゆったりとした生活は、子供を身ごもる絶好の機会だと言えるかもしれない。そうした願望をビルに打ちあける覚悟は、まだできていないけど……そんなことをつらつらと思いながら、キャロラインはひとりにっこりと笑みを浮かべた。

そのとき、鍵のまわる音が響くと同時に、玄関扉ががたんと震えた。キャロラインはソファに寝転んで、高額賞金の獲得をめざす視聴者参加型のゲーム番組《ディール・オア・ノー・ディール》を観ているところだった。近ごろのキャロラインは病的なまでに、この番組にのめりこんでいた。もしかしたら自分は、絶えず何かしらに依存しないではいられないのかもしれない。でもその対象が、七〇年代を彷彿とさせる、母の手料理のような高カロリー料理をつくることと、くだらないゲーム番組にうつつを抜かすことであるなら、以前の悪習よりかはずっとましなはず。テレビの音量を少し落として、キャロラインは耳を澄ました。脱いだ靴を床に放りだす音。ジャケットを脱ぐ衣擦れの音。素足が階段を踏みしめる音。トイレで長々と用を足す音。トイレの水を流す音。洗面台の蛇口に、ポンプが水を送りだす音。いつものビルなら、真っ先に居間の戸口から首を伸ばし、ただいまのキスをしてくれるのに。今日はきっと、ぎりぎりまでトイレを我慢してたのね……って、ちょっと、何やってんのよ！　テレビの画面では、挑戦者が〝取引《ディール》〟――番組制作者側から提示された三万八千ポンドもの示談金――に応じなかったせいで、二十五万ポンドの賞金を獲りそこなっていた。この挑戦者はほぼまちがいなく、ごく少額の賞金しか獲得できずに終わるわね。なんてマヌケな男なの。このゲームは確率のみによって勝負が決まるってことすら、理解していないんじゃない？　そのとき、ようやく背後から足音が聞こえた。キャロラインは笑みを浮かべつつ、後ろを振りかえった。

「おかえりなさい、ビル」

「ただいま」と言いながら、ビルは腰を屈め、唇に軽くキスをしてきた。キャロラインがうなじに手をまわそうとすると、ビルはさっと身体を起こした。「ごめん。疲れてるんだ……そっちの調子は？」

「ばっちりよ。スーパーでの支払いも、今日は七十六ポンド三十八ペンスで済んだし。最近、やりくりが上手になってきたみたい。夕食の用意は五時には整うから。今夜のメニューは、あなたの大好物よ」

キャロラインの報告を聞きながら、ビルは大きな安楽椅子に腰をおろした。いつもならソファの端にすわって、番組のエンディングを一緒に鑑賞しながら、キャロラインの足を膝に乗せてくれるのに。今日は本当に疲れているのね。長い週だったから無理もない。キャロラインが自分にそう言い聞かせていると、ビルは日刊タブロイド紙の《ザ・サン》まで広げはじめた。

「一緒にテレビを観ないの？　ちょうど面白いところなのに」

「やめておくよ。じつを言うと、その番組には少し飽き飽きしてるんだ」

キャロラインは肩をすくめた。「今朝、エミリーから電話があったの。六月六日に洗礼式をするから、あたしたちにも参列してほしいそうよ。あのチビちゃんが声変わりするまえに、洗礼を済ませてしまいたいんですって」そう言って、キャロラインは笑い声をあげた。

ビルは紙面から目を離しもせずに、「わかった」とひとこと応じた。その姿を眺めながら、キャロラインはつくづく思った。甥っ子の洗礼式に同伴してくれる誰かがいるというのは、なんてすばらしいことだろう。頼もしくて、大らかで、無用な諍《いさか》いを好まない誰かがいてくれるというのは。加えて、ビルはスーツ姿がさまになる。胴まわりがいくらかふくらみだしてきてはいるけれど、それは、あたしがつくる料理の量が多すぎるせいなのかも。それから、顔だってハンサムだと言えなくもない。目鼻の大きさはバランスがとれていて、すべてがあるべき場所にある。惚れ惚れとするような、立派な体格をしてもいる。髪は薄くなりかけているし、身体に比べて頭がほんのちょっとだけ大きすぎるところはあるけれど、身なりはきちんとしているし、お洒落に無頓着というわけでもない。だからこそ、あたしと出会うことができたんだもの。ふたりの出会いは、キャロラインが勤めていたブティックをビルが客として訪れたのがきっかけだった。ひと目惚れしたことを隠し立てもせず、猛烈にアプローチしてくるビルに対して、はじめは同情しかおぼえていなかったのに、しばらくすると、それがまんざらでもなく思えてきた。そうしてとうとう〝飲みにいかないか〟と誘われたときには、〝別にいいけど〟と答えている自分がいた。その晩の初デートは、取りたててときめきをおぼえることもなく、愉快なひとときでしかなかったにもかかわらず、キャロラインは次の誘いにも応じた。当時は、つきあっているひとが特にいなかったから。じきにふたりはベッドを共にするようになった。すると意外なことに、ビルはそっちのほうでも驚くほどの力量を発揮した。ビルがみずからリフォームしたという家に、キャロラインはしょっちゅう入りびたるようになった。そのうち、新品の歯ブラシと着替えを持ちこんで、自分の家にはほとんど帰らなくなった。いま通っているセラピストからは、周囲の人々をあるがままに受けいれなさいと言われていた。キャロラインはそのアドバイスに従った。ビルの完璧とは言いがたい容姿も、ひたむきな愛も受けいれ、ひとつ屋根の下で共に暮らすようになった。いまのキャロラインは生まれてはじめて、ほどよく、良識的な幸せを感じていた。それだけは絶対にたしかだった。

「十ポンドですって！　なんて大ばかなの！　だから、あの三万八千ポンドを受けとっておけばよかったのに！」キャロラインは番組の挑戦者を声高になじった。

すると、ビルがこちらを見やってつぶやいた。「そんなものにどうしてそこまで夢中になれるのか、理解に苦しむね」

「あたしにとっては、これが習慣になっちゃってるのよ」とキャロラインは応じた。ビルの嫌みっぽい言動を軽く受け流すことのできている自分に、われながら驚いていた。「なんの意味もないってことくらいはわかってる。でも、どうしてもやめられないんだもの。さてと、キッチンに行って、お米の炊《た》きあがり具合を見てくるわね。夕食の用意はあと十分で整うから」

すらりと伸びた長い脚がソファの上からおろされるさまを、ビルは無言で見つめてから、テレビを消して目を閉じた。

テーブルのセッティングはすでに整えてあった。褐色がかった濃灰色の細長いテーブルクロスの上には、フォークやナイフの色にマッチした銀色の丸いランチョンマットが重ねてある。キャンドルに火を灯そうとしたとき、何かがその手をとめさせた。今日のビルは、なんだかそういう気分ではないみたい。それに、このごろはずいぶんと陽が長くなり、まだそれほど暗くなってもいない。キャロラインはビル用のグラスにビールを、自分にはトニックウォーターをそそいで、氷とレモンを添えた。このところのキャロラインは、おびただしい量のトニックウォーターを消費するようになっている。ほかの飲み物よりも、アルコールの感覚に近いからかもしれない。そして、そうした感覚が、どういうわけだか心の安定にも役立っているようだった。

ビルがテーブルにつくのを待って、ビーフストロガノフを前に置くと、「ありがとう。旨そうだ」とビルは言った。食事のあいだは、気まずい沈黙が漂いつづけていた。今日はいつもとちがって、キャロラインにも振るべき話題が思い浮かばなかった。しばらくして椅子から立ちあがり、ラジオをつけると、ファット・ラリーズ・バンドの《ズーム》やマイケル・ジャクソンのマイナーなバラード曲といった、当たり障りのないポピュラー音楽が流れだした。しばらくして食事を終えると、皿をさげようと立ちあがりながら、ビルがこんなことを言いだした。「そういえば、今夜、テリーとスーのところへ顔を出すと約束してあったんだ。給湯器の調子が悪いらしい」

「このあいだ、あなたが直してあげたんじゃないの？」

「種火が消えたままになっていて、いちいち点火しなきゃならないもんだから、面倒くさくて仕方ないらしい。ちょっと行って、直してくるよ。そんなに長くはかからないはずだ」

「わかった。帰ってきたら、どの映画が観たい？」

「なんでもいいよ……きみが適当に選んでくれ。給湯器の件が片づかないことには、どうにも落ちつかなくってね。それじゃ、ちょっと行ってくる」ビルはそう言うと、キャロラインの引き締まった尻をおざなりにつかんでから、家を出ていった。

スーとテリーは、隣家に暮らす夫婦だ。スーは派手好きで、下品で、やたらに騒々しい。巨大な乳房を誇示するように、胸の下がぴっちりと編みあげられたトップスや、ぴちぴちのレギンスという、売春婦みたいな服装をつねにしている。大柄ででっぷり太っているくせに、髪型はショートヘアなものだから、頭と足だけがやけに小さく見えて、全身のバランスがどうにも悪い。夫のテリーもまた、肥満体への道を着実に歩んでいたけれど、ふたりいる息子はいずれも、ぶよぶよというよりはむしろ固太りで、サッカーに熱中しており、テリーは四六時中、練習やら試合やらへ向かう息子たちの送り迎えに奔走している。ビルに言わせれば、根っからの〝教育パパ〟であるらしい。キャロラインはこれまで、スーみたいに下品で、肥満体で、まともな教育を受けていない女にはひとりも出会ったことがない。そのうえスーは、道ですれちがうことがあっても、ろくに挨拶もしてくれない。おそらくはキャロラインのことを、とんでもなくお高くとまった人間だと触れまわっているのにちがいない。ほかのご近所さんも誰ひとり気さくに接してきてくれないのがその証拠だ……そんなこんなをぼんやり考えているうちに、自分はいったい何をしているのか――ビルのような男と同居しながら、スーやテリーのような隣人に囲まれながら、こんなところで何をしているのか――という疑念が頭をもたげそうになり、キャロラインは決然とそれを押さえこんだ。他人に拒絶されながら生きることなら慣れっこだから。いまの暮らしには満足していたから。

キャロラインはまんじりともせず、ベッドに横たわっていた。傍らでは、ビルが軽い鼾をかいている。もう明け方の五時だというのに、なかなか寝つくことができないまま、キャロラインは室内に目をこらした。薄明かりに浮かびあがる、淡い色あいの凡庸な壁。日光のもとで眺めたなら、ディープブルーとアクアブルーの横縞であることが見てとれるカーテン。カントリー調の衣装簞笥といい、カーテンといい、あんなものがインテリアのアクセントだと思いこんでいるのなら、勘ちがいも甚《はなは》だしい。またも疑問に思わずにはいられなかった。あたしはなんでこんなところに、こんな家に、こんな暮らしに、行きついてしまったんだろう。寝返りを打ってうつ伏せになると、やわらかなマットレスを下にしているにもかかわらず、肋骨に痛みをおぼえた。ため息まじりに身体を起こしてから、サイドテーブルのスタンドライトを灯し、ビルの顔に光が当たらないよう、笠の向きを調節した。ビルはかすかに身じろぎをしたものの、目を覚ますほどではなかった。キャロラインはその寝姿をじっと見つめた。上下に起伏する毛むくじゃらの胸は、失神している哺乳動《ほにゅう》物みたいで、角張ったハンサムな顔とは別個の存在のように見える。キャロラインはそこから目を逸らすと、床に手を伸ばして、読みかけの本を取りあげた。本格的に同棲を始めてから、もう半年以上になる。ビルとの関係はうまくいっている。ビルはあたしのなかにある最善のものを引きだしてくれる。心を穏やかにしてくれる。それ以外の点にも不満はない。仕事は楽しいし、新しい友だちも何人かできた。なのに、この漠然とした不安はなんなの？　あたしはどうしてこんな暮らしに甘んじているの？　この場所こそが、本来の居場所だから？　ビルこそが、ずっと探し求めていた運命のひとだから？　それとも、そろそろ地に足をつけるべきだと感じていたとき、たまたまビルがあらわれたというだけのことなの？　自分が妊娠を望んでいることが驚きだった。ペナイン山脈を越えたマンチェスター市に住むただひとりの甥っ子に対して、まじりけのない愛情をいだいていることも。エミリーの妊娠を知ったときの自分は、内心たしかに、どす黒い感情をおぼえていた。ところが、実際に甥っ子を目にするやいなや、それまで感じていた苦々しさも、妬ましさも、きれいさっぱり消え去ってしまった。生まれたての赤ん坊は無垢で、純粋で、とにもかくにも愛らしかった。あの子の存在によって、エミリーとの距離まで近づいたように感じられた。エミリーの持っているものが、自分もほしくなるほどに。ごく普通の人生も悪くないのではないかと感じさせるほどに。ほかのひとたちと同じように、自分にも平凡で幸せな人生が送れるようになるかもしれないとの希望をいだかせるほどに。そうした願望について、ビルにはまだほとんど打ちあけてもいないというのに、キャロラインはいま、毎朝の基礎体温を記録するようになっていた。それから、ここぞというときに性的魅力を発揮できるよう、つねに心がけてもいた。けれども、ときどき、自分の願望をビルに悟られているのではないかと不安になることもあった。最近のビルは、以前ほどセックスに貪欲ではなくなってしまっていたから。もしかしたら男というもののなかには、秘めたる目的を目敏く探知するレーダー機能が備わっているのかもしれない。ううん、そんなはずはない。以前、ふたりのあいだで、将来に関する話題が出たこともあったじゃない。しかも、言いだしっぺはビルのほうだったはず。でも、ずいぶんまえから、ビルがそうした話題にいっさい触れなくなっているのも事実だ。ううん、いざあたしのお腹に赤ちゃんが宿るようなことになったら、ビルだってきっと、まんざらでもないはずよ。

隣で眠りつづけるビルの姿を、キャロラインはふたたびしみじみと眺めた。顎の中央に走る、ひとすじの溝。スタンドライトが投げかける光の加減で、その陰影がいつにも増して色濃く見える。目のあたりには、心根の優しさがにじんでいる。鼾《いびき》くらい、なんだっていうの？　そんなものには、もう慣れた。心安らぐぬくもりに包まれようと、キャロラインは大きな身体に身をすり寄せた。ビルがうなり声を漏らしつつ、半ば反射的にそれを払いのけようとしても、ぴたりと身を寄せつづけた。自分も眠りに落ちるまで。

ビルが仕事へ出かけていった直後に、玄関の呼び鈴が鳴った。そのときキャロラインは、身支度を整えるまえにと、ブラックコーヒーのおかわりを飲んでいるところだった。きっと郵便配達人ねと、キャロラインは思った。こんな朝早くに訪ねてくる者が、それ以外にいるはずもない。だから、やってきたのが隣家のテリーだとは、これっぽっちも予想していなかった。

「何かご用？」

「入ってもかまわないか」

「ビルに用なら、もう仕事に出ちゃったけど」

「わかってる。今日はきみに話があるんだ」

キャロラインは妙な胸騒ぎをおぼえた。テリーの顔には穏やかならぬ表情が浮かんでいる。いったい何を話そうっていうの？　正直なところ、迷惑だった。出かけるまえに髪を洗わなきゃならないし、濡れた髪を乾かすのには途方もなく長い時間がかかる。最近は、それほど髪が伸びていた。

「それなら、なかへどうぞ」キャロラインは言って、テリーをキッチンへ通した。長居をしてもらいたくなかったから、飲み物を勧めることはしなかった。その間、ふたりは互いに黙りこくったままだった。

テリーはテーブルから斜めに椅子を引きだし、巨大な尻をそこに乗せた。その姿はどうにも不安定で、いまにも引っくりかえりそうに見えた。テリーの目はじっとこちらを見すえていたけれど、キャロラインにはまだ、何ひとつ見当がつかなかった。「話というのは？」

「おたくのビルと、うちの女房の関係には気づいてたか？」

キャロラインはそのとき、膨脹《ぼうちょう》を続けるテリーの巨大な輪郭ではなく、その背後を眺めていた。窓台に置かれたサボテンが、茶色く変色しかけている。あれに水をやらなくちゃ。あのままじゃ枯れてしまう。

「いったい何が言いたいの？」

「いま言ったとおりのことだ。おたくのビルとうちのスー、ふたりが不倫してるってことさ」

それは完全な不意討ちだった。キャロラインは必死に、なんらかの感情をいだこうとした。最初に込みあげてきたのは、猛烈な嫌悪感だった。いったいどうしたら、あんなクジラみたいな女を抱く気になれるのか。分厚い脂肪の塊を、アクセサリーみたいに首や手首のまわりにぶらさげているような女を。乳房があんなに醜く突きだした女を。次に込みあげてきたのは、劣等感だった。自分の痩せこけた身体と、スーパーモデルみたいにぺったんこの胸。キャロラインとスーは、何もかもが対極にある。三番めに感じたのは、困惑だった。あのふたりが不倫？　どうやって？　いつ？　どこで？　そこまで考えたところで、給湯器の件を思いだした。蛇口の水漏れや、オーブンの故障のことも。それで、はじめて気づいた。ベンが隣家へ出かけていくのが、いつも金曜の夜だったこと。夕食が済んで、一緒に映画を観るまえの時間帯だったこと。基礎体温のグラフが排卵日を示している場合には、そのあと自分もビルをベッドに誘っていたこと。

「キャロライン？　大丈夫か？　ひとまずここにすわるといい」

「金曜の夜は、いつもどうしているの……あなたとお子さんたちは」

「サッカーの練習で留守にしている。帰宅は八時過ぎになる。あいつらはそれを見計らって、密会を重ねていたんだ。朝に会うこともときどきあったらしい。スーのやつはそう言っていた」

いまや疑いを挟む余地もなかった。なのに、自分はこれまで、ビルの行動を怪しんだことすら一度もなかった。ビルはおろか、ほかの誰ひとりとして、スーに性的魅力を感じる男なんかいるはずもないと思いこんでいたのだ。キャロラインの脳裡にはいま、生気に満ちたスーの瞳が浮かんでいた。丸々とした愛嬌のある顔も。まわりの人間まで笑いだしたくなるほどの、にぎやかな笑い声も。烈火のごとき怒りが湧きあがってきた。必要に迫られないかぎり、キャロラインがご近所さんと口をきかないことを、ビルは知っていた。隣家の家族のことなど、特に気にかけていないことも。給湯器の調子はどうかと、わざわざテリーに尋ねるようなまねはしないだろうことも。そうしたすべてを心得たうえで、ビルはまんまと不貞を働いていた。それも、すぐ隣の家で。つんと上を向いた、キャロラインの鼻の先で。

これ以上聞くのは耐えられなかった。キャロラインは戸口へ向かった。テリーも椅子から立ちあがり、見えない紐でつながれてでもいるかのように、玄関まであとを追ってきた。

「もう帰って」やけに大きすぎる、ざらついた声でキャロラインは告げた。

るととつぜん、テリーがめそめそとすすり泣きを始めた。「スーのやつ、おれと別れて、ビルと一緒になりたいって言うんだ」

「だとしても、それはスーが決めることであって、彼女が何をどう考えようと、あたしの知ったことじゃない」

「きみはロボットか何かなのか？　何がどうなろうと、気にもならないっていうのか？」

「あたしにもわからない」とだけ答えて、キャロラインは扉を閉じた。

勤め先に病欠の連絡を入れなくちゃとは思ったけれど、いまはそれすらもままならなかった。気づいたときには、キッチンの椅子にすわっていた。けっして誇張などではなく、まるで根が生えたみたいに、そこから微動だにすることができずにいた。さっきまでテリーの尻が乗せられていた椅子を、キャロラインはじっと見つめた。その椅子はテーブルの前から押しやられたままになっており、ただそれだけのせいで、室内がどこか乱雑に見えた。身体が凍えるように寒かった。何をどう感じるべきかも、何をすべきかも、どこへ行くべきかも、わからなかった。おそらく二時間ほどが過ぎたころ、ようやく立ちあがる気になれた。そこで、食器棚のところまで歩いていって、引出しを開け、一本の小ぶりなナイフを選びとった。皮膚や肉を貫けそうなほど鋭利で、刃の先が残忍なカーブを描くそのナイフは、たしか、果物の皮を剝くためのペティナイフとかいう代物だ。キャロラインはそのナイフをとくと眺めつつ、ありとあらゆる構え方を試してみた。やがて、瀕死のサボテンの上空にのぼった太陽が、鋼《はがね》の鋲《びょう》のような棘を介して、ちらちらと警告を発しはじめた。キャロラインは手首を見おろした。青い傷痕のような青白い血管が、くっきりと浮きだしている。ナイフの切っ先が顎に、頰に、額に、首に、そしてふたたび手首に触れた。キッチンを出ると、迷いのない足どりで歩を進めた。一歩一歩踏みしめるように階段をのぼって、ほんの数時間まえまでビルと共にすごしていた寝室に入り、ベッドに腰をおろした。オレンジ色のパイン材を使った安っぽい簞笥を、何分ものあいだぼんやりと眺めてから、刃渡り八センチほどのナイフにうっとりと見いった。その美しさと、それが成しうることにため息が出た。ふたたびナイフの刃を手首に向け、軽く皮膚に押しあててから、簞笥に視線を戻した。

キャロラインはその場にすわりつづけた。何もすることなく、何も感じることなく、いまだ心も決まらぬままに。

長い時を経て、ついにある感情が芽生えた。それは、いっさいの束縛を解かれた、まじりけのない怒りだった。

しわがれた咆哮をあげながら、キャロラインは簞笥に飛びかかった。力任せに扉と引出しを開け放ち、ナイフを短剣のように振りあげては、なかにあるものをめった切りにした。手にしたちっぽけな凶器で、ビルのシャツや、ジャケットや、ジーンズを裂いたり突いたりするほどに、怒りがいっそう募っていった。喉の奥からほとばしる怒号と罵声は、隣家のスーにも――壁一枚を隔てたテラスハウスの寝室で、巨大なお手玉みたいにうずくまってすすり泣いているだろうスーの耳にも――届いているにちがいない。しばらくして、ようやくキャロラインは動きをとめた。早くここを出なければ。ビルが帰ってくるまえに。ビルにも同じことをしてしまうまえに。心臓をえぐりだしてしまうまえに。バッグと、携帯電話と、車のキーをつかみとり、キャロラインは家を飛びだした。呼吸は乱れ、目は血走っていたけれど、涙に濡れてはいなかった。

65

その日の朝、ベッドに横たわるわたしは、満ち足りた思いとまどろみのなかにあった。ベンはついさっきシャワーを浴びに向かったところで、わたしはあのつかのまの幕間を——「ママァーーー」と呼びかけるあどけない声に促されて寝床から起きだすまでの時間を——楽しんでいた。すでに陽の光がカーテンを通りぬけ、室内を躍りまわっているのがわかる。肌に伝わるその熱は、心地よく、眠けを誘う温かさだった。今日は、五月初旬の木曜日。わたしはなんて恵まれているのかしらと、痛感しないではいられなかった。非の打ちどころのない夫と、愛らしい息子がいるうえに、すてきなマイホームまで構えているなんて。しかも、わが家が建つマンチェスター市内のその一角は、長閑《のどか》でありながらも適度な活気に満ちている。街の中心部にも近い一方で、自然豊かなピーク・ディストリクト国立公園にも程近く、週末の小旅行を気軽に楽しむこともできる。いまでも信じられなかった。成りゆき任せのあの決断が——こともあろうにスカイダイビングに挑むという決断が——この場所へ、いまこのときへ、この家のこのベッドへ、導いてくれることになるなんて。心温まる夫との思い出や、朝まですやすやと眠りつづけてくれる親孝行な可愛い息子を、わたしにもたらしてくれることになるなんて。

どうやら、ふたたび眠りに落ちてしまったらしい。気づけば、時刻は七時三十分をまわっていた。本当にそろそろ起きなくてはとは思いつつ、なおも意識はまどろみのなかをたゆたいつづけていた。部屋の明るさからして、空には太陽が照り輝いているようだ。一週間も降りつづいていた雨がやみ、酷寒の冬が今日こそ終わりを告げて、とうとう春本番が訪れてくれたのにちがいない。この世のすべてに対して、ばかみたいに感謝せずにはいられなかった。たぶんホルモンの影響もあるのだろう。たしか、ひとりめのときもこんなふうだったから。いまでは、お騒がせな家族のことを案じる気持ちも薄れていた。両親も双子の妹もそれぞれに、近ごろは落ちつきを取りもどしつつある。母は登山にいそしんでいた。父もどうにか離婚のショックから立ちなおり、最近になって、なんとバドミントンを始めたらしい。とはいえ、いちばんの驚きは、キャロラインの変わりようだろう。あのとき入院した施設での再治療が、ありがたいことに効を奏してくれたらしい。キャロラインはいま、ついに心の安らぎを手に入れることができたようだ。ビルというすてきなパートナーにもめぐりあえた。これまでつきあってきた恋人たちほどの華はないとしても、そんなことは問題ではない。ビルは誠実で、真面目なうえに、キャロラインを心から愛してくれているようだから。妹が幸せをつかめたことが、わたしも心底嬉しかった。キャロラインがリーズ市に居を移してから、頻繁に会うことはないものの、ときどき顔を合わせるときには、なごやかなひとときをすごすことができた。キャロラインはようやくベンを家族として受けいれてくれたようだった。甥っ子のことも可愛がってくれていた。そして何より、いまのわたしは、キャロラインの機嫌を窺うことをしなくなっていた。自分の結婚や妊娠が妹の神経を逆撫でするのではないかと思い患《わずら》うわたしに、以前は夫までもがさんざん振りまわされていたものだった。それがいまでは、ふたりめの妊娠をキャロラインに伝えることにも、いっさい不安を感じなくなっていた。かすかな期待すらいだいていた。ひょっとしたら今回は、妊娠中から赤ちゃんの誕生を心待ちにしてくれるかもしれない。だって、いまは甥っ子をあんなに愛してくれているのだから。

ときどき、不思議に思うこともある。あの家族に囲まれていながら、あれほどの波乱をくぐりぬけてきながら、どうしてわたしはこれほど正常なままでいられたの？　妹の病や危難にも、両親の離婚にも、さほどの影響を受けずにこられたのはどうしてなの？　わたしが非情だというわけではないはず。自分としては、そう信じたい。思うに、わたしのなかには、とても堅い芯《しん》のようなものが備わっているのではないかしら。もちろん、ベンに出会えたことも大きい。ベンはこれまでずっと、今日《こんにち》に至るまで絶え間なく、あらゆる点でわたしを満たしてくれている。わたしの魂を飛翔させ、肉体を高鳴らせてくれる。夫婦というものは、みんなこんなふうなのかしら。

そのときとうとう、高らかな泣き声が響きだした。わたしは思わず顔をほころばせた。あの子が眠たげにしょぼつかせていた目を大きく見開き、母親に――そう、わたしに――会えた喜びを爆発させるさまを目にするのが待ちきれなかった。わたしは掛け布団を払いのけ、走りださんばかりに寝室を飛びだした。

時刻は午後二時をまわったばかりだった。昼食の後片づけを終えたあとで着替えも済ませ、予定よりほんの数分遅れたものの、お出かけの準備をようやく整え終えたところだった。二歳児を公園へ連れていく際の必需品も、すべて鞄におさまっている。紙オムツと、ウェットティッシュ。おやつ。水たまりに跳びこんでしまったときのための着替え。アヒルの餌にするパン。息子は可愛いし、子育ては楽しい。ただし、そんなわたしも、手際という点においてはそれほど優秀なわけではない。躾や教育もこなしつつ、冷凍室いっぱいにオーガニックフードの離乳食を備蓄することのできるような、〝スーパーママ〟のたぐいではけっしてなかった。でも、気にすることはない。いちばん大切なのは愛情なんだから。わたしは自分にそう言い聞かせていた。そうすることで、劣等感をやわらげようとしてきた。生まれたての赤ん坊を分娩室で胸に抱いた瞬間から、わたしがわが子に愛情をそそぎつづけてきたのは否みようのない事実。わたしのひとり息子は、この世に生まれおちた瞬間からずっと、あふれんばかりの愛に包まれてきたのだもの。

ところが、いままさに家を出ようとしたとき、扉をノックする音が聞こえてきた。きっと郵便配達人ね。そう決めこんでいたわたしは、キャロラインのありさまにショックを受けた。扉の向こうに立つキャロラインは、真っ青な顔をしていた。あまりにもらしからぬ、乱れた形《なり》をしていた。しかも、いまは平日の木曜日の真っ昼間。なのに、リーズ市で勤めに出ているはずのキャロラインが、どうしてこんなところにいるの？

「まあ、キャロライン……よく訪ねてきてくれたわね」まごついた声でそう告げても、キャロラインが黙りこくったままじっとこちらを見すえていたので、わたしは続けてこう尋ねた。「もしかして、何かあったの？」言いながらわたしが抱き寄せようとすると、キャロラインは肩でそれを払った。このところ妹との距離が近づいていたのは——世間が思うような双子の関係に近づいていたのは——たしかであるものの、爆弾テロ事件のあとでキャロラインがわたしを頼ってくれたときのような関係は、そう長くは続かなかった。たぶん、わたしたち姉妹はただ、あまりにちがいすぎるのだと思う。じつを言うと、わたしがキャロラインと仲睦まじい姉妹になろうとするのをあきらめてから、ずいぶんになる。そのことがいま、ことさらに後ろめたく感じられた。キャロラインはなおも押し黙ったままでいる。本当に、何があったのだろう。

「今日はどうしてここへ？　何かあったわけじゃないの？」慎重に言葉を選んで、わたしは訊いた。

った。

「別になんでもない」事もなげにキャロラインは言ったけれど、わたしには信じられなかった。「どこかに出かけるの？」

「ええ、せっかくのいいお天気だから、公園に行こうと思って」そこまで言って、わたしは躊躇《ちゅうちょ》した。なのに、本音とは裏腹に、気づいたときにはどういうわけだか、「あなたも一緒にどう？」と誘っていた。

「へえ、すてき。幸せな親子の輪に加えてもらえるなんて、最高としか言いようがないじゃない。もちろん、ご一緒させてもらうわ」そんなふうに言いながら、キャロラインはにっこりと微笑んでみせた。だから、いまのが強烈な皮肉なのか、それとも、おなじみのひねくれた受け答えであるだけなのかは、どうにも判断がつきかねた。

何はともあれ、わたしたちは新たな仲間を加えて家を出た。キャロラインがチャーリーを連れ、わたしがベビーカーを押すことになった。公園までの道のりは、二歳児が歩いて往復するには長すぎる。わたしたちは陽射しの降りそそぐ通りを歩きだした。沿道の街路樹には、桃色のティッシュペーパーみたいな花が咲き乱れていた。神さまが夜のあいだに枝に留めつけたかのようなその花が、雲ひとつない真っ青な空と鮮やかなコントラストをなしていた。いまもまだ、この世のすばらしさを称える心境に変化はなかったけれど、今日という一日に、妙な不安がじわじわと影を落としかけているのもたしかだった。

チャーリーの歩みはのろかった。通り道にある街路樹や、水たまりや、民家の門に、いちいち興味を引かれては足をとめた。キャロラインも、それを咎めようとはしなかった。特に急いたようすもなかった。わたしは先に立ってベビーカーを押していた。敷石の上で跳ねる車輪のリズムは小気味よく、神経をなだめてくれるようだった。おかげで、もやもやとした不安もしだいにやわらぎつつあった。そのとき、わたしはキャロラインたちの数メートル先を歩いていた。交差点を目前にして、あれこれ思案をめぐらせていた。公園までは、どの道すじをたどっていこうか。最初はブランコのところへ行く？　それとも、アヒルの池にする？　あれもこれも、キャロラインに見せてあげたい。帰りしなにはユニコーン・グロッサリーに寄って、ティータイム用にフルーツか何かを買って帰ろうか。もしかしたらキャロラインが、どこかでお茶をしていこうと言いだすかもしれない。そうなったら、通りを挟んだところに新しくオープンしたカフェに寄ってみようか。そのときのわたしは、そうした思案に没頭するあまり、キャロラインとチャーリーのようすを気にもとめていなかった。だから、往来の喧噪を凌《しの》ぐほどの大きな音が――ガラスが何かにぶつかって砕けるような音が――背後から聞こえてきたときも、いったい何が起きたのか、まったくわかっていなかった。わかっていたのは、何かよくないことが起きたのだということだけだった。わたしははっと首をまわし、双子の妹とチャーリーのいるほうを振りかえった。

何か（たぶん、ウォッカか何かだろう）の瓶が地面の上で粉々に砕け、底の部分だけ残っているのが見えた。あの酒瓶はきっと、キャロラインがコートの下に忍ばせていたんだわ。それを落としてしまったんだわ。キャロラインはまだアルコールを断てていない。いまもお酒に酔っているのね。それだけのことが、ひと息に頭のなかを駆けめぐった。そして、そのあとでようやく気づいた。割れ残った瓶底が、路面から突き立っていること。鋭く尖ったガラスの切っ先が、陽の光を受けて、危険なきらめきを放っていること。

「気をつけて！　チャーリーの足が！」叫んだときには、手遅れだった。子犬の足がガラスを踏みつけると同時に、長くたなびく、痛ましい鳴き声が耳をつんざいた。その声はわたしの心を引き裂き、無数の穴を穿《うが》った。キャロラインはその場に突っ立ったまま、光り輝く路面を見おろしていた。チャーリーがくんくんと鼻を鳴らしながら、証拠を呈示するかのように、高々と足を掲げてみせているあいだも。

双子の妹と、棒立ちになった子犬のいるほうに向かって、わたしはとっさに駆けだした。そして、そのときになってようやく、ダニエルのことを思いだした。公園まで少し歩かせてあげようと、寸前にダニエルをベビーカーからおろしていたことを。けれど、今度もやはり手遅れだった。自分でもそれがわかっていた。振りかえると、息子の姿が見えた。ほんの十メートルほど離れたところで、ダニエルは歩道のへりに立って、ふらふらと身体を揺らしていた。家の前を走る通りのはずれで。そこに建つ酒屋の軒先で。家の前の通りと、交通量が激増する大通りとが、ちょうど交わる地点で。

「ダニエル！」とわたしは叫んだ。すると、わたしの愛する息子は――瑞々しい生気と、大いなる可能性とに満ちた、愛しい坊やは――くるりとこちらを振りかえり、このうえなく大きな笑みを満面に弾けさせた。そして、バスが大好きなダニエルは、そのあとすぐさま顔を前に戻し、車道の向こう側でバス停に並ぶ人々へ目を向けた。そこに居合わせた人々はみな、恐怖に顔をゆがませていた。両腕を風車のように、ぐるぐると振りまわしていた。

風がぴたりとやんだかのようだった。時の流れがとつぜんゆるやかになった。美しい青空が背景幕のように見えた。スローモーションで流れる無音の世界のなかで、必死に何かを伝えようとする腕や口の動きが見えた。大通りのこちら側を走りぬけていく、一台の自転車も見えた。乗り手が肩越しに首をまわして、ダニエルを振りかえるのも。小さな子供が身体をふらつかせていることに気づいて、自転車をその場に乗り捨てる姿も。けれども、わたしにはわかっていた。そんなことをしても無駄だと。けっして間に合いはしないと。とても耐えられなかった。わたしは上空を飛び去っていく鳥を見あげた。空から落っこちてしまうのではないかと思えるほど、ゆっくりと飛び去っていく一羽の鳥を。今朝、ダニエルの髪をくしゃっと撫でながら、行ってきますのキスをするベンの姿が見えた。そのときベンは、「またな、坊主」と息子に告げた。でも、もうその時はやってこない。ふたりがまた顔を合わせることは二度とない。生まれたての赤ん坊を胸に抱かせてもらっている、わたし自身の姿が見えた。わが子への愛が洪水のように押し寄せてきて、全身に満ちていくのを感じた。ダニエルの背中が見えた。コバルトブルーのキルティング・ジャケットが。ベージュ色のコーデュロイのズボンが。おろしたての紺色の靴が。金色に輝くブロンドの髪が。そのときのわたしは、どういうわけか、そうした色彩をはっきりと視界にとらえていた。まばゆい陽射しのなかで、それらの色が、鮮やかに照り輝いていた。

そのあと、はっと我に返った。わたしは地面を蹴って駆けだした。全身から血の気が引き、手足ががくがくと震えていた。けれども、わたしがそこへたどりつくよりも早く、ダニエルはバス停にいる人々に手を振りながら、車道に一歩を踏みだしていた。

静寂以外の何ものも、わたしの心に入りこむ余地はなかった。無音の世界は暴虐を極めていた。凝縮された悲しみに満ちていた。とうてい耐えがたいものだった。おそらく、わたしからわが子が奪い去られたあの瞬間は、世の理《ことわり》にまでなんらかの作用を及ぼしたのだろう。あの瞬間、この世のすべてが動きをとめた。どれほどの長さであったのかはわからない。けれども、ごくごく短いその刹那は、その後の展開を知る者にとって、責め苦以外の何ものでもなかった。ふたたび世界が動きだすやいなや、わたしの内でか外でかはわからないけれど、絹を裂くような悲鳴が響きわたった。その声は永遠にやむことがないように思われた。

ベンはいま、わたしを腕に抱いていた。チョールトン市から遠く離れた、なんの特徴もないホテルの一室で。わたしたちは息子を思って、共に涙を流していた。そんなことをするのは、これがはじめてかもしれない。ベンの腕のなかこそ、わたしが唯一帰りたかった場所だというのに、心はなおも途方に暮れ、何かを欲しつづけていた。まるで、地球の軸が傾いてしまったような、昼夜や善悪が逆転してしまったような気分だった。あのとき何が起きたのかを、声に出して語ったことは一度もなかった。泣きじゃくる声は客室の外にまで、廊下の先にまでこだましているにちがいなかった。蘇る恐怖は、大型バスに――わたしの目の前で愛する息子を撥ねた、二十三系統のバスに――ダニエルの金色の髪と青い瞳を鮮血に染め、最悪の地獄絵へと変貌させたバスに――匹敵するほどの大きさにまでふくれあがっていった。

ベンは何も言わずに、わたしを抱きしめてくれていた。わたしたちはとめどなく涙を流した。いまは亡きわが子を思って、損なわれてしまったわたしたち夫婦の人生を思って、何もかもが完璧だと感じられていたころを思って、泣き濡れた。わたしはけっして迷信深い人間ではないけれど、もしかしたら、ダニエルの死はなんらかの啓示だったのかもしれない。あまり多くを望むなという、あまり多くを期待するなという、人生はそんなに甘くないぞという、啓示だったのかもしれない。やがて、わたしたちは白くて硬いベッドの上に横たわり、やっとのことで眠りに落ちた。なおも互いの腕に包まれたまま、なおも悲嘆に暮れたままで。

66

なんらかの薬を投与されたはずだというのに、わたしは眠りに落ちることなく、ずっと悲鳴をあげつづけていた。叫びに叫びつづけていた。自分でも恐ろしくなるほどの声だったけれど、自分ではとめることができなかった。傍らに駆け寄ってきたベンの顔からは血の気が消えうせ、目のまわりを悲嘆が覆いつくしていた。意識の混濁した状態にありながらも、自分が夫の心まで引き裂いてしまったのだということを、そのとき痛烈に思い知らされた。

「ごめんなさい……本当にごめんなさい……」涙声でそう詫びてから、わたしはふたたび泣き叫びはじめた。母のフランシスも病室にいたらしく、医者を呼びに飛びだしていく気配がした。もっと薬を増やすよう、頼みにでもいったのだろう。泣きながら「キャロラインはどこ？」と尋ねると、その場にいる者たちから返ってきたのは、いったい何を言っているんだと言わんばかりのまなざしだった。それで思いだしてしまった。バスの車体に叩きつぶされた、幼い息子の小さな身体を。わたしは獣のように猛《たけ》り、吠えた。ようやく医者がやってきて、きらりと光る注射針をわたしの腕に突き刺した。すると、不意に蘇ったおぞましい記憶は、漆黒の闇に覆われた意識の奥底へ、ふたたびゆっくりと沈みこんでいった。永遠にその場所に押しこめておくために。

それから三日後。わたしはもう病室にはいなかった。鎮静剤を投与されてもいなかった。ベンは退院直後のわたしを気遣いながらも、静かな声でこう告げた。近いうちに、警察署へ出頭しなければならないと。事故に関する供述をしなければならないと。「それなら、キャロラインも？」わたしがそう尋ねると、ベンはまたもや困惑をあらわにしながら、こう問いかえしてきた。「あの事故に、キャロラインが何か関係しているのかい」わたしは驚くと同時に、こう思った。もしかしたら、何もかもわたしの思いこみなのでは？　わたしは事故の瞬間など目にしていなかったのでは？　キャロラインも、何ひとつ関わっていなかったのでは？　あの場に居合わせもしなかったのでは？　ところがその直後、不意に正気が戻ってきた。いいえ、もちろんキャロラインはあの場にいた。ただ、わたしの後ろに立つ妹の姿を、誰も目にしていなかっただけ。目の前で繰りひろげられる惨劇――無残に叩きつぶされたよちよち歩きの幼児や、錯乱状態に陥った母親や、狼狽しきったバスの運転手――に目を奪われていたせいで、その場から走り去っていくわたしそっくりの人間にまで、注意を向けることができなかったんだわ。そのときふと、チャーリーがなおも少し足を引きずっていることに、わたしは気づいた。のろのろとチャーリーに近づき、左の前足を調べてみると、ダイヤモンドのようなきらめきを放つ何かが――小さくて鋭いガラスの欠片が――足の裏からのぞいていた。それを指でつまんで引きぬくと、チャーリーはキャンキャンと鋭い鳴き声をあげた。そのとき、わたしは心を決めた。ものごとを複雑にしたところでなんになるの？　それで何かが変わるというの？　そんなことをしても、ダニエルは戻ってこない。チャーリーの足に刺さっていたガラスの欠片を、わたしはゴミ箱にぽとりと落とした。

翌朝早くに目が覚めたとき、腹部に鈍い痛みをおぼえた。それから、自分の世界が抜け殻になってしまったような感覚も。これまでベンからは、穏やかな声ながらも慎重に言葉を選びつつ、何度も繰りかえしこう諭されていた。希望を捨ててはいけないと。ぼくらには、心を砕いてやらなければならない、もうひとつの命が残されているのだと。わたしは重い足を引きずるようにして、トイレへ向かった。便座に腰をおろしたとき、何かがおかしいと感じてすぐに立ちあがると、空《くう》を切り裂く悲鳴のような鮮血が、脚のあいだからどくどくと流れおちていた。わたしも悲鳴をあげながら、ベンの名前を必死に呼んだ。するとすぐさま、こちらへ駆けつける足音が聞こえてきた。わたしは扉の鍵を開け、すがるように夫を見あげた。毒々しい苦痛の色に染まった下半身を露出したままで。ところが、それを目にしたベンの表情ががらがらと崩れ去っていくのを目にするなり、わたしは悟った。自分は一度ならず二度までも、夫を打ちのめしてしまったのだと。わたしのせいで、夫は子供をふたりも失うことになってしまったのだと。

葬儀の執り行なわれる教会まで、自分がどうやってたどりついたのかは覚えていない。心からも、身体からも、いまだ出血が続いていた。立っているのもやっとの状態だったけれど、あの子にお別れを言わなければという一心で、どうにかここまでやってきていた。参列者がわたしを見る目は、いずれもこう物語っていた。あの母親は何を考えていたのだろう。あんなに交通量の多い道路で、坊やと手をつないでなかったなんて。わたし自身もまた、喉を締めつけられるような罪悪感の渦に呑みこまれていた。そんなわたしに、なぐさめの言葉をかけることのできる者はひとりもいなかった。息子の遺体をおさめた棺《ひつぎ》――真新しい靴箱みたいにぴかぴかの、真っ白い棺(なかには、ダニエルの大好きなピンク色に塗ってはどうかと提案した者もいたらしい)――を目にした瞬間、わたしは支えを求めてベンの手をつかみ、それをぎゅっと握りしめた。けれども、ベンはその手を握りかえしてはくれなかった。それこそ、ほんの半秒たりとも。その瞬間、衝撃と共に、わたしは悟った。夫もまた、わたしを責めているのだと。意識が遠のきかけるのを感じながら、わたしはどうにか持ちこたえた。だが、やがて葬儀が終わり、祭壇に張られた禍々しい緞帳《どんちょう》の陰へ棺が運びだされはじめると、ついにこらえきれなくなった。わたしは堰を切ったように泣き叫びだした。制止しようとするベンを振りきって、一心不乱に通路を駆けぬけた。ところが、棺にすがりつく寸前になって、不意にぴたりと足がとまった。そんなことをして、いったいなんになるというの。いまさら何をしようと手遅れだ。わたしはくるりと踵を返し、逆方向へ駆けだした。礼拝堂を飛びだして、もう二度と太陽の輝くことのない世界へと、仮借なき灰色の世界へと走りでた。

67

横殴りの雨が降りしきる六月のある朝、ひとり息子がこの世を去ってからわずか四週間余りで、ベンは職場に復帰した。そうしなければならないというわけではなかった。上司からは必要なだけ休みをとっていいと言われていた。ただベンには、ほかに何をすればいいのかわからなかったのだ。妻と手を取りあうこともできなかった。いまやエミリーは、夫に心を閉ざしてしまっていた。どういうわけだか、夫のすることなすことを厭わしく感じているようでもあった。ベンは悩んだすえに、こう結論づけた。エミリーのことはしばらくそっとしておいたほうがいいのかもしれない。ひとりにしてやったほうがいいのかもしれない。そうする以外に、どうすればいいのかもわからなかった。ベン自身もまた、抱えきれないほどの悲しみに苦しんでいた。気を紛らわすことのできる何かが必要だった。整然と並ぶ数字の世界に逃げこんでしまいたかった。借方と貸方の帳尻を合わせる作業に、没頭してしまいたかった。とはいえ、職場に通うのも苦痛ではあった。仕事そのものがつらいわけではない。ベンになんと声をかけたものかわからず、何ごともなかったかのようなふりを続けている同僚たちから、憐れみのまなざしを向けられるのがつらかった。そのうえ同僚たちは、ベンが近くにいると、何気ない会話や雑談にまで気を遣うようになっていた。たとえば、週末の予定について語らっていても、自分の子供の話題だけは出すまいと細心の注意を払っているのが伝わってきた。こちらの心中を慮《おもんぱか》っての行動だとはわかっていたが、ベンはそいつらにこうわめきちらしてやりたかった――そんなことをしてもらってもなんにもならないから、とんちんかんなことはやめてくれ。だがもちろん、ベンがそれを実行に移すことはなかった。

ベンはひどく孤独だった。どこにいようと。誰といようと。自分のなかに怒りが蓄積されていくのを感じた。そうした怒りの矛先《ほこさき》は、おおかたエミリーに向けられていた。エミリーはいまもなお、事故について語ることを拒みつづけていた。事故の起きた経緯を説明さえしてくれなかった。ベンとしても、けっして無理強いはしたくなかったものの、ときどきこんなふうに考えずにはいられなかった。いったいエミリーは何をしていたのかと。マンチェスター・ロードのような大通りで、どうして息子から目を離すようなまねをしたのかと。あんなに交通量の多い道路なのに。ダニエルはあんなに幼かったのに。そうした考えは、抑えこもうとすればするほど、心の奥底で大きくふくれあがっていった。じっとりと湿った枯木の下の苔《こけ》のように、じわじわと、執拗に、忍びやかに増殖していくのだった。エミリーはいま、夫である自分を疎んでいるようだった。夫が仕事で家をあけるようになって、ほっとしているようでもあった。だが、ベンにはその理由が、まるで理解できなかった。いったいぼくが何をしたというのか。子供を失った母親をどうなぐさめればいいのか、何ひとつ妙案が浮かばない夫に、嫌気が差したということなのか。

流産した子供に対してエミリーがいだく悲しみの深さも、ベンには理解できていなかった。それが判明したのは、ゆうべはじめて、自分たちの今後について話しあおうと思いきって切りだしてみたときのことだった。そのときベンは、けっして感情的にはなるまいと、あらかじめ心に決めていた。そのうえで、そろそろもうひとりもうけることを考えてみてはどうだろうかと、遠まわしに仄めかすこともした。エミリーは妊娠しやすい体質のようだから、そうすれば来年のいまごろには、この家に明るい笑い声が戻ってくることになるかもしれないと。

「それはいったいどういうこと?」エミリーは低く抑えた声で訊きかえしてきた。窓辺に置かれた銀色の籐椅子の上で、全身をこわばらせているのが見てとれた。「あなたはわたしのことを、そんなふうに思っていたの? ほかの誰かをダニエルの代わりにできるような人間だと? 生まれてくることのできなかった赤ちゃんの代わりにできるような人間だと?」

「もちろん、そんなことは思っちゃいないさ」と、ベンは慌てて否定した。これ以上踏みこむのは危険だとは思いつつ、ためらいがちにこう続けた。「だけど、流産した子のほうは、共にすごす時間もなかったわけだから、ダニエルを亡くしたときとはわけがちがうだろう？」

「何がちがうっていうの！」エミリーはいきなり声を荒らげた。「わたしたちは、あの子のはじめての笑顔も、はじめてのあんよも、自我の芽生えも、永遠に目にすることができないのよ！　あなたはなんにもわかってないのね。本当ならいまごろ、わたしは妊娠二十週めを迎えているはずだった。わが子を腕にいだく日までの、折りかえし地点にさしかかっているはずだった。本当ならいまごろあの子は、お腹のなかで両親の声を聞き分けられるようになっていたはずなのよ。でも、もうそれはできない。もう死んでしまったんだから！　ダニエルだって、本当なら十日まえに、洗礼式を迎えているはずだった。でも、わたしたちはそれを取りやめにしなきゃならなかった。だって、ダニエルも死んでしまったんだもの。本当なら明日だって、ダニエルはネイサンの誕生日パーティーに出席するはずだった。用意してあったプレゼントは、いまも二階に取り残されているわ。七月の休暇には、旅先のビーチで、あの子にはじめての海水浴を体験させてあげるはずだった。あの子は飛行機に乗るのを、ものすごく楽しみにしていたのに。わたしだって、本当ならいまも毎日、あの子に朝食をつくったり、あの子に服を着替えさせたり、あの子と一緒に遊んだり、あの子を公園に連れていったり、あの子をお風呂に入れたり、あの子に絵本を読み聞かせたり、あの子をベッドに寝かしつけたりしているはずだったのに。甲斐甲斐しく世話を焼き、愛情をそそいでいるはずだったのに。もっと続ける？」

「いいや、もう充分だ。だけど、何もかもぼくが悪いと言わんばかりの態度を、きみがとりつづけているのはどうしてなんだ？　いったいぼくが何をしたっていうんだ？」

「いいえ、何も」エミリーはすっくと立ちあがった。「あなたときたら、相変わらず、嫌みなほどの聖人っぷりだもの。悪いのはわたしのほう。ご近所さんたちだって、そう思っているんだわ。〝母親のくせに、どうして子供から目を離したりしたんだ〟……それがあなたの本音なんでしょう？　みんなと本音はおんなじなんでしょう？　何もかもわたしのせいだと、本当は思っているんでしょう？　ちがうなんて言わせないわ！」そうわめきたてるエミリーの瞳は、憎しみに燃えていた。少なくとも、ベンの目にはそう映った。

ベンはショックを受けていた。エミリーが声を荒らげたことなど、いままで一度たりともなかった。口論になったときでさえ、これまでのエミリーは柔和な態度を少したりとも崩さなかった。なのに、いまのエミリーはまるで別人のようだった。顔まで醜く歪ませていた。湧きあがる怒りを、ベンは必死に抑えこもうとした。エミリーの肩をつかんで揺さぶってやりたい、いくばくかの分別を取りもどさせてやりたいという、とつぜんの衝動も。

ベンは椅子から立ちあがり、部屋を出ていこうとした。ところが、固く握りしめられたこぶしを見てとるやいなや、エミリーはいきなりベンに躍りかかり、一心不乱にこぶしを叩きつけはじめた。ベンはそれをとめようとした。腕をつかんで脇におろさせてから、ぎゅっと身体を抱きしめて、落ちつきを取りもどすのを待とうとした。もしそれに成功していたなら、別の結果が待ちうけていたかもしれない。だが、現実はちがった。エミリーは押さえこもうとする腕を振りほどくなり、ベンの顔に平手を食らわせた。そのとき爪が耳に当たり、皮膚を切り裂いた。そして、流れでる血を押さえようとベンが手を放した隙に、エミリーは部屋から飛びだしていってしまった。

翌日の職場で、ベンはパソコンの画面を食いいるように見つめていた。ゆうべの口論から意識を引き離そうと、財務会計表に集中しようと、懸命に努めていた。それでも、気づけばふたたび心臓が早鐘を打ち、てのひらがじっとりと汗ばんでいた。ベンはとつぜん椅子から立ちあがった。まだ十一時にもならないというのに、ちょっとサンドイッチを買ってくるとだけ言い残して、デスクを離れた。建物を出て通りに出ると、虚ろな目をしたまま、お気にいりのカフェがある方角へ向けて、目の前の通りを右へ進みはじめた。しばらくすると、今度は自動操縦のロボットみたいに、機械的にその道をまた右に折れて、ロッチデイル・ロードをたどりはじめた。ところがそのあと、お目当てのカフェに入ろうとしたちょうどそのとき、店から出てこようとしている人影が目に入った。すでに扉にかけていた手を、ベンはゆっくりと下におろした。誰かと相対することに、いまは耐えられそうにない。ベンはくるりと踵を返し、ニュー・ジョージ・ストリートを突き進みはじめた。とにかく、どこか突きあたりにさしかかると、なんの見当もつけずに、また右へ折れた。とにかく、どこかへたどりつかなければならないという気がした。そうしてしばらくの時が過ぎたあと、ベンはようやく歩みをゆるめた。いますぐエミリーに電話をかけなくては。

「もしもし」エミリーの応じる声が聞こえた。ひどく冷ややかな声だった。

「やあ、エミリー……」言葉が喉に詰まりそうになるなか、ささやくような声でベンは言った。「気分はどう？」続けてそう尋ねた途端、後悔の波に襲われた。

「もちろん、最高よ」皮肉に満ちたその声の響きに、ベンは思わず顔をしかめた。

「今日は早めに帰宅する。夕食はぼくがつくるよ。何か食べたいものはあるかい」そう尋ねるが早いか、ベンはまたもや後悔した。いま発したセリフのすべてを撤回したくてならなかった。

「……別に何も」しばしの間を置いて、エミリーは答えた。だが、その声に辛辣な響きはなかった。単に虚ろなだけだった。それがなおさら胸をえぐった。

「そうか……それじゃ、ぼくが適当に考えるよ」

エミリーからの返事はない。

「このあとは何をしてすごす予定なんだい」

「別に何も」

「今日は天気もいいし、少し庭の手入れでもしてみたらどうだろう」

「そんなことをしてなんになるの？」

「特には何も。ぼくはただ……どうしたらきみの気分がよくなるのか、考えようとしているだけだ」

「ベン、何をしようと、わたしの気分がよくなることはないわ」エミリーはそう言ったけれど、その口ぶりは、自己憐憫《れんびん》にひたっているようでも、余計なお節介をなじるようでもなく、ただただ侘しげなだけだった。そして、その声はいくらかかすれていた。「もう切るわ。それじゃ」

「ああ、それじゃ……」回線の切れた送話口に向かって、ぼそりとつぶやいたあとも、ベンはじっと押し黙ったまま、旧魚市場の向かいの舗道に立ちつくしていた。ぼんやりとした視線の先にあるのは、一枚の木彫り画だった。そして、そこに描きだされているのは、赤ん坊を抱きかかえ、小さな男の子を隣に連れた女性の姿だった。ふと我に返ったとき、見知らぬ誰かの視線を感じた。おそらく、どうかしましたかと声をかけるべきかどうか、決めかねているのだろう。ベンはようやくその場を離れた。決然とした足どりで、職場への道のりを足早に引きかえしはじめた。サンドイッチを買うこともすっかり忘れて。


ベンが仕事に復帰してくれたおかげで、エミリーはいくらか気をゆるめることができるようになった。ベンが家にいないなら、ベッドから起きあがる必要もない。悲しみから立ちなおろうとしているふりをする必要もない。ベンは職場で仕事をしている。家にいる妻が何時間もベッドに横たわったままでいることなど、何もしようとせず、何も考えようとせずにいることなど、知りもしない。エミリーはいま、昼ごろになってようやく、そろそろベッドを出るべきかしらと考える。それを検討しているあいだに、二時間以上が過ぎていく。〝あと十分したら起きるわ〟というふうなことを、誰にともなくひとりごちる。それでも効果がないとわかると、今度は〝十まで数えたらベッドを出るわ〟と声に出して言ってはみるが、実際には、数を数えだすことすら億劫でならない。だから、そのまま身じろぎもせず、ベッドに横たわったままでいる。だが、最終的には、生理現象によってベッドから起きだすことを余儀なくされる。つまりは、膀胱がSOSを発しはじめる。するとエミリーは掛け布団を払いのけ、重い足を引きずってトイレへ向かう。ときには我慢がならなくて、トイレにたどりつくまえに漏らしてしまうこともある。けれども、いまのエミリーには、そんなこともたいして気にならなくなっている。家のなかでひとりきりになれるあいだだけは、ほんの少し気をゆるめることができた。ときどき昼すぎに母親が訪ねてきて、片づけやら掃除やらをしていくこともあった。無礼な態度をとりたいわけではなかったけれど、エミリーはその姿に目を向けることも、声をかけることも、ほとんどしようとしなかった。事故直後のエミリーは、ヒステリー状態に陥っていた。自分のなかにそんなものが秘められているとは知りもしなかった、原始的な怒りをあらわにして、わめきちらしたり、悲鳴をあげたりしてばかりいた。だが、数日が過ぎたあとは、まるで抜け殻のようになった。もはや、ベンのために何かをしようという気も起きなかった。ベンがエミリーをもう愛していないことはあきらかだった。何もかもエミリーのせいだと考えていることを、ベンははっきりと態度で示してみせた。何よりの証拠が、ダニエルの葬儀でとった行動だ。あのとき手を握りかえしてもらえなかったことに、エミリーは激しいショックを受けた。自分たち夫婦がこの悲劇を乗り越える日はけっして訪れてくれないのだと、痛感させられた。ベンがエミリーのもとを去っていくのは、時間の問題だった。いまは当り障りのない態度をとりながら、時機を窺っているだけのこと。ことを荒立てるまいとしているだけのこと。だからこそ、妻をなぐさめようともしてこないのだ。ベンが内心、怒りを募らせているのもあきらかだった。ただ、それを表に出せずにいるだけのことだった。

ゆうべの口論を思いかえすと、自分の言動に漠然とした気恥ずかしさをおぼえはしたけれど、あのときどんなふうに逆上し、夫に食ってかかったかを思いかえしてみても、麻痺しきった感情を揺り動かすには――どんよりとした靄のなかから抜けだすには――至らなかった。実家に預けているチャーリーを、ベンが連れ帰りたがっていることはわかっていた。妻の意識をほかの何かへ向けさせるために。子犬の世話をすることで、気力を奮い立たせるために。けれども、いまはまだ、あの子の世話をする気になんかなれないとエミリーは言った。来週には、来週には、と繰りかえすことで、その日を先延ばしにしつづけてきた。チャーリーを迎えいれる気には、まだどうしてもなれなかった。チャーリーに対する感情は、あまりにも大きく揺らいでいた。あまりにも複雑すぎた。だから、チャーリーはいまだベンの実家に預けられたまま、自分がよそへやられた理由もわからずに、しょぼくれているにちがいなかった。

時刻はすでに三時をまわっていた。今日は早めに帰宅すると言っていたから、あと二時間ほどでベンが帰ってくる。本当に、そろそろ服を着替えなくては。エミリーは寝間着の上にガウンを羽織っただけの姿でキッチンにおり、食卓の椅子に腰をおろすと、頭《こうべ》を垂れて目を閉じた。そこへたどりつくまでに、どうにか気力を振りしぼって、音楽だけはかけてあった。選んだのは、目につくかぎりで最もメランコリックな曲ばかりを連ねたプレイリスト。なのに、アンドレア・ボチェッリの《タイム・トゥ・セイ・グッバイ》にさえ、感情を揺さぶられなかった。わたしはもう、何も感じることができなくなってしまったみたい。脳のなかのぽつんとあいた空間に感情という感情が封じこめられ、外部との接続を完全に断たれてしまったかのようだ。いったいわたしはどうしてしまったの？　ベンからは、ふたたび医者にかかってみてほしいと頼みこまれていた。ベンはそのうえで、病院に来週の予約まで申しこんでいた。その日は午前休をとったから、自分も付き添うとも言っていた。きっと、わたしを信用していないのね。ひとりにしておいたら、予約をすっぽかすんじゃないかと疑っているんだわ。でも、たしかにそのとおり。わたしには、医者にかかるつもりなんかない。たとえ夫に付き添われようとも。だって、そんなことをしてなんになるの？　医者がいったい何をしてくれるの？　魔法を使って、ダニエルを生きかえらせてくれるの？　流れでてしまった血まみれの胎児を、お腹のなかに戻してくれるの？

エミリーはすっくと立ちあがった。とつぜんの怒りに駆られて。ゆうべと同じく、とつぜん何かにかっとなって。いまは叫びだしたかった。そうすればこの憂いを、静寂《しじま》に蠢《うごめ》くささやき声を、やわらげることができそうな気がした。自分のなかのどこか奥底から、原始的なエネルギーのようなものが波のように押し寄せてくるのを感じた。生きる気力を失った心を肉体が奮い立たせようと、この絶望を乗り越えさせようと、焚きつけているかのようだった。エミリーには、それが辛抱ならなかった。この状態から抜けだすためには、何かをしなければ、どこか別の場所へ行かなければならなかった。エミリーは粟立つ腕で、ぎゅっと自分を抱きしめた。そうすることで、肉体の暴走を押さえこもうとした。なのに、そのあいだにも呼吸は速まり、荒く、激しくなっていった。早くなんとかしなければ。エミリーは思いつくままに玄関へ向かった。だが、ドアノブに触れるやいなや、ぶるぶると手が震えだした。この家を離れたいのに、そうするのが怖かった。家を出ることができたところで、通りを左へ進むことはできない。大通りへ――ダニエルの事故現場へ――向かうことなどできやしない。かといって、右へ進むわけにもいかない。右に行けば、友人のサマンサの家がある。こちらを嘲笑うかのようにポーチに置かれたベビーカーを目にするなんて、耐えられない。目の前を走りぬけていく小さな子供を――無邪気にはしゃぎまわる無傷の子供を――車に轢《ひ》き殺されていない子供を――目にすることも耐えられない。近所の誰かに姿を見られるのも。そんなことになろうものなら、ひそひそと陰口を叩かれたり、不躾な視線を投げつけられたりするのはわかりきっている。猛烈な怒りが渦を巻き、いまにも爆発しそうになるのを感じた。けれども、それを処理するすべがわからなかった。そのときとつぜん、心のなかで吹き荒れていた嵐がしんと静まりかえった。狂気の前触れを思わせるその静けさのなか、エミリーは廊下を進み、キッチンを抜けて裏庭に出た。ところが、あの美しかった庭が、いまではすっかり荒れ果ててしまっていた。いまにも死にかけてしまっていた。エミリーはその場で足をとめ、大きく息を呑みこんだ。なんとか呼吸をしようとした。けれども、それがかえってパニックを強めることになった。いまのわたしに、どこへ行くことができる？　何をすることができる？　この家にも、この庭にも、これ以上とどまっていることはできない。あと一秒たりとも。いったい何をどうすればいいのか。誰に助けを求めればいいのか。どこに、誰のところに向かえばいいのか。

そのとき、エミリーは悟った。

自分に残された場所は、ひとつしかない。どうしていままで気づかなかったのだろう。エミリーはキッチンに飛びこんだ。一気に階段を駆けあがった。ダニエルを亡くして以来、はじめて子供部屋の扉を開け放ち……じっとその場に立ちつくした。そこにはすべてが残されていた。五週間と一日と二時間と二十四分まえから変わらぬ、そっくりそのままの状態で。真っ先に目に飛びこんできたのは、周囲に手すりのめぐらされた白い木製のベビーベッドだった。ダニエルは毎朝、目が覚めるたびに、パジャマ姿のままその上に立って手すりをつかみ、体操でもするみたいにぴょんぴょん跳びはねながら、大声でわたしを呼びたてたものだった。それから、反対側の壁際に置かれたすわり心地のいい青色のソファでは、クマのぬいぐるみやクッションの隙間にダニエルと並んですわっては、絵本を読み聞かせてあげたものだった。ときには、即興でお話をつくることもあった。そんなときダニエルは、チョコレートを噴きだす火山やら、カスタードクリームを吐きだすドラゴンやらが登場するはちゃめちゃな物語に耳を傾けながら、きゃっきゃっと笑い転げたものだった。それから、部屋の隅に置かれたパステルブルーのイケアの箪笥。ベンが組みたててくれたその箪笥のなかだけは、つねに整理が行き届いていた。エミリーはしばらくのあいだ、じっと箪笥を見つめつづけた。そのとき感じていたのは、檻に閉じこめられているような閉《へい》塞《そく》感だった。何をすればいいのかも確信できないままに、エミリーはそろそろと箪笥に近づき、扉を開けた。すると途端に、いくつもの思い出が次から次へと蘇ってきた。洗濯を終え、きれいに畳んで積み重ねられた、小さなTシャツ。人生の幕切れとなる朝にダニエルが着たがった、お気にいりのデニムのショートパンツ。なのにあの日、エミリーは息子に長ズボンを穿かせた。まだ、ショートパンツを穿くほどの陽気ではないからと言って。ダニエルが床に寝転んで地団駄《じだんだ》を踏もうとも、どんなに駄々をこねようとも、エミリーはそう言って譲らなかった。それから、洗礼式のために用意して、袖を通さずにとっておいたクリーム色のチノパンと水色のシャツは、エミリーの意向ではなく、ベンの強い薦《すす》めに従って購入したものだった。ベンのほうがエミリーよりも、信仰に厚いことはわかりきっていたから。

だけどその信仰が、ベンにどんな恵みをもたらしてくれたの？　いったい誰に、どんな恵みをもたらしてくれたというの？

エミリーの視線は、数々の思い出を呑みこみながら、しだいに上へと向かっていった。そうしてついにたどりついたのは、いちばん上の棚に置かれた明るいピンク色の野球帽だった。お出かけの際には欠かさずかぶらせていたのに、あの日にかぎって、持って出るのを忘れてしまった帽子。それまで一度も忘れたことなどなかったのに、キャロラインのとつぜんの訪問に動揺するあまり、持って出るのを忘れてしまった帽子。あの日、わたしがこの帽子を忘れさえしなければ、自分のぽかを埋めあわせようとする必要はなかったはずだ。ダニエルを泣きやませようと、機嫌を直してもらおうと、いつもより早くベビーカーからおろすこともなかったはずだ。キャロラインが何をしようと、ベビーカーに何が起きようと、問題ではなかったはずだ。ダニエルはあの瞬間も、チャーリーに乗せられたままだったはずなのだから。車道に飛びだすことになどならなかったはずなのだから。

つまり、すべての元凶はわたしだということ。

ピンク色の野球帽を手に取り、じっと見つめた。〝ハローキティ〟という銀色のワッペンが縫いつけられたこの帽子が、本来は女の子向けであること、この帽子をかぶったダニエルがしょっちゅう女の子にまちがえられていたことを思いだすと、ふっと笑みが漏れた。エミリーは帽子を裏がえし、窪みのなかに顔をうずめて、すうっと息を吸いこんだ。長く、深く、ダニエルの残り香を吸いこみつづけた。ほんのつかのま、エミリーは心の安らぎを取りもどしていた。幸せすら感じかけていた。

ところがその直後、地面に転がるわが子の亡骸が、とつぜん脳裡に蘇った。エミリーはダニエルの野球帽を顔から引きはがし、絨毯に叩きつけた。何度も足で踏みつけながら、家じゅうに響きわたるほどの悲鳴をあげた。簞笥のなかにおさめられたダニエルの服を一枚残らず引っぱりだして、それを胸に掻きいだくと、そのまま床にすわりこみ、声をあげて泣きじゃくりつづけた。二時間以上が過ぎ去って、帰宅したベンが見つけるまで。

エミリーは静かにベッドに横たわっていた。キッチンから寝室に戻ってきたベンは、両手でトレイを掲げていた。子供に食事を与えるかのように、ホットチーズサンドとトマトスープをこしらえてきてくれたのだ。お礼を言わなければと、エミリーは思った。けれどもその一方で、ベンはわたしを気遣うふりをしているだけなのだとも、考えずにはいられなかった。いいえ、ちがう。子供部屋の床にすわりこんでいたわたしを抱きあげてくれたときの優しい手つきこそ、なぐさめの言葉をかけてくれたときのいたわりに満ちた声こそ、こうして世話を焼いてくれている姿こそ、いまもわたしを愛していることの証なのでは……そんなふうに思いかけて、エミリーはぶるりと首を振った。思いちがいをしてはだめ。ベンは単に、ばかがつくほどのおひとよしなの。単に、そういう性分なのよ。いまのわたしに何をしてくれようと、すべて見せかけに決まっている。ゆうべ言い争ったとき、まざまざと思い知ったじゃない。あのときのベンの目つきは、わたしを殴ってやりたいと思っていた。

目の前に置かれた料理を、エミリーは少しずつ口に運んでいった。体重が激減したせいで皮膚に浮かびあがった骨が、ぐつぐつと煮え立つオートミールに紛れこんだ異物のように見えた。そっと室内に戻ってきたベンに目を向けたとき、耳の引っ掻き傷がまだ癒えていないことに気がついた。いまも血がにじむその傷を見ていると、なんだか自分が恥ずかしくなってきた。

「気分はどうだい」そう尋ねられたエミリーは、弱々しいながらも、どうにか笑みを浮かべてみせた。するとすぐさま、ベンの心臓の鼓動が少し速まったことが、手に取るようにわかった。

「少しよくなったわ。それで、あの……いままで本当にごめんなさい。あんな状態のわたしとすごす毎日は、悪夢みたいだったでしょう？」

「謝る必要なんてないさ。きみがあんなふうになるのも、無理もないことだったんだから」

その言葉を受けて、エミリーはベンに歩み寄ってみることにした。いまの自分にできる最上の贈り物を、差しだしてみることにした。

「明日一緒に、あなたの実家へ行きましょう。そろそろチャーリーを連れもどしてあげなくちゃ」

ベンははっと息を吸いこんだ。「本当にいいのかい？」

「ええ。まずは、あの子の世話から始めてみるわ」瞳の輝きを取りもどしながら、エミリーはさらにこう続けた。「ただし、散歩はあなたがさせてね。それだけはまだできそうにないの」

「もちろんだとも。出勤まえと帰宅後に時間をつくるよ。それくらいはお安い御用だ」それだけ言うと、ベンは腰を折って、エミリーの頰にキスをしてきた。ところがその瞬間、エミリーはびくっと身体を引いてしまった。もしかして自分は、愛情というものに拒絶反応を示すようになってしまったのでは？　だけど少なくとも、チャーリーを連れもどそうと自分から言いだすことはできた。それは、ベンにとってもエミリーにとっても、思いがけない進歩だった。そして、それが始まりとなるにちがいなかった。

その翌週、エミリーはベンとふたり並んで、診療所の待合室にすわっていた。ベンの忠告を受けて心構えはしていたのだが、ありがたいことに、待合室のなかはひっそりと静まりかえっているうえに、子供はひとりも見あたらなかった。

今日のベンは、いくらか焦りがやわらいでいた。歩みは小さくとも、ようやく状況が好転しはじめてくれるのではないかとの期待を、いくぶん強めてもいた。たとえ先週の土曜日に、バクストンの実家へチャーリーを引きとりに向かおうという段になって、エミリーが尻込みをしたとしても。だけど、エミリーはそのあと、ベンがひとりで行ってくれるぶんにはかまわないと言い足してくれた。ベンがチャーリーを連れ帰ってきたときも、大歓迎とはいかないまでも、ダニエルの死の直後のように、あからさまな嫌悪感を示すことはなかった。しばらく会わないうちに、チャーリーの身体はひとまわりもふたまわりも大きくなっていた。その居ずまいはどこか悲しげなうえに自制的で、どういうわけだか、子犬とは思えないほどにすっかりおとなびてしまっていた。もしかしたらチャーリーもまた、ダニエルのいない寂しさにじっと耐えているのかもしれない。あるいは単に、家のなかに漂う悲しみを鋭く感じとっているのかもしれない。犬というものは人間よりも遥かに感受性が鋭いのだと、以前、何かで読んだことがある。つい先日のこと、窓際の長椅子に並んですわっているとき、エミリーの手を握ろうとしたら、即座に振り払われた。そのあとエミリーは椅子の上で身をこわばらせたまま、ベンの買ってきた雑誌の存在も忘れて、自分の膝を食いいるように見つめていた。エミリーはなおも、夫からのなぐさめを受けいれられずにいるようだった。でも、いまはそれでかまわない。少なくともチャーリーだけは、固く閉ざされていたエミリーの心の扉をこじ開けることに成功してくれたようだから。あれは昨夜の出来事だ。ソファにすわるエミリーの隣に、チャーリーがぴょんと跳び乗った。エミリーは例によってチャーリーを押しのけようとしたものの、ゆうべにかぎっては、さほど本腰を入れていなかった。ほどなくして、チャーリーが膝の上に顎をもたせかけてきても、それを許してやっていた。そこから特に進展のないまま、数分の時間が流れたあと、エミリーがとつぜんチャーリーを両手でつかみあげた。一瞬、チャーリーをソファから放りだすつもりではないかと、ベンは思った。だが、そうではなかった。エミリーはチャーリーを胸に抱き寄せ、赤ん坊にするように、優しく左右に揺らしはじめた。そのうえ、クリーム色の柔らかな毛に顔をうずめまでしたのだ。そうしながら、エミリーはかすかに肩を震わせていた。エミリーに必要なのは時間なのだと、そのときベンは思った。それなら自分は、その時間が過ぎるのを辛抱強く待とう。それから、妻の助けになるかもしれないことを医者が教えてくれるなら、それがなんであれ最善を尽くそう。

ミセス・エミリー・コールマンという文字が、モニターにぱっと映しだされた。ベンはエミリーを促して、待合室のソファを立ち、廊下の先にある第六診察室をめざして歩きだした。ところが、その道のりのちょうど半分までさしかかったとき、別の診察室の扉がばたんと開き、黒髪の小さな男の子が飛びだしてきた。そして、ショートヘアをブロンドに脱色して、小さなダイヤモンドの鼻ピアスをした、ヒッピーふうの女がそのあとに続いた。「エミリー！」女は嬉しそうに声を弾ませた。「こんなところで会えるなんて！　わたしたち、こっちに戻ってきたばかりなの。元気にしてた？　ダニエルはどこにいるの？」そこまで言ったところで、女はとつぜん、一段と声を張りあげた。「ちょっと、トビー！　戻ってきなさい！　まったく、手が焼けるったらありゃしない！」

ベンははっとなって、隣に立つ妻に顔を振り向けた。いまベンが望むのは、エミリーを助け、守ることだけだった。なのに、そのすべがまったくわからなかった。

「ダニエルは死んだわ。それじゃ、失礼」エミリーはそれだけ言って、すたすたと診察室に向かった。その場に取り残されたベンは、じっに間の悪い見知らぬ女と見つめあう格好になった。女が驚きにあんぐりと口を開けると、舌に突き刺さったダイヤモンドの粒が、もうひとつ顔をのぞかせた。ベンもひとこと「失礼します」と言い残してから、妻のあとを追って第六診察室に踏みこんだ。扉の向こうでは、エミリーが部屋の隅にうずくまり、両手で顔を覆って、ぶるぶると身を震わせていた。

六月のあいだじゅう、エミリーが外出を試みることは二度となかった。家の外には、数多くの危険がひそんでいた。小さな子供や、悪気のない母親が、そこらじゅうにあふれていた。それからいまだに、誰とも会おうとしなかった。代わりに、ほかのことをするようになった。ふたたび本を手に取るようになったのだ。読む本は、物語の内容が悲惨であればあるほどよかった。進歩した点はほかにもある。チャーリーの存在になぐさめを見いだすようになったのだ。エミリーはいまや、チャーリーを赤ん坊のように扱うようになっていた。何時間でもぶっ続けで、チャーリーを胸に抱きつづけた。チャーリーは当然ながら、それを嬉々として受けいれていた。その後、数週間が過ぎると、そんなふうに抱いてやることができないほど、チャーリーの身体が大きくなってしまった。エミリーには、それが裏切りのように思えてならなかった。はじめてうちへやってきたときのチャーリーは、これ以上はないほどに柔らかくて、生まれたてのダニエルと同じくらいの大きさしかなかったというのに。腕に抱くのに、ちょうどいい大きさだったというのに。なのに、いまのチャーリーは、図体も足もばかでかくて、可愛げの欠片もない。それがチャーリーのせいではないことくらい、理性ではわかっていた。ウォッカの瓶の破片を、踏んづけたくて踏んづけたわけではないことも。成長が避けられないことも。わかってはいるのに、どうしようもなく腹を立て、憎しみをおぼえてしまう自分がいた。ベッドやソファからいくら押しのけても、チャーリーは負けじとエミリーの隣に跳び乗ってきた。湿りけを帯びた大きな鼻をエミリーのてのひらに押しつけてきたり、巨大な身体を膝の上に強引に乗せてきたりした。このままでは神経が参ってしまいそうだった。チャーリーをどこかよそへやってくれないかと、ご両親の家にもう一度預けてくれないかと、ベンに頼むことも考えた。でも、ベンはチャーリーを溺愛していた。どういうわけだかチャーリーの存在が、ベンに活力を取りもどさせているらしかった。ひとりで長い散歩に連れだすことを、ことさらの喜びとしているようでもあった。そうした事情もあって、エミリーは自分の本心を打ちあけることができずにいた。

そして七月半ばの土曜日、ダニエルの死から二カ月半が過ぎたある日のこと。その日、エミリーはソファに寝転がって、トーマス・ハーディの『日陰者ジュード』を読んでいた。チャーリーはまるで、大きく腫れあがった瘤《こぶ》みたいに、エミリーの足の上で丸くなっていた。その日はやけに蒸し暑く、エミリーはことさらの苛立ちをおぼえた。どうしてこの犬は、片時もわたしのそばを離れてくれないの？　わたしをひとりにさせてくれないの？　自分のふるまいが理不尽だということはわかっていた。つい数週間まえまではわが子のように慈しんでおきながら、いまさら態度を急変し、またも突き放そうとするなんて。そんな自分が嫌でならなかった。母親として失格であるうえに、妻としても不出来であるうえに、飼い主としても不心得ときているのだから。エミリーがつま先で何度も押しやりつづけていると、チャーリーはこちらの意を察してか、おもむろにソファから飛びおりた。ところがその際、ベンが運んできてくれたばかりの紅茶のマグカップに尻尾《しっぽ》がぶつかり、ごとんとそれを倒してしまった。マグカップからこぼれた紅茶は、ダニエルの写真を——ベンが炉棚の上に据えてくれていたのに、手もとに置いておきたくてそこからおろしてあったダニエルの写真を——水びたしにしてしまった。その写真は、生前のダニエルをいちばん最後に写したものだった。生後まもないチャーリーを、わが家に迎えいれた日に撮影されたものだった。ふわふわの小さな子犬を腕に抱いたダニエルは、きらきらと瞳を輝かせていた。パパとママからあなたのお友だちだと教えてもらった毛むくじゃらの不思議な生き物に、見るからに心を弾ませていた。

「何するのよ、このばか犬！」エミリーは大声で罵りながら、力任せにチャーリーを蹴った。するとその直後、騒ぎを聞きつけたベンが居間に駆けこんできた。痛みに縮こまるチャーリーの怯えようから、エミリーが何をしたのかを察したらしいことは、その表情を見ればあきらかだった。ふと視線を落とすと、悲しげな瞳と困惑の表情で、チャーリーがこちらを見あげていた。それを目にした瞬間、エミリーは慄然とした。こんなことを続けていてはいけない。いったいわたしは、どれほどのひとでなしに成り果てようとしているの？　そのときだった。至極もっともな事実に、エミリーはようやく思い至った。問題はチャーリーではないということに。わたし自身であるということに。ベンのためにも、チャーリーのためにも、自分のためにも、わたしが家を出るべきだということに。

ベンは何も言わずに、こぼれた紅茶を拭きとってから居間を出ていった。エミリーもまた無言のまま、そっとチャーリーを抱きしめた。チャーリーに対する怒りは霧のように消え去っていた。エミリーはいま、ここ数週間ではじめて頭のなかが澄みきっていくのを感じながら、どのように計画を実行すべきか、思案をめぐらせはじめていた。

68

「いったいどの時点から、家を出ようと考えはじめたんだい」ベンがそう訊いてきた。わたしたちはハムステッド地区のホテルのベッドに並んで横になったままだったが、いまはもうお互いに触れてはいなかった。すでに夕方を過ぎていたけれど、ベンもわたしも、じっと天井を見つめていた。まるで、そこに答えが書いてあるかもしれないとでもいうように。

ずいぶんと長い間を置いてから、わたしはようやく口を開いた。「たぶん、ダニエルの葬儀のときだと思う。あなたになぐさめてもらおうとして拒絶された瞬間に、こう感じたの。わたしたちはもう終わりなんだと。あなたはけっしてわたしを赦してくれないだろうと。あの時点では、自分があんなふうに家を出るとまではわかっていなかった。でも、ダニエルの死によって、わたしたち夫婦の絆も壊れてしまったんだということだけはわかっていた」

わけがわからないというふうに、ベンは眉間に皺を寄せた。「ぼくがきみを拒絶したって？」「わたしが手を握ったのに、あなたは握りかえしてくれなかったじゃない」声に出してそう告げた瞬間に思った。わたしの訴えは、まるで拗《す》ねた子供みたいだ。

「誤解しないで聞いてほしいんだが、もちろん、あのときぼくは腹を立てていたさ。きみにも、この世のなかにも、バスの運転手にも。あの時点で、ぼくの怒りの対象に入っていない人間は、キャロラインだけだった」

ベンはそこでふと言葉を切って、ひときわ顔を曇らせた。「つまり、キャロラインが謝りたかったのは、このことだったのか……」

「なんのこと？　キャロラインがいつ、あなたに謝りにきたの？」

ベンは大きく深呼吸をしてから、すべてをわたしに打ちあけた。息子の命日に、ピーク・ディストリクト国立公園へ向かったこと。何時間もぶっ通しで山道を歩き、草地を渡り、日暮れにたどりついた場所で夜を明かしたこと。わたしもダニエルもいないいま、ひとりぼっちで命日を迎えるには、そうするしかなかったこと。すると翌晩、家にひとりでいるときに、前触れもなくキャロラインが訪ねてきたこと。何かを謝りたがっているようだったけれど、キャロラインが謝罪すべきことなら山のようにあったから、いったい何を謝ろうというのか、見極めがつかなかったこと。そこからは消えいりそうな声になりながら、ベンはさらにこう打ちあけた。自分はキャロラインを家に入れ、一緒になって酒に酔った挙句、肉体関係を持ってしまったのだと。よりにもよって、妻であるわたしの双子の妹と。

「エミリー……本当に、本当にすまない。ぼくはたぶん、きみを恋しく思うあまり、キャロラインをきみの身代わりにしようとしたんだ。あのときのぼくは、もう二度ときみに会えないと思っていた。なのに、なんとしてでもきみを取りもどしたかった。でも、あとになって、すべてが終わったときになって、目の前にいるのはキャロラインであってきみではないという事実を認めなきゃならなくなった。世のなかも自分自身も、これ以上は憎めないという心境だったよ」そう言って黙りこんだベンの顔は、ひどく打ちひしがれて見えた。取りかえしのつかない何かが、ベンのなかで脆くも崩れ去ってしまったかのようだった。

わたしはショックを受けていた。嫌悪感をおぼえていた。ベンに腹が立ってもいた。ところがその直後、あることに気づいてはっとなった。

「つまり、それが起きたのは、土曜の夜ということよね？」

「ああ」とベンはうなずいた。自分の正気を疑いつつ、わたしも意を決して告白した。自分もその前夜に、ロビーと出会ったこと。ロビーがベンにそっくりだったこと。一年まえに家を出て以来、数々の悪習に手を染めてはきたけれど、最初にして最後の不貞を働いたのが、夫と双子の妹が過ちを犯した夜とまったく時を同じくしていたこと。

ベンは長いこと黙りこくってから、こう言った。「きみがその男としたことを、責めるつもりはない。おかげで、きみを見つけだすことができたんだから」

「いいえ、わたしの犯した罪から目を逸らさないで。わたしはロビーを殺してしまったの。わたしのせいで、ロビーは死んだ。そんな報いを受ける謂れは、何ひとつなかったのに」

わたしはふたたび泣きだした。今度はロビーを思って。わたしのせいで輝ける未来を奪われた、もうひとつの命を思って。

「その男が死んだのは、きみのせいじゃない。ロベルト・モンテイロはみずからの意志でドラッグに手を出したんだ。あんなふうに命を落としたのは、ほかになんらかの原因があったからにちがいない」

これまで、そういう可能性を考えてみたことはなかった。言われてみれば、たしかにそのとおりかもしれなかったけれど、だからといって、罪悪感が薄れるわけではなかった。いまだに何もかもが、現実の出来事とは思えなかった。悪夢のなかの出来事のように感じられた。自分がどこまでも深く、奈落へ落ちていくかのように感じられた。

「それはそうと」と前置きして、ベンは言った。「エミリー、ぼくにはどうしても知っておかなきゃならないことがある。なぜあんなふうに、ぼくの前から姿を消したんだ？　もしぼくにすまないと思っているなら、その理由について話してほしい。あんなやり方で姿を消すなんて、あんまりな仕打ちに思えてならないんだ」

夫に顔を向けて、わたしは言った。「わたしは最初にダニエルを失った。次に、お腹のなかの赤ちゃんを失った。そのうえ、あなたまで失うなんて耐えられなかったの。わたしが自分からあなたを遠ざけたってことはわかってる。だけど、あなたがもうわたしを愛していないってこともわかりきっていた。心の奥底では、わたしを責めているってことも。あなたとの関係が、どんどん冷えきっていっていることも。挙句に、わたしはこう思いこむようになった。あなたはわたしを憎んでいるんだって。それからは、あなたの存在が途方もなく遠く感じられた。あなたに対して、素直になれなくなった。冷たい態度をとるようになった。異様な精神状態のなかで、こう考えるようになったの。わたしがいないほうが、あなたもチャーリーも幸せになれるはずだと。わたしが完全に姿を消せば、いずれあなたがほかの誰かに出会って新しい家庭を築くこともできると。わたしたち、最後のほうは、どちらもふさいでばかりだったから……あのころ、あなたは新しい家を買って引っ越そうと言っていたけれど、そんなことをしたってなんにもならないと、わたしにはわかっていた。どこかへ出かけるとき、地面に残された赤黒い染みを……どうしても消すことのできなかった赤黒い染みを避けたいがためだけに、二倍の距離を歩かなくてもよくなるだけのことだから。でもね、ベン。あの染みは地面だけじゃなく、わたしの心にも焼きつけられているの。それが消えてなくなることはけっしてない。何があろうと絶対に。それならいっそ、あの街を出てしまったほうが、一からやりなおしてみるほうが楽だと思った。それがお互いのためだとも思えた。そうでなきゃ……」

「わかってる」ベンはそう言うと、隣に横たわるわたしに身体を向けた。ベンの視線を感じた。それでもわたしは、がらんとした天井を見すえつづけた。ベンはまだためらってい たけれど、いまから何を言われるのかはわかっていた。わからないのは、自分の気持ちだった。たぶん、まだショックから立ちなおれていないのだろう。

「エミリー、ぼくらがやりなおせる可能性は、少しでもあると思うかい?」

答えを口にするまで、長い時間がかかった。なんと答えればいいのかわからなかった。頭のなかは混乱を極めていた。

「わからないわ……あまりにもいろんなことがありすぎて……そのことについては、まだ何も考えられない。だって、ロビーを亡くしたばかりだっていうのに……」ふたたび涙が込みあげてきた。わたしはやっとの思いで先を続けた。「それに、いろいろと込みいった事情もあるわ。わたしにはいま、新しい名前も、仕事もある。この先、裁判も控えている。新たにできた友人もいる。いまのわたしは、別人としての人生を歩んでいるんだもの」ベンの目を見れば、ひどく傷ついているとわかった。それをまのあたりにするのがつらかった。わたしはそのまま黙りこんだ。

ほかに何を言えばいいのか、どうしても思いつけなかった。だから最後に、本心を打ちあけることにした。一年ぶりにベンの姿を目にした瞬間から、警察署のロビーにぽつんとすわっている姿を目にした瞬間から、ずっと伝えたかったことを。

「ベン、わたしはいまもあなたを愛しているわ。あなたへの愛が冷めたことなど、一瞬たりともない。わたしはただ、こんなにいろいろなことがあったあとで、あなたと一からやりなおすなんてことができるのかどうか、わからないだけなの。それに、あなたがなんと言おうと、またひとが死んでしまったことは事実だわ。それも、おそらくはわたしのせいで。しかも、そのひとは国中のみんなから愛されていた。わたしはこの先、多くの敵意にさらされることになる。そうした状況にどう対処していくべきなのかもわからない。新たに抱えてしまった罪に、どう対処していくべきなのかも」

「せめて、努力だけでもしてみてくれないか」ベンにそう乞われて、わたしは思わずうなずいていた。このときあふれだしたのは、ほとんどが嬉し涙だった。

69

警察から保釈された翌朝の火曜日、ベンはわたしの荷物を取りに、シェパーズ・ブッシュのアパートメントまで連れていってくれた。エンジェルとは金曜の夜から——ロベルト・モンテイロに付き添われてグルーチョ・クラブを出る直前から——いっさい連絡がとれていなかった。じつのところ、不安だった。エンジェルがわたしに対してどんな反応を示すか、予想もつかなかった。とりわけ、取調べでエンジェルの名前を漏らしてしまったことが、ロビーの摂取したドラッグはエンジェルのものだと白状してしまったことが、後ろめたくてならなかった。アパートメントのなかはひっそりとしていた。エンジェルはまだ勤め先から戻っていないのだろう。ところが、わたしが玄関口でためらっていると、とつぜん寝室の扉が開いて、エンジェルが姿をあらわした。ブロンドの髪はぼさぼさに寝乱れ、ふわふわのガウンは例のごとく、新品同様の白さだった。

「キャット！　ベイビー！　いったいどういうこと？　なんで連絡をくれなかったの？」

エンジェルはそう言ってこちらに近づき、優しくわたしを抱きしめてくれた。エンジェルには、まだ警察からの呼出しがかかっていないのかもしれない。

それから、わたしがひとりではないことにようやく気づくと、エンジェルはにっこりと微笑みつつ、ベンに片手を差しだした。「はじめまして。わたしはエンジェルよ」

「エンジェル、こちらは夫のベンよ」わたしが紹介すると、エンジェルは驚きの悲鳴をあげた。

「ほんとにもう、キャットってば、次から次にひとをびっくりさせるんだから！　最初が、殺人の容疑で逮捕でしょ？　しかも、ただの殺人じゃなく、死んだのはチェルシーのスター選手だっていうじゃない。かと思えば、警察にわたしの名前を出して、とばっちりまで食わせてくるし。ほんとにいい迷惑だわ。なのに今度は、じつは既婚者でしたなんて。いったいこの次は何を言いだすつもり？」

「わたしの本当の名前は、キャットじゃなく、エミリーというの」わたしはエンジェルにそう告げた。それと同時に、心が決まった。もとの人生と第二の人生とを、ひとつに交錯させればいい。

70

わたしは片手を聖書に載せて立っていた。もはや信仰など失っていたにもかかわらず、何がなんだかわからないうちに、誓いを立てることに同意してしまっていたため、嘘偽りのない真実のみを話すと全能なる神に誓いはしたものの、なんだか後ろめたい気分にさせられた。とはいえ、近ごろでは、真実を語ることにまったく抵抗をおぼえなくなっていた。嘘をついても誰のためにもならないと、身に沁《し》みてわかったから。法廷内の設えはいかにもモダンで、格式張ったところはいっさい見うけられなかった。どちらかというと学校の集会室に近い雰囲気で、わたしがこれまでに足を踏みいれたことのある法廷とはずいぶん懸け離れていたけれど、傍聴席には多くの報道陣が詰めかけていた。そんななか、膝の力が抜けることもなく、気を強く持っていられたのは、ひとえに、傍聴席の片隅を振りかえったとき、夫が励ますように小さく微笑みかけてくれたからだった。わたしは身体にぴったり合った紺色のジャケットとクリーム色のスカートをまとい、髪はきちんとひとつに束ねてあった。いかにも真面目そうで、深く反省しているように見える身なりをしてくるようにと、担当の弁護士から言い含められていたのだ。その要望に応えるのはたやすかった。自分の内面に、外面《がいめん》を合わせればいいだけのことだから。

「キャサリン・エミリー・ブラウン、これをもって、あなたをAクラスに分類される薬物所持の容疑で起訴します。当該薬物の発見場所は、ロンドン市内、メリルボーン・ハイ・ストリート八十七番地に位置するアパートメント。発見日時は、二〇一一年五月八日、日曜日、午前六時四十五分。この起訴内容を認めますか?」

「認めます」とひとこと、わたしは答えた。法廷中に鳴り響くその声に、わたしは思わず恍惚《こうこつ》とした。天にものぼるような昂揚感に包まれた。

判事は少しの間を置いてから、違法薬物がもたらす害について、長々と訓戒を垂れはじめた。それを聞いているうちに、わたしはなんだかわけがわからなくなってきた。これがわたしであることが。エミリー・コールマンであることが。かつては実直な弁護士であったはずのわたしが、いまこの瞬間、被告人席というあべこべの側にいることが。違法な薬物が絡む犯罪行為に関して、訓戒を垂れられていることが。とはいえ、それが殺人行為に関してではないことに、ひとまず感謝をしなければ。最愛の息子の無残な死が引鉄となって、わたしが本来の自分を見失うようになってから――一連の信じがたい出来事が起きはじめてから――今日で一年と少しになる。いまここで伝えているのは、わたしの人生におけるまさに最新のエピソードだから、まだうまく考えを整理することができない。けれどもいまは、すべてがぐるりと一周まわって、もとに戻ることができた気がする。本来のわたしに戻れた気がする。エミリーに。ベンの妻に。いまは亡きダニエルの母親に。生まれてくることのできなかった、名もなき赤ちゃんの母親に。最善を尽くそうとはしているのだけれど、判事の言葉に意識を集中することが、どうしても難しかった。意識はあちこちをさまよいつづけていた。チョールトン地区の目抜き通り。メリルボーン地区の死の床。最愛のわが子に身も世もなく別れを告げた、死のにおいの染みつく礼拝堂。そんなわけで、傍聴席のあちこちからはっと息を呑むような声が聞こえてきたときも、何が起きたのか、さっぱりわからなかった。ただなんとなく、悪い知らせであるにちがいないとだけ思っていた。あとからベンに教えてもらってはじめて、わたしに科せられた刑罰が、わずか百八十ポンドの罰金のみであることを知ったのだった。

71

三年後

花々で埋めつくされた教会の会衆席に、わたしはひとりですわっていた。そのかぐわしい香りを吸いこんでいると、遠い夏、子供のころに訪れた草原が懐かしく思いだされた。いまいるのは、ステンドグラスの窓が高くそびえる美しい教会だったけれど、その明るい色彩が、叩きつぶされた玩具のように地面に転がるダニエルの姿を――真っ赤な血にまみれた、コバルトブルーのキルティング・ジャケットを――思いださせた。だからわたしは、必死にそちらから目をそむけていた。金色の聖書台は鷲《わし》の姿をかたどっており、ぴんと背すじを伸ばして立つ鷲の肉づきのいい小さな脚もまた、ダニエルを思い起こさせた。そのくせ、鋭い嘴《くちばし》も、険しい顔つきも、やけに恐ろしげであったため、聖書台にも目を向けていることができなかった。ダニエルの葬儀に参列してからは、教会に足を踏みいれることすら耐えがたくなっていた。

わたしがいま身につけているのは、広告代理店時代に愛用していた黒いシルクのワンピースだった。自分に同伴者のいないことが、なんだか引け目に感じられた。ベンと離婚して以来、結婚式に出席するのはこれがはじめてだったから。やっぱり、花嫁の介添え役を引きうけるべきだったかしら。でも、自分は花嫁に比べて歳をとりすぎならえに、野暮ったすぎる気がした。人生にくたびれすぎているという気もして、うまくやり遂げる自信がなかったのだ。それに、わたしがそれを断ったところで、花嫁は意にも介していないようすだった。わたしはさっきから、何度も後ろを振りかえっていた。花嫁の姿を探して、通路の先をのぞきこんだ。晴れの日の身支度に余念のない花嫁は、大幅に到着が遅れていた。

そのときふと、エンジェルの古くからの友人である、同性愛者のディンと目が合った。抜群の存在感を誇るディンを、見逃すのは難しい。今日も今日とて、ディンは目の覚めるほどに真っ青なスーツを巨体にまとい、襟のボタンホールには深い紅色の花を一輪差している。つるつるの頭は黒々と照り輝いている。ディンの姿もまた、なぜだかダニエルを思い起こさせた。わたしが小さく手を振ってみせると、ディンはそれに気づいて、驚きにつかのま目を見開いたあと、こちらに手を振りかえしたうえ、芝居がかった投げキッスまでよこしてきた。わたしのひとつ前の席には、エンジェルの母親のルースがすわっていた。鮮やかな深紅のドレス——全身を流れる奔放な血と同じ色のドレス——をまとった姿は、相も変わらず扇情的だった。

そのときとつぜん、目が涙で潤みそうになった。でも、その理由はわからなかった。ダニエルを思いだしたからなのか。結婚式というシチュエーションに感極まったからなのか。わたしに気づいた人々がこちらをちらちらと振りかえったり、ひそひそ話を始めたりしているからなのか。こうした日々に、いつか終わりは来るのかしら。ロベルト・モンテイロを二十四歳の若さで死に追いやった女として——天賦《てんぷ》の才を持つサッカー選手を、未完の大器のまま夭逝《ようせい》させた女として——後ろ指を差される日々に終わりは来るの？　まえまえからベンが考えていたとおり、検死の結果、ロビーの死にドラッグはいっさい関係していなかったというのに。手遅れになるまで誰も気づかなかった、心臓の珍しい欠陥が原因であることが、すでに判明しているというのに。

祭壇のほうへ目を向けると、見るからに緊張した面持ちの花婿が、辛抱強く花嫁を待つ姿が見えた。その隣に控える付添い人のジェレミーは、洗練された装いに身を包み、いつになくきりりとして見えた。遙か昔に飛行機から逆さ吊りになって、わたしを心底怯えさせた背高のっぽの青年と同一人物だとは、とうてい信じがたかった。

わたしはふたたび、ちらっとバージンロードを振りかえった。花嫁の入場はまだなの？　いくらなんでも遅すぎる。司祭の顔にも、苛立ちの色が浮かびはじめている。するとその直後、礼拝堂のなかに、ようやくパイプオルガンの音が鳴り響きだした。振りかえると、そこに花嫁の姿が見えた。そして、わたしは目を疑った。自分の見ているものが信じられなかった。別れた夫が、まっすぐこちらへ向かってきていたのだ。ベンとわたしの目が合った。およそ二年ぶりのことだった。顔が焼けるように熱くなるのを感じた。とっさに顔をうつむけると、荒れ狂う怒りの涙が眼球の奥を引っ掻きながら、外に出せと訴えはじめた。ベンと腕を組んで歩くエンジェルの姿は〝可憐《かれん》な乙女〟を絵に描いたようで、二十七という実年齢よりもずっと若く見えた。純白のシルクのベールにきらめく神々しい光の輪が、軽やかに揺れる金色の髪を縁どっていた。エンジェルに対して、いま以上の憎しみをおぼえたことはなかった。

結婚式は、もちろん感動的だった。けれどもわたしには、やけに長々と感じられた。平静を保とうと懸命に努めてはいたものの、式が終わったときには、この場から立ち去ることしか考えられなくなっていた。こんな精神状態で披露宴に出席するなんて、できっこない。わたしひとりが消えたところで、エンジェルも別に気にしないはず。いいえ、エンジェルにどう思われようとかまいやしない。今日のエンジェルの仕打ちを思えば。そんなわけで、新郎新婦に祝福の声をかけようと、列席者が礼拝堂の外にたむろしている隙に、わたしは頭を低くしたままこっそりと教会の裏手へまわりこみ、墓石のあいだを通りぬけた。駐車場にとめてある古ぼけた黒いゴルフにすばやく乗りこむと、履いていたパンプスを脱ぎ捨てた。エンジンを始動するときには、流れおちたマスカラのせいで視界が霞《かす》み、喉の奥から漏れだす嗚咽のリズムがエンジン音と重なりあっていた。駐車場は教会の裏手に位置しているため、敷地を出るには、正面へまわりこんで、列席者たちの前を通りすぎるしかない。わたしは車を走らせながら、強いて心を落ちつかせた。誰にも気づかれずに通りぬけられそうだと胸を撫でおろしたのもつかのま、列席者の群れのなかからモーニングコートを着た人影が飛びだしてきて、わたしの車の前に立ちはだかろうとするのが見えた。それがベンであることに気づいて、わたしは激しく動揺した。ベンもまた、逃げだそうとするわたしに気づいて、ひどく度を失っているようだった。しゃにむに腕を振りまわしながら、車をとめろとわめきたてた。わたしはパニックに陥った。いったい何が望みなの？早くここから立ち去らなきゃ。ベンと顔を合わせるなんて耐えられない。ベンがほかの誰かといる姿なんて見たくない。なのに、足はすくんでいた。永遠にも思える一瞬のあいだ、わたしの足はアクセルとブレーキのあいだで揺れ動いていた。

第四部

72

チョールトン地区に建つかつてのわが家に面する通り、そのはずれにある酒屋の前で、わたしは歩道のへりに立っていた。大きく変わってしまったものは何もないように見えた。こちらに注意を払う者もひとりもいなかった。わたしは単に、夫と並んで信号が変わるのを待っている、ごく平凡な四十代の女にしか見えないはずだったから。そぼ降る雨のなか、その場所に静かに立ちつくしていると、肉体と心がばらばらに切り離されてしまったかのように感じられた。自分の身体がぐらついていることはわかっていた。気をつけなければ、バランスを崩し、車道に倒れてしまいかねないことも。夫はわたしを信用しきっていないらしく、横から腕をまわして、しっかりと身体を支えてくれている。まるで子供にするように。遠い昔に、わたしが自分の息子にするべきだったように。

いまになってみればおかしいくらいだけれど、ここへ来る勇気を振りしぼるのは――つねにつきまとって離れなくなるほどの悲劇から前に一歩を踏みだすのは――わたしにとって本当にたいへんなことだった。それには、相当の決意が必要となる。それから、これまでのような自暴自棄の状態にはけっして戻らないという、これ以上はけっして過去を引きずらないという、堅い意志も。少なくとも、わたしはずっとそう思ってきた。ところが、いざこの場に立って感じたのは、もっと早く来ればよかったということだった。ガタガタと走りぬけていくバスを眺めていて、気づかされた。ああした事故がいかにたやすく起きうるか。地面に落ちて割れた一本の酒瓶が、生と死とをいかにたやすく分かちうるか。そうした悲劇は、この世界のあちこちで毎日のように発生しているのだと痛感させられた。それに気づくことが、心の傷を癒す助けとなった。幼い子供を入浴させているときに、あるいはプールサイドや交通量の多い道路にいるときに、ほんの一瞬、注意を逸らしてしまった母親は、けっして無能なわけでも、邪悪なわけでもない。そうしたことは、誰にでも起こりうる。ただ、百人のうち九十九人は、大事に至らず事なきを得る。運命の采配により、子供が命を落とすまでには至らない。とはいえ、その確率にこれだけの偏りがあるということは、やっぱり神さまは存在するのかもしれない。いずれにせよ、わたしのダニエルは百人のうちの一人に、事なきを得ることのできないほうの一人になってしまった。わたしはいま、ダニエルを思って泣いていた。声も立てず、静かに涙を流していた。それでも、わたしにはわかっていた。ダニエルがいま、安らぎのなかにあることを。その隣に、弟が寄り添っていることを。生まれてくることのできなかったもうひとりのわが子は、きっと男の子だったにちがいない。わたしはそう確信している。

今日わたしがここで死を悼《いた》んでいるのは、まさにこの場所で命を落としたのは、息子のダニエルだけではなかった。わたしが泣いているのは、双子の妹を思ってのことでもあった。キャロラインは先週、ダニエルの死から十年めの命日に、バスの形をとってあらわれた運命の前に、みずから一歩を踏みだした。そして、目の前の地面に、無残な痕跡を残していった。わたしたちは今日の昼時に、その亡骸を埋葬してきたところだった。長年にわたって心労を重ねてきた憐れな母からの電話を受けたとき、わたしは妹の訃報《ふほう》にそれほど驚かなかった。キャロラインはけっして幸せな人生を歩めないだろうと、ずっとまえからわかっていたから。けれども、いまだからわかることもある。これが最後にたどりついた、妹なりの謝罪であり、償いの仕方だったのだろうということ。過去と向きあう覚悟を――この場所に戻って、息子と妹のふたりに別れを告げる覚悟を――わたしにつけさせてくれたのが、ほかならぬキャロラインだということ。奇妙に聞こえるかもしれないが、わたしはある点において、キャロラインに感謝していた。妹の踏みだした最後の一歩が、妹自身とわたしのふたりを苦しみから解き放ってくれたから。わたしの場合は、苦悶や自責の念という牢獄に閉じこめられたままの終身刑から。妹の場合は、依存症や不安感という牢獄に囚われた十年の刑期から。雨に濡れた、このうら寂しい一角に立っていると、ついに赦しが――妹に対する赦しと、自分自身に対する赦しが――全身を満たしていくのを感じた。そのときわたしは、目がくらむようなまばゆさと、ふっと身体が軽くなるような感覚をおぼえていた。まるで、光り輝く四人の天使が――失われたそれぞれの命に、ひとりずつあてがわれていた天使が――わたしの肩を離れ、チョールトン地区の仄暗い通りから、無限に広がる空へと飛び立っていくかのようだった。赦しと癒しの時間は、すでに数分にも及んでいた。鳴り響くクラクションや、軋むブレーキの音や、信号機の警告音や、タイヤが水たまりを撥ね散らかす音から成るセレナーデが、その終幕を告げ知らせていた。わたしは黙りこくったまま、夫と共に踵を返し、とめておいた車のほうへと引きかえしはじめた。

73

砂利敷きの小道を離れ、靴底に踏みしだかれる砂利の音がしなくなると、なんだか急に心細くなった。その音は、自分が現実に存在するのだということを、本当にまだここにいるのだということを、実感させてくれていたから。咲き誇る野花のあいだを、わたしは足音もなく進んだ。そよ風や蜂《はち》をお供に、ジョージ王朝時代に建てられた壮麗な屋敷の前を通りすぎ、ジョギングコースの隣にある児童公園をめざした。こちらにとりたてて注意を向ける者はいない。わたしもまた、年老いたラブラドール・レトリバーのリードを引きつつ、幼い子供をふたり連れた、身なりのいい母親のひとりにすぎなかったから。昨日は、双子の妹の葬儀に参列するため、十年ぶりにマンチェスターに戻った。すると今日は、思いもよらず、地面を踏みしめる一歩一歩が少し軽くなったように感じられた。吹きつける風はひんやりと冷たく、身についた汚れを清めてくれるようだった。空には太陽が照り輝いていた。五月半ばの朝に、春の兆しを早くも感じさせるほどに。その天気は、いまのわたしの心境にぴったり符合していた。

囚われつづけてきた何かを過去のものとするために、そこから前へ進むために、一歩を踏みだすことができたなら、ひとはこんなにも楽になれるのね。でも、それを実行に移すには、本当にたいへんな勇気が要った。自分ひとりであの街へ戻ることには耐えられないとわかっていたから、もちろん、夫にも同行してもらっていた。それから、母にも。そして、親友のエンジェルにも。サイモンを除けば、わたしの両方の人生に関わりを持つ人間は——キャットとしてのわたしとエミリーとしてのわたしの両方を知る人間は——エンジェルだけだった。事実、エンジェルはいまだにわたしのことをキャットと呼んでいる。わたしたちにとっては、呼び名なんか別になんでもいいのだ。ただし、その理由をときどき子供たちから尋ねられることはある。あの子たちにも、いずれすべてを話してあげよう。わたしにはその義務があるのだから。

ダニエルとお腹の子が天に召されてから、今年で十年になる。わたしが再婚をしてからは、六年になる。そして、ありがたいことにいま、わたしたち夫婦には二人の娘がいる。授かったのがどちらも女の子であったことは、わたしにとって幸いだった。もしも男の子だったら、きっと複雑な心境に陥っていたはずだから。とはいえ、これだけは認めなくては。自分が双子を妊娠したと知ったとき、最初は受けいれがたい思いがした。せめてもの救いは、わたしの宿した双子が一卵性ではないことだった。そのくせ娘たちは、これまたありがたいことに、キャロラインとわたしにはついぞ叶わなかった、強い絆で結ばれていた。加えて、わたしは娘ふたりをどちらも深く愛していた。それも、完全に平等に。いま思えば、ベンとわたしが離婚に至るのは、避けられないことだったのかもしれない。ベンがわたしを見つけだしてくれたからといって、何ごともなかったかのようにやりなおせると思うのは、期待のしすぎというものだったろう。ふたたびふたりですごす日々には、さまざまな困難が待ちうけていた。まずは、マスコミがダニエルの痛ましい死に関する詳細や、家族のごたごたまであれこれほじくりかえしては報じたせいで、好奇の目にさらされた。ロベルト・モンテイロを死に追いやった人物として、人々の憎しみの対象として、緊張を強いられつづけもした（ロビーは生前からサッカーファンの英雄ではあったけれど、死後には、天の遣わした永遠に歳をとることのない才物の代表として、カルト的な崇拝の対象となっていた）。それから、ドラッグから足を洗うための苦闘もあった（結局、専門家の助けなしには成し遂げられないことがわかった）。とはいえ、そうした一切合切も、子供をふたりも失った悲しみや、ロビーに対する罪の意識に比べればなんでもなかった。ロビーのことも、わたしはちゃんと愛しかけていたのだと思う。単にベンに似ているからというだけでなく、ロビー自身の人柄にも、まちがいなく惹かれていた。ベンとわたしはふたりとも、お互いの浮気相手に嫉妬をおぼえていた。ただし、どちらもそれを認めようとはしなかった。わたしはハンサムなサッカー選手と一夜を共にしたかもしれないが、ベンのほうは、あろうことかわたしの妹と関係を持ったのだ。それはあまりに残酷すぎる。

だけど、ベンの不貞行為の引鉄となったのは、わたしが逃げだしたことへの怒りだったのだろう。だからこそ、衝動を抑えこむことができなかったのだ。ついにもとの鞘《さや》におさまることができたという安堵感が薄れてくると、ベンとわたしは、日常の些細な出来事に関して、どうでもいいような言い争いばかりを繰りかえすようになった。そうした諍いの背後には、激しい怒りと、嫉妬と、自暴自棄とが渦巻いていた。一年近くが過ぎてもなお、いっこうに争いが絶えないことがわかると、夫婦関係の修復に努めるより、別々の人生を歩んだほうがたやすいように思えてきた。はじめのうち、ベンは離婚に反対したけれど、最終的にはわたしが家を出て、母のもとにしばらく身を寄せることになった。ベンもわたしも最後のほうは、精根尽き果てていたのだと思う。

　丘の斜面を下までくだり、大きく開けた草地に出たところでリードをはずしてやると、チャーリーが弾むような足どりで駆けだした。ただし、もうすぐ十一歳にもなるとあって、走る速度はずいぶん落ちてきている。同様に駆けだしていく娘たちの姿を目で追いながらも、意識は記憶のなかをあちこちさまよいつづけていた。最近はようやく、娘たちに関して少しだけゆったり構えられるようになっていた。ほんの少しだけ、パニックを抑えられるようにもなっていた。あの子たちが連れ去られたり、溺れたり、轢き殺されたりするのではないかと、わけもなく怯えることもなくなってきていた。

　わたしの再婚をお膳立てしてくれたのは、ほかでもないエンジェルだった。あのエンジエルがベンの友人のひとりと――同じくスカイダイビングを趣味とする、同じく退屈な会計士と――結ばれることになるなんて、いったい誰に想像できたろう。でも、いまではエンジェルも、カウンセリングに通うことで、薬物依存やら、盗癖やら、お金のために男と寝るといった悪習やらを断ち切ることに成功していた。わたしはエンジェルの変化を心から喜んだ。エンジェルには幸せな結婚をしてほしいと、ずっと願いつづけていたから。エンジェルはそれにふさわしいと思っていたから。かくしていま、エンジェルのろくでなしのリッチな恋人は、愛すべきリッチな夫に取って代わられている。エンジェルはティムの秘めたる素質を見抜き、とびきりの掘出し物へと変貌させた。一方のティムは、エンジェルを妖精の王女のように遇していた。エンジェルが何をどうやったのかはわからないけれど、ティムはエンジェルの過去をもすんなり受けいれていた。ベンがわたしを見つけだしてくれた年のクリスマスにふたりを引きあわせた瞬間から、ティムは子犬のようにエンジェルのあとを追いまわしつづけていた。エンジェルがティムの想いに応えるまでにはしばしの時間がかかったけれど、いまではさながら母ライオンのように、自分の幼獣たちにも、わたしにも、ティムにも、変わらぬ献身的な愛情をそそぎつづけている。それからもちろん、もうカジノでは働いていない。近ごろでは、スペイン南部の上空三千メートルからパラシュートを背負って飛びおりたり、パソコンで株の売買をしたりすることで、スリルと興奮を得るようになっている。いずれの趣味も、はじめはティムに仕込まれたらしいが、エンジェルはその後めきめきと、ずばぬけた才能を開花させていった。エンジェルが聡明であることは、わたしにはまえまえからわかっていたけれど。

とはいえ、エンジェルが自分の結婚式であんな悪事をたくらもうとは、いまだに信じられなかった。あれは、エンジェルがこれまでにしてきたどんなことをも凌ぐ、最悪の悪巧《わるだく》みだった。たしかに、バージンロードを共に歩いてくれる父親がエンジェルにいないのは事実だ。だからって、ベンを選ぶなんて。いくらなんでもばかげている。そのうえ、意図が見え見えすぎる。エンジェルにはわかっていたのだ。あんなふうに再会させれば、ベンとわたしがお互いに向きあわざるをえなくなるだろうと。そこから逃れることはできないだろうと。まあ、わたしのほうは、そうしようとして失敗したわけだけれど。

わたしの意識はいま、曲がりくねった道をたどりながら、六年まえのあの瞬間へ舞いもどろうとしていた。元夫から逃げようとしてそれに失敗し、車の運転席で顔をうつむけていたあの瞬間。危うく轢き殺しかけた元夫に対して、いったい何を言えばいいものかと考えあぐねていた、あの瞬間。時間にしてほんの数秒のはずなのに、あのときわたしの頭のなかでは、字幕を早送りしているみたいに、さまざまな考えがめまぐるしく飛び交っていた。どうしてエンジェルは、親友であるはずのわたしにこんな仕打ちをするの？　どうしてベンは、車の前に飛びだしてきたりしたの？　どんな話がしたいっていうの？　いったい何が望みなの？　わたしがベンを轢き殺そうとしただなんて、本当に疑っているの？

わたしはただ、目の前を通りすぎようとしただけだと、ベンから逃げようとしただけだと、本当はわかっているんじゃないの？　エンジェルとバージンロードを歩くなんて、いったい全体、ベンは何を考えているの？　どうしてエンジェルは、あんなに面《つら》の皮が厚いの？　ベンはその日、海外にいるから、結婚式には来られないなんて大嘘を、どうしてしれっとつくことができたの？　ベンはここへ誰を同伴してきたの？　いまつきあっているとかいうガールフレンドはどこにいるの？

どれひとつ答えを見いだせないままに、助手席側のドアが引き開けられ、ベンが車内に身体を押しこんできた。ベンの身体は、記憶にあるよりも大きくなったように感じられた。ベンはわたしが観念したことを確信したうえで、教会へ戻るつもりがないのなら、自分もこのまま一緒に行くと言いだした。わたしはショック状態にあったのにちがいない。まっすぐ前を向いたまま、微動だにできずにいた。フロントガラスの向こうを、たったいま危うくベンをねかけた、色褪せた黒いボンネットの先を、じっと見すえつづけていた。呼吸は浅く、乱れていた。助手席のベンはいきり立っていた。いまだかつてないほどに、怒り狂っていた。

「いったい全体、どういうつもりだ？　気はたしかか？　いまさっき、ぼくを轢き殺していてもおかしくなかったんだぞ！」ベンはわたしの横顔に向かってわめきたてた。そのときはたと、自分が何を言ったのかに気づいたようだったけれど、だからといって引きさがりはしなかった。荒れ狂う怒りの炎は、まだ燃えつきていなかった。

「あなたこそ、どうしてこんなところにいるの？　いまごろはお義母《かあ》さまのお供をして、アフリカのマラウイでボランティア活動をしているはずだって、エンジェルが言っていたのに」エンジェルの計略の緻密《ちみつ》さに、わたしは思わず鼻を鳴らした。

「笑いごとじゃないぞ、エミリー。こんなの、くそ面白くもない。きみは、友だちの結婚式をぶち壊しにするつもりだったのか？　双子の妹がぼくらの結婚式でしてみせたみたいに。どうしてぼくを放っておいてくれないんだ。どうしてぼくを苦しめつづけるんだ？」

わたしはその言葉にかっとなった。「〝苦しめる〟ですって？　わたしには、あなたを苦しめるつもりなんてないわ。こっちだって、あなたに会いたくなんかなかった。それだけは断言できる。わたしがいまここにいるのは、あなたが結婚式に出席することはないと、エンジェルが命に懸けて誓ったからよ。こんなことになるのを、わたしが望んでいたわけがないでしょう？　さっきのことにしたって、わたしはただ、家に帰りたかっただけ。あなたを轢き殺そうとしたわけじゃない。そこまで正気を失っちゃいないもの。わたしはただ、こういう事態を避けたかっただけなんだから」苦悶に満ちたその単語を、吐きだすようにロにすると同時に、わたしは横に首をひねった。そして、そのときはじめて、真正面からベンの顔を見た。心臓が九十度回転し、かつて永遠の愛を誓った目の前の男に対する無条件の愛に、いきなり引きもどされたかのようだった。わたしにはそれを押し隠すことができなかった。ベンはわたしの表情からそれを読みとった。そしてとつぜん、助手席から腕を伸ばし、わたしの肩をぐいとつかんだ。優しさの欠片もなく、なおも怒りを煮えたぎらせたままに。それから、わたしを殺そうとでもするかのように、いきなり荒々しく唇を重ねてきた。わたしもベンにキスを返した。わたしたちは、運転席と助手席からそれぞれに、お互いの顔や身体を引き寄せあった。どこまでも激しく、ばかにぎこちなく、ひどくがむしゃらに。じきに〝元〟になるであろうベンのガールフレンドをも含めた、全員の視線が集まっているのを、すっかり忘れてしまうほどに。

走り疲れたチャーリーは、下草の生い茂る木陰に寝そべっていた。まだ五月とはいえ、チャーリーにとってはすでに気温が高すぎるのだろう。娘たちがはしゃぎながら側転をしていることに気づいたわたしは、手をつく場所に気をつけるようにと声をかけた。この草地には、イラクサも生えているから。ベンと別れたあと二年ほどのあいだは、チャーリーが恋しくてならなかったので、こうしてまたそばにいられるようになったことが本当に心から嬉しかった。あのとき、ロンドンで新たに同居を始めようと決意したのは、やはり正しい選択だった。エンジェルの結婚式で三度めの再会を果たしたとき、ベンはロンドンで暮らしていた。その翌週、自宅へ戻るベンに連れられて、わたしもロンドンへ舞いもどり、そのままベンの住まいに転がりこんだ。ベンもわたしも、これ以上は時間を無駄にするまいと感じていたのだろう。それから数ヵ月後、わたしたちは小さな一軒家を買った。その家は、ハムステッド地区の例のホテル――警察署へ迎えにきてくれたベンに連れていかれたホテル――から、そう遠くない場所にあった。当初は、マンチェスターの少し南に位置する、チェシャー州の小さな村に目をつけていたのだけれど、実際にその地を訪れてみると、ふたりして都会育ちであるせいか、どうにもしっくりこなかった。かといって、マンチェスター市を選択肢に入れることだけは避けたかった。結局のところ、ロンドンを離れずにいたのは正解だった。この巨大都市のどまんなかに、大地との一体感を存分に味わえる場所があるってことを、あのときはすっかり忘れていたけれど。

サイモンとは、いまもときどき会っている。いつも幸せそうにしているサイモンを見られるのは、本当に喜ばしいことだ。サイモンはなんと、ついにあの奥方と離縁したのだ。なかなか離婚に踏みきらずにいたのは、息子が十八歳になるのを待っていたからだとか。じつにサイモンらしい、感嘆すべき選択だ。ゴージャスな美女をいま恋人にできているのは、そのおかげかもしれない。それから、これまた喜ばしいことに、最近、母がわが家の近くに越してきて、以前より頻繁に孫娘たちの顔を見にきてくれるようになった。キャロラインの死については、いまも肩を落としているけれど、いつの日か悲しみのやわらぐときが来ると信じたい。少なくとも、もうこれ以上、母が心労を重ねる必要はないのだから。いまはただ、キャロラインが安らかな眠りについていることを祈るばかりなのだから。一方の父はというと、こちらもいまのところはつつがなく暮らしているようだ。ある女性に出会ったときから、父はひとが変わったようになり、いまでは立派な恐妻家になっている。ひょっとしたらそれもまた、わたしたち家族にとっての救いなのだとわかる日が、いずれやってくるかもしれない。

いまではわたしも、キャロラインに対して怒りや罪の意識をおぼえなくなっている。キャロラインを赦すことはとても難しいけれど、キャロライン自身が自分を赦すことも、けっしてないような気がする。それでも、苦しみのなかで生きつづけていたわたしの双子の妹にとって、最たる苦しみであったろう十年は――十年にも及ぶ苦悩と自己非難の日々は――すでに終焉《しゅうえん》を告げた。ベンはわたしに一夜の過ちを告白したあと、二度とキャロラインに会わないという約束を守りつづけていた。だからわたしもこの十年間、妹に会うことはほとんどなかった。そのことを思うと悲しくなるけれど、生前に引き起こしてきた数々の出来事こそが、妹の人生がいかにして幕を閉じることになるかを象徴していたのではないかとも思う。

娘たちを連れて池と池のあいだを歩いているとき、チャーリーのことを思いだし、リードにつなごうと身を屈めた。チャーリーがアヒルを追いかけまわしはじめたりしたらたいへんだもの。リードをつなぎ終えて顔をあげたとき、こちらへ向かって歩いてくる夫の姿が見えた。きっと、水泳を早めに切りあげてきたんだわ。ベンの手には、テニスコートの近くのカフェで買ってきたとおぼしきコーヒーと、焼きたてのパンと、日曜版の新聞が握られていた。それを目にするなり、心臓が鳥のようにさっと舞いおりてから、天高く飛びあがっていくのを感じた。双子の娘たちが「パパ！」と叫ぶと、チャーリーまでもがわたしの手を振り払い、子犬に戻ったみたいに駆けだした。全速力で走り寄ってきたチャーリーをベンが抱きとめ、首輪をつかんだ瞬間、遅れてやってきた娘たちがそこに跳びついた。愛する家族が揉みくちゃになりながら、柔らかな草の上に倒れこむさまを、わたしはじっと見守っていた。清々しい空気のなかで響きわたる笑い声に、耳を傾けながら。

あとがき

二〇一〇年の初夏にわたしが本書の執筆を始めたのは、母が原因不明の病に伏したことがきっかけだった。母にこの小説を数章ずつ読み進めてもらうことで、生きる気力を奮い起こしてもらいたかったのだ。結末すらもほとんど定まらないままに、わたしは物語を書き進めた。どこにいるときでも、どんな場所にいるときでも。ベッドのヘッドボードに寄りかかりながらも。友人宅の庭で、はしゃぎまわる子供たちに目を光らせながらも。病室に母を見舞っているときも。当時の職場があるダブリンへ、飛行機で移動している最中も。そしてその間、絶えることなく、母のためにこの物語を書きあげなければという妙な焦燥感に駆られつづけていた。けれども、それがどうしてなのかは知りたくなかった。わたしがようやく第一稿を完成させた数日後に、母は息を引きとった。よって、本書を母に捧げる。

シルヴィア・ブランシュ・ハリソン
一九三七年九月七日生、二〇一〇年七月三日没

謝辞

まずは、まえもって警告させていただく。ここにはこの先、お世話になった方々の名前を長々と列挙していくことになる。それというのも、こうしていまに至るまで、わたしを導き、後押ししてくださった方々は、たいへんな数にのぼるからだ。そこで、まずはほかならぬ夫に、感謝の気持ちを伝えておきたい。何をどうすべきかも決められず、わたしが優柔不断の渦に呑みこまれていたとき、夫はわたしを説得して、ユナイテッド・エージェンツ社のジョン・エレクにあたってみるよう促してくれた。そしてもちろん、そのジョンにも大いに感謝しなくてはなるまい。ジョンは、わたしの求めに応じて面会にやってきてくれたばかりか、どうしてわたしにエージェントが必要なのかを、いともたやすく、すんなり納得させてくれたのだから。それから、同社のリンダ・ショーネシー、ジェシカ・クレイグ、エイミー・エリオット、イラリア・タラスコーニ、エミリー・タルボット、ジョージナ・ゴードン－スミスにも、この場を借りてお礼を申しあげる。また、ペンギン・ブックス社のみなさんにも、あふれんばかりの謝意を伝えたい。彼らと組んで仕事をするのは、わたしにとってこのうえない喜びであった。なかでも、納得のいくまで作品の完成度を高められるよう手助けしてくれたマクシーン・ヒッチコックと、リディア・グッド、カティア・シップスター、フランチェスカ・ラッセル、ティム・ブロートン、アナ・デルカチュ、オリヴィア・ハフ、ソフィア・オーヴァメント、ニック・ラウンズ、ホリー・ケイト・ドンモール、エリザベス・スミス、キンバリー・アトキンス、フィオナ・プライス、レベッカ・クーニー、ナオミ・フィドラー、ルイーズ・ムーアに、格別の感謝を捧げる。

この小説に関する情報を、それぞれの読者やフォロワーや友人に発信してくださっている書評家やブロガーのみなさんにも、感謝の気持ちを伝えたい。そうした方々のお名前を、ほんの一部ながら、以下に挙げさせていただく――リズ・ウィルキンス、アン・ケイター、アン・ウィリアムズ、ジャネット・ランバート、トリッシュ・ハノン、シンジニ・メーロトラ、ジョー・バートン、クリスチャン・アンダーソン、クリスティーン・ミラー、マーリーン・ケネディ、ミシェル・イリエスク、カレン・コッキング、ドーン・カミングズ、ダイアン・バイロ、アリソン・レナー、スカーレット・ディクソン、ケリー・コンラッド、テレサ・ターナー、ケリー・ジェンセン、ヘレン・ペインター、スー・カウリング、ジリアン・ウェストール、チェラ・ワンモック、マリオン・アーチャー、シェリ・ラス、リンダ・ブロデリック、ナタリー・ミントー、ニーナ・ラグーラ、パトリシア・メロ、シャーロット・フォアマン、スザンヌ・ロジャース、パトリス・ホフマン、デニス・クロフォード、キャサリン・アームストロング、クリス・フレンチ、クリオ・バニスター、トリッシュ・ハーティガン、カレン・ラッシュ、ハイディ・ペルマン、エレン・シュロスバーグ、シンディ・リーバーマン、カレン・ブリセット、ベティ・マクブルーム、クリスティン・グランウォルド、テルーラ・ダーリング、ドン・フォスター、マティ・ピーラ、デビー・クレンツァー、サラ・フェンウィック、そして、インターネットを介してわたしを応援してくださっているすべての方々、本当にありがとう。

それでは最後に、作家としてなんの実績もないわたしに信頼を寄せたり、力を貸したりしてくださったすべての方々に、重ねてお礼を申しあげると同時に、一部のお名前を一挙に記させていただく。リテラリー・コンサルタンシー社のカヴィタ・バノートとベッキー・スウィフト。ヘレン・キャスター、ヘザー・オコンネル、マシュー・ベイツ、ジェイン・ブルートン、トム・ティヴナン、ダニエル・クーパー、エイミー・ティッパー、メル・エッチェス、レイチェル・ジョーンズ、ハイディ・ジュットン、フィル・エドワーズ、シャロン・ヒューズ、エミリー・ケイター、キャロライン・ファロー、クリス・ホワイト、ピーター・グラナー、ローラ・リー、ベッキー・ビーチ、リジー・エドモンズ、アレックス・ベロッティ、ローラ・ナイティンゲール、フィル・ヒルトン、ジェシカ・ホワイトリー、スーザン・ライリー、オリヴィア・フィリップス、ルーシー・ウォルトン、ローレル・チルコット・スミッソン、ジェイン・コリー、ジェイムズ・ブレンディス、リアン・プレスコット、ジェイムズ・カマー、イアン・ビニー、デビ・レサム、マイルズ・クラーク、ジョー・マクラム、マーク・マクラム、フィオナ・ウェブスター、ジェリ・ホージア、シャーロット・メトカーフ、フランカ・レイノルズ、アラベラ・ウィアー、キース・クルック、スティーヴン・バース、ジェフ・テイラー、ゲイリー・ローゼンタール、ジョン・アンズコム、スコット・ピアース、スーザン・カービー、レイラ・ヘガティ、クリスティーナ・ラドキー、ペニー・フェイス、デボラ・ライト、リンジー・キリフィン、アンジー・グリーンウッド、ヘレン・コーリー、ジャッキー・ロード、ハリエット・レイン、クレア・ジョンソン、キャサリン・アイヴス、マイケル・グッドウィン、ローレライ・ラヴリッジ、ティーナ・ドーソン、ルイーズ・ウィアー、マイケ・ツィルフォーゲル、メル・シェラット、ヒラリー・リヨン、キャロライナ・サンチェス、アンジェラ・エチャノヴァ、クレア・ラッシャー、アッリ・キャンベル、トレイシー・モレル、ベックス・デイヴィス、キャサリン・バーキン、リーザ・パーソンズ、アナベル・ランドルズ、モニーク・トッテ、ジェイン・モーガン、レイチェル・ジョンソン、ニック・コニャード、キャサリン・カニンガム、キャサリン・ウェスト、リズ・ウェッブ、ギャリー・ブアマン、ラクシュミ・ヘワヴィセンティ、コナー・マグリーヴィー、アリス・バルドック、キャシー・ウェストン、アナ・ヤーキメク、クレア・ヘッペンスタール、ドナ・マローン、アンジー・スターン、ゲイル・ウォーカー、デイヴ・シーアン、ヴァル・ヤング、ニコラ・ヤング、ニコール・

ジョンシュワーガー、ネイサン・ラフ、オードリー・マッケンジー、メアリー・ビショップ、コリン・サザーランド、クリシー・ペーシュ、ジョアン・ドーラン、サンディー・カーク、マクシーン・リーチ、デイヴ・マーティン、ヘレン・セイ、ジェニファー・ペイジ、エド・セスキス、ドリー・レモン、カレン・セスキス、ジョン・ハリソン、スチュアート・ハリソン、アンヘレス・ボレーゴ・マルティン、コニー・ベネット。そしてもちろん、かけがえのない友人たちと、愛する息子と、いまは亡き最愛の母も。

訳者あとがき

最愛の夫。愛らしい息子。マンチェスター市内に建つすてきなマイホーム。そうした幸せをかなぐり捨てて、エミリー・コールマンはある朝、一路、ロンドンへと向かう。キャット・ブラウンと名を変え、まったくの別人として第二の人生を歩みだす。訳ありの人間や変わり者ばかりが集うおんぼろシェアハウスの住人となり、広告業界で手にした仕事に精を出しながらも、新たにできた親友エンジェルに導かれ、刺激に満ちた日々を送りはじめる。だが、大きな秘密を胸に抱えたままのエミリーには、途方もない悲嘆と自責の念がつねにつきまといつづける。あんなことになったのは、双子の妹キャロラインのせい。いいえ、わたし自身のせい。〝あの出来事〟さえ起きなければ……。

そしていよいよ、〝あの出来事〟からまる一年が過ぎようとする日に、物語は急展開を迎える。いったい一年まえに何があったというのか。〝あの出来事〟の真相とは？

と、あらすじを紹介したまではいいが、この先をいったいどうしたものか。この小説の魅力をいかにお伝えするかが、じつに悩ましいのだ。もちろん、大都会のシェアハウスに集う住人たちや、華やかな広告業界にたずさわる人々をはじめとする、個性豊かな登場人物も揃っている。さまざまに視点を変えつつ、過去と現在とを行き来しながら、エミリーの過去がまるでジグソーパズルのようにじわじわと浮かびあがってくるさまも見事だ。仔細で巧みな心理描写や、いまどきのロンドンを盗み見するかのような臨場感なども、たしかに魅力の一部ではある。けれども、群を抜いた魅力は物語の終盤、エミリーがひた隠しにしてきた秘密があかされたときの衝撃、つまりはどんでんがえしにある。原書の裏表紙に添えられた宣伝文句にも、〝エミリーの抱える秘密を見抜けた人間はひとりもいない。あなたにはそれができるか？〟とあるくらいなのである。なんの予備知識もなく原書を読破したときに訳者自身が受けた衝撃を、みなさんにおわかりいただきたいのはやまやまなのだが、それをどう説明すればいいものか。引きあいに出したい国内外の作品ならいくつかあるものの、ネタバレになってしまっては本《もと》も子もない。となると、国内作家による某作品のトリックや、あの海外作品の急転換を織りまぜたような……といったふうに、言葉を濁すよりほかはない。

そんなわけで、ひとまずここでは、海外メディアから寄せられた称讃の声をいくつか紹介させていただこう。

ティナ・セスキスによるひねりのきいた心理サスペンス小説は、ついに結末に至るまで、エミリーの抱える秘密とはなんなのだろうと、読む者に想像をめぐらさせつづける。

――USウィークリー誌

搔き立てられる好奇心……悪夢に迷いこんだかのような緊迫感……夢中で読み耽らずにはいられなくなる一冊。

――USAトゥデイ紙

容易に忘れ去ることのできない、心理サスペンス小説……真実味にあふれながらも、衝撃を受けずにはいられない驚愕の真相。一読の価値が大いにある。

――ザ・サン紙

隅々にまで趣向の凝らされた、片時も目を離すことのできない緊迫のストーリー展開……次から次へとページをめくる手がとまらない。

――ブックセラー誌

本作にて小説家デビューを飾ったセスキスは、過去と現在をめまぐるしく交錯させる作品構成において、卓越した才能を見せつけた……エミリーの家族にまつわるエピソードは、鮮烈でありながらも簡潔で無駄がない……冒頭から読む者を釘づけにして放さない一方で、最愛の家族を捨て去った人間の感情や苦悩までをも見事に描ききっている。今後も目が離せない作家による、技巧に満ちた一作。

——ブックリスト誌

著者であるティナ・セスキスは、航空会社に勤務するエンジニアの父と販売業にたずさわる母のもとに生まれ、イギリスのハンプシャー州で育った。バース大学で経営学を学び、マーケティングや広告業界にて二十年のキャリアを積んだのち、本作にて作家デビューを果たした。現在はロンドン北部に夫と息子と共に暮らし、執筆活動に専念している。

著者自身のあとがきにもあるとおり、そもそもは闘病中の母のために二〇一〇年に執筆したという本作『三人目のわたし』は、またたくまに世界的なベストセラーとなり、現在、六十カ国以上で翻訳、出版されている。本書は著者のデビュー作であり、その後もう一冊、*When We Were Friends*（*A Serpentine Affair* から改題）なる長篇小説が立てつづけに上梓されている。三冊めとなる最新作もまた、年明け早々に刊行の予定だそうなので、期待を寄せたいところである。

二〇一六年十二月

訳者略歴　白百合女子大学文学部卒，英米文学翻訳家　訳書『二流小説家』『ミステリガール』ゴードン，『湖は餓えて煙る』グルーリー（以上早川書房刊）他多数

HM=Hayakawa Mystery
SF=Science Fiction
JA=Japanese Author
NV=Novel
NF=Nonfiction
FT=Fantasy

三人目《さんにんめ》のわたし

〈HM446-1〉

二〇一七年一月二十日　印刷
二〇一七年一月二十五日　発行
（定価はカバーに表示してあります）

著者　ティナ・セスキス
訳者　青木《あおき》千鶴《ちづる》
発行者　早川浩
発行所　株式会社早川書房
郵便番号　一〇一 - 〇〇四六
東京都千代田区神田多町二ノ二
電話　〇三 - 三二五二 - 三一一一（大代表）
振替　〇〇一六〇 - 三 - 四七七九九
http://www.hayakawa-online.co.jp
乱丁・落丁本は小社制作部宛お送り下さい。
送料小社負担にてお取りかえいたします。

印刷・株式会社亨有堂印刷所　製本・株式会社明光社
Printed and bound in Japan
ISBN978-4-15-182501-9 C0197

本書は活字が大きく読みやすい〈トールサイズ〉です。